Rudolf Herzog

Die Wiskottens

Roman

Rudolf Herzog: Die Wiskottens. Roman

Erstdruck 1905 mit der Widmung »Meinen Vorfahren«.

Neuausgabe
Herausgegeben von Karl-Maria Guth
Berlin 2017

Umschlaggestaltung von Thomas Schultz-Overhage unter Verwendung des Bildes: Eastman Johnson, Familie Brown, 1869

Gesetzt aus der Minion Pro, 11 pt

Verlag: Henricus - Edition Deutsche Klassik GmbH
Mörchinger Str. 33, 14169 Berlin, info@henricus-verlag.de
Druck: Libri Plureos GmbH, Friedensallee 273, 22763 Hamburg

ISBN 978-3-7437-0172-4

Bibliografische Information der Deutschen Nationalbibliothek

Die Deutsche Nationalbibliothek verzeichnet diese Publikation in der Deutschen Nationalbibliografie; detaillierte bibliografische Daten sind im Internet über www.dnb.de abrufbar.

Erstes Buch

1.

»Feierabend, meine Herren!«

Lautes Gelächter von draußen. Rütteln an der Türklinke. »Aufgemacht, Oweram, wir woll'n ja nur dat Dröppelbier!«

»Dat laßt euch man geben, wo ihr heut abend Zeche gemacht habt. Meins is zu schad'.«

»Oweram, Neidhammel, andre Wirte zahlen auch Steuern!«

»Oweram, wir fangen ja erst an! Dat dicke Ende kommt erst!«

»Herr Abraham Schulte, Sie sollten im Fischertal Kaffee kochen. Zum Bierwirt fehlt Ihnen das Verständnis.«

»Geben Sie die Konzession zurück. Morgen is Stadtrat.«

»Auf!«

Da öffnete sich knarrend die Haustür, und auf der Schwelle erschien die vierschrötige Gestalt des Wirtes, hemdärmelig, die Fäuste in die Seiten stemmend. Um den Hals lief ihm ein grauer Bart wie eine Krause. Ein paarmal zwinkerten seine Augen. Dann sahen sie scharf ins Dunkel.

»Na also ... Wer von den Herren möchte denn nu zuerst in die Wupper? Donnerkiel, ek schmiet en 'rin, wenn noch eener dat Muhl opdöht.«

Der Kreis der Sechs auf dem schmalen, vom tauenden Schnee schlüpfrigen Bürgersteig hielt sich still. Dann trat einer vor, groß und breitschultrig, mit übermütigen Augen im geröteten Gesicht, und strich schmunzelnd den blonden Schnurrbart.

»Oweram, ich opfere mich. Aber vorher wollen wir bei Euch da drin en Testament machen.«

»Jawohl! Das Testament! Wir sind die Zeugen ...«

»Kuck mal«, sagte der Wirt, ohne sich aus seiner Ruhe bringen zu lassen, »dat hätt' ich mir doch gleich denken sollen. Wenn einer in Barmen die Backen vollnimmt, muß et doch ein Herr Wiskotten sein. Und nu noch alle sechs! Da tu' ich ja en Christenwerk, wenn ich die von de Straße wegnehm'. Aber en bisken piano im Lokal. Erstens schläft meine Alte, und zweitens steh' ich mich nich gerade auf du mit der neuen Sorte Nachtwächter.«

Geheimnisvoll, auf den Zehen wandelnd, drückten sich die sechs durch die Haustür. Stramme junge Männer, der Älteste Anfang der Dreißig, der Jüngste noch nicht zwanzig.

»Warraftig«, staunte der Wirt, »die sämtlichen Herren Brüder. Selbst der Herr August.«

»Wieso: selbst ich?« Es war der Dritte in der Reihe, der einzige Schnurrbartfreie, denn auch dem Jüngsten sproßte schon der Flaum. Es zuckte nervös in seinem Gesicht, als er scharf die Frage stellte.

»Nu, nu«, beruhigte der Wirt. »Ich dacht' man bloß, weil heute Abendkirche war.«

»Das geht Sie – –«

»– – einen Dreck an. Stimmt! Un da is ja auch dat Nesthäkchen …? Wat? Darf de auch schon nach Mitternacht Bier trinken?«

Die Tür war ins Schloß gefallen. Der Riegel saß. Der Älteste der Brüder blies sich die Feuchtigkeit aus dem blonden Schnurrbart, faßte mit der einen Hand den Wirt, mit der andern den Jüngsten, und schob sie Stirn an Stirn.

»So! Und nun bitt' ich mir Respekt und Bier aus! Hier bringen wir Ihnen die Hoffnung der Familie Wiskotten –«

»Ach nee, Herr Gustav, dat sind Sie doch.«

»Die Hoffnung der Familie Wiskotten! Dieser junge Mann hat heute sein Abiturientenexamen bestanden, während wir andern uns mannhaft mit dem Berechtigungsschein zum einjährig-freiwilligen Dienst begnügten. Was sagen Sie nun?«

»Donnerkiel …«

»Jawoll: Donnerkiel! Ihretwegen, um Ihnen diese große Freude zu verschaffen, unterbrechen wir ein Familienfest, opfern wir unsre Nachtruhe, ziehen wir durch die glitschigen Straßen, riskieren wir Arm- und Beinbruch auf die Gefahr hin, daß ein etwaiger Unfall morgen von Übelwollenden häßlicher Trunksucht zugeschoben wird –«

»Nu aber: Pßt! Ich zapp' ja schon.«

»Endlich! – Mäntel aus, Jungens.«

»Schrei doch nicht so, Gustav.«

»Ach, August, wir sind doch hier beim Oweram und nicht im Evangelischen Vereinshaus.«

»Ich verbitt' mir das.«

»Ja, weshalb bist de denn mitgezogen? Doch, weil du so gut einen im Dach hatt'st wie wir. Also sei fröhlich mit den Fröhlichen! Wir haben nur einen Bruder, der das Abiturium gemacht hat, und wir kriegen auch keinen mehr.«

Der Zweitälteste und der Vierte der Wiskottens mischten sich ein. Beide waren mit peinlicher Sorgfalt gekleidet und frisiert. Der eine mit gepflegten englischen Bartkoteletts, der andre mit aufgebürstetem dunklem Schnurrbärtchen. Jetzt aber glühten beider Köpfe in der Farbe des genossenen Weins.

»Bier her, Bier – für des Königs schönste Leutnants!«

»Der englische Willem und der preußische Fritze! Tambour, schlag an!«

»Der Gustav spielt den Demokraten. Und hat sich selber zum Reserveonkel wählen lassen!«

»Gehört mal dazu; aber im Nebenamt. Prost, Kinder! Selbst der August – na, prost August – hat sich wählen lassen, weil er zum Feldkaplan doch nicht die nötige Vorbildung hatte. Und der Paul hat auch schon das Portepee, und daß der Ewald, wenn er dient, die Tressen heimbringt, das ist doch alles so selbstverständlich. Reserveonkel kann jeder werden. Was aber *nicht* jeder werden kann, das ist: eine Familie Wiskotten! Kerls, die sich untereinander egal zerren und prügeln möchten und doch aus Leibeskräften am selben Strang ziehen, wenn's gilt, einem Dritten die Zähne zu zeigen! Kerls, die da wissen, daß die Hauptsache ist: Arbeiter sein! Lustige, zähe Bandwirkergesellen! Barmer Fabrikanten aus Bewußtsein! Hurra hoch! Hoch! Hoch!«

Sechs Kehlen schrien sich fast heiser daran. Im Hintergrunde, den mächtigen Körper weit über den Schanktisch vorgestreckt, klatschte sich der Wirt die breiten Handflächen rot, bevor er die frischgefüllten Tulpengläser ergriff. Gustav Wiskotten hatte den langaufgeschossenen Abiturienten erwischt und hob ihn bei jedem »Hoch« mit steifen Armen hoch gegen die Stubendecke. Ein Bild des Übermuts und überschüssiger Kraft. Und Paul Wiskotten, der Zweitjüngste, sonst der Träumer unter den Brüdern, rüttelte den Älteren vorn an der breiten Brust, vor Begeisterung kaum imstande, die Worte hervorzustoßen.

»Mensch, von der Poesie hast du keinen Schimmer, und – und bist selbst die Poesie!«

»Ich – –? Bist du doll?«

Ein energisches Klopfen an der Haustür. Mit einer weitausholenden Handbewegung gebot der Wirt Schweigen. Alle Köpfe fuhren zusammen. Ein erwartungsfreudiges Horchen …

»Heda! Feierabend!«

»Der neue Nachtrat«, wisperte der Wirt. »Nix wie Unruh' bringt die neue Polizei.«

»Bitte aufmachen!«

Der Wirt sah Gustav Wiskotten an. Der zwinkerte ihm zu. Da ging er und öffnete.

»Womit kann ich Ihnen dienen? Ausgeschenkt wird nix mehr.«

Den Helm ins Gesicht gedrückt, den Mantelkragen hochgestellt, trat der Mann ins Zimmer.

»Davon wollt' ich mich gerad' überzeugen. Was sind das für Gäste? Sie wissen doch, daß Ihre Schankkonzession nur bis Mitternacht reicht.« Und er nahm sein Notizbuch vor.

Gustav Wiskotten hatte ein paar Bleistiftzeilen auf die vor ihm liegende Tischkarte geworfen. Jetzt erhob er sich.

»Was ist das für eine Störung? Kennen Sie mich?«

Der Polizeidiener rückte sich zusammen. Das waren Kommandotöne.

»Jawohl, Herr Wiskotten.«

»Dann frag' ich Sie nochmals: Was soll die Störung?«

»Entschuldigen Sie, Herr Wiskotten. Aber der Wirt Schulte darf nach zwölf Uhr nachts nicht –«

»Was der Wirt Schulte nach zwölf Uhr nachts darf oder nicht darf, geht mich gar nix an. Das ist doch wohl sozusagen seine interne Angelegenheit. Im übrigen bilden wir hier eine geschlossene Gesellschaft mit Statuten. Da hat niemand was 'reinzureden.«

Der Polizist wurde unsicher. »Davon war uns bis heute nix bekannt ...«

Kopfschüttelnd wandte sich Gustav Wiskotten an seine Brüder, die mit der Miene tiefgekränkter Bürger um den Tisch saßen. »Er glaubt's nicht.« Und er nahm die Tischkarte auf. »Barmen, den achtundzwanzigsten Februar achtzehnhundertundneunzig. Stimmt's? Na, also! – Verein der Familie Wiskotten. Stimmt *das*? Oder sehen Sie hier einen andern als lauter Wiskottens? Weiter: Paragraph eins: Zweck des Vereins ist Donnerstag. Daß heute Donnerstag ist, werden Sie nicht bestreiten. Paragraph zwei: Außerdem bezweckt der Verein die Pflege eines edlen Hausgesanges für Wiskottensche Familienfeste. Dafür wollen wir sofort den Beweis antreten.«

Sechs Kehlen räusperten sich. Der Polizist wollte erwidern. Abraham Schulte legte ernst den Finger auf den Mund, denn die sechs Brüder Wiskotten hatten begonnen:

»An der Gartentü-a-ür
Hat mein Mädchen mi-a-ir
Sanft die Hand gedrückt.
Ach, wie ward mir da-o-a,
Als mir das geschah-o-ah,
Als mein Mädchen mi-a-ir
Sanft die Hand gedrückt.«

Dem Wächter der Nacht wurde es schwül. Er wischte sich die Stirn und grinste verlegen in seinen Helm, den er für ein paar Sekunden abgenommen hatte. Dann klappte leise die Tür. Das Lied war aus, der Wächter nicht mehr anwesend.

»Oh – ha!« lachte der Wirt und ließ den schweren Körper widerstandslos in einen Stuhl fallen, »oh – ha!« und wie ein fernes Echo grollte es noch einmal aus ihm, stockend, stoßend, atemlos: »oh – ha …!« Und dann brach eine der wilden, urwüchsigen Stimmungen durch, wie sie nur das Wuppertal kennt, das schwer arbeitende, das Atem schöpfende.

Das Angelernte fiel. Der äußere Schliff, heimgebracht vom Militär, aus der Fremde, aus dem Verkehr mit vermögenden Geschäftsfreunden, weitblickenden Industriellen, vornehmen Bankfirmen wurde beiseitegeschoben wie ein lästiger Sonntagsrock, die gesellschaftliche Form nicht mehr berücksichtigt. Man war nicht unter Fabrikantensöhnen, die auf dem Textilmarkt der Welt ein gewichtiges Wort mitzureden hatten, man war unter den Söhnen des belgischen Landes, wie es die Väter gewesen waren, wenn sie – noch nicht die mit allen Kräften des Dampfes, der Elektrizität, der Großbetriebe arbeitenden Fabrikanten von heute – im blauen Kittel vom Bandstuhl, vom Riementisch, von der Färberkufe gekommen waren, um ohne Rangunterschiede breitbehäbig am Wirtstisch beisammenzusitzen. Derb, hanebüchen, mit saftigen Worten in plattdeutscher Mundart dreinschlagend, mit ererbten und verschärften Geschäftsinstinkten, aber mit weit offener Ehrlichkeit und ebenso unverwüstlicher Lebenslust wie Arbeitskraft.

Mit verstärkten Lungen schrien sich die Wiskottens an, schlugen auf den Tisch wie Arbeitsleute beim Kartenspiel, quittierten über jeden Witz mit schallendem Gelächter und tranken sich in mächtigen Zügen zu, als säßen sie noch immer in einer heimlichen Verbindung ihrer Gymnasiastenzeit. Allen voran Gustav Wiskotten.

»August, wenn's dein Gemüt nicht beschwert: Prost Rest!«

»Mein Gemüt? Jeder Arbeiter ist seines Lohnes wert, steht im Lukas.«

»Kinder, Kinder! August hat gesprochen! Es steht im Lukas! Oweram, Fuhlpelz, wo bliewwt dat Bier? August, der Arbeiter, ist seines Lohnes wert!«

»Wart du nur, bis du nach Haus kommst.«

»'raus mit der Sprache.«

»Ich mein' man bloß: deine Emilie wird dich dann auch deines Lohnes wert halten.«

»Gustav, deine Emilie! Hoch Emilia! Un ihr Pantöffelchen! *Un die Gardine!* Au weih –!«

Gustav Wiskotten hatte die Brauen zusammengezogen. Er trank sein Glas leer und setzte es hart nieder.

»Laßt das. Ich hab' doch auch wohl die Berechtigung, mich mal zu amüsieren. Oder arbeit' ich nich – Himmeldonnerwetter – soviel wie ihr andern zusammen? Wenn ich mich dann mal doppelt auslüfte –«

»Gustav, gerat nich in de Wolle!«

»Gustav, hier ist doch nich Emilie, daß du Verteidigungsstellung annimmst!«

»Ach, Quatsch. Ich hab' um zehn Jahr zu früh geheiratet. Weiß ich selber. Aber doch verdammt nicht, damit ihr eure Halunkereien besser treiben könnt? 's Geld wegschmeißen? Mit 'm Säbel rasseln? Heimlich Gedichte fabrizieren statt Bänder, Litzen und Kordeln? Da! Seht euch die Fäuste an. Wuppertaler Eigenmarke. Wiskottensch. Und nu haltet 's Maul.«

»Oha, wer schmeißt Geld weg?«

»Der August. Für lauter Missionen. Für lauter Heidenbälger in China, Afrika und Kamtschatka.«

»Was verstehst du von christlicher Fürsorge!«

»Nee. Tu ich auch nich. Mir ist et Hemd näher als der Rock. Macht doch mal erst im eignen Haus gründlich rein, statt die Nase in fremde Landkarten zu stecken. Wenn ihr die Gelder für äußere und innere Mission zusammenlegtet und damit unter den Einheimischen das Elend mit Stumpf und Stiel ausrottet, daß keine Arbeit mehr zu tun wäre: dann in Gottes Namen die Fahne entrollt und ins Heidenland! Aber nich eher. Hier brennt's, und dort löscht ihr. Sag ein Zitat, Abiturient!«

»Wirtschaft, Horatio!«

»Stimmt! Wirtschaft – –!«

»Gustav als Moralist! Gustav als Volkserzieher! He, du, und das Säbelrasseln?«

»Na, da haben wir gleich zwei Matadore. Wilhelm und Fritz. Zeigt mal her! Ihr habt ja schon 'ne schiefe Hüfte, reinweg vom Schleppsäbel!«

»Wir machen unsre Übungen mit wie ihr und jeder andre. Damit basta.«

»Und setzt sie zu Haus fort. Sehen die Kerls nicht aus wie verkleidete Leutnants! Wo ist denn der Stolz auf den blauen Arbeiterkittel von unsern Alten geblieben? Wir sind der Nährstand! Wir sind, so *wie* wir sind, Nummer eins!«

Der zweitjüngste Wiskotten war um den Tisch herumgekommen. Seine ernsten klaren Augen bettelten.

»Gustav, sieh mal, wir haben alle unsre Liebhaberei. Du liebst einen guten Trunk aus dem Becher, ich aus den Dichtern. Schadet das der Fabrik was? Nein. Aber uns würd' es als Menschen schaden, wenn wir's ließen, weil wir dann nicht mehr wir selber wären.«

»Schon gut«, sagte Gustav Wiskotten, »ihr habt alle recht.«

Da tönte in das Schweigen hinein des Wirtes Oweram Stimme.

»Wenn jet nich mehr supen wöllt, mahkt, dat jet no Hus kömmt. Hie is keen Freilogis!«

»Oweram, Bier!«

»Oweram, Sie sind schuld. Hätten Sie uns flotter zu trinken gegeben, hätt' das Gequassel nicht angefangen.«

»Oweram, en Ölsardine. Wat kost' die?«

»En Groschen, Herr Wiskotten.«

»Wat, so 'ne kleene?«

»Glöwen jet, Se könnten für Ihren lausigen Groschen en gebrodenen Schellfisch han?«

»Oweram on Isak
Zankten sich om 'n Zwieback,
Oweram konnt' hätter schlonn,
Isak, de mot lopen gonn ...«

höhnte der Chorus im Spottlied das Rededuell, ließ die Biergläser auf der Tischplatte rappeln und neuen Übermut durch Tür und Fenster. Noch einmal griff die Stimmung durch, als sei sie nie gestört gewesen. Bis der Abiturient mit aller Kraft zwei Worte in den Tumult rief:

»*Die Mutter*!!«

Ein Ruck – und alle standen auf den Beinen, sahen auf die Tür und dann langsam von einem zum andern. Bis Gustav Wiskotten mit einem Lachen, das zu laut war, um echt zu sein, das Schweigen löste.

»Unsinn. Wie soll denn die Mutter nachts zum Oweram in die Kneipe geschneit kommen?«

»Deuwel, aber en Schreck war et doch. Gustav is noch ganz blaß.«

»Da hat er noch lieber 'ne Pauke von Emilie.«

»Na, hab dich man nich. Du hast wohl keine Manschetten vor ihr?«

»Welcher Schafskopp hat denn gerufen? Der Ewald! Der will wohl die Buxe stramm gezogen haben.«

»Ich – – ich – –«

»Ach was, das sind keine Witze. De Mutter!«

»Das soll doch auch kein Witz sein. Ich wollt' se leben lassen. Unsre Mutter! Die Stammutter der Wiskottens! Von ihr an zählen wir doch erst die Ahnen. Wie?«

»Oweram, Bier! Nu aber fix!«

Aber sie tranken den Schoppen doch nur in respektvollem Schweigen. Und einer nach dem andern zählte, wie unbeabsichtigt, seine Zeche auf den Tisch. Und einer dieser selbstsicheren, unbekümmerten Männer nach dem andern zog die Uhr, gähnte auffällig und griff nach Hut und Überzieher.

Es war ihnen etwas in die Glieder gefahren. Sie waren alle ernüchtert.

»Gehst du mit, August?« sagte Gustav Wiskotten und erhob sich. »Morgen is en strammer Tag in der Fabrik. Un die verfluchte Grundstücksgeschichte muß nu auch erledigt werden.«

»Laß doch das Fluchen. – Ich geh' mit.«

»Gut' Nacht, Oweram. Geld stimmt wohl?«

»Gut' Nacht zusammen. Empfehlung an de Frau Mutter.«

»Bestellen Se die man selber, wenn Se wat op 'n Kopp han woll'n.«

Auf der Straße schlug man einen kurzen schweigsamen Marsch an. Das Tauwetter war noch einmal leichtem Frost gewichen. Der volle Mond beleuchtete weithin die hohen Schieferhäuser und lag mit gespenstischem Licht auf der schwarzen Wupper.

»Ich geh' noch mit Ewald auf den Berg«, sagte der zweitjüngste Wiskotten. »Ist das eine Mondnacht!«

Gustav Wiskotten zuckte die Achseln. »Müdigkeit in der Fabrik gibt's morgen nicht. Und – – stört Mutter nicht.« Das klang seltsam weich für den starken Mann …

»Famos, Paul, famos«, sagte hastig der Abiturient, als sie von den andern abgebogen waren und die steile Werléstraße hinaufstiegen, »wie kann man jetzt zu Bett gehen; überhaupt: in solcher Mondnacht und solcher – solcher Stimmung. Du warst wieder der einzige, der das verstanden hat.«

»Wohl nur, weil ich nicht so viel zu denken hab' wie zum Beispiel Gustav.«

»Nein, du, das ist es nicht. Es ist – weil du eben auch über den Barmer Kram hinausdenkst.«

»Hinaus?«

»Dieser ewige gleiche Trott, diese fürchterliche Nüchternheit tagsüber, und des Abends diese laute Spießbürgerlichkeit beim Bier! Das ist doch ein geisttötendes Einerlei.«

»Du siehst es mit falschen Augen an. Du mußt nur den richtigen Standpunkt dazu gewinnen, und du siehst nur Leben, tausendfach drängendes Leben.«

»Siehst *du* es?«

»Ich seh' es. Und ich gehöre dazu.«

Eine Zeitlang schritten sie stumm nebeneinander her. Bis auf der Höhe der Straßenzug im Feld verlief, hinter dem der Wald stand. Weiß in seinem feinen, festen Schneeüberzug, geheimnisvoll leuchtend im Mondschein, zog der Pfad fernhin zum dunkeln Tannenstand, der ihn lautlos aufsog. Ein Hund schlug an. Das Waldwirtshaus Villa Foresta tauchte im Mondlicht träumend am Waldrand auf.

»Schau dich mal um, mein Junge.«

»Was denn, Paul?«

»Hier ist ein Auslug. Nun? Was siehst du jetzt?«

»Das Wuppertal. Barmen. Was mehr?«

»Mehr ist auch nicht notwendig. Das Fehlende hineinzutragen, ist unsere Sache. Kommst doch frisch von der Schulbank und hast deinen Goethe im Kopf. Nun? Was sagt der? ›Wenn ihr's nicht fühlt, ihr werdet's nicht erjagen.‹ Siehst du, das paßt auf nichts besser als auf die Heimat.«

»Hast du immer so gedacht, Paul?«

»Immer nicht. Man muß in die Liebe zur Heimat – hinreinreifen. Mit der richtigen Liebe aber wird das Schwerste leicht.«

»Wir können doch nicht alle dieselbe Liebe haben. Mein Geschmack ist anders.«

»Eine doch«, sagte Paul Wiskotten und starrte von der Berghöhe hinab in das lange, schmale Tal, das im Mondlicht schlief. »Die Heimatliebe ...«

Sie starrten beide hinab, und ihre Augen gewöhnten sich an das magische Licht, daß sie die Häusermassen unterschieden und die Türme der Kirchen und wie einen Mastenwald die dunkel ragenden Schornsteine. Hüben und drüben kletterten die Straßenreihen aus dem schmalen Talkessel an den Bergwänden hinan, auf denen, hüben und drüben, hoch auf dem Kamm, der schweigende Forst die Wacht hielt. Wie wohlgeborgen in eine Muschel gebettet lag das Tal, wie ein behütetes Schatzkästlein ...

Paul Wiskotten sprach es aus. Sein Stolz auf die Heimat machte ihn zum Schwärmer.

Ewald Wiskotten schüttelte den Kopf. »Die schwarze Wupper bringst auch du nicht weg.«

»Die schwarze Wupper ist der Segen des Tals. Gott sei Dank, *daß* sie schwarz ist.«

»Das ist doch eine komische Anschauung. Mein Schönheitssinn ist jedenfalls für das Klare und Reine.«

»Wenn die Wupper klar und rein wär', wären die Menschen im Tal faul und liederlich. Die schwarze Farbe ist das Ehrenkleid, das die Menschen ihr und sich gegeben haben. Es bedeutet: Hier wird gearbeitet! Hier wohnt ein werktätig Volk! Hut ab!«

»Und wo bleibt die Poesie? Ich halt's hier nicht aus.«

»Die Poesie ist die Arbeit. Nur das Leben kann lebendige Poesie sein. Du, wenn das da unten erwacht, wenn sich der langgestreckte Riese da unten den Schlaf aus den Augen wischt und plötzlich anhebt, sein Morgenlied zu pfeifen. Wenn sein Atem aus all den tausend Schloten da unten gen Himmel steigt und der ganze Organismus sich dehnt und reckt, Räder und Maschinen treibt, Köpfe und Hände in Bewegung setzt, aus dem Nichts Wunderdinge vollbringt und täglich, stündlich die hohle Hand wie einen Fernsprecher an den Mund setzt, um lachend über die ganze Erde, über Länder und Meere zu brüllen: ›Hier Barmen-Elberfeld! Wer dort?‹ Ist das nicht Poesie? Ist das nicht ein Heldenlied? Das Lied von der Arbeit? Und siehst du: deshalb ist mir auch unser Gustav – ein Stück Poesie. Verstehst du nun?«

»Unser Gustav – –?«

»Ja. Hier im Wuppertal sind unsre größten Arbeiter unsre größten Dichter. Ein Künstler muß ein Schaffender sein. Herrgott, schau zu, wie der Gustav schafft. Was geht in seinem Kopf alles um an Schöpfergedanken, mit denen er eisern ringt, bis sie Taten geworden sind, bis sie neues Leben schaffen und Brot für das neue Leben. Ach nein, mein lieber Ewald, die Genies sitzen nicht nur auf dem Parnaß. Davon kann ich mitreden.«

»Du! Weshalb bist du nicht Dichter geworden – –?«

»Du hörtest ja von Gustav, daß ich Verse mache, und – wie er darüber denkt.«

»Der ist nicht maßgebend. Von dem, was die Seele bewegt, hat er ja keine Ahnung. Nur das Geschäft, das Geschäft erkennt er an. Aber keine Persönlichkeit.«

»Einzelne Persönlichkeiten laufen genug herum. Er nennt sie ›das Scheidewasser‹. Er hat Größeres im Sinn.«

»Ich weiß, ich weiß: die Größe der Fabrik.«

»Die Persönlichkeit der Familie.«

»Versteh' ich nicht. Ist auch paradox.«

»Heute will jeder eine ›Persönlichkeit‹ sein. Das ist doch ein Unding. Das zerreißt zum Schluß jedes feste Band und treibt uns der Auflösung entgegen. Ich sage dir, die Persönlichkeit der Zukunft wird die Persönlichkeit der Familie sein. Nur fester Zusammenschluß kann ein Geschlecht stark und dauerhaft machen und zum – Genie. Wir dürfen nicht alle glauben, Ausnahmemenschen zu sein. Aber wenn jeder in der Familie sein *Stück* Genie zu dem des andern legt, wird's *auch ein Ganzes*.«

»Und dieser nüchternen Weisheit ordnest du dich unter? Du mit deiner reichen Seele?«

»Gustav hat auch eine reiche Seele. Vielleicht die reichste von uns allen. Er kann ihr nur nicht so nachgehen und nachgeben, weil er alle seine Kräfte auf die Fabrik, auf unser aller Wohl konzentrieren mußte. Da brachte er seine Privatangelegenheiten zum Schweigen. Wenn das nicht Größe ist …!«

»Ach Gott, und zu Hause? Bei sich daheim? Ist *das* Glück nun alle die aufgewandte Größe wert?«

»Still, Ewald. Darüber mußt du nicht sprechen. Als er mit wenigen zwanzig Jahren Emilie heiratete, handelte es sich darum, der Fabrik, die gerade im Aufschwung war, ein Fundament zu geben. Die Mutter sah es ein und auch Gustav. Und wenn das Leben in seinem Hause kein friedliches geworden ist – wir haben's ihm nicht nachzurechnen, sondern wir haben es ihm leicht zu machen, weil er, gerade dadurch, unser Leben leichter gemacht hat.«

Der jüngste Wiskotten sah finster vor sich hin.

»Ich hab' ihn nicht darum gebeten«, stieß er hervor.

»Ewald!«

»Was denn: Ewald!? Nein! Ich bedanke mich für sein Opfer, wenn ich mit darunter leiden soll. Ich denke nicht daran, es anzuerkennen, wenn er mir die freie Selbstbestimmung nimmt.«

»Dir? – Du kommst doch gar nicht in Betracht. Du wirst ja studieren.«

»Ich *will* aber nicht Theologe werden.«

»Du – willst nicht?«

»Nein! Ich will nicht! Und wenn Gustav sich auf den Kopf stellt. Er geht ja selber nicht zur Kirche.«

»Er respektiert den Lieblingsgedanken der Mutter. Für das, was die Mutter will, kann er sterben.«

»Sterben! Das kann ich auch. Aber nicht leben. Nicht *so* leben. Ich kann doch nicht bei lebendigem Leib zugrunde gehen!«

Er *schrie* es heraus. Seine Augen flammten. Sein ganzer Körper war in Aufregung.

»Ewald!«

Da fiel der junge Mensch dem wenige Jahre älteren Bruder um den Hals und schluchzte es heraus.

»Maler will ich werden, Maler! Die ganze Familie wird über mich herfallen. Wie über einen Verrückten. Als ob ich Landstreicher werden wollt', paß auf! Sie sollen es! Sie mögen es! Was verstehen sie denn im Wuppertal von Kunst? Paul, *du* verstehst sie, *du* verstehst *mich*! Du wirst mithelfen, wenn zu Haus der Tanz losgeht! Paul – –«

»Junge«, sagte Paul Wiskotten, »dummer Junge ...«

Er schüttelte den Kopf.

»Du willst auch nicht?«

»Die Mutter gibt's nicht zu. Alles andere. Nur nicht Künstler.«

»Die Mutter soll's ja auch nicht werden, *ich* will's werden!«

»Ja – hast du denn Talent? Ich meine: über die andern Talente hinaus? Daß du neben der Familie allein stehen kannst?«

Ewald Wiskotten warf trotzig den Kopf in den Nacken. »Das wird sich finden.«

»Wenn du es nicht einmal bestimmt weißt –?«

»Nu werd' du auch noch zum Philister. Wer weiß denn alles, was wird? Was in einem steckt? Auf den Mut kommt's an, auf die Begeisterung. Die hab' ich!«

Paul Wiskotten sah dem Bruder in das erhitzte Gesicht. Er wollte ihm die Begeisterung nicht rauben.

»Sag zu Hause zunächst nichts«, meinte er nach einiger Überlegung. »Wir wollen am Sonntag nach Elberfeld gehen, in die Gesellschaft für Kunst und Literatur. Ich bin Mitglied und werde dich einführen. Da kannst du mal Fühlung nehmen und dich umhören und umsehen. Vielleicht nutzt das.«

»Paul, kommt auch der alte Maler Weert hin?«

»Sicher. Und auch der alte Dichter Korten. Gib nur gut acht.«

»Paul, Paul!«

»Nun wart mal erst ab.«

»Paul, noch eins, das mußt du mir sagen. Ich begreif' dich nämlich nicht. Nicht ganz. Hast du in der Gesellschaft von Dichtern und Künstlern denn nie den Drang verspürt, den Drang, auch hervorzutreten und – und – fort von der schwarzen Wupper, an den grünen Rhein oder sonst wohin?«

»Die andern bleiben doch auch im Wuppertal.«

»Ach, die andern! Die haben kein Feuer mehr, keinen Unternehmungsgeist. Das sind Mummelgreise hinterm Ofen, Talente für den Hausgebrauch. Du aber bist jung!«

»Das waren die andern auch einmal. Und der Weg vom Dichter und Künstler bis zum – bis zum Mitglied der Gesellschaft für Kunst und Literatur wird sie auch Opfer an Illusionen, schmerzhafte Opfer genug gekostet haben, bis sie die Wirklichkeit erkannten und sich mit ihr abfanden. Siehst du, mein Junge, es kann nicht jeder ein Goethe sein. Es muß auch solche geben, die Goethe lesen.«

»So einer bist du –?« Ewald Wiskotten richtete seine lange Gestalt gerade auf.

»So einer bin ich. Jetzt schmück' ich mir das Leben und seh' es mit frohen Augen. Andernfalls aber hätte ich es *andern* nicht schmücken können, und dann auch mir nicht. Man muß sich über sein Talent nur klarwerden. Dann bleibt man immer noch voll Dank. Und jetzt komm heim und schlaf aus.«

Im Tale schlief der schwarze Riese der Arbeit, vom Mondlicht so silbern überhaucht, als sei er ein lächelnder Genius. Kein Märchenerzähler für die wenigen, ein Lebensspender für die vielen! Paul Wiskotten winkte ihm zu. »Wie schön das ist!«

Ewald Wiskotten zog ein Gesicht. »Die ganze Luft riecht nach Rauch und Schweiß. Komm schnell!« Und sie stiegen von dem Berg, der ihnen den Ausblick gewährt hatte, ins Tal zurück. – –

Auch Gustav Wiskotten war heimgekommen. Als er sich vor der Haustüre von den Brüdern, die bei den Eltern wohnten, verabschiedet hatte, ging er doch noch die wenigen Schritte zum nebenan gelegenen Fabriktor, um sich im Wächterhaus von der Kontrolluhr zu überzeugen. Dann stieg er leise die Treppen zur Wohnung hinauf. Behutsam öffnete er die Tür zum Kinderzimmer und trat ein. Beim Schein der Nachtlampe betrachtete er seinen Nachwuchs, seinen siebenjährigen Jungen, sein fünfjähriges Mädel. Einen Augenblick dachte er daran, daß er selber erst zweiunddreißig zählte. Aber immer stärker strahlten seine blauen Augen auf die Kinder nieder. ›Das ist so gut wie meine Jugend.‹ Und er beugte sich nieder, die kleinen im Schlaf geöffneten Mäulchen zu küssen.

»Papa – – Papa – –!«

»Still. Schön schlafen. Gut' Nacht.«

»Gustav!«

»Ich komme schon«, und er nahm das Licht und begab sich ins Nebenzimmer.

»Du sollst doch die Kinder nicht stören. Wie spät is es nu wieder! Wenn du dich um mich nicht kümmerst, sollst du dich wenigstens vor den Kindern schämen.«

»Guten Abend, Emilie. Na, nu schimpf nich. Der Ewald hat doch sein Abitur gemacht. Das mußte doch gefeiert werden.«

»Um Ausreden bist du nie verlegen.«

»Ach, was. Gib mir 'n Kuß! 'ne kleine Ausspannung tut mir ganz gut nach all der Tagesrackerei.«

»Ich racker' mich wohl nicht?«

»Du –? Du bist 'ne brave Hausfrau, un nu gib mir en Kuß.«

»So geh doch. Du riechst nach Bier.«

»Ja«, lachte Gustav Wiskotten derb auf, »Veilchenwasser kriegt man beim Oweram nicht zu trinken.«

»In so einer Arbeiterkneipe! Pfui!«

»Hör mal, Emilie –«

»Nix will ich hören, nix. In so einer Kneipe zu hocken, während ich den Schlaf so nötig habe –«

»Dann will ich ihn dir nicht weiter stören. Also gut' Nacht denn.« Er nahm das Licht und trug es auf seinen Nachttisch.

Emilie Wiskotten setzte sich in den Kissen aufrecht. Ihr weiches braunes Haar war unter einem Mützchen versteckt, ihr hübsches Gesicht zorngerötet.

»Ich will aber mit dir sprechen. Ich brauch' mir das nicht gefallen zu lassen.«

»Dann tu die Nachtmütze ab, Emilie.«

»Verspott du mich nur. Du wirst dich noch eines Tages versündigen. Meine Jugend hab' ich dir gebracht – jawohl, meine Jugend, und mein Geld auch, und auch noch Geld vom Vater. Und du? Für die Kinder hab' ich zu sorgen und für den Haushalt, und – und – deine Mutter hab' ich zu besuchen und mich drillen zu lassen, weil ich ja nix versteh', und wenn ich sonntags nicht in die Kirche könnt' – du lieber Gott, selbst der Herr Pastor, der heute abend hier war, sagte –«

Gustav Wiskotten hatte das Licht ausgeblasen.

»Gustav …!«

Sie hörte nur, wie er sich in die Kissen wühlte.

»Gustav – –!« Keine Antwort.

»Gustav, der Pastor –«

»Sei mal en Augenblick ruhig, ich bin am Beten …«

Sie biß sich auf die Lippen. Sie horchte. Zornbebend. Dann ließ sie sich seufzend in die Kissen fallen.

Gustav Wiskotten schlief. Und im Schlaf träumte er vom kommenden Tag, der den ganzen Mann erforderte. Den ganzen Mann.

2.

»Morgen, Herr Kölsch.«

»Morgen, Herr Wiskotten.«

Der graubärtige Werkmeister lüftete, wie es Gustav Wiskotten getan, die seidene Schirmmütze.

»Mein Bruder Wilhelm geht anfangs nächster Woche nach England zurück. Sorgen Sie doch, daß heute noch die Musterkarte für London aufs Kontor kommt.«

»Ist schon in der Buchbinderei, Herr Wiskotten. Um zehn Uhr wird sie vorliegen.«

»Sie haben das Geschäft im Kopf wie wir. Im Betrieb was zu bemerken?«

»Die neue Maschine arbeitet. Ein Genuß, sie zu sehen. Denn zu hören gibt's fast nix. Fast geräuschlos.«

»Kommen Sie mit.« Seine Augen strahlten. Und sie gingen über den Fabrikhof ins Maschinenhaus. »Morgen, Armbrust. Na? Stolz?«

Der Maschinenwärter in enganliegendem blauen Leinenanzug und dicken Wollpantinen rückte an der Mütze, grinste und trat beiseite. Durch das mächtige Oberlichtfenster fiel die Morgensonne. Sie spielte auf den blank polierten Steinfliesen, kletterte auf und ab an dem funkelnden Messinggeländer, das die Maschinen schützend umgab, und spiegelte sich in den hundert blitzenden Bestandteilen der Ungetüme. Der Raum und sein Inhalt sahen aus, als wären sie zu einer Ausstellung, zu einer Sehenswürdigkeit bestimmt und nicht zur harten Fron des Werktages. Nicht eine Fußspur auf den Fliesen, nicht ein Fingerabdruck am Geländer und den Maschinen, in der Luft kein Sonnenstäubchen. Die gewaltigen Transmissionsriemen sausten aus der Wand heraus mit einer Geschwindigkeit über das Schwungrad, daß dem Auge war, als schwebten sie regungslos in der Luft.

Gustav Wiskotten ging um den Koloß herum. Langsam, Schritt für Schritt. Seinem Blick entging keine Schraube.

»Kölsch, die kostet ein Vermögen.«

»Wird auch eins einbringen, Herr Wiskotten.«

»Sag' ich auch. Deshalb hab' ich's durchgesetzt. Wer nix riskiert, kann nix gewinnen. Vater und August hatten Herzklopfen. Meinten, die hundertfünfzig Pferdekräfte täten's auch. Nun sehen Sie sich mal den Zwerg an.«

Er klopfte der stilliegenden kleinen Maschine auf den Kessel, wie man ein Reitpferd tätschelt.

»Auch ein braver Kerl, Herr Wiskotten. Tut ihren Dienst wie geschmiert. Gegen die vierhundertfünfzig Pferdekräfte der neuen kann sie natürlich nicht an.«

»Wollen sie auch nicht vergleichen. Wollen einfach sagen: zusammen – sechshundert Pferdekräfte.«

Das kam aus tiefster Brust. Wie ein Vorwärtsbefehl. Der graue Werkmeister blickte zu ihm auf wie der Waffenmeister zu seinem jungen Recken. »Nur nich einrosten lassen.«

Gustav Wiskotten griff den Blick auf.

»Solang ich was zu melden hab', nicht! Werd' schon sorgen, daß sie alle beide laufen und nicht zum Atemholen kommen. Jetzt nehmen wir die Fabrikation halbseidener Bänder dazu. Das ist *ein* Verkaufen. Und die Färberei wird vergrößert. Vom Rohfaden bis zum fertigen Stück wird alles im Haus gemacht. Was die Ganzgroßen können, können wir heute auch. Und Verdienen wird groß geschrieben.«

»Wann soll die neue Färberei gebaut werden?«

»Sobald ich den Platz hab'. Die Eisenbahndirektion will ihn nicht hergeben. Kann sie ihre Asche nicht anderswo abladen? So 'ne Dickfelligkeit.«

Er wandte sich zum Gehen. »Vielleicht, daß heute Nachricht kommt.« Noch einmal glitt sein Blick liebkosend über die Maschine. An der Tür probierte er die Ölpumpe.

»Armbrust, wenn Sie die Maschinen trocken laufen lassen, holt sie der Deubel!«

»Soll er, Herr Wiskotten.«

Draußen arbeitete der Heizer schweißtriefend an den Feuerlöchern. Seine Schaufel grub sich knirschend in den aufgestapelten Kohlenberg und beförderte im Schwung die Ladung in den Molochsrachen. Das buntgestreifte Hemd stand über der Brust weit auf, die wie Gesicht und Hände vom Kohlenstaub dicht überzogen war. Die Schweißtropfen, die ihm von der Stirn bis ins Hemd liefen, zogen weiße Rinnen in die schwarze Farbe. Als er die Herren kommen sah, hielt er inne in der Arbeit, stützte sich auf den Schaufelstiel und wischte sich mit dem Handrücken die Stirn.

»Na, Christian, fluscht et? Die Neue schluckt Futter, wat?«

»Och, Herr, dat Biest frißt – ja, ich will mal sagen: mehr als meine Olle und meine sieben Blagen zusammen.«

»Aber satt werdet Ihr sie kriegen, die Maschine un auch das Nest zu Haus.«

»Wär' nich schlecht, Herr Gustav.«

»Vom Samstag an en Dahler Zulage, Christian.«

»Donnerkiel – da sag' ich danke.«

»Wie lang ist der schon in der Fabrik?« sagte Gustav Wiskotten, als er mit Kölsch über den Fabrikhof zum Hauptgebäude schritt.

»So lang wie ich und der Armbrust und noch en paar. Zum Frühjahr werden's fünfundzwanzig Jahr. Seit Ihr Herr Vater hier anfing.«

Gustav Wiskotten schüttelte ihm die Hand. Dann rückten sie an den seidenen Schirmmützen und trennten sich. Der junge Fabrikherr ging durch den Arbeitssaal und die endlose Doppelreihe der ratternden, schlagenden Bandstühle. Es war ein ohrenbetäubendes Getöse in der Halle. Die Transmissionsriemen pfiffen, die Bandstühle klapperten mit ihren hölzernen Armen, für sich ein jeder in monotonem Takt, zusammen in wilder Disharmonie; die Spulen schnurrten, und die Schifflein sausten und tanzten von links nach rechts, von rechts nach links, als wollten sie das Perpetuum mobile ergründen. Und seitwärts spien die Stühle die Masse des fertigen Bandes wie geringelte Schlangen aus. Arbeiter besorgten die Handgriffe, junge Arbeiterinnen steckten die frischen Garnspulen auf. Das lebte und strebte wie in einem Riesenbienenkorb.

Gustav Wiskottens Auge prüfte bei jedem Stuhl den Artikel, den er herstellte. Keiner der Arbeiter blickte auf. Es konnte ein Faden reißen, das Garn sich verzwirnen. Ein Mädchen lief vorbei und ließ eine Spule fallen. Es bückte sich danach. Gustav Wiskotten gab ihm einen Klaps, daß es einen Schritt vorschoß. Das Mädchen lachte mit rotem Kopf. Kein Mensch sah sich um. Das Getöse verschlang jeden Ton.

Und plötzlich: ein Pfiff, ein Abschwellen, eine leere Stille – –. Kaffeepause! Acht Uhr morgens!

Mechanisch blickte Gustav Wiskotten auf die Uhr. Dann ging er über eine Seitentreppe, um zum Kontor zu gelangen. Die Post mußte eingelaufen sein. Unterwegs warf er durch die offene Tür einen Blick in die Haspelstube. Rohseidengarne und Baumwollgarne lagen aufgetürmt in verknoteten Fitzen. Die Haspeln waren leer. Die Arbeiterinnen – an die dreißig Mädchen und etliche jüngere Frauen – hockten im Kreis um ihr dampfendes Kaffeegeschirr. Mitten unter ihnen saß eine alte Frau, sechzigjährig, starkknochig, mit energischen Zügen um Mund und Augen. Auf ihrem breiten Schoß ruhten Seidenfitzen, deren Bearbeitung das

Frühstückssignal unterbrochen hatte. Nun dienten sie einem dickleibigen Buch als Unterlage. Die alte Frau las, die goldene Brille auf der Nase, Buchstaben für Buchstaben formend, aus der Bibel.

»Und Jesus ging umher in alle Städte und Märkte, lehrte in ihren Schulen und predigte das Evangelium von dem Reich und heilete allerlei Krankheit im Volke. Und da er das Volk sah, jammerte ihn desselbigen; denn sie waren verschmachtet und verstreut wie die Schafe, die keinen Hirten haben. Da sprach er zu seinen Jüngern: Die Ernte ist groß, aber wenige sind der Arbeiter. Darum bittet den Herrn der Ernte, daß er Arbeiter in seine Ernte sende!«

Man hörte ihr geduldig zu. Man wußte, daß diese Frau mit dem Wort Gottes im Schoß eine rasche Hand besaß.

»Guten Morgen, Mutter«, sagte Gustav Wiskotten.

Sie nickte, ohne aufzublicken, und las weiter. Und Gustav Wiskotten öffnete die Tür zum Kontor, trat geräuschvoll ein, warf seine Mütze auf den Tisch und rief: »Post her!«

»Kannst wohl auch guten Morgen sagen.«

»Knurr nicht, August. Lauf' schon seit Sieben im Betrieb herum. Da vergißt man die Zeit.«

»Du sähst wohl am liebsten, wenn man schon eine Stunde vor der Post die Kontorstühle wärmte.«

»Jedenfalls lieber, als daß die Mutter so früh herausläuft. Hätt'st doch achtgeben können. Sie ist nicht mehr die Jüngste.«

»Mutter ist gesund. Und den Haspelmädchen tut die Beaufsichtigung gut, auch die Morgenandacht.«

»Die Leute sollen in der Kaffeepause ausspannen. Die Andachten könnt ihr extra einrichten. Alles zu seiner Zeit.«

»Sag's doch der Mutter.«

»Ich werd' mich hüten. Na? Post gut?«

»Die Bestellungen auf kurze Lieferfrist häufen sich. Wenn wir uns nur nicht zu früh engagiert haben.«

»Ach, Unsinn. Wir leisten, was nur verlangt wird.« Er saß über die Briefe gebeugt und überflog Seite auf Seite. »Gut ... Sehr schön ... Was? Preise drücken? Gibt's nicht. Ach so, bei solchen Posten ... Da lohnt es sich. Muß kalkuliert werden, mit Überstunden. Verdammt!« Er schlug mit der Faust auf einen Brief.

August Wiskotten erhob sein glattrasiertes Gesicht und warf einen hastigen Blick nach der Tür, die das Privatkontor vom großen Kontor trennte. »Gustav!«

»He? Was denn? Choräle singt man in der Kirche, aber nicht im Geschäft. Was sagst du nun zu dieser Eisenbahnergesellschaft? Lehnt kurzweg ab, zu verkaufen! Will uns aushungern! Will uns strangulieren! Oho! Na warte!«

»Hab' ich nicht gewarnt, Gustav? Erst das Hinterland haben, erst bauen, dann die neue Maschine und dann die neuen Engagements nach außen hin?«

»Zum Kuckuck, daß wir die günstigste Konjunktur versäumt hätten! Du bist doch selber Kaufmann, schlauer als Moses und die Propheten ...«

»Meine kaufmännische Tätigkeit hat mit der Bibel auch nicht das geringste zu tun.«

»Nee, das kann dir dein Feind nicht nachsagen. Also nu laß mal den unberührten Kaufmann reden.«

»Wir müssen etwas suchen. Wir müssen etwas finden, womit wir die Eisenbahndirektion ärgern, bis daß sie quiekt.«

»Ärgern!« Gustav Wiskotten war aufgestanden. Und dann lachte er sein lautestes Lachen. »August, die Sünde hast *du* auf dem Gewissen. Ich bin Adam, der verführte. Nun laß mich machen.«

»Wenn du so willst, ist Handel und Wandel Sünde. Geschäft ist Geschäft. Das hat seine eigene Moral.«

»Bravo! Einen Jammer von gestern scheinst du nicht zu haben. Wo ist denn Wilhelm, Fritz und Paul?«

»Wilhelm ist wegen der Musterkarte auf der Buchbinderei, Paul sitzt auf dem Kontor, und Fritz ist auf seinem Laboratorium in der Färberei. Alles in Ordnung.«

»Hat Vater gut geschlafen?«

»Danke. Ewald leistet ihm Gesellschaft.«

»Bis nachher denn.« Er schob die Mütze in den Nacken und ging grübelnd hinaus. Nachdenklich durchquerte er den Fabrikhof, ging um die Färberei herum und stand an der Wupper, die das Fabrikgebiet nach hinten abschloß. Fauchend strömte der Dampf aus den Röhren der Färberei in das dunkle Wasser und verwandelte es in dicken, fettigen Schaum. Klatschend sausten die roten, blauen und schwarzen Abwässer der Färberei in den Fluß, der, seit er in den Bereich der Wuppertaler

Industrie getreten war, keinen einzigen reinen Quelltropfen mehr mit sich führte. Jenseits der Wupper, auf weithin sich streckenden Wiesen, übten die Barmer Bleicher ihr Gewerbe aus; diesseits, neben der Färberei der Wiskottens, benutzte die Eisenbahn den tiefer liegenden Grund, Massen von Asche abzuladen.

Lange stand Gustav Wiskotten am seichten Ufer und blickte den Flußlauf hinauf. Ohne das große brachliegende Gelände neben der Färberei war die bauliche Entwicklung der Fabrik zum Stillstand gebracht. Wer hätte das voraussehen können? Ganz klein hatten die Alten hier vor fünfundzwanzig Jahren begonnen und langsam, je nach dem Verdienst des Jahres, sich vergrößert. Als Gustav Wiskotten, kaum mündig geworden, Emilie Scharwächter geheiratet hatte, hatte er durchgesetzt, daß ihr Geld in den Betrieb gesteckt und ein weiteres Areal hinzugekauft wurde. Er sah noch die erschrockenen Augen seines biederen Vaters vor sich.

»Jung', Jung'«, hatte der Alte kopfschüttelnd gemeint, »dat baust du dein Lebtag nich voll. Bis dahin schmeißen se mit unseren Knochen längst die Birnen vom Birnbaum.«

Und heute?

Ein kalter, wilder Stolz durchfuhr den grübelnden Mann und hob seine Stirne hoch. So weit war er gekommen! Das war sein Werk! Hemmnisse gab's für ihn nicht! »Wofür bin ich denn sonst auf der Welt?!«

Noch einmal prüfte er mit dem Blick das angrenzende Grundstück. Mit dem Blick des Besitzers. Dann stieß er die Tür zur Färberei auf.

Eine Sekunde lang konnte er nichts erkennen in dem dicken weißen Qualm, der den Raum, feuchtwarm, bis in den letzten Winkel füllte. Dann unterschied er die Leute, die in ihren schwarzen Nesselhemden an Bottichen und Kufen hantierten, in denen die Farbbäder brodelten und die durchlaufenden Dampfröhren einen Höllenlärm verursachten, daß kaum der Takt der die Garne schwingenden Färberknüttel auf den Bottichrändern zu vernehmen war. »He – –! Is Kölsch da?« – »Nich gesehen!« – »Mein Bruder Fritz?« – »Oben!« – Und der Lärm ging weiter.

Gustav Wiskotten stieg über die dampfenden Wasserlachen hinweg. Ein ungeschickt geführter Färberknüttel traf ihn in die Seite. »Hoppla«, sagte der Arbeiter. »Dämelskopp«, quittierte Wiskotten die Entschuldigung. Die Sache war erledigt.

Oben, im engen Laboratorium, traf er Fritz. Den Schnurrbart hochgebürstet, saß er über einen Teller gebeugt und knapperte an einem Hering, den er zwischen den Händen an Kopf und Schwanz straffzog. Vor ihm stand ein halbgeleertes Bierglas.

»Du, sag mal, du irrst dich. Du befindest dich hier nicht im Biwak.«

»Laß mich gewähren. Ein Kater fragt nicht danach.«

»Aber ich! Führ du deinen Kater nach Feierabend spazieren.«

»Zu dumm, darauf zu antworten.«

»Benimm dich, mein Junge!«

Fritz Wiskotten sprang empor. »Was fällt dir ein? Ich bin hier so gut Herr wie du!«

»So! Dann zeig es zunächst vor den Arbeitsleuten. Wenn die mit einem Fuselkopp in die Fabrik kommen, jagen wir sie nach Haus. Heringe sich holen lassen! Um neun Uhr morgens! Die Färber werden sich lustig gemacht haben.«

»Mir total schnuppe.«

»Mir aber nicht. Wer Herr sein will, muß für die Leute fehlerlos sein. Un wenn dir der Kopp kracht vor Jammer oder Katzenjammer, du hast es nicht zu zeigen. Du hast überall der Stärkere zu sein. Das ist Führerparole.«

Fritz Wiskotten trank wütend sein Bier aus.

»Hast du Kölsch nicht gesehen, Fritz?«

»Nee. Was soll er?«

»Will mit ihm sprechen. Die Eisenbahner geben das Terrain nicht her. Und in der Färberei stößt man sich doch jetzt schon die Rippen weg.«

»Verfluchzig! Dann kann ich nicht prompt liefern. Ich muß Raum haben. Geben nicht her? Oho, Gustav, das wirst du ihnen zeigen!«

»Das denk' ich auch. Arbeit' nur fix die Pläne aus, damit alles vorbereitet ist.«

»Kannst dich drauf verlassen. Adschüs, Gustav.«

Gustav Wiskotten verließ die Färberei. Doch gut Material, die Brüder. Nur noch unerzogen. Allerhand Allotria im Kopf.

An der Wupper, neben dem Waschhaus, traf er den grauen Werkmeister. Auch er sah scharf nach dem Nebengrundstück.

»Dat hilft nu nich, Herr Wiskotten, wir müssen et haben. Oder wir können die Vierhundertfünfzigpferdige als alt Eisen verkaufen.«

»Kölsch«, sagte Gustav Wiskotten und trat dicht an ihn heran, »ich hab' Sie gesucht wie eine Stecknadel. Ich weiß, Sie lieben die Fabrik, Sie lieben die Wiskottens. Is es nich so?« Er hatte seinen Arm in den des Alten gelegt.

»Ich gehör' zum Inventar, Herr Gustav.«

»Ja … Als ich noch klein war und Geschichtenbücher verschlang, da hab' ich bei der Nibelungensage immer für den Hagen geschwärmt. Na, Sie sind ja belesener als ich. Aber bei dem Hagen, dem treuesten Mann seines Königs, der mit der Treue stirbt, da hab' ich als Junge mir immer Sie vorgestellt. Ohne Sie waren wir nicht zu denken.«

Des graubärtigen Mannes Augen leuchteten auf.

»Herr Wiskotten, wir verstehen uns. Pflicht gegen Pflicht. Und was wünschen Sie nu?«

»Kölsch, Sie haben hinter dem Rittershauser Bahnhof einen Garten. Er stößt ans Rangiergeleise.«

»Herr Wiskotten, der liegt zu weit von uns ab. Das wären doppelte Kosten.«

»Für uns! Selbstverständlich! Daran ist nicht zu denken. Aber die Stadt hat deswegen doch bei Ihnen angefragt.«

»Gewiß, und ich hab' geantwortet, daß ich bei einem anständigen Preis verkaufen will.«

»Wissen Sie, was die Stadt damit will?«

Der Werkmeister schüttelte den Kopf. »Kann mir gleich sein, wenn sie gut bezahlt.«

»Die Stadt will ein Geschäft mit der Eisenbahndirektion machen. Oder umgekehrt. Nun?« Seine Augen triumphierten.

»Ja, daran kann ich nix ändern.«

»Kölsch, Sie müssen mir einen großen Dienst erweisen. Sie müssen mir den Garten sofort auf Handschrift hin verkaufen. Ob ich ihn so hoch bezahlen kann wie die Stadt, wenn man sie schraubt, oder ob ich ihn an Sie zurückgeben muß und Ihnen den ganzen Handel mit der Stadt inzwischen verdorben hab', das kann ich Ihnen im Augenblick nicht sagen. Es ist hundsgemein von mir, Ihnen so 'nen faulen Vorschlag zu machen, wo Sie nur zuzugreifen brauchen, um eine große Summe festzuhaben. Kölsch, ich würd' mich auch schämen, einem andern wie Ihnen damit zu kommen. Für mich selbst tät' ich's ums Verrecken nicht. Aber für die Fabrik. – Sehen Sie, das ist wie ein Kind, das man in die Welt gesetzt hat und für das man sorgen muß, daß es mannbar wird. Und wenn es uns den letzten blutigen Schweißtropfen ausquetscht. Die Fabrik, Kölsch!« – Er atmete schwer auf.

»Herr Wiskotten«, sagte der alte Werkmeister, und seine Blicke folgten dem Lauf der arbeitsamen schwarzen Wupper. »Ich versteh' Sie ganz gut. Auch Ihren Plan. Sie wollen was haben, womit Sie die Eisenbahndirektion pisacken können.« Er schaute seinen jungen Herrn an. »Der Garten steht zu Ihrer Verfügung, das bedurfte keiner Worte. Ich werd' doch die Fabrik nicht im Stich lassen.«

»Aber es entgeht Ihnen vielleicht ein größerer Gewinn?«

»Die Wiskottens haben mich fünfundzwanzig Jahr nicht verhungern lassen. Im Gegenteil. Für mich und die Anna reicht's doppelt, auch, daß wir dem Ernst genug nach Düsseldorf schicken können.«

»Wie geht's dem Ernst auf der Akademie? Ist er bald ein großer Maler?«

»Er kann mehr als er tut – –«

»Besser als umgekehrt, Herr Kölsch.«

»Damit tröst' ich mich auch. Soll ich Ihnen jetzt die Unterschrift geben?«

»Hagen«, sagte Gustav Wiskotten. Mit dem ihm eignen kalten, wilden Stolz, den auch der Alte hatte. Dann gingen sie in die Werkmeisterstube, und Albert Kölsch bescheinigte Gustav Wiskotten den Kauf des Gartenlandes, anstoßend an das Rangiergleis des Rittershauser Bahnhofes. Eine halbe Stunde darauf saß der junge Fabrikherr im Zuge, der ihn nach der Elberfelder Station Döppersberg brachte, in deren Nähe sich das Verwaltungsgebäude der Eisenbahndirektion befand.

Der Präsident war nicht zu sprechen. Wiskotten ließ sich bei dem Dezernenten melden, der die Grundstücksangelegenheiten bearbeitete. Er durfte eintreten.

»Mein Name ist Wiskotten, Fabrikbesitzer in Barmen.«

Der Regierungsrat nickte. »Wir haben Ihnen leider eine abschlägige Antwort erteilen müssen, Herr Wiskotten. Die Bahn verkauft nicht. Wir sind selber froh, daß wir ein paar Grundstücke haben, die wir notwendig brauchen.«

»Aber das Terrain neben unserer Färberei kommt für Sie gar nicht ernsthaft in Betracht. Asche können Sie doch an jeder Böschung abladen.«

»Über die Tragweite unserer Ernsthaftigkeit steht Ihnen kein Urteil zu, Herr Wiskotten. Ebenso ist es wohl unsere Sache, zu entscheiden, was wir können und was wir nicht können. Das sind Verwaltungsangelegenheiten, für die Ihnen doch wohl der rechte Blick fehlen dürfte.«

»Könnten wir die Unterhaltung nicht etwas gemütlicher fortsetzen, Herr Regierungsrat?«

»Von Gemütlichkeit ist hier durchaus keine Rede, sondern vom königlichen Dienst.«

»Ich wollte nur ergebenst darauf aufmerksam machen, daß ich seit meiner Konfirmation bereits lange Hosen trage. Das sind fast zwanzig Jahre.«

Der Regierungsrat machte eine kühle Abschiedsverbeugung.

»Sie wollen das für Sie wertlose Terrain nicht an uns verkaufen? Auch nicht, wenn ich Ihnen sage, daß Sie dadurch imstande wären, unsre Fabrikation zu lähmen? Wir sind nicht die geringsten Steuerzahler. Das sollte doch wohl berücksichtigt werden.«

Der Regierungsrat zuckte leicht die Achsel.

»Die Entscheidung in der Angelegenheit ist gefallen. Sie halten sie in Händen. Damit ist die Sache außerhalb unseres Gesichtskreises. Sie verzeihen wohl: ich habe Wichtigeres.«

»Eine Frage noch, wenn Sie erlauben. Ich würde unter Umständen bereit sein, mit der Bahn ein Tauschgeschäft zu machen. Was sagen Sie dazu?«

»Herr Wiskotten, das ist doch hier kein Pferdehandel. Und meine Zeit ist wirklich knapp bemessen.«

»Sie wollen also nicht?«

»Einem neuen Gesuch Ihrerseits steht ja nichts im Wege«, sagte der Beamte in verabschiedendem Tone.

»Danke. Ich brauche meine Tinte nötiger. Na, so werde ich denn in Gottes Namen die neue Fabrik an das Rangiergelände des Rittershauser Bahnhofs bauen. Hoffentlich vertragen wir uns. Ruß- und Funkenauswurf der Lokomotiven wird ja vorschriftsmäßig zu unterbleiben haben. Die Prozesse sind kostspielig.«

»Von welchem Grundstück sprechen Sie denn eigentlich? Das einzige, das sich dort befindet, ist uns von der Stadt angeboten worden.«

»Sehr unrecht von Ihnen, daß Sie sich nicht zuerst mit dem Eigentümer in Verbindung setzten.«

Der Regierungsrat sah scharf auf. Dann klingelte er nach dem Aktenfaszikel und blätterte schnell darin.

»So. Hier hätten wir's ja. Was sprechen Sie denn immer von *Ihrem* Grundstück? Eigentümer ist Albert Kölsch.«

»War, Herr Regierungsrat, war! Den gegenwärtigen Besitzer sehen Sie in mir.«

»Können Sie sich darüber ausweisen?«

»Wenn Sie Interesse an meinem Grundstück haben? Ich trage das Schriftstück zufällig bei mir. Hier: schwarz auf weiß.«

Der Regierungsrat las und kniff die Lippen zusammen.

»Bitte, wollen Sie nicht Platz nehmen?«

»Danke sehr, jetzt habe ich mich schon ans Stehen gewöhnt.«

»Bitte sehr um Entschuldigung. Aber unter dem starken Druck der Geschäfte vergißt man so leicht – bitte ergebenst, Herr Wiskotten.«

Gustav Wiskotten setzte sich.

»Es ist gleich Mittagszeit, Herr Regierungsrat. Sie wissen, was das in einem bürgerlichen Haushalt bedeutet.« Er lachte gemütlich. »Das Geschäft liegt ja auch so einfach. Sie haben mein Grundstück so nötig wie das liebe Brot –«

»Nun, nun – darüber ließe sich streiten.«

»Wir wollen's aber nicht, um keine Zeit zu verlieren. Und nun sehen Sie, genau so nötig, wie Sie mein Grundstück haben, habe ich das Ihre. Was tun kluge Hausväter in solchem Falle, um sich Zeit und Kosten zu ersparen? Sie tauschen!«

»Das dürfte doch nicht so einfach sein. Es müßten doch immerhin die Grundwerte gesucht und berechnet werden.«

»Die Größe der Areale stimmt fast überein. Die Werte aber sind von dem Moment an, da das Objekt unbedingt in die Hände gebracht werden muß, ideelle Werte. Schrauben Sie Ihren Preis so hoch wie Sie wollen, er kann meinen Preis nie übersteigen, wohl aber erreichen, wenn wir uns die beiderseitige Situation klarmachen und ohne Umschweife auf den Kern der Sache gehen.«

»Sie reiten eine forsche Attacke, Herr Wiskotten.«

»Ich weiß, was ich solch einem Gegner schuldig bin.«

Der Regierungsrat verneigte sich. »Da darf ich wohl nicht zurückbleiben. Ich werde dem Herrn Präsidenten sofort Vortrag halten. Würde es Ihnen morgen um diese Zeit wieder passen?«

Gustav Wiskotten erhob sich. »Es freut mich, daß wir uns so schnell verstanden haben. Besonders, da ich ohne Aufschub mit dem Bauen beginnen muß, hier – oder dort. Morgen um zwölf also. Gesegnete Mahlzeit, Herr Regierungsrat.«

»Auf Wiedersehen, Herr Wiskotten.«

Ein kräftiger Händedruck, und die Tür schloß sich hinter ihm.

»Diese Wuppertaler«, brummte der Regierungsrat verärgert. »Da sagt man, sie seien fromm wie die alten Juden. Jawoll! Gerissen sind sie wie die alten Juden.« Dann ließ er sich dringlich beim Präsidenten zum Vortrag melden.

Gustav Wiskotten ging über die Straße zum Bahnhof. Seine stahlblauen Augen blickten ohne zu zwinkern in die Mittagssonne. Er sah irgendwo in der Ferne seine Fabrik, wie ein Wiskottensches Fideikommiß, wie eine Latifundienbildung. Vor hundert Jahren – ah, da gab es, die paar Gewerbe abgerechnet, nur Bauernhöfe auf Barmer Gebiet. Das alte zähe Bauernblut regte sich in ihm. Das Gut halten; nur Verwalter sein; es vergrößern, wie die Familie sich vergrößert. Der Erbe sorgt für den Erben.

Was in diesen stahlblauen Augen zu lesen stand, war das, was während des nächtlichen Spazierganges über die Barmer Berge Paul Wiskotten, der Träumer unter den Brüdern, die Persönlichkeit der Familie genannt hatte …

Als Gustav Wiskotten zu Hause anlangte, herrschte Mittagspause. Nur Christian, der Heizer, saß in der Tür des Maschinenhauses und löffelte aus einem Blechnapf Gemüse, Kartoffeln und Rindfleisch. Wenn er einen besonders guten Bissen ergattert hatte, steckte er ihn dem Blondkopf in den Mund, der auf das geleerte Geschirr wartete und inzwischen mit gierigen Kinderaugen jede Bewegung des väterlichen Löffels verfolgte.

»Hat der Jung zu Haus nix abgekriegt, Christian?«

»Gewiß dat. De hat den Ranzen voll. Aber die Blagen meinen ja, bei Vattern gäb es immer wat Extraes.« Er klapste dem Jungen stolz eins auf den Hosenboden. »Sie wissen ja selber, wie dat is, Herr Wiskotten.«

Gustav Wiskotten hatte Sehnsucht nach den Seinen. Einen Blick warf er noch auf die schwarze Wupper. ›Wart‹, dachte er, ›dich werden wir bald noch schwärzer haben!‹ Dann eilte er in wenigen Sprüngen die Treppe zu seiner Wohnung hinauf.

»Mahlzeit, Emilie. Wo sind die Kinder?«

»Verhungert wären sie, wenn sie auf ihren Vater hätten warten sollen. Der ganze Braten taugt nix mehr.«

»Laß ihn. Wenn wir nur was taugen. Donnerwetter, hast du dich staats gemacht.«

»Ach, Gustav, laß doch das Anfassen. Das Kleid ist vom vorigen Winter.«

»Aber du bist doch nicht von gestern. Komm her. Was geht mich das Kleid an.«

Er nahm sie in die Arme und küßte sie derb ab. »Ein Mund wie Honig, und was drum und dran is – na, was denn?«

»Gustav!« sagte sie und machte sich frei. »Nun hast du mir das Haar wieder losgemacht.«

»Ein Haar wie weichste Seide. Wenn ich's abschneide, kann ich's in der Fabrik verarbeiten lassen. Na, komm, ich hab's verdient.«

»Du immer mit deiner Fabrik!«

Er setzte sich an den Tisch und aß. Er hatte einen Wolfshunger.

»Du – Emilie – den Platz hätten wir.«

»Welchen Platz nu schon wieder?«

»Den Platz von der Eisenbahn. Den Kerls hab' ich eine Laterne aufgesteckt. Plötzlich konnten sie sehen, wo Bartel den Most holt. Im März bauen wir.«

»Aber du willst doch nicht schon wieder Geld in die Fabrik stecken? Woher denn nur? Wir haben doch Kinder?«

»Gerade der Kinder wegen. Und nicht nur 'reinstecken, doppelt herausholen, doppelt und dreifach. Gib mal acht, wenn die neuen Gebäude stehen! Da kann die Vierhundertfünfzigpferdige samt der Hundertfünfzigpferdigen die Lungen voll nehmen. Die Wiskottens sollen alle zusammen satt werden.«

»Das werden wir. Aber wenn's so weitergeht –«

»Wenn's *nicht* so weitergeht, wolltst du wohl sagen. Ja, dann könnten wir eines Tages schön auf dem Proppen sitzen. Heute können nur noch große Betriebe mitreden. Und verlaß dich drauf, wir *werden* mitreden.«

Er trank sein Weinglas leer.

»Du – Emilie – wenn du deinen Vater siehst –«

»Was soll der denn dabei? Geld hergeben? Der denkt besser an sein Kind als du an die deinen.«

»Sag ihm, ich käm' heute abend. Er sollt' aber eine kalt stellen. Wir wollten über das Glück seines Kindes beraten.«

Er stand auf und dehnte die Arme. »Das hat geschmeckt. Nun ist die Maschine wieder geheizt.« Er hielt die starken Arme waagerecht wie ein paar Windmühlenflügel.

Emilie sah nach ihm hin. Ganz wenig. Von der Seite nur. Sie war doch stolz auf ihn. Nur, daß er sie immer wie ein albernes Kind behandelte. Und sie war Hausfrau und Mutter. Was wollte er denn mehr?

»Emilie –«

»Ja – – –?«

Er lachte, und sie lachte auch. Dann ließ sie sich ohne Weigern in die Arme nehmen.

»Nun ruf mal die Kinder.«

Sie kamen hereinmarschiert. Der Junge – Gustav, wie jeder Erstgeborene in gerader Linie – mit schnüffelndem Näschen, die kleine Emilie, nach der Mutter getauft, laufend, stolpernd, sobald sie den Vater erblickt hatte. Er fing sie auf und setzte sie auf seine Schulter, wo sie vor Vergnügen krähte.

»Na, ihr Rabauen, ihr laßt den Vater allein essen?«

»Hast du alle beide Äpfel allein aufgegessen?« fragte der Junge mit hängender Lippe und suchte auf dem Tisch.

»Du gönnst sie mir wohl nicht, mein wackerer Sohn?«

»Gönnen wohl, aber Emilie und ich hatten uns doch schon drauf gespitzt!«

»Ja, wenn ihr euch schon drauf gespitzt hattet, dann werden wir wohl mal zusehen müssen, ob sie noch nicht ganz in den Magen gerutscht sind. Sucht!«

Juchzend strebte das Schwesterchen von der Schulter herunter. Links und rechts hingen sie an dem lachenden Vater und durchsuchten eilig seine Taschen.

»Ha!« schrie der Junge.

»Ha!« krähte das Schwesterchen ihm nach.

Dann wollten sie sich mit ihrer Beute davonmachen. Aber der Vater erwischte sie.

»Was –? Ist das eure gute Erziehung?«

»Ihr sollt ›danke‹ sagen«, fuhr Emilie Wiskotten sie an.

»Danke ...« sagten sie kläglich und blickten auf die Äpfel, die für sie bedeutend an Wert verloren hatten.

»Stropp«, lachte Gustav Wiskotten und fuhr seinem Ältesten durchs Haar. »Nu sag mal, was du werden willst.«

»Pastor.«

»Wa–was? Wie kommst du denn darauf?«

»Dann kann ich sonntags in der Kirche reden, und keiner darf mucksen. Aber lieber – lieber möcht' ich noch was andres werden.«

»Herrgott, was wird nu kommen?«

»Leichenwagenkutscher.«

»Lei ... Leichenwagenkutscher – –?«

»Dann hab' ich immer einen langen Zug hinter mir, und ich bin der Erste!«

Gustav Wiskotten atmete tief aus. »Gott sei Dank«, sagte er, »er hat wenigstens Ehrgeiz ...«

In der Fabrik pfiff man zur Arbeit. Links und rechts der Wupper. Im ganzen Tal – –.

3.

Wie ausgestorben lagen die Straßen. Die Fenster an den Häusern waren geschlossen, die Türen fest in den Klinken. Kaum daß ein spielend Kind den Bürgersteig betrat. Eine seltsame, feierliche Ruhe, eine abgeklärte Stille hatten allen Lärm der Woche, alle Hast des Werktags schweigend aufgesogen. Kalt und vergessen ragten die hohen Schornsteine in den Märzmorgen, als seien sie die überflüssigsten Dinge der Welt. Es war Sonntagsfrühe.

Ein leiser Glockenklang zitterte durch das Tal. Ein paar Frauenköpfe erschienen an den Fenstern, schon im Schmucke des Sonntagshutes. Ein vollerer Glockenschlag dröhnte hinterher. Dann ein Zweiklang, ein Dreiklang. Die Männer in den Häusern, die in Hemdärmeln am Tische saßen, legten die Zeitung beiseite und zogen die Röcke an. Draußen wogten die Harmonien des Geläutes. Die Kinder bekamen ihr Gesangbuch zugeteilt und den Pfennig für den Klingelbeutel, die Erwachsenen steckten sich ein Nickelstück für die Tellerkollekte an der Kirchentür zurecht. Kein Wort wurde dazu gesprochen. Der Vorhof der Kirche reichte am Sonntagmorgen bis in die Häuser.

In der Luft rangen die Glockengesänge der Kirchen miteinander zum höheren Lob des Herrn. Es waren eifrige Gemeinden, die aneinander strenges Maß legten, weil sie nicht duldsamer gegen sich selbst waren. Lutheraner und Reformierte trafen sich auf dem Plan, und auch die lutherisch-reformierten Unierten behaupteten ihren Platz. Die Katholiken hatten ihre geringere Zahl durch den Bau eines Gotteshauses wettgemacht, das mit Stolz einen der höchsten Türme des Rheinlandes aufwies. Die wenigen israelitischen Kaufleute kamen nur politisch in Betracht. Unzählige Sekten aber, denen der evangelische Gottesdienst aus formellen Gründen nicht behagte, waren über das ganze Tal verstreut.

Streng hielt jeder zu seiner Fahne. Die Reformierten machten wenig Unterschied zwischen Lutherischen und Katholischen, die Lutheraner ebensowenig zwischen Katholiken und Reformierten. Aus dem Gewoge der Töne erhorchte ein jeder nur *seine* Glocken, die Klänge der andern gingen spurlos an seinem Gehör vorbei.

An allen Enden des Tals schwoll jetzt der Kirchenruf an. Die Haustüren öffneten sich. Einzeln, zu zweit, zu ganzen Familien erschienen die Menschen. Immer aber wortlos. Es war ein ernsthaft Schreiten, talauf, talab. Ein stummes Neigen des Hauptes, ein steifes Lüften des Hutes, wo sich Bekannte trafen. War etwas an den Begegnenden zu bemängeln, so tauschte man unter sich einen langen Blick und kniff die Lippen. Erörtert wurde der Fall erst *nach* der Kirche. Hin und wieder machte man auf den engen Steigen entgegenkommend Platz. Dann entstand eine Stockung in der langen schwarzen Linie. Die Familie eines Presbyters schritt vorüber mit in sich gekehrten Augen.

Eine halbe Stunde dauerte der Gesang der Glocken, eine halbe Stunde das ernsthafte Schreiten blasser Arbeiter mit verschleierten Augen, kräftiger Handwerker mit zufriedenem Gesichtsausdruck, geradeaus blickender Fabrikanten, der Frauen und Mädchen aus allen Klassen der Bürgerschaft, hier hagere, abgerackerte, mit roten Flecken auf den Backenknochen und straffgezwungenem Haar, dort behäbige mit selbstzufriedenen Mienen, andre frisch und kernig, echter lebenskräftiger, bergischer Schlag, andre mit stumpfen Blicken. Trabend zwischen ihnen die Schar der Konfirmandenschüler. Noch ein weithinklingender Glockenschlag, von allen Kirchtürmen zurückgegeben, und es war still in der Luft, still auf den Straßen. Ein paar Nachzügler eilten, schamrot, durch die Kirchentür. Dann schlossen sich die schweren Pforten. Und wieder lag wie ausgestorben das Tal. – –

Im Hause der alten Wiskottens, das, von einem Gärtchen umrahmt, wenige Straßen weit von der Fabrik gelegen war, herrschte sonntägliche Stille. Nur aus der blanken Küche drangen leisbrodelnde Geräusche, und der Duft von kräftiger Fleischbrühe zog angenehm durch das Haus. Im Wohnzimmer, dessen Fenster nach der Straße gingen, saßen sich an langem Tische in bequemen Korbsesseln die beiden Alten gegenüber, jedes an seinem Fensterplatz. Das Dienstmädchen war zur Kirche, die Alten waren allein.

Behaglich drückte der alte Wiskotten den Rücken gegen die buntbestickte Schlummerrolle, ein Geschenk Emiliens, und führte ein Glas angewärmten Rotweins zum Munde. Seine blauen Augen, zwei frohe Leuchten der Treue, blickten stillheiter aus dem faltigen Gesicht, das von dichtem, schneeweißem Haupthaar und einem schneeweißen Halskragenbart umgeben war, und verliehen dem schönen Greisenkopf den Abglanz der Jugend. Er war etwas gichtig geworden in den letzten Jahren. Bevor er durch seine Heirat mit der Bandfabrikation vertraut geworden war und auf Anraten seiner Frau die Wirkerei seiner verstorbenen Schwiegereltern übernommen hatte, um später frischwagend einen neuzeitlichen Betrieb aufzubauen, war er durch eine harte Färberlehre gegangen, und bis zu dem Augenblick, da sein Ältester, Gustav, die Zügel übernahm, hatte er wie dieser tagein, tagaus, vom frühen Morgen bis zum späten Abend auf dem Posten gestanden. Dafür durfte er jetzt, wohl oder übel, ausruhen. Seine Beine wollten nicht anders. In kleinen Schlückchen schlürfte er den dünnen Rotwein und lächelte in sich hinein.

Frau Wiskotten, die bis dahin durch das Fenster die Beteiligung der Nachbarn am Kirchgang festgestellt hatte, wandte sich jetzt dem Tische zu und griff nach dem Brillenfutteral. Sie trug ein bauschiges schwarzes Kleid, das wie eine Glocke um sie stand, und auf dem trotz ihrer sechzig Jahre noch immer braunen Haar ein schwarzes Spitzenhäubchen. Die widerspenstige Brille kam aus dem Futteral und wurde hinter den Ohren befestigt.

»Na, Mutter –?«

»Wir haben heut Sonntag Judika.«

»Soll wohl sein, Mutter.«

»Dat solltest du aber doch wissen, Vatter.«

»Du weißt et ja, Mutter, und so wissen wir et alle beide.«

Frau Wiskotten nahm die Hausbibel vor, die auf den Zeitungen lag.

»Das Evangelium des Sonntags Judika steht geschrieben Johannes 8, Vers 46 bis 59.«

Der Alte blickte ruhig über den Tisch auf seine Lebensgefährtin.

»Hör zu, Vatter ... ›Welcher unter euch kann mich einer Sünde zeihen? So ich euch aber die Wahrheit sage, warum glaubet ihr mir nicht? Wer von Gott ist, der höret Gottes Worte; darum höret ihr nicht, denn ihr seid nicht von Gott. Da antworteten die Juden und sprachen zu ihm: Sagen wir nicht recht, daß du ein Samariter bist und hast den Teufel? Jesus antwortete: Ich habe keinen Teufel, sondern ich ehre meinen Vater, und ihr unehret mich. Ich suche nicht meine Ehre; es ist aber einer, der sie suchet und richtet. Wahrlich, wahrlich, ich sage euch: So jemand mein Wort wird halten, der wird den Tod nicht sehen ewiglich.‹«

Die Leserin unterbrach sich, schob die Brille nach vorn und blickte auf ihren Lebensgefährten.

»Vatter, dann bleiben wir zusammen.«

»Gewiß, Mutter.«

»Aber fragen muß ich mich doch, ob ich immer sein Wort gehalten und seine Ehre über meine Ehre gestellt hab'.«

»Na, Mutter, wenn du nich, wer denn?«

»Dat sagst du so. Aber unser Herr Jesus denkt vielleicht anders darüber.«

»Unser Herr Jesus kennt dich ebensogut, wie ich dich kenn'.«

»Ja, Vatter –« eine mädchenhafte Röte lief über das alte Gesicht – »du siehst dat mit andern Augen an.«

»Ach wat, Mutter, ich hab' *dich* lieb gehabt, und du hast *mich* lieb gehabt, un unsre Kinder sind tüchtige Bengels geworden.«

»War et aber auch immer ein christlich Eheleben?«

»Hm, Mutter – mit so 'nem kleinen Einschlag von Donnerwetter. Aber et waren christliche Donnerwetters.«

»Erzieh du mal sechs Junges –«

»Un en Mann –«

»Un dazu noch dat Aufpassen auf die Haspelmädches. Wenn einem da mal die Zunge durchgeht oder die Hand –«

»Ja, alles wat recht is, Wichse haben die Junges genug gekriegt.«

»Ach, davon sprech' ich nich. Davon werden die Junges groß. Aber ob ich nich mal im Hochmut gewesen bin und hab' so 'nem armen geplagten Mensch unrecht getan? Dat is dat, wovon im Johannes steht: ›Ich suche nicht meine Ehre; es ist aber einer, der sie suchet und richtet!‹«

»Mutter, wenn du da zweifelhaft bist, kannst du ja mal mit 'em Gustav sprechen wegen Erhöhung der Löhne.«

»Wat soll dat nu? Dat hat doch mit 'em Evangelium des Sonntags Judika gar nix zu tun. Unsre Haspelweiter kriegen so viel Lohn, dat se aus lauter Hoffart schon mit Federhüten in de Fabrik kommen. Dat heißt, ich darf et nich sehen. Nich zweimal!«

»Sprich dich mal aus, Mutter.«

»Ich mein' nur, ob wir in unsrer Ehegemeinschaft nich zuviel an Erwerbung irdischer Güter gedacht haben, sondern auch an den Schatz im Himmel?«

»Ja, Mutter, dat mußt *du* nu wissen. Ich hab' immer vor mich weg gearbeitet. Die Kasse hast du geführt.«

»Un wenn ich et nich so zusammengehalten hätt'? Wenn ich nich zu Haus un in de Fabrik so für Ordnung gesorgt hätt' wie en Inspektor? Wär' dat dann nu besser?«

Der alte Wiskotten beugte sich über den Tisch und streckte die Hand aus nach der Hand der Unermüdlichen. So blieben sie eine Weile. Die Uhr tickte durch das Zimmer, und der Zeiger eilte weiter. Da sagte die alte energische Frau: »Heutzutag sagen so viele, sie suchen den lieben Gott. Aber sie scheuen sich, ihn zu finden. Denn der liebe Gott ist nicht im Müßiggang, Gott ist in der Arbeit. Wer arbeitet, der bekennt Gottes Wort; und wer Gottes Wort bekennt, der wird den Tod nicht sehen ewiglich, sagt das Evangelium des Sonntags. Daher mein' ich, Vatter, du un ich, wir werden den Tod nich sehen.«

So legte sich die starkgeartete Frau den Text aus, und der Gatte erkannte ihre kräftige Lebensweisheit und nickte mit dem weißen Kopf. Bedächtig nippte er an dem leichten roten Wein und blickte hinaus in den durchsichtigen Märzmorgen. Lange sah er hinaus. Und er sah den hohen Schornstein seiner Fabrik, die er ein Menschenalter hindurch, Stein für Stein, zusammengetragen hatte, und sah seine sechs Söhne breit und fest auf dem Erbe stehen, seinen ältesten, seinen Gustav an der Spitze, alle bereit, auch an ihrem Teil Stein für Stein zusammenzutragen. Und er spürte den starken Segen dessen, von dem die Mutter gesagt hatte: Gott ist in der Arbeit! Er spürte ihn von seinen Söhnen, die seine Art weiterführten, auf sich zurückfließen. Nein, er würde den Tod nicht sehen ewiglich.

Dann dachte er an seinen jüngsten, den Ewald. Er war stolz auf ihn, denn der hatte das ganze Gymnasium absolviert. Mutter hatte ihn geboren, als sie schon vierzig zählte. Schade, daß der Junge nicht auch in die Fabrik eintrat. Heute, wo man auf dem Weltmarkt arbeitete, wäre Gelehrsamkeit kein Hindernis. Er überlegte, ob er einmal mit Gustav darüber sprechen sollte. Mutter zwar hatte mit dem Jungen ihre eignen Gedanken. Na ja – ein Wiskotten auf einer Wuppertaler Kanzel war auch nicht schlecht. Trotzdem – so ein Jung! Schade – –

Durch das Vorgärtchen kam Gustav Wiskotten mit den Kindern. Die kleine Emilie winkte den Großeltern, die sie am Fenster erspäht hatte, entgegen, die Hand wie eine Wetterfahne hoch in der Luft drehend. Der kleine Gustav nahm auf einen Stupser des Vaters steif die Mütze ab. Nun polterten sie die Treppe hinauf.

»Mama läßt grüßen«, rief der Junge und drängte sich vor. »Sie is in de Kirche«, rief das Schwesterchen, ängstlich, mit seiner Nachricht zu spät zu kommen. Dann gaben sie den Großeltern einen Kuß und ließen sich streicheln. Großmutter hatte immer Berliner Brot mit Mandeln im Kasten.

»Du bist nicht in der Kirche?« sagte Frau Wiskotten nach der Begrüßung.

»Nee, Mutter, ich hatte in der Fabrik zu rechnen und zu messen. Da ist mir der ruhige Sonntag gerade recht.«

»Ich weiß schon gar nich, wie ich dich immer beim Pastor entschuldigen soll.«

»Sag ihm nur, ich sorgte dafür, daß die Kirche im Dorf blieb«, und er zeigte lachend seine Hände. Auch der Alte lachte mit. Aber die Mutter nahm's ungnädig.

»Dat sind so Redensarten. Sonntagsarbeit, dat is wie Kalbfleisch, Halbfleisch! Die rechte Bouillon steckt da nich drin.«

»Na, Mutter, ich werd' dich nachher mal schmecken lassen.«

Der Unmut der alten Frau verflog. Die andern waren ja in der Kirche. Da durfte wohl einer das Haus besorgen.

»Alles in Ordnung?« fragte sie.

»Ich laß nächste Woche ausschachten. Morgen erfolgt die Eintragung ins Grundbuch. Ich hab' gestern noch das Grundstück abtaxieren lassen, damit ich weiß, was der Kölsch kriegt.«

»Dat wird uns doch arg in Anspruch nehmen, den bar auszuzahlen.«

»Den Kölsch? Auszahlen? Der läßt das Geld zu vier Prozent auf der Fabrik stehen. Ohne mit der Wimper zu zucken, schlug er selbst den Modus vor. Ein Prachtkerl. Wenn er nich selber so mit der Fabrik verwachsen wär, als wär's die seine, müßt ich mich beinahe schämen. Von der Stadt hätt' er das Doppelte haben können. Aber da hilft keine Sentimentalität. Fabrik is Fabrik. Wenn sie leben soll, muß sie atmen können.«

»Un dat Baugeld?« fragte die Mutter, ohne sich über den Edelmut Kölschs weiter zu beunruhigen. »Wird der alte Scharwächter zuschießen?«

Gustav Wiskotten kraulte sich das dichte Haar.

»Er macht noch Spajitzen. Redete mir allerhand vor von seinem Tod und daß Emilie dann alles kriege, aber daß er sich nich gern auszög, bevor er zu Bett ging. Ich mag den trockenen Kerl nich leiden. Aber nach meinen persönlichen Neigungen und Abneigungen fragt die Fabrik nix. Davon raucht der Schornstein nich. Ich hab' also nich locker gelassen. Als ich ihm zwei Flaschen Zeltinger ausgetrunken hatte, kriegte er Angst, ich tränk' die dritte. Da hat er sich denn schließlich bereit erklärt, das Baugeld auf Widerruf von Monat zu Monat herzugeben. Wie er's hergibt, kann mir ja ganz egal sein. Dat is *sein* Pläsier!«

»Großmutter, ich möcht' auch Pläsier haben.« Die Kinder wurden ungeduldig.

»Wat möchtst du haben?«

»Berliner Brot«, erklärte der Großvater und zwinkerte seinen Lieblingen zu. Da erhielt ein jedes sein Mandelstangendeputat. »Aber mäuschenstill sein, wenn große Leute reden.«

»Mutter, die Kirche is aus«, sagte der alte Wiskotten und beobachtete den Menschenstrom, der, lebhafter als am Morgen, zurückwogte. Die Rücken waren straffer, der Gang aufrechter, der Blick heiterer. Es war, als hätten alle diese Menschen in der Frühe eine Last Sorgen und schwerwiegender Gedanken ins Gotteshaus getragen und sie dort gelassen.

»Da kommen die Jungens.«

»Der August ist nicht dabei.«

»Wird wohl den Klingelbeutel oder den Kollektenteller gehalten haben«, meinte Gustav.

Die übrigen vier Wiskottens erschienen und begrüßten die Eltern und den Bruder. Wilhelm und Fritz behielten den Paletot an und den Hut in der Hand.

»Trinkst du einen Frühschoppen mit, Gustav?«

»Soll mir recht sein. Du, Vatter, wie wärs?«

»Wenn die Pedale erst wieder in Gang sind. Trinkt eins für mich mit.«

»Du sollst den Junges auch lieber wat andres sagen«, brummte Frau Wiskotten. »Aus der Kirche und in et Wirtshaus, dat gehört sich nich.«

»Wir haben eine geschäftliche Verabredung, Mutter, im Hotel Vogeler. Adieu einstweilen.«

»Punkt ein Uhr wird gegessen.«

Paul und Ewald Wiskotten kamen aus ihrem Zimmer, wo sie Mantel, Hut und Gesangbuch abgelegt hatten. Der Vater schob ihnen die Rotweinflasche hin. Sie holten sich Gläser aus dem Schrank und setzten sich zu ihm.

»Wovon hat denn der Pastor gepredigt?« fragte Frau Wiskotten ihren Jüngsten.

»Vom lieben Gott.«

»Dat kann ich mir wohl denken. Hast du denn sonst nix behalten?«

»Neben mir, oben auf der letzten Bank, saßen zwei kleine Bengels, die tauschten Briefmarken.«

»Hättst ihnen 'ne Ohrfeige geben sollen. Et is en Elend, wie heutzutag die Kinder erzogen werden. Da is immer die Mutter schuld. Keinen Ernst, nix wie Fladusen im Kopp, die Frauenzimmer.«

Emilie Wiskotten kam, um die Kinder zu holen. Sie sah sehr hübsch aus in ihrem strammen Jakett und dem breitrandigen Hut, aber sie war ärgerlich, daß sie ihren Mann nicht traf.

»Die Minute konnt er auch warten. Aber die Angst, dat et Bier wegläuft! Sagt adieu, Kinder. Wenn ich nich mach', daß ich nach Haus komm', kriegen wir alle zusammen nix zu essen.«

Wieder schlug die Hausschelle an, als sie gegangen war. Auf der Treppe ertönte respektvoll Augusts Stimme und eine lautere, sonorere.

»Der Herr Pastor!«

»Guten Morgen, meine liebe Frau Wiskotten, guten Morgen, mein lieber Herr Wiskotten. Wie ist das Befinden? Der Rotwein mundet wohl nicht recht? Ja, ja, womit man in der Jugend sündigt, damit wird man im Alter gestraft.«

Der kurze runde Mann mit dem grauen Backenbart sagte es humoristisch väterlich.

»Ne, Herr Pastor«, erwiderte der alte Wiskotten, »dat stimmt nu nich ganz. Rotwein hab' ich in meiner Jugend nich mal dem Namen nach gekannt. Höchstens mal en festen Schnaps.«

»Dieses Getränk wollen wir nicht einmal als Wort in den Mund nehmen. Nein, Frau Wiskotten, ich setze mich nicht. Ich habe noch Krankenbesuche in der Gemeinde. Der Sonntag gehört den Armen. Nur nach Ihrem lieben Mann wollte ich sehen. Ich freue mich, daß ich ihn so wohl finde. Ah, das ist ja auch der Herr Studiosus – *exitus acta probat*, der Ausgang krönt das Vollbrachte, sagte der alte Heide Ovid. Und nun soll's in die Theologie?«

Ewald Wiskotten wurde feuerrot. Er stotterte.

»Der alte Heide Ovid«, stieß er hervor, »sagt aber auch: ›*Disce bonas artes, moneo, romana juventus.*‹«

»Versteh' ich nich«, meinte Frau Wiskotten und sah den Pastor an.

»Das Kind zitiert: ›Lerne die schönen Künste, ich mahne dich, römische Jugend‹«, erklärte der Pastor. »Aber das hat doch, Gott sei Lob und Dank, nichts mit der Theologie zu tun?«

Paul Wiskotten stieß den jüngeren Bruder an. »Sei still«, raunte er ihm zu.

»Nun, Frau Wiskotten«, fuhr der Pastor fort, »ich komme an einem Nachmittag der Woche. Dann wollen wir den Studiengang unseres Jüngsten besprechen. Recht schönen Sonntag allerseits! August will mich noch ein Stück zu meinen Kranken begleiten.«

»Ich will nicht, Vater«, sagte Ewald Wiskotten rasch, als die Mutter den Pastor hinausgeleitete, und er faßte krampfhaft die Rechte des Alten. »Ich will nicht, und ich kann nicht zur Theologie.«

»Pßt ... Dat Mutter dich nich hört. – Kann nich! Wer so viel gelernt hat, dem steht die Welt offen! Kuck mich mal an. Als ich ausgelernt hatt', in Elberfeld beim Färber Frowein, da kriegt' ich en Lehrbrief, un mein Meister und zwei Wirte, zwei Freunde von ihm, gingen mit als Zeugen zum Oberbürgermeister. Der stempelte den Lehrbrief eigenhändig ab, un mein Meister schlug mir dabei auf die Schulter un sagte stolz: ›So! Domet kanns du nu dörch de ganze Welt!‹ – Ich hatt' et bloß auf'm Papier, du aber hast et auch im Kopp! Prost, Jung'!«

* * *

Gegen Abend fuhren Paul und Ewald Wiskotten mit der Straßenbahn nach Elberfeld. Auf der langen Alleestraße, dem Stolz der Barmer, war es schwarz von Menschen, die hier allsonntäglich ihre Promenade machten. Die Bäume der Allee hatte Napoleon der Erste gepflanzt, so ging die Legende. Die alten Bürger der Schwesterstädte Barmen und Elberfeld bewahrten aus den Erzählungen ihrer Väter her in einem Winkelchen ihrer Phantasie noch eine kleine Schwäche für den großen Korsen, der das alte Herzogtum Berg zum Großherzogtum erhoben hatte und mancherlei praktisches Interesse für das Wuppertal bekundet haben sollte. Auch verlieh es Ansehen, wenn der Vater den Kindern den Boden mit historischen Erinnerungen tränkte und von dem gewaltigen Napoleon sprach wie von einem alten Duzbruder der Familie.

Ewald Wiskotten konnte es kaum erwarten, bis der Wagen am Elberfelder Rathausplatz hielt. In einem Zimmer des alten Hotels zur Post sollte er die künstlerischen Intelligenzen des Wuppertales treffen, vielleicht von ihnen als künftiger Kollege gewürdigt werden. Sein Herz schlug hoch, als Paul Wiskotten die Tür öffnete.

An einem langen Tisch saßen eine Anzahl älterer und jüngerer Männer bei Bier- und Weinschoppen. Einer las ein Stück aus einem Epos vor, die andern horchten gespannt. Es lag etwas Weihevolles, Weltentflohenes über der kleinen Gesellschaft. Ein paar Alte hatten den Kopf aufgestützt und blickten lächelnd zur Decke, als erblickten sie dort den Olymp ihrer Jugendträume. Ein paar Jüngere, bleich, mit aszetischem Gesicht und funkelnden Augen, tranken die Worte des Vorlesenden wie berauschenden Wein. Vom Neide frei war ihnen die Bewunderung. Ein Dichter sprach. Sie wußten, was Dichter sein heißt, daß es das Glück bedeutete, das den Unterschied verwischt zwischen Mansarde und Prunksaal. Zu dieser Stunde waren sie alle im Prunksaal. Mit Rittersporen und klirrendem Schwert schritten sie Fürsten gleich hindurch.

Der Vorlesende hatte geendet. Die Jüngeren stürmten auf ihn ein und beglückwünschten ihn, während die Älteren weiter träumten. Ein Durcheinander von Stimmen. Man stritt mit Begeisterung. Über Jamben, Daktylen und Trochäen. Über das Historische im Dienste der Kunst. Über die poetische Lizenz.

»Aber famos war's, Herrgott, famos!«

Paul Wiskotten stellte seinen Bruder vor. Man sah ihn einen Moment prüfend an und begeisterte sich weiter. Ein alter Weißbärtiger bot ihnen Plätze neben dem seinen an. »Mein Bruder Ewald«, stellte Paul Wiskotten vor, »Herr Dichter Korten, der Nestor der Wuppertaler Kunst.«

»Ja«, sagte der alte gesprächige Herr im langen fadenscheinigen Gehrock, »der Nestor! Das ist nun der Ruhmestitel für meine achtzig Jahre. Ich möchte lieber der Benjamin heißen. Wie schön ist doch die Welt, wenn man sie sich sogar noch mit der Dichtung schmücken darf. Nein, irdische Schätze tun's nicht allein. ›Die Welt ist fortgegeben‹, sagte Zeus zum Poeten, aber ›Willst du in meinem Himmel mit mir leben, sooft du kommst, er soll dir offen sein.‹ So sind wir Dichter denn gewissermaßen Helfershelfer vom lieben Gott.«

»Sie müssen gewiß viel erlebt haben, Herr Korten«, sagte Ewald Wiskotten begierig.

»Erlebt? Achtzig Jahre habe ich erlebt, mein junger Freund! Achtzig! Andre haben die drei Kriege erlebt, 64, 66 und 70. Wer hat noch das Sturmjahr 48 erlebt? Ich meine: Wer hat noch mit auf der Barrikade gestanden? Der alte Korten! Und wer hat noch den großen Napoleon erlebt? Wieder der alte Korten! Aber Sie trinken nicht.«

Paul Wiskotten ließ vom Kellner eine Flasche Rheinwein bringen. »Bitte, schenken Sie uns die Ehre, Herr Korten.«

Der Greis nahm an. Er hielt das gefüllte Glas gegen das Licht, dann beschnüffelte er mit vorgestreckter Nase die Blume. Als tränke er tagaus, tagein den edlen Rebensaft, den er so oft, darbend, besungen.

»Meine Herren, die Kunst! Nicht leben wollt' ich, wenn ich nicht ein Dichter wär'! Denn der Dichter, der Künstler – Prost, meine Herren, Prost!«

Auf einen Zug trank er aus. »Danke, danke. Bemühen Sie sich nicht. Oh, wenn Sie mir das Amt des Schenken überlassen wollten! Das hat so etwas Feierliches, Freudiges – so eine große Linie. Man kommt sich wie ein Krösus vor, der flüssiges Gold verteilt. Mein Wort darauf. ›Der Wein erfindet nichts, er schwatzt nur aus‹, sagt Schiller. Ja, dieser Schiller! Er mußte zu früh dahin, wie Napoleon ...«

Er trank gedankenvoll. »Früh stirbt, wen die Götter lieben – – Sollten sie mich nicht geliebt haben – –?«

»Sie sagten ›Napoleon‹, Herr Korten ...«

»Ja, Napoleon ...«

»Haben Sie ihn noch gekannt?«

»Gekannt? Gewiß!« erklärte der Greis. »Nicht gesehen, leider nein. Aber gekannt! Ich war vier Jahre alt, als die Völkerschlacht bei Leipzig geschlagen wurde, und fünf, als die Sonne von Waterloo sank. Wir im Bergischen, im alten Herzogtum, lebten mittendrin in der Franzosenzeit. Bis in die Fünfzigerjahre, ja kurz bis vor dem Kriege 64 gegen die Dänen, sang man hier im Tal die Napoleonslieder und die Lieder seiner Getreuen. Ja, ja, ja, gestorbene Größe wirft noch lange einen Schatten.«

»Sagen Sie uns eins der Lieder.«

Des Alten Augen strahlten in neuer Jugendlust.

»›Wer ist der Held, der dort bei fernen Fahnen
In Jugendkraft einhergeht, stolz und kühn?
Sein graues Haupt will wundersam mich mahnen.
Wer ist der Held mit solchem Kriegersinn?
O Feldherr, spricht mit Lust der Offizier,
Es ist *Latour*, dein bester Grenadier.‹

Und Napoleon lobt ihn, den alten Edelmann, der wieder als Gemeiner eingetreten ist, im Leben und im Sterben:

›Zu Straßburg stand in langen, weiten Reihen
Das Regiment. Der Kaiser tritt heran.
Wo ist Latour? Da schluchzten all die Treuen,
Und ernsten Schritts tritt vor der Flügelmann.
O Kaiser du, die Adler huldigen dir,
Für Frankreich starb dein bester Grenadier.‹«

»Aber im Jahre 1800«, wagte Ewald Wiskotten einzuschalten, »als Latour d'Auvergne fiel, war ja Bonaparte noch gar nicht Kaiser.«

»Was war er nicht? Nun wohl, das ist poetische Lizenz. Sehr berechtigte. Für das Volk ist er zu allen Zeiten der *Kaiser* Napoleon. Das ist das spürende Gefühl, der Instinkt, den das Volk für die Großen aller Zeiten hat. Glauben Sie, man hätte nach Waterloo hier am Rhein über den gestürzten Kaiser gejubelt? Über Preußens Sieg hat man gejubelt in echt deutscher Gesinnung. Nicht über den gestürzten Kaiser, dessen Regiment man um so mehr Ehre angedeihen ließ, als unsre Verbündeten, die Russen, im Jahre 1813 durch ihre Kosaken, Kalmücken und Baschkiren unsre Bürger mißhandeln, unsre Frauen vergewaltigen und die Stadt auspressen ließen. Hören Sie nur das Lied von Waterloo oder Belle-Alliance, das hier Jahrzehnte noch gesungen wurde:

›Als früh der andre Morgen graute,
Der Donner der Kanonen schwieg,
Aurora aus dem Osten schaute,
Die stolzen Preußen riefen Sieg,
Und Frankreichs Heldensöhne lagen
Dahingestreckt aufs weiche Moos:
Ihr toter Mund schien noch zu sagen,
Sieg oder Tod sei unser Los!‹

So ehrt das Volk seine großen Gegner! Das Volk kennt keine Geschichtsfälschung, das Volk nicht. Weil es seine Dichter hat, seine Volksdichter! Prosit, meine Herren!« Er trank und schenkte mit der Grandezza eines gastfreien Edelmannes die Gläser der jungen Spender ein. »Vielleicht, weil nach den Freiheitskriegen die Reaktion kam und die Demagogenriecherei, die Untreue von oben, die zum Jahre 48 führte. Vielleicht sang man deshalb bei uns so laut die Lieder von französischer Treue. Um denen in Berlin zu zeigen: *so* denkt das *Volk* über Treue! Blücher war ein Volksheld, und General Bertrand, der Napoleon nach Sankt Helena folgte, wurde auch zum Volkshelden. Nun gerade! Ich kann Ihnen sagen, meine Herren, ich selber habe mich als junger Mann heiser daran geschrien, an ›Bertrands Abschied‹, in dem er seinen Kaiser ansingt:

›Ein nackter Fels, fern von Europas Küsten,
Ward zum Gefängnis ewig ihm bestimmt.
Kein Freundestrost dringt je in diese Wüsten,
Kein Wesen ist, das teil am Schmerz hier nimmt.
Doch wenn ich Tröster meinem Kaiser werde,
Dann wird mein Schicksal dennoch selig sein.
Ich war in Ruhm und Glück stets sein Gefährte,
Ich will es auch im Unglück ihm nun sein!‹«

Ewald Wiskottens Augen funkelten. Das war etwas andres als ein Sonntag daheim. Hier war Pulsschlag, Feuer, Farbe. Er bestelle eine neue Flasche.

Längst saßen die andern Mitglieder der Gesellschaft wieder auf ihren Plätzen und horchten den funkensprühenden Erinnerungen des Greises. Der Ependichter stieß aufgeregte Rufe aus. Als sporne er ein edles Streitroß an. In seinem Kopfe konzipierte er aus des Alten Lebensbuch eine neue Epopöe. Vergessene Heldenlieder wurden ausgegraben, von seltenen historischen Bilderbogen und Karikaturen wurde berichtet, von berühmten Schlachtenbildern und Porträts in alten vornehmen Familien. Und immer, als Schlußreim und Kehrreim, priesen diese Männer, die tagsüber den Kontorstuhl drückten oder den Volksschulkatheder, die Kunst, die alles schaffende, die alles erhaltende.

Dann sagte eine fremde, hüpfende Stimme: »Was? Veritablen Rheinwein? Talerwein aus Rüdesheim? Als Quelle? Als unversiegbare? Ich fordere den Mann auf, sich zu erheben, der den Juden totgeschlagen hat. Mit dem Ruf des freien Mannes: Teilen, teilen!«

»Der Maler Weert«, flüsterte Paul Wiskotten seinem Bruder zu, und Ewald Wiskotten erhob sich schnell und nannte dem Neuhinzugekommenen seinen Namen.

Der nickte herablassend und strich seinen grauen Heckerbart und seinen blauen Künstlerschlips.

»Schon gut, schon gut. Lassen Sie sich porträtieren, oder lassen Sie sich nicht porträtieren? Erst dann gewinnt Ihr Name für mich an Bedeutung. *Eventuell*!«

Ewald Wiskotten lachte verlegen.

»Ich glaube«, stammelte er, »ich möchte –«

»Sich porträtieren lassen?«

»Selber Maler werden.«

Weert sah aus geröteten Augen sein Gegenüber verächtlich an. Dann knurrte er kurz: »Wie kann ein junger Mann schon so unangenehme Angewohnheiten haben!« und setzte sich ein paar Stühle weiter. Die Gesellschaft lachte, und Ewald Wiskotten war klug genug, einzustimmen. Von der Seite blickte er bewundernd auf den Mann, von dessen früheren Streichen er so viel gehört hatte, daß er seine Grobheit für Künstlertum nahm.

Es wurden noch einige Gedichte verlesen. Und mit derselben inneren Bewegung, mit der sie vorgetragen wurden, wurden sie angehört. Dann lichtete sich der Kreis, und Ewald Wiskotten saß neben seinem rauhen Idol. Krampfhaft suchte er nach einem Unterhaltungsstoff.

»Darf ich Sie etwas fragen, Herr Weert?«

»Junger Mensch, Sie wollen Maler werden. Also bieten Sie für mich nicht das geringste Interesse.«

»Würden Sie mir gestatten, Sie zu besuchen, um Ihnen einige Zeichnungen vorzulegen?«

»Ich verstehe nichts von fremden Zeichnungen.«

»Raten Sie ab, Maler zu werden?«

»Wie kann ich das sagen? Ich kenne Ihren Geldbeutel nicht.«

»Muß man denn sehr reich sein, um Maler zu werden?«

»Um Maler zu *sein*! Reich oder sehr schlecht erzogen. Ich habe das letztere gewählt.«

»Aber es haben doch auch arme Maler hervorragende Bilder gemalt und sind berühmte Meister geworden. Lenbach, Böcklin, Defregger –«

»Junger Mann, Sie beleidigen mich mit Ihren Vergleichen. Ich kenne nur Bilder, die *ich* gemalt habe. Und nun hören Sie: Ich bin hierhergekommen, um zu trinken, nicht um zu fachsimpeln. Wenn Sie einen Arzt konsultieren oder einen Rechtsanwalt, so müssen Sie blechen und finden das natürlich. Ich lasse mir ebensowenig meine kostbare Zeit stehlen. Prosit! Das ist das einzige, was ich noch zu Ihnen sage.«

Er umfaßte mit gehöhlter Hand seinen Schoppen und ließ das Naß langsam durch die Kehle gleiten.

»Prosit, Herr Weert!«

»Prosit, Herr Kollege. So ist's recht. Sich beschwipsen. Wer sich die Ehre antut, in diesem schwarzen, rauchigen Muckertal als Maler zu vegetieren, der muß entweder verrückt oder betrunken sein. Ich bin für das letztere. Prosit.«

»Sie waren weit in der Welt, Herr Weert?«

»Ich war in allen den Ländern leibhaftig, in denen die armen Teufel um Sie herum ihre künstlich erhitzte Phantasie spazierenfahren. Aber sie haben Vorstellungsvermögen, die Kerls. Wenn sie von Italien deklamieren, fällt es mir wie eine Zitrone auf die Nase, und besingen sie Sevillas Stiergefechte, stößt mich der Bock.«

»Ha«, rief Ewald Wiskotten begeistert, »es muß doch herrlich sein, alles das malen zu können!«

»Malen – –? Herrlich – –? Bummeln zu können, bummeln, bummeln, wo Sonne ist, das ist herrlich. Malen!«

»Prosit, Herr Weert!«

»Prosit. Na, nu haben Sie's erfaßt.«

Um elf Uhr erhob sich der alte Dichter. Paul Wiskotten sprang auf, um ihn nach Hause zu geleiten. Da mußte auch der Junge mit. Er war wie berauscht. Sie fuhren mit der Straßenbahn bis zu der Wohnung des Greises und beschlossen, von der Haspelerbrücke, welche die Schwesterstädte verbindet, über die Berge nach Hause zu wandern.

Ewald Wiskotten sang in einem fort. Schweigsam schritt der Bruder neben ihm her. Er genoß das Erlebte wie ein Feiertagsglück. Unter ihnen lagen die Städte im engen Tal. Aber es war Leben in ihnen, Leben und Licht. Es war Sonntag im Tal, Sonntag bis Mitternacht. Wie Girlanden zogen sich die Lichter der Häuser die dunkeln Berglehnen hinauf, wie Tausende von Leuchtkäfern tanzten sie auf der Sohle des Tals. Ein Bild wie aus dem Märchenreich.

»Die Arbeit illuminiert«, sagte Paul Wiskotten. »Da brennt selbst das kleinste Licht noch einmal so hell.«

»Paul, Paul! Was für Menschen!«

»Tapfere Menschen«, sagte Paul Wiskotten. »Sie arbeiten werktags im Schweiße ihres Angesichts fürs Leben, für Frau und Kinder, um sich doppelt und dreifach auf ihr Sonntagslicht zu freuen, das ihnen die schwersten Wochen festlich illuminiert. Du, ich habe eine Achtung vor den Leuten – –!«

»Stubenhocker, Stubenhocker«, spottete der Bruder. »Keine Courage habt ihr! 'raus aus dem Nest und hinein in die Welt! Und wenn ich als Handwerksbursch los sollte.«

»Du hast eine zu gute Erziehung, mein Junge.«

»Ich schaff' mir eine schlechte an, wenn's sein muß! Nur 'raus aus diesem Räucherkasten! Draußen ist die Sonne!«

»Wenn du durchaus nicht Theologe werden willst, so werde Fabrikant. Das wird die Mutter zuletzt zugeben. Lach nicht so kindisch. Ein Fabrikant ist auch ein Stück Künstler.«

»Mit 'nem Sonntagslicht!« spottete der übermütige Junge und lachte ausgelassen von der Höhe ins Tal. Das lag von leuchtenden Girlanden umkränzt, funkelnde Sterne im Schoß. Die ausruhende Arbeit, mit dem Sonntagsgedanken im Haupt …

4.

Pastor Schirrmacher hatte seine Nachmittagspfeife ausgeraucht. Er klopfte sorglich den Porzellankopf aus, ließ das lange Weichselrohr trocken laufen, prüfte Schlauch und Mundstück und brachte sie endlich, frisch zusammengeschraubt, im Pfeifenregal unter. Dann tauschte er sein Hausgewand mit dem langen Gehrock, nahm Hut und Überzieher, öffnete die Fenster seines Studierzimmers und verließ das Haus, nachdem er seiner Wirtschafterin eine Weisung hinterlassen hatte.

»Ich gehe zu Werkmeister Kölsch«, hatte er gesagt.

Er traf den Werkmeister nicht daheim. Er hatte es an einem Wochentag auch nicht anders erwartet. Einer Aufforderung der Tochter, näher zu treten, folgte er wie einer, der ein gutes Anrecht hat, sich in den Häusern seiner Gemeinde daheim zu fühlen.

»Du hältst aber blitzblanke Ordnung, mein liebes Kind«, begann er erfreut und blickte prüfend von der schlichten Wohnungseinrichtung, die als Glanzstück einen hohen Mahagonibücherschrank aufwies, auf das frische Mädchen. Er war es gewohnt, seine früheren Konfirmandenkinder durch ihr ganzes Leben weiter zu duzen.

»Vater sieht darauf, Herr Pastor. Es muß alles sein, wie es bei der Mutter war.«

»Deine Mutter war eine brave und gottesfürchtige Frau. Nun ist sie im Himmel und sieht auf dich hinab, mein Kind. Du wirst der Gottseligen nur Freude bereiten.«

Anna Kölsch antwortete nichts. Sie blickte über den Pastor hinweg, der in Vaters Sessel Platz genommen hatte, auf ein Bild an der Wand, das Bild einer blassen, arbeitsmüden Frau. Sie sahen sich ähnlich, Mutter und Tochter. Dieselbe schlanke Gestalt, nur von der Tochter aufrecht und biegsam gehalten, dasselbe schwere Blondhaar, nur daß es sich bei der Tochter in dicken Zöpfen um die freie breite Stirn legte. Und was dort arbeitsmüde war, war hier arbeitheischend.

»Wie lange ist es nun her, daß ich dich konfirmiert habe? Warte – vier Jahre zu Ostern. Da mußt du jetzt schon achtzehn zählen. Also eine Jungfrau, die wohl gar schon an der Aussteuer näht ...«

»Och nein, Herr Pastor.«

»Das sagt ihr alle. Und wenn der erste anhält, sind alle Kasten voll Weißzeug, gesteppt und gestickt. Laß dich mal ansehen. Siehst du, da wirst du rot.«

»Ich werd' nur rot, weil Sie solche Sachen sprechen, Herr Pastor«, lachte das junge Mädchen und überließ ihm ihre Hände.

»Ich –? Ja, weshalb denn nicht ich? Das sind doch heilige Sachen.«

»Ich mein' nur«, sagte sie stockend, »weil – weil –«

»Weil –?«

»Weil Sie doch selber Junggeselle geblieben sind«, platzte sie heraus und wurde über und über rot.

Pastor Schirrmacher hustete. Seine Augen schlossen sich. Dann hatte er seine Züge wieder in der Gewalt.

»Nimm an, ich wäre zu wählerisch gewesen und dafür bestraft worden. Man soll nicht wählerisch sein. Ehen werden im Himmel geschlossen.«

»Ich hab' noch so viel Zeit«, lenkte das Mädchen schüchtern ab.

»Man soll sie als Vorbereitungszeit betrachten, mein Kind. Denke an das Gleichnis von den klugen und den törichten Jungfrauen. Als der Bräutigam kam, gingen die, welche bereit waren, mit ihm hinein zur Hochzeit; und die Tür ward verschlossen.«

»Aber ich denke wirklich nicht an Hochzeit, Herr Pastor. Mich will keiner. Und wenn auch.«

»Und wenn auch? Also doch einer im Hintergrund.«

»Das war nur so dahingesagt, Herr Pastor.«

»Na, na, na! Kenn' ich ihn wenigstens? Ich nehme an, daß er ein ernster, christlich gesinnter Mann ist und keiner von den Lauen im Tal. Laß mich einmal raten.«

»Herr Pastor, ich lauf' weg.«

»Siehst du, da meldet sich das Gewissen.«

»Sicher nicht«, beteuerte sie. »Sie machen mich nur so verwirrt.«

»Das ist das beste Zeichen. Kennst du ihn schon lange? Seit der Kindheit?«

»Aber ich weiß ja gar nicht – –«

»Laß sehen, wer käme da in Betracht? Hm ... Die Freunde deines Bruders Ernst – die – – Wiskottens?«

»Die Wiskottens?« rief das Mädchen bestürzt.

»Das ist doch kein Grund zum Erschrecken. Aber nein, mein liebes Kind. Ich billige deine Wahl. Ich selber wüßte dir keinen besseren Mann zu nennen als August Wiskotten.«

»Den Herrn August?« – Und nun schmetterte sie ein so fröhliches Lachen heraus, daß der Kanarienvogel im Bauer den Ton als Signal nahm und aus rastlos jubelnder Kehle einstimmte.

Pastor Schirrmacher zog die Augenbrauen hoch. Auf diesen Erfolg seiner Diplomatie war er nicht vorbereitet gewesen. Was er erwartet hatte, war eine glückselige Überraschung, ein scheues, ungläubiges Zurückweichen des Mädchens, als fühle es sich nicht würdig dieses Mannes, und ein dankbares, hoffnungsfreudiges Vorwärtstasten, ob die Botschaft wahr sei. Und statt dessen: ein ausgelassenes, kindisches Lachen! Pastor Schirrmacher fühlte, daß seine Kenntnisse eines Mädchenherzens auf schwachen Füßen stünden, daß es etwas andres sei um die Ermahnung zum himmlischen Seelenbräutigam und um das Freiwerben für einen Ehelustigen des Wuppertals. Der alte Junggeselle wurde ärgerlich. Er räusperte sich mißbilligend.

»Das ist wohl nicht die rechte Art, die Werbung eines ernsten Mannes aufzunehmen«, sagte er verweisend.

Da brach das Lachen ab, als wäre es mitten durchgebrochen. Ein Stuhl knackte in der Stille ... Dann wiederholte Anna Kölsch langsam: »Die – Werbung – –?«

Pastor Schirrmacher wurde es schwül unter dem klaren Mädchenblick. Eine kindliche Verlegenheit überkam ihn. Er war wohl zu weit gegangen? Er hatte August Wiskotten am Sonntag nach der Kirche nur versprochen, einmal zu sondieren, für ihn ›aufzuklären‹. Und nun hatte er sich von seinem Ärger über das unverständige Ding hinreißen lassen. Das war ihm mehr als peinlich. Er dachte an seine Armen und Kranken, die von ihm Rat und Hilfe verlangten. Hier verlangte man beides nicht.

»Wenn ich ›Werbung‹ sagte, mein Kind, so meinte ich damit, daß es doch sehr wohl möglich sei, daß August Wiskotten diesen Gedanken fassen könnte. Hast du irgend etwas gegen ihn einzuwenden? Als ich zuerst im Scherz nach den jungen Wiskottens fragte, da fuhrst du doch bestürzt zusammen?«

»Nein, Herr Pastor – nein, nein – –«

»Ich hab's doch gesehen. Du mußt deinem alten Seelsorger, der dich an den Tisch des Herrn geführt hat, doch nichts vormachen. Solltest du etwa mit einem andern der jungen Wiskottens – –«

»Nein, Herr Pastor. Wahr und wahrhaftig nicht. Ich hab' nichts. Mit keinem.«

»Das wäre auch eine große Verirrung gewesen. Eine echte christliche Ehe wird nicht auf Augenliebe gegründet, sondern auf dem positiven gemeinsamen Glauben an unsern Herrn und Heiland. Steht doch schon in den Sprüchen Salomos: ›Lieblich und schön sein ist nichts; ein Weib, das den Herrn fürchtet, soll man loben!‹«

Das Mädchen schwieg und nagte an der Unterlippe. Dann hob es den Kopf und sagte aufatmend, als ob ihm eine Erlösung gekommen wäre: »Meine Eltern haben aus Liebe geheiratet.« Das klang so schlicht und stark, daß Pastor Schirrmacher stutzte.

»Mein liebes Kind – wer will denn etwas andres von dir? Aber die Liebe auf einen würdigen Gegenstand richten, das ist Christenpflicht. Und August Wiskotten –«

»Ich mag ihn nicht«, sagte sie kurz.

»Nun, nun«, beschwichtigte er, »schnell fertig ist die Jugend mit dem Wort. Du wirst dich prüfen.«

»Ach –«, machte sie, »prüfen – –! Vater sagt immer: Das kommt und ist da. Da hilft kein Wehren.«

»Ja, wenn du Vater mehr glaubst als deinem alten Seelsorger –«

Da lachte das junge Mädchen wieder im alten Übermut.

»Aber Herr Pastor, Vater muß es doch wissen! Der ist doch nicht Junggeselle geblieben.«

Pastor Schirrmacher erhob sich. Seine buschigen Augenbrauen zogen einen Halbkreis. Er nahm seinen Hut und verabschiedete sich.

»Grüße deinen Vater. Wenn deine Zeit da ist, werde ich mit ihm sprechen. Vorläufig hast du recht. Du bist wirklich noch zu jung dazu. Adieu, mein Kind, und vergiß nicht, daß wir uns immerzu, bei Tag und bei der Nacht, prüfen sollen.«

Er war gegangen, und Anna Kölsch kehrte ins Zimmer zurück. Erst horchte sie auf die kurzen feierlichen Schritte, die sich vom Haus entfernten. Dann tanzte sie mit dem Temperament ihrer achtzehn Jahre vor das Vogelbauer.

»Hast du gehört, Hänschen? Der Herr August! Ist das nicht zum Schreien? Dreißig Jahr' ist er, und keinen Schnurrbart hat er! Einen Schnurrbart, einen ganz kleinen, hat selbst der dumme Jung', der Ewald! Hänschen, Hänschen!«

Der Kanarienvogel tirilierte wie verrückt, und das junge Mädchen warf sich atemlos in Vaters Sessel und begann plötzlich, ohne Ursache, aus Leibeskräften zu weinen … Unaufhaltsam strömten die Tränen über das junge frische Gesicht. Dann ließ das wilde Kinderschluchzen nach … ein vereinzeltes Schlucksen folgte, und sie setzte sich aufrecht, schämte sich vor sich selber, wischte mit dem Taschentuch die letzten Tränenspuren fort und putzte sich energisch die Nase.

»Wie dumm«, murmelte sie dabei, »wie furchtbar dumm ...« – –

Als der Werkmeister Kölsch am Abend aus der Fabrik heimkam, war der Tisch gedeckt, und der Kaffee brodelte nach bergischer Sitte zum Abendtrunk. Nachher erst wurde die Bierkanne gefüllt. So war die patriarchalische Vorschrift. Kölsch küßte sein Mädchen und sah ihm in die Augen.

»Na? Du machst ja gar keinen Radau? War jemand hier?«

»Nur der Pastor.«

»So, so. Wollte er was Besonderes?«

»Er läßt dich grüßen, Vatter.«

»Danke«, sagte Kölsch trocken, ließ sich von seinem Mädel die schweren Stiefel ausziehen, das gestrickte braune Hauskamisol und die geblümten Pantoffeln reichen und setzte sich behaglich an den Abendtisch. Anna strich ihm die Butterbrote und belegte sie dicht mit Wurst und Schinkenscheiben.

»Nicht so üppig, Anna.«

»Wer arbeitet, der muß auch essen. Das ist *meine* Sorge.«

»Ich steh' wohl unter Vormundschaft, du Nixnutz?«

»Hast du das bei Mutter *nicht* getan? Jeder befiehlt da, wo er am Platze ist. Du in der Fabrik, ich bei Tisch.«

Kölsch strich sich schmunzelnd den grauen Vollbart. Dann aß er schweigend und mit starkem Appetit. Während der Mahlzeit zu reden, war nicht Landesbrauch. Erst als er den letzten Schluck Kaffee ausgetrunken hatte und sein Mädel ihm den Bierkrug zurechtrückte, begann er von der Fabrik zu reden.

»Der Gustav! Donnerwetter noch mal, der Gustav Wiskotten! Der geborene Feldherr. Kaum hat er Hand auf das neue Terrain gelegt, da ist auch schon der Mobilmachungsplan heraus. Alles auf dem Papier vorbereitet, bis auf den letzten Mauerstein. Zeichnungen, Konstruktionen, Berechnungen – alles! Heute haben die Erdarbeiter schon angefangen auszuschachten. Ein Leben, sag' ich dir! Und alle Wiskottens ruhig auf ihrem Posten. Doch Kerls, die Jungens! Selbst der Duckmäuser, der August, weiß ganz genau, was er will.«

»Der – August?«

»Ja. Der August. Weshalb?«

»Och, ich – – Hier ist die Zeitung, Vatter!«

Der Werkmeister breitete das Blatt unter der Lampe aus und beugte den Kopf über den kleinen Druck. Anna saß ihm am abgeräumten Tisch gegenüber und blickte von ihrer Handarbeit verstohlen nach ihm. Die Lampe surrte leise, und der Kanarienvogel piepte im Traum.

»Du sprichst ja gar nicht, Kind.«

»Ich wollt' dich nicht stören.«

»Ach wat, die dumme Zeitung. Die läuft mir nich weg. Hast du Verdrießlichkeiten gehabt?«

»Weshalb soll ich denn?«

»Mach mal keine Ausflüchte. Du bist nicht wie sonst. Hast ja auf einmal den Mund verloren. Du? Der Pastor war hier. Hast du 'ne Strafpredigt bekommen?«

»Ach laß ihn doch ...«

»Nee, ich laß ihn nich. Allen Respekt vor Pastor Schirrmacher. Die Gemeinde kann stolz auf ihn sein, und für die Armen und Kranken gibt er den letzten Groschen her. Denen ist er wie ein Vater. Aber et is nu mal seine Art, den Vater auch in andern Häusern zu spielen und in den intimsten Familienangelegenheiten mitzuberaten, als wären't die seinen. Dat mag ich nich leiden. Dafür bin bei uns ich da. Na, mal 'raus damit: Hat er auf Ernst gescholten?!«

Das junge Mädchen blickte auf die Arbeit, die in ihrem Schoß ruhte.
»Er hat gar nicht nach Ernst gefragt ...«

»Ja, wat in aller Welt kann er denn haben?«

»Vater!«

»Sapperlot, Mädel!« Der Alte hielt sein Kind, das sich ihm mit jäher Bewegung an den Hals geworfen hatte, fest in den Armen. Er setzte sie auf seine Knie. Er streichelte ihr das Haar und versuchte ihr Gesicht, das sie gegen seine Brust gedrückt hatte, zu sich aufzurichten. »Ruhe! Ruhe! Wat is passiert?«

»Du – – och sag du – ich brauch' doch – ich brauch' doch nicht –«

»Wat denn nur, Kind –?«

»Ich brauch' doch nicht – den Herrn August zu heiraten – –?«

Der Alte ließ so rasch sein Mädel fahren, daß es fast hingefallen wäre. Er warf sich in den Sessel zurück und lachte schallend, unaufhörlich gegen die Zimmerdecke. Verdutzt blickte Anna auf ihn hin. Dann hatte sie verstanden. Den Arm um seinen Hals gelegt, lachte sie fröhlich mit.

»Wer hat denn dat Stücksken ausgeheckt? Dat is nich schlecht. Dat is wahrhaftig nich schlecht.«

»Der Pastor wollte mich hintenherum fragen. Aber er fragte sehr vorneherum.«

»Nich möglich!« staunte der Werkmeister.

»Wohl, Vater, das geht doch gar nicht? Wir passen doch auch gar nicht zusammen? Der Herr August, der muß doch eine sanfte, vornehme Frau haben, die immer seiner Meinung ist, wie sich das für so fromme Leute schickt. Und ich – wenn ich mal heirate, muß ich nur immer für meinen Mann sorgen dürfen, und er hat gar nix hineinzureden und sich das so ganz wohlig knurrend gefallen zu lassen. So wie du, Vater! Ach Gott, was sind das für Dummheiten ...«

Kölsch stand auf. Er nahm den Kopf seines Mädels in die breiten Hände und sah ihr ernst in die hellen Augen.

»Du –!« sagte er, »ein Wiskottenscher Antrag – mein Mädel eine Wiskottensche – so was kommt nur einmal.«

»Och, Vater«, wies sie hastig ab, »so rar sind doch die Wiskottens nicht. Es sind ja ganze fünf von ihnen zu haben.«

»Du Aff' du! Sie werden sich um dich reißen!« Und er fuhr ihr mit der breiten Handfläche liebkosend über das heiße Gesicht. Dann saßen sie nebeneinander und sprachen von ihrem Ernst im nahen Düsseldorf.

»Wenn der Jung' so selten malt, wie er Briefe schreibt, kann er gut werden.«

»Ich glaub' wirklich, er arbeitet schrecklich viel. Er hat die Woche wieder nicht die Wäsche geschickt.«

»Bummeln wird er«, grollte der Alte. »Wenn der mir nur kein verkommen Genie wird.«

»Na, Vatter, das glaubst du doch selber nicht. Ihm wird nur alles so leicht. Deshalb läßt er sich gehen. Ich werde mal wieder nach Düsseldorf reisen müssen, um nach dem Rechten zu sehen. Vor mir schämt er sich nämlich fürchterlich.«

Der Alte nickte. Daß der Vagabund von Jung' sich vor dem heiteren keuschen Ding da, seiner Schwester, in Grund und Boden schämte, wenn sie ihn unter seinen Kumpanen überfiel, das verstand er.

»Gut, fahr hin«, sagte er, »aber mach's ihm nicht bequem.«

Dann wünschten sie sich gute Nacht. Doch dem Werkmeister wurde es in dieser Nacht schwer, einzuschlafen. Die Geschichte mit dem Herrn August und seiner Anna war ihm doch näher gegangen, als er dem Mädel zeigen wollte. Wenn nun der August darauf bestand? Wie hatte doch der Herr Gustav ihn, den Werkmeister der Wiskottens, genannt? Hagen hatte er ihn genannt. Hagen – – das war der, der unwandelbar treu zu seinem Herrn stand. Mit einem tiefen Seufzer schlief er endlich ein.

Als er erwachte, war auch der Gedanke der Nacht mit ihm lebendig geworden. Nachdenklich saß er beim Kaffeetisch, und ganz heimlich beobachtete er sein Kind. Ihr Anblick tat ihm heute weh.

Da erhob er sich schnell, um in die Fabrik zu gehen. Er mußte mit Gustav Wiskotten sprechen.

Gustav Wiskotten war jetzt schon des Morgens um Sechs in der Fabrik zu finden. Wenn die ersten Spaten und Spitzhacken erklangen, die den Grund aufwühlten, und kreischend die ersten Schubkarren über die Bretterstege gedrückt wurden, kam er aus dem Haus und begab sich an die Wupper. Der schwarze Fluß, der sich trüb und übelriechend über die eingebauten Wehre stürzte, erschien ihm wie eine kraftstrotzende Lebensader. Er war sein Freund, sein Jugendgespiel und sein Kampfgenosse, und er nickte ihm zu. Dann stand er neben dem Schachtmeister, um mit ihm den Grund zu prüfen, verhandelte mit dem Bauführer wegen der notwendigen Betonarbeiten, untersuchte die Zufuhren an Kalk, Sand und Kies auf ihre Güte und die ersten Sendungen Ziegelsteine. Zwischendurch schritt er durch Fabrik und Färberei, dort mit den Bandwirkermeistern die eiligen Artikel besprechend, hier mit seinem Bruder Fritz am Färberbottich die ›Couleuren‹ vergleichend. Zur Postzeit erschien er auf dem Privatkontor, las mit August die Briefeingänge und vergewisserte sich durch einen scharfen Blick, daß Paul nicht über dem Hauptbuch träume, ließ sich von Wilhelm über das englische Geschäft unterrichten und begrüßte die Mutter unter ihren Haspelmädchen. In den Vesperpausen gönnte er sich zu seiner Erholung einen Gang durch den funkelnden Maschinenraum und den anstoßenden, immer zitternden Transmissionssaal. Wenn die Kolben ihm entgegensprangen und die breiten Riemen ihm entgegenzusausen schienen, lachte er behaglich in sich hinein. »Geduld, Geduld! Ihr sollt schon schwitzen!« Und wieder stand er, unermüdlich, auf dem Bauland der dampfenden, speienden Färberei.

Werkmeister Kölsch war ihm wohl ein dutzendmal am Morgen begegnet. Aber jedesmal, wenn er den vielbeschäftigten Fabrikherrn sah, schien es ihm nicht angebracht, ihm den Sinn von der handgreiflichen Arbeit abzulenken. Erst als das Mittagssignal schrill durch die Fabrik pfiff und wie ein fern sich verziehendes Gewitter das Rollen und Sausen ringsumher abschwoll, um in Schweigen zu versinken, hielt er es an der Zeit.

Gustav Wiskotten wandte sich um, als er den Schritt des Werkmeisters hinter sich vernahm.

»Noch hier, Kölsch? Anna wird die Suppe anbrennen lassen, wenn Sie sich nicht sputen.«

»Ich möcht' noch was mit Ihnen besprechen, wenn Sie Zeit haben.«

»Und ob! Herrgott, schauen Sie mal die Buddelei! Da geht einem 's Herz auf in dem Dreck.«

»Herr Wiskotten, gestern nachmittag, wie ich nich zu Haus war, war der Pastor Schirrmacher bei meiner Anna.«

»Na nu? Doch nich auf Freiersfüßen? So 'n alter Junggesell!«

»Er kam auf anderleuts Freiersfüßen.«

»Wat Sie sagen! Wegen der Anna? Kölsch, geben Sie acht, da wird noch manche Leckerschnute kommen. Geben Sie Ihr Prachtmädel nicht unter Preis weg.«

»Der Preis, der geboten wird, scheint mir sogar en bißchen zu hoch.«

»Unsinn. Darauf soll ich Ihnen doch keine Antwort geben? Ich sag' nur: schad, dat *ich* schon verheiratet bin.« Und er schlug dem Graubart derb auf die Schulter.

»Herr Wiskotten, der Pastor hat vorläufig nur so getan, als wenn er mal freundschaftlich auf den Busch klopfen wollt'. Aber er hat da einen Namen genannt, der – der –«

»Mir können Sie ihn doch sagen, Kölsch.«

Der Werkmeister richtete sich gerade auf und sah seinen jungen Herrn fest an: »Er sprach vom Herrn August.«

Gustav Wiskotten antwortete keine Silbe. Es herrschte ein langes Schweigen zwischen den Männern. Dann sagte der Werkmeister mit einem Anflug von Bitterkeit: »Ich hätt' lieber gesehen, daß Sie lachten, Herr Wiskotten.«

»Kölsch! Sind Sie des Deubels? Ich sollt' Sie auslachen? Kölsch, wenn Sie nich so 'nen langen grauen Bart hätten, würd' ich sagen, Sie sollen sich wat schämen. Wer sind denn die Wiskottens, und wer sind die Kölsch? *Ein* Schlag! Un passen ineinander wie Hand in Hand. Kölsch, wenn ich vorhin sagte: ›schad', dat *ich* schon verheiratet bin‹, so war ein gewisser Ernst in dem Scherz. Wer die Anna kriegt – Deubel noch mal – der hat et große Los! Jetzt verstehen Sie wohl, weshalb ich nicht sofort antwortete.«

Kölsch reichte ihm die Hand. »Entschuldigen Sie, Herr Wiskotten.«

»Aber weil Sie sagten, der August! Un durch den Herrn Pastor ... Das is die Sache. So was macht man doch allein ab, wenn man sich sauber im Kollett fühlt. Kölsch, wir beide sind alte Freunde. Wir ziehen doch an demselben Strang und brauchen uns doch, weiß Gott, nix weiszumachen. Also: der August als Geschäftsmann Nummer eins! Aber als Mensch – en kleiner Heimtücker – auf Filzsohlen. Ich möcht' ihn nich heiraten.«

»Die Anna auch nich.«

»Mann!« rief Gustav Wiskotten überrascht. »Ja, wat wollen Sie denn? Dann is ja alles in schönster Ordnung! Hält mich der Kerl 'ne geschlagene Viertelstunde vom Mittagessen ab.«

»Nee, Herr Gustav, in Ordnung ist die Sache für mich nich. Ich bin nu mal mit den Wiskottens so verwachsen, un ich möcht' nich, daß – daß – durch die Geschichte mit der Anna – ein ander Verhältnis aufkäm'! Die Fabrik, die is wie ein Stück von mir.«

»Kölsch, da haben Sie ein wahres Wort gesprochen. Ohne Sie könnt' ich mir den Betrieb gar nich denken. Und den alten Spaß daran müssen Sie behalten. Ich werd' also die Sache sofort in die Hand nehmen. Entweder der August soll Farbe bekennen und das Mädel karessieren, bis er von ihm selber ja oder nein hört, oder er soll sich beim Buchbinder einen gemalten Engel kaufen. Recht so?«

»Recht so.«

»Mahlzeit, Herr Kölsch.«

»Mahlzeit, Herr Wiskotten.«

Gustav Wiskotten schritt, ohne erst in seiner Wohnung Bescheid zu sagen, über die Straße zum Haus seiner Eltern. Er traf sie mit den Jungen zusammen, beim Mittagessen.

»Is wat passiert?« fragte die Mutter erstaunt.

»Nee, ich möcht' nur mal eben den August sprechen.«

»Ja? Was ist denn los?«

»Ich wart', bis du fertig bist. Dann gehen wir wohl in dein Zimmer.«

»Geheimnisse hat et hier noch nie gegeben«, sagte Frau Wiskotten. »Wir haben Gott sei Dank nix zu verstecken.«

»Du kannst ja den August nachher fragen, was ich von ihm gewollt hab', Mutter.«

»Dat wird ja immer netter. Hast du denn wat auf dem Gewissen, August?«

»Ach, Mutter, der Gustav macht sich wohl mal wieder wichtig. Ich hab' nichts mit ihm. Ich brauche kein anderes Zimmer.«

»Also, du willst nicht mit mir herüberkommen, August?«

»Du tust ja bald so, als ob es sich um eine Verschwörung handelte.«

»Weiß ich nich. Kann sich ja finden. Wenn du also meinst, wir sind genügend unter uns, kann ich dich ja fragen, ob du gestern nachmittag Pastor Schirrmacher zu Anna Kölsch geschickt hast.«

»Geht das dich was an?«

»Aber sehr viel geht das mich an. Der Vater is unser Werkmeister.«

»Hab' ich dich gefragt, als du dich um Emilie Scharwächter kümmertest?«

»Aha, da haben wir's ja. Emilie laß gefälligst aus dem Spiel. Das is ein Kapitel, das du damals noch gar nich verstehen konntest, weil du noch zu grün warst.«

»Ich verbitte mir ...!« fuhr August Wiskotten auf. Sein blasses Gesicht war noch weißer geworden.

»Wenn du Skandal machen willst, geh nach Haus und stör uns hier nich beim Mittagessen«, bestimmte Frau Wiskotten, und auch der Alte mahnte: »Gustav – Gustav –!«

»Ich hab' ihm ja gleich gesagt, er soll mit mir in ein ander Zimmer gehen.«

»Ich hab' nicht nötig, mich von dir unter vier Augen einem Verhör unterwerfen zu lassen.«

»Ja, wenn dir dat so lieber is, mir soll's auch recht sein. Also, du willst Anna Kölsch heiraten?«

»Weiß ich nicht!«

»Dat weißt du nicht? Ja, weshalb schickst du dann den Pastor hin, um sie auszukundschaften?«

»Das sind *meine* Sachen!«

»Nee, August«, sagte Frau Wiskotten energisch, »dat sind nu nich so ohne weiteres deine Sachen. Da hat der Gustav ganz recht. Wat man von einem anständigen Mädchen will, dat muß man wissen.«

»Nun hör mal, August«, lenkte Gustav Wiskotten ein, »wir wollen uns als Brüder nicht streiten. Aber weshalb bist du denn nicht selber zu Anna Kölsch gegangen? Weshalb denn nur den Mittelsmann?«

»Weil ich nicht wollte, daß die Sache gleich einen offiziellen Anstrich bekäme. Erst wollt' ich sehen, ob sich das Mädchen über die Aussicht so freute, daß ich meine Bedingungen stellen könnte.«

»Donnerwetter! Bedingungen?«

»Jawohl: Bedingungen.«

»Darf man die hören?«

»Der alte Kölsch soll sich auf seine Renten zurückziehen. Ich kann doch keinen Schwiegervater haben, der unter mir Werkmeister ist.«

»Bist du verrückt?« brüllte Gustav Wiskotten außer Fassung.

»Nein, ich bin nicht verrückt. Ich wünsche keine verlodderte Disziplin im Betrieb. Das sagt doch genug!«

»Aber seine Sparpfennige, was, die riechen nicht? O du Kirchenlicht! Das is ja zum Katholischwerden!«

»Red nich so sündhaft«, rief Frau Wiskotten zornig.

Wilhelm Wiskotten, der Engländer, strich nervös seine Bartkoletts. Jetzt pochte er mit dem Siegelring auf den Tisch.

»Ich bitte mir etwas mehr Vornehmheit aus. Es ist ja unmöglich, einen gut erzogenen Menschen hierher zu bringen.«

»Das sind nun Leute, die sich zum Offizierkorps zählen«, schnarrte Fritz Wiskotten höhnisch.

Paul Wiskotten saß still. In Ewald wogte es, aber als Jüngster wagte er nicht loszubrechen, denn er sah Gustav in höchster Gereiztheit.

»Ihr steht ihm wohl noch bei? Nur zu, nur zu! Wenn euch die lächerlichen Liebesgedanken des August über die Fabrik gehen, dann können wir ja in einem hin unseren gesunden Menschenverstand bankrott erklären lassen. Die Anna Kölsch ist ein Patentmädel. Die würd' noch ganz andere glücklich machen können als den frommen August. Aber die kommt hier überhaupt nicht mehr in Betracht. Hier kommt nur noch Albert Kölsch in Betracht. Un solang der noch auf zwei Beinen herumkrauchen kann, bleibt der der Werkmeister der Wiskottens! Der ist mir so viel wert wie die halbe Fabrik, und die andere Hälfte, die andere, die bin *ich* mir wert, wenn's drauf ankommt. Verstanden?«

»Du hast hier nicht allein zu reden!«

»Stehst du allein im Handelsregister oder wir auch?«

»Arbeitst du allein, oder schuften wir nicht ebenso?«

»Jawohl! Tut ihr! Aber ihr habt das ganze Leben vor euch, und mein Leben – meines? Das ist nur die Fabrik!«

Gustav Wiskotten starrte finster geradeaus.

»Kurz und gut, August, du wirst deine Bedingungen fallen lassen.«

»Ich bleib' dabei. Ich weiß, was ich meiner Stellung schuldig bin. Gerade um des lieben Friedens willen.«

»Schön! Dann kann ich dir nur noch sagen, daß Anna Kölsch, wenn du nicht durch den Alten einen Druck ausüben läßt, dich auslachen wird. Und ich, ich werd' sorgen, daß ganz Barmen mitlacht.«

August Wiskotten biß sich auf die Lippen. Einen Moment trat Stille ein. Und in diese Stille tönte aufgeregt die Stimme des Jüngsten: »Und ich tu auch nicht mehr mit! Ich will nicht Theologe werden! Jetzt sag' ich's gerad' heraus!«

»Wat will de Jung nich?« fragte schwerhörig Frau Wiskotten.

»Kein Theologe! Donnerwetter auch!«

Da saß dem Langaufgeschossenen die Hand der Mutter auf der Backe. Stürmisches Gelächter folgte. Schnell nahm Paul den Bruder beim Arm und zog den so plötzlich rabiat Gewordenen hinaus. Der Bann war gebrochen.

»Eigentlich«, sagte die alte Frau knurrend, »sollt' man euch all so traktieren.«

»Na, August«, lachte Gustav, »dann nix für ungut. Die Mutter haut. Komm, gib die Hand. Wir haben mehr zu tun, als uns um en klein Mädchen zu zanken, die dich gar nicht will. Mensch, sei stolz! Du hättst sie ja auch gar nich gebrauchen können, sie is ja viel zu fidel, un ihr

Bruder Ernst, der Maler, der is so weltlich, dat er dich nur blamiert hätt'. Siehst du et ein? Na, Gott sei Lob un Dank. Endlich! War en schwer Stück Arbeit. Aber du wirst mir noch danken, daß du den Albert Kölsch hast statt der Anna Kölsch. Donnerkiel, ich hab' ja noch gar nich zu Mittag gegessen – – –«

»O je«, sagte die Mutter, »die Emilie – –«

Mit lachendem Gruß polterte Gustav Wiskotten die Treppe hinunter. In seinem Hause herrschte eine auffällige Ruhe. Er trat ins Kinderzimmer und fand es leer. Im Eßzimmer lag nur noch ein Gedeck auf dem Tisch. Er klingelte nach dem Mädchen. »Wo ist meine Frau?«

»Frau Wiskotten is in't Schlafzimmer gegangen.«

»Und die Kinder?«

»Sind spielen.«

»Sagen Sie meiner Frau, daß ich hier bin.«

Es verstrichen einige Minuten, bis Emilie Wiskotten erschien. Sie trug einen Morgenrock, der nicht mehr neu war.

»Weshalb hast du mich rufen lassen?«

»Weshalb? Weil ich da bin. Ja, ja, ja, ich hab' mich verspätet. Entschuldige nur. Wenn man so ein Gesicht zu sehen kriegt, bleiben einem die Entschuldigungen in der Kehle stecken.«

»Bemüh dich doch nicht. Ich weiß ja längst, daß deine Mutter vorgeht.«

»Meine Mutter ist eine alte Frau und eine Frau, die den ganzen Rummel zusammengehalten hat. Du darfst schon ruhig mit etwas mehr Respekt von ihr sprechen.«

»Ach, jetzt bin ich auch noch schuld, daß es bei uns so ungemütlich ist. Jetzt drehst du alles wieder herum, nur um deine schlechte Laune an mir auszulassen.«

»Ich drehe gar nichts herum und hab' auch keine schlechte Laune, sondern Hunger. Aber wenn du so weitermachst, wird die schlechte Laune kommen und der Hunger vergehen.«

»Natürlich! Wenn du dich bei deiner Mutter geärgert hast, bin ich gut genug, um es auszubaden. Jetzt mußt du warten, bis die Minna ein Beefsteak gebraten hat. Man kann nicht stundenlang das Essen warm halten.«

»Übertreib doch nicht immer so. Und den Morgenrock hätt'st du auch ausziehen können. Alte Kleider seh' ich bei den Fabrikmädchen genügend.«

»Ich bin keine Prinzessin und weiß überhaupt bald nicht mehr, wem ich es recht mache. Ziehe ich im Haus ein gutes Kleid an, so krieg' ich eine Predigt von deiner Mutter: ›Dat war doch früher nich so, als *ich* im Tal jung geworden bin, un ein Christenmensch soll nich hoffärtig sein‹ und so weiter; und geh' ich mit meinen paar Fähnchen sparsam um und trag' im Haus die alten Sachen bei der Arbeit auf, so kommst du und ziehst ein Gesicht, als ob ich eine Schlampliese sei.«

»Emilie«, sagte Gustav Wiskotten ruhig, »das muß ich dir überlassen. Aber ich meine, eine Frau sollte ihre Freude daran haben, in den paar Stunden, in denen ihr Mann daheim ist, so nett und schmuck zu sein, daß er darüber allen Geschäftsärger vergißt.«

»Du bist aber nie zu Haus. Soll ich mich für mich selber putzen und mich im Staat aufs Sofa setzen?«

»Wenn ich nicht sehr Wichtiges gehabt hätte, hätt' ich dich nicht warten lassen.«

»O ja, ich bin immer unwichtig, und deine Mutter ist immer wichtig. Ich hab's satt, immer hinter den Wiskottens herzurennen.«

»Ich hatte mit August zu reden.«

»Der war doch bis zwölf Uhr in der Fabrik, und um halb drei könnt'st du ihn schon wieder auf dem Kontor treffen. In der Zwischenzeit wird die Fabrik doch nicht bankrott gehen.«

»Es handelte sich nicht um die Fabrik, sondern um eine Privatangelegenheit.«

»Mit deiner Frau konnt'st du die wohl nicht besprechen?«

»Himmelsakra, jetzt reißt mir aber auch die Geduld. Der August hat die Anna Kölsch heiraten wollen. Nu weißt du's.«

»Wen –? Was –? Die Anna Kölsch –? Was hat denn die alberne Person sich an den August zu hängen?«

»Ist ihr nicht im Traum eingefallen. Der August hat sich an *sie* gehängt!«

»Och, das will die euch jetzt wohl weismachen? Ist wohl schon Zeit dazu?«

»Emilie!« – Gustav Wiskotten schlug auf den Tisch. – »Herrgott, was seid ihr Frauenzimmer für Geschöpfe! Keinen sauberen Faden laßt ihr an einer anderen, wenn's euch in euren verärgerten Kram paßt. Bevor ihr für eine andere Mitleid haben könnt, macht ihr euch lieber selber häßlich. Na ja, das hast du erreicht.«

»Nun willst du mir das dumme Ding wohl noch als Muster aufstellen? Sie *hat* ja nun den August. Ich freu' mich ja.«

»Nein, sie hat *nicht* den August. Sie will ihn nicht geschenkt! Wenn sie heiratet, will sie aus Liebe heiraten, um mit ihrem Mann vergnügt zu sein, nicht um Trauerpsalmen zu singen. Das hab' ich dem August auseinandergesetzt, deshalb bin ich drüben gewesen, deshalb hab' ich meine freie Zeit geopfert, damit die Fabrik nicht darunter leidet. So. Nun ist wohl alles klar.«

»Das kannst du mir doch alles ruhiger sagen ...«, weinte Emilie Wiskotten.

»Ruhiger? Ja, hab' ich denn den Streit mit dir angefangen?«

»*Ich* vielleicht?« weinte sie heftiger. »Ich mach' doch alles falsch. Ich – ich – die Anna Kölsch, die ist gar nicht so dumm, daß sie nicht in die Wiskottens hinein will, die weiß weshalb – und ich – ich wollt' – ach Gott – ich wollt' – –«

»Emilie – –«

Aber sie rannte weinend hinaus. Er sah noch den Morgenrock – dann klappte die Tür zu.

Gustav Wiskotten drückte die Stirn gegen die Fensterscheibe. Er fühlte sich plötzlich müde. Allerlei weiche Bilder höhnten ihn. Dann wandte er sich rasch herum. Das Mädchen hatte das Beefsteak hereingetragen, und er schlang die Bissen hastig hinunter. Zehn Minuten darauf schritt er über den Fabrikhof.

Vor dem Maschinenhaus türmte sich ein Berg Asche. Dort spielten seine Kinder, schwarz wie die Mohren. Er rief sie zu sich her.

»Papa, Papa!« rief der Junge, »ich hab' dir was zu sagen.«

»Wird 'ne nette Dummheit sein.«

»Der Christian hat's gesagt. Dann is es keine Dummheit.«

»Los! Was willst du?«

»Ich weiß jetzt, was ich werden will. Heizer will ich werden.«

»Heizer? Auf einmal?«

»Der Christian hat gesagt, was Höheres gäb' es nich. Wenn er wollt', ständ' die Fabrik still. Er braucht' nur eine Schippe Kohlen nicht aufzuwerfen. Das hätt' er ganz allein in der Hand.«

Aus dem Feuerraum tauchte das Zebragesicht des alten Christian.

»Dat Kroppzeug schnappt einem die Wort' vom Mund weg«, meinte er stolz, als wär' es sein Nachwuchs, und er spuckte kräftig in die Hände, um die schwerbeladene Schaufel zu schwingen. Gustav Wiskotten nickte ihm zu, ließ die verwunderten Kinder stehen und ging nachdenklich den Weg zur Wupper.

»Wahrhaftig«, sagte er vor sich hin, »so ein Heizer hat's gut ...«
Die schwarze Wupper gurgelte vor ihm auf. »Tätig, tätig!«
›Ja‹, dachte er, ›die fängt an der Quelle auch ganz blank und vergnügt an, und eben hat sie Oberwasser, da muß sie auch schon Hammerwerke und Fabriken treiben. Na, was denn? Es kann nicht jeder Arbeitsbach ein strahlender Rhein werden.‹

Er ballte die Fäuste fest und ging mit steifem Nacken zu seinem Neubau. Bei der Färberei sah er Kölsch. Er rief ihm zwei Worte zu. »*All right!*« – –

5.

Im Tal war es unruhig. Seit einigen Tagen waren die Wirtschaften überfüllter als sonst. Man sah unter den Arbeitern finstere und erhitzte Gesichter, und in den Fabrikräumen standen oft während der Arbeitszeit heftig gestikulierende Gruppen zusammen, die der Aufforderung der Werkmeister, auseinanderzugehen und die Hände zu rühren, nur widerwillig folgten. Man wußte, daß große Warenbestellungen aus London, Paris und Amerika eingelaufen seien, daß die Fabrikanten sich zu einer goldenen Ernte rüsteten, und man wollte auch seinen Teil an der reichen Konjunktur. Die Arbeiter formulierten ihre Forderungen. Höhere Löhne, verkürzte Arbeitszeit und ausgiebigere Bezahlung der Überstunden wurden verlangt. In einigen Betrieben Elberfelds kam es zu Arbeitseinstellungen, Betriebe in Barmen folgten. Streikluft lastete über dem Tal.

Ewald Wiskotten lief seit dem Tage, an dem die Hand der Mutter die Auseinandersetzung seiner Wünsche so rasch unterbrochen hatte, verstockt umher. Aber in ihm gärte es, und in seinem Kopfe arbeitete es fieberhaft. Es war, als ob die aufreizende Stimmung im Tal den Revolutionsprozeß in ihm beschleunigte. Dort, hinter den Bergzügen, breitete sich die niederrheinische Tiefebene. Dort lag Düsseldorf, die Stadt der Künste. Dort lachte die Freiheit.

Es war Mittag. Im Herzen der Stadt, auf dem alten Markt, sammelten sich Arbeitergruppen. Ruhig und ernst standen sie da, nur durch ihre Zahl demonstrierend. Ewald Wiskotten bemerkte ein junges Mädchen, das ohne Scheu den menschenerfüllten Platz überquerte. Man rief ihr Scherzworte nach, man machte ihr, wie einer Dame, mit übertriebener Höflichkeit die Bahn frei. Sie achtete nicht auf das eine und nicht auf das andre und verfolgte ruhig ihren Weg. Der junge Mann eilte hastig auf sie zu und bot ihr den Arm. Das gab der Ansammlung Stoff zu Gelächter und einigen anzüglichen Redensarten.

»Aber Anna«, sagte Ewald Wiskotten, »an solchen Tagen bleibt ein junges Mädchen zu Haus.«

»Mir tun sie nix«, antwortete sie.

»Aber wenn dich einer angefaßt hätte«, beharrte er.

»Davon wär' ich auch nicht gestorben. Nur, daß er seine Ohrfeige weggehabt hätte.«

»Das paßt sich aber nicht für ein Fräulein.«

Sie zog ruhig ihren Arm aus dem seinen. »Hast du Furcht?«

»Pah!« machte er. »Ich wollt' nur, dich hätt' einer angefaßt. Dann hätt'st du was erleben können.«

»Hätt'st du dazwischengehauen?«

»Und ob ich gehauen hätt'! Dich aber nachher extra.«

»Mich – –?« Dann gab sie ihm die Hand. »Bist doch der brave Jung' geblieben.«

»Wieso: geblieben? Hast du denn geglaubt, ich hätt' mich geändert?«

»Nein«, lachte sie auf, »du trübst kein Wässerchen. Du hattest nur so arg viel für dein Examen zu tun, weil du gar nicht mehr kamst, um – um dich nach Ernst zu erkundigen.«

»Geht's ihm gut?« fragte er verlegen.

»Danke«, erwiderte sie trocken. »Ich will gerad' nach Düsseldorf fahren, um nachzusehen.«

»Grüß ihn von mir. Hörst du? Und sag ihm, ich käm' auch bald.«

Er stieß es so schnell und heimlich hervor, daß sie ihn überrascht ansah. Seine lange Gestalt hatte sich gereckt. Sein Knabengesicht, das sie so gern mochte, hatte einen fremden Zug.

»Du willst fort?« fragte sie hastig. »Und – nach Düsseldorf? ... Dann kommst du nicht wieder.«

»Freiwillig nicht! Ach, du, wie kann man nur an dieser schwarzen Wupper, unter diesen stumpfsinnigen Menschen leben, die von höherer Kultur ja keine Ahnung haben.«

»Wir leben auch hier«, sagte sie und beschleunigte ihren Schritt.

»Du, Anna, das ist auch der einzige Lichtblick, den ich gehabt hab'. Wenn ich zu euch in den Garten kam und balgte mich mit dir im Gras, oder wir saßen, wenn es kalt wurde, in der Küche bei deiner Mutter und sahen gierig zu, wenn sie uns ›Äpfel im Schlafrock‹ briet. Das ist eine Ewigkeit her.«

»Ein paar Jahr' ist's her. Red doch nicht so albern, als ob du ein Greis wärst.«

»Du«, sagte er ärgerlich über ihren Ton, »ich bin nicht mehr auf der Schule.«

»Nee«, erwiderte sie, »man hat dich zu früh herausgelassen. Das hört man.«

»Gott«, sagte er mit dem Bemühen, obenhin zu reden, »du bist auch so eine waschechte Wuppertalerin. Das besagt alles.«

»Und du? Du bist wohl im Himmel geboren? Und wenn du dich mit Luhns Kernseife wäschst, das Wupperwasser von der Taufe her kriegst du auch nicht herunter.«

»Das werden wir ja sehen«, meinte er hochfahrend. »Wenn meine liebe Familie glaubt, sie kann mit mir machen, was sie will, dann irrt sie sich. Meinetwegen mag der August umsatteln und Theologe werden. Ich werd' Maler.«

»Tu's nicht, Ewald«, bat sie, und ihr Ton war ein ängstlicher.

»Ich werde ein großer Figurenmaler.«

»Ernst meint, es reicht nicht aus.«

»Euer Ernst! Der soll sich mit seiner Weisheit begraben lassen. Der bummelt doch nur.«

»Aber er kann was!«

»Und ich will's euch schon zeigen! Und wenn ihr alle zusammen Zetermordio schreit. Ich hab' den Wiskottenschen Dickkopf.«

»Ja«, sagte sie, »den hast du.«

Sie standen vor dem Barmer Bahnhof, und sie reichte ihm, ohne ihn anzusehen, die Hand zum Abschied. Aus ihrem Mädchenherzen waren ihr ein paar Kindertränen in die Augen gestiegen. Und sie empfand plötzlich mit rätselhaft schwerem Gefühl, daß es die letzten Kindertränen seien. Ihr fröhlicher Kindheitskumpan war er nun nicht mehr.

»Adieu, Ewald.«

»Adieu, Anna.«

Er sah ihr nach, wie sie schlank und jugendfrisch die Halle betrat. Eine Beklemmung kam über ihn. Nun wandte sie sich um. »Viel Glück«, rief sie ihm zu und versuchte ein Lächeln. Da machte sich der große Mensch aus dem Staube. Er hätte heulen mögen wie ein Schulbub' und wußte nicht warum. - -

Am Nachmittag saß Gustav Wiskotten im Privatkontor seinem Bruder August gegenüber. Sie lasen die englische Post.

»Alle Achtung!« brummte Gustav und strich sich erfreut den Schnurrbart.

»Was meinst du?« fragte August und blickte von der Korrespondenz auf.

»Der Wilhelm versteht's. Ich muß ihm die englischen Bartkoteletten vergeben. Eben ist er drüben, und er geht mit den Inglischmen ins Zeug, daß ich vom Lesen der Orders schon Schwielen an die Hände kriege. Na, jetzt heißt's: Überstunden, Nachtschicht, daß die Heide wackelt.«

»Wenn die Arbeiter nur mittun.«

»Was –? Du denkst doch nicht daran, daß unsre Kerls sich der Streikbande anschließen? Nee, mein Junge, da kennst du Buchholzen schlecht.«

»Die Art Leute ist immer unzufrieden. Wo sie glauben, im Trüben fischen zu können, da tun sie es.«

»Man soll eben dafür sorgen, daß nix Trübes da ist. Dann hört die Fischerei von selbst auf. Bei uns ist klar Gewässer.«

»Wenn du dir nur nicht mit deinem klaren Gewässer die Augen klar waschen mußt.«

Gustav Wiskotten erhob sich und öffnete die Tür zum großen Kontor. »Paul, gib mal die Lohnlisten her. Danke. Nun kannst du mal eben den Fritz aus dem Laboratorium rufen.«

Als die Brüder das Privatkontor betraten, hatte er die Lohnlisten durchgesehen und sich Notizen gemacht.

»Hör mal einen Augenblick mit deiner Schreiberei auf, August. Setz dich, Fritz. Paul, du kannst auch bleiben.«

»Um es kurz zu machen: Wir haben in der Textilbranche eine Hausse wie seit Jahren nicht. Und wie die Anzeichen lauten, wird sie sich noch ganz beträchtlich auswachsen. Unterdes wird auch der Neubau zum Betrieb herangezogen werden können. Einstweilen heißt es, mit Todesverachtung arbeiten, Tag und Nacht, damit wir mitkommen. Ich werde meinen Stammtischschoppen einstellen, August wird die Güte haben, sich von seinen Presbytern zur beurlauben, Fritz wird sein Reitpferd in Pension geben, und Paul wird das Dichten vertagen. Es hat also jeder auf sein Privatvergnügen Verzicht zu leisten, da es sich um den Mammon handelt. Unsre Arbeiter haben während der Zeit ebenfalls auf ihr Privatvergnügen Verzicht zu leisten, und damit sie ebenso wissen, daß es sich um den Mammon handelt, schlage ich vor, die Löhne wie die Überstundengelder um zehn Prozent zu erhöhen. Seid ihr einverstanden?«

»Um zehn Prozent gleich?« meinte August mißbilligend.

»Ja, mein Jung', an einer alten Hose zu Weihnachten wird ihnen nix gelegen sein.«

»Könnten wir nicht erst mal ihre Forderungen abwarten?« riet Fritz. »Vielleicht machen sie's billiger.«

»Forderungen? Was für Forderungen? Wer hat denn von mir was zu fordern? Das wäre eine nette Wirtschaft, wenn ich meine Leute so hungern ließ', daß sie was zu fordern hätten. Ich bin nicht nur ihr Arbeitgeber, ich bin auch ihr Versorger. Und das wissen sie. Und so soll's bleiben. Wenn wir verdienen, sollen auch *sie* verdienen. Den Deubel auch, wie wollt' man sonst verlangen können, daß sie Pol halten, wenn mal schlechte Jahre kommen? Und freiwillig muß man's den Leuten geben. Damit sie allezeit das Vertrauen behalten. Dann gibt's auch keine Streiks.«

»Zehn Prozent!« - - wiederholte August Wiskotten kopfschüttelnd.

»Du wirst auch zehn Prozent Kirchensteuer mehr zahlen müssen, wenn dein Einkommen steigt.«

Fritz und Paul lachten, und August hielt es für richtig, wenn auch griesgrämig, einzustimmen.

»Also ihr seid einverstanden?« Gustav Wiskotten blickte von einem zum andern. »Schön. Dann will ich's gleich unter die Liste setzen. So: meine Unterschrift. Bitte, August, du zeichnest wohl gegen. Danke. Bei Feierabend soll es den Leuten in allen Fabrikräumen vorgelesen werden. Ich werde Kölsch Order geben, damit er sorgt, daß sie zusammenbleiben. Und nu: mit Gott, für König und Vaterland an die Gewehre!«

Es klopfte.

»Herein!«

Kölsch stand auf der Schwelle. »Kann ich Sie sprechen, Herr Wiskotten?«

»Was machen Sie denn für ein belämmert Gesicht? Wo brennt's?«

»In der Färberei, Herr Wiskotten.« Der Werkmeister war eingetreten und hatte die Tür hinter sich ins Schloß gezogen. Die Wiskottens sprangen auf.

»In der Färberei? Was heißt das –?«

»Kaum, daß der Herr Fritz heraus war, legte der Polacke, der Wisczkowski, die Transmission still, weil er reden wollte.«

»Himmelherrgott!« brauste Gustav Wiskotten auf. »Finger an meine Transmission?«

»Weiter, weiter, Kölsch!«

»Ich hörte sofort, daß da was nicht in Ordnung war, und lief hin. Der Polacke forderte gerade die Färber auf, die Arbeit einzustellen, um dadurch auf die Herren einen Druck auszuüben. Jetzt wär' gerad' die rechte Zeit. Heute nachmittag legten sämtliche Färber in Barmen die Arbeit nieder. Wer nicht mittäte, hätte kein Solidaritätsgefühl, und wer zu solchen Zeiten kein Solidaritätsgefühl hätte, sei ein Verräter und ein Schuft.«

»Haben Sie dem Halunken nicht sofort sein Arbeitsbuch zugestellt?« schrie Gustav Wiskotten.

»Im selben Moment, Herr Wiskotten.«

»Und was war dann?«

»Die Färber protestierten und verlangten die Zurücknahme oder auf der Stelle ebenfalls ausgezahlt zu werden.«

Gustav Wiskottens Stirn lief dunkelrot an, die Augen traten hervor, und sein Gesicht verzerrte sich.

»Herr Wiskotten! Ruhe! Sie müssen sich beruhigen! Geben Sie ein Glas Wasser her, Herr Paul!«

Gustav Wiskotten schlug dem Bruder das Glas Wasser aus der Hand, daß es gegen die Wand flog. »Laßt die Albernheiten! Ich bin doch kein Frauenzimmer, das Zustände kriegt?!« Er ging ein paarmal im Zimmer auf und ab. »Ich kann's mir gar nicht denken. Gerad' die Färber, gerad' die alten Leute ...«

»Sie sind aufgewiegelt, Herr Wiskotten. Das liegt in der Luft und macht wie betrunken.«

»Gerad' die Färber – –«

August Wiskotten ging bleich und gefaßt zur Tür. Gustav vertrat ihm den Weg. »Wo willst du hin?«

»Ich will ihnen ins Gewissen reden, ich will, wenn es sein muß, ihnen mit der Bibel an den Kopf.«

»Damit sie dich auslachen und du ein für allemal deine Autorität verlierst! Nee, mein Junge, auf die Autorität kommt jetzt alles an. Jetzt helfen keine Bibelsprüche, jetzt hilft nur das Einsetzen der persönlichen Überlegenheit. Und nun bin ich ganz ruhig. Ich danke dir, August, hast es gut gemeint, aber das, was jetzt folgt, ist *mein* Geschäft. Bleibt ihr da, damit die Geschichte nicht zu wichtig aussieht. Kommen Sie, Kölsch.«

»Wir müssen uns beeilen«, sagte draußen der Werkmeister, »damit der Funke von der Färberei nicht auf die Bandwirkereien und Haspelstuben überspringt.«

»Keine Angst. Da sitzt die Mutter.«

Ohne Erregung und übermäßige Eile zu verraten, schritt Gustav Wiskotten über den Fabrikhof. An den Fenstern zeigten sich die neugierig starrenden Gesichter der Fabrikmädchen. Erschreckt fuhren die Köpfe zurück, als der Fabrikherr stehenblieb und mit erkünsteltem Staunen sie betrachtete. Aus dem Heizraum tauchte Christian auf.

»Soll ich mit, Herr Gustav?«

»Halt's Maul und heiz deine Kessel.«

Gustav Wiskotten klinkte die Tür zur Färberei auf und trat ein. Kölsch folgte und klinkte wieder zu.

Es war sonntäglich still in dem weiten Raum. Kein Schnauben des Dampfes, kein Klappern der Färberknüppel über den Bottichen. Nur eine dünne weiße Dampfschicht schwebte wie eine Spinnwebe durch die Halle und lag wie ein feiner Schleier über den Gesichtern der Männer, die feiernd an den Wänden standen, daß die Menschen blaß und unruhig erschienen.

Gustav Wiskotten ließ seinen Blick in die Runde gehen. Auf jedem einzelnen blieb er eine Sekunde lang haften.

»Wer hat hier Feierabend geboten?« fragte er.

Keine Antwort.

»Also: Wenn hier nicht Feierabend geboten ist, weshalb arbeitet ihr nicht?«

Verlegenes Schweigen. Dann rief eine Stimme: »Weil wir nicht wollen!«

Wiskotten blickte rasch hin. Es war der Polacke, der Rädelsführer.

»Wenn ihr nicht wollt, so ist das eure Sache«, sagte er kalt. »Aber meine Sache ist, dafür zu sorgen, daß mir die Partien in den Bädern nicht verderben. Das ist eine Pflichtvergessenheit, die ich euch nicht zugetraut hätte. Eure Arbeitskraft gehört euch, aber die Ware gehört mir und ist euch nur anvertraut. Und ich würd' doch lieber verrecken, als einen Vertrauensbruch begehen.«

Einer der Färber trat vor. Seine Stimme war ganz belegt vor innerer Aufregung.

»Herr Wiskotten, das würden wir auch. Anvertraut Gut ist heilig. Die letzte Partie ist vor einer halben Stunde herausgenommen und hängt auf den Stöcken.«

»Und was soll jetzt damit geschehen? Sollen die Heinzelmännchen kommen und schlagen und wringen?«

Der Mann zuckte die Achsel, warf einen hilfesuchenden Blick hinter sich und trat zurück.

»Also mit einem Wort: Ihr wollt nicht mehr arbeiten. Und den Grund? Den darf ich doch wohl erfahren?«

Ein Räuspern unter den Leuten, ein Ansetzen zum Sprechen, und wieder Schweigen.

»Ja, bin ich euch nicht mal wert, den Grund von euch zu erfahren? Oder soll ich etwa annehmen, ihr habt gar keinen ...«

»Wir haben schon einen Grund, Herr Wiskotten.«

»Aber wohl nicht den Mut, ihn zu nennen?«

»Auch den, Herr Wiskotten.«

»Na, dann laßt mal den Barthelmes vortreten. Der hat doch sonst immer ein gut geschmiert Maul gehabt, wenn es Bierreden galt. Nu soll er seine Kunst beweisen.«

Ein verstohlenes Lachen ging durch die Reihe der Leute. Dann schob man einen älteren Färber vor, mit vom Schwaden der Färberei gelichtetem Haar und hängendem Schnauzbart. Er protestierte, aber man schob ihn vorwärts: »Red, Barthelmes, du kannst et.«

»Ich hör' zu, Barthelmes.«

»Herr Wiskotten, et is – wie gesagt, et is wegen die vielen Aufträge, die doch nu mal da sind.«

»Wir haben auch früher nicht gefaulenzt. Wenn nix zu tun gewesen wär', wärt ihr auch nicht hier.«

»Dat stimmt, Herr Wiskotten, tat stimmt wie et Amen in de Kirche. Aber nu is mehr zu tun.«

»Gott sei Dank! Und dafür macht ihr Überstunden und verdient um so mehr. Stimmt das auch?«

»Nu wat dann?« schrie Barthelmes seinen Kameraden zu. »Hab' ich euch dat nich akkurat so gesagt?«

»Ja, wenn ihr das einseht«, meinte Gustav Wiskotten verwundert, »weshalb arbeitet ihr denn nicht?«

Der Pole Wisczkowski trat vor.

»Weil wir uns nicht mehr dumm machen lassen, Herr Wiskotten. Daß wir mit Überstunden verdienen, wissen wir selber. Aber daß wir in guten Zeiten Anrecht haben, mehr zu verdienen als in schlechten, und daß die

Fabrikanten nicht allein den Profit einzustecken haben, das wissen wir nun auch.«

Gustav Wiskotten sah den Mann fest an.

»Hab' ich Sie gefragt, Wisczkowski? Oder hat irgendein Mensch Sie zum Reden aufgefordert? Warten Sie ab, bis die Reihe an Sie kommt. Ich werd' Sie schon nicht vergessen.«

»Ich kann hier reden wie jedermann.«

Gustav Wiskotten ging dicht an ihn heran und sah ihm in die Augen. Dann drehte er ihm den Rücken zu.

»Barthelmes!« rief er.

»Ja, Herr Wiskotten?«

»Denken Sie mal gefälligst nach. Für die andern, die Sie zum Sprecher ernannt haben, mit. Mit wieviel Lohn haben Sie angefangen? Und wieviel Lohn beziehen Sie jetzt? Nun –? Ist nicht in einem fort gesteigert worden, seitdem es mit der Fabrik und der Färberei vorwärtsgeht? Ist es auch nur ein einziges Mal dagewesen, daß ihr die Wiskottens um Zulage habt trietzen müssen? Oder sind die Lohnaufbesserungen immer von selber erfolgt? Wie –? Ja, es sind gute Zeiten gekommen, und die sollen, weiß Gott, nach Kräften ausgenutzt werden. Aber glaubt ihr denn, die guten Zeiten wären mit nix und wieder nix auszunutzen, und es schneie einem Brei in den Mund, wenn man ihn nur weit genug aufriß? Da! Schaut mal durch die Fenster! Da wird eine neue Färberei, da werden neue Fabrikräume gebaut. Da stecken wir das Geld hinein, damit es Zinsen trägt für uns und für euch. Jawohl, für euch ebenso. Denn wenn wir jetzt das Geld nicht riskierten, um durch ausgedehnteren Betrieb leistungsfähiger zu sein, würd' uns die Konkurrenz Hals über Kopp an die Wand drücken. Das sind die *Vor*arbeiten für die gute Zeit. Wieviel wir nachher auf die hohe Kante legen können, das richtet sich jetzt nach unsrer Arbeit. Ob wir anpacken oder ob wir nur in die Hände spucken. Ist einer unter euch, der sagen kann, die Wiskottens hätten sich ihren Mitarbeitern gegenüber je lumpen lassen? Ist einer da, der Angst hat und Vorschuß möcht'? Dann nur heraus mit der Sprache! Es ist *ein* Aufwaschen.«

Barthelmes hatte sich unruhig rückwärts bewegt. Es war ein erregtes Raunen unter den Leuten. Dann schob man den Mann von neuem vor. Diesmal zeigte er ein sicheres Auftreten.

»Herr Wiskotten«, sagte er ehrlich, »dat mit den vielen Aufträgen un den höheren Löhnen deswegen, überhaupt dat, wat ich da vorhin vorgebracht hab', dat war natürlich en hanebüchenen Unsinn. Wir sind immer zufrieden gewesen und sind auch jetzt zufrieden. Dat Zeugnis müssen wir Ihnen ausstellen. Wir waren nur ganz benebelt, als der Wisczkowski uns vorhin vorrechnete, wat für ein Geldspiel nu über Barmen käm', und dat wir et Fingerlecken hätten. Und dann – Herr Wiskotten – dat Solidaritätsgefühl, dat muß doch im mal sein.«

Gustav Wiskotten nahm die Lohnliste vor, die er mitgebracht hatte.

»Ich dank' Ihnen, Barthelmes, für das gute Zeugnis. Und damit ihr alle hört, daß wir euer Vertrauen wohl auch ein klein bißchen verdienen, möcht' ich mitteilen, daß wir, bevor ihr die Arbeit niederlegt, also aus freien Stücken, sämtliche Löhne und Überstundengelder um zehn Prozent erhöht hatten. Hier, Barthelmes, Sie können hineinsehen. Da steht der Vermerk, von der Firma unterschrieben, in der Lohnliste.«

Barthelmes wehrte ab. »Herr Wiskotten«, stammelte er, »Donnerkiel, Sie müssen uns für 'ne nette Schwefelbande halten. Zehn Prozent!« Er wandte sich zu seinen Kameraden. »Aus freien Stücken ... O verdeck, ek wöll, ek wär' im Musloch ...«

Wisczkowski konnte nicht länger an sich halten.

»Seid ihr alte Weiber?« schrie er wütend. »Dann küßt doch dem Herrn die Hand und bedankt euch für gnädige Straf'! Oder seid ihr zielbewußte Männer! Hier handelt es sich nicht um uns, hier handelt es sich um die allgemeine Bewegung, um die Regelung der Machtfrage, um das Solidaritätsgefühl!«

»Wisczkowski«, rief Gustav Wiskotten hart, »Sie haben hier nix mehr zu suchen. Sie sind entlassen.«

»Was Sie nicht sagen, Herr Wiskotten! Wir entlassen uns selber, wir alle, und wir kommen erst wieder, wenn von sämtlichen Färbereien des Wuppertals der neue Lohntarif angenommen ist. Ohne Maßregelungen! Die gibt's nicht mehr.«

»Wisczkowski, verfügen Sie sich unverzüglich an die Kasse und lassen Sie sich Ihren Lohn auszahlen.«

»Hat Zeit, Herr Wiskotten, wir gehen alle zusammen. Die schönen Worte von ›freiwilligen‹ Lohnerhöhungen verfangen jetzt nicht mehr.«

Gustav Wiskotten wurde totenblaß. In seiner breiten Brust arbeitete es, daß es ihm den Atem benahm.

»Wa-as? Will mich der Halunke zum Lügner machen? 'raus!« donnerte er, »'raus, oder ek schmiet deck ruf, dat du Hals und Beene breeken sollst!«

Der Mann rührte sich nicht von seinem Platz.

»Kölsch! Tür auf!«

Der Färber grinste über das ganze Gesicht.

Da verlor Gustav Wiskotten die Besinnung. Mit einem Sprung war er vor und packte mit einem Griff den vierschrötigen Gegner bei der Kehle und mit dem andern beim Hosengurt. Seine Brust keuchte, die Adern liefen ihm wie blutrote Stricke über die Stirn. Es war ein furchtbares, lautloses Ringen um das Fußbreit Boden, auf dem man stand. Dem Polen traten die Augen aus dem Kopf, in seine Mundwinkel lief Schaum, er stemmte sich mit wilder Kraft gegen den Angreifer und versuchte, ihm die Handgelenke zu zerbrechen.

»Zurück!« schrie Kölsch, als die Färber Miene machten, die Ringenden auseinanderzureißen. Wie der Waffenmeister seines Herrn stand er neben ihm, jetzt wirklich ein graubärtiger Hagen. Er wußte, was es galt. Daß es hier um die Autorität des Herrn ging.

Gustav Wiskotten schloß die Augen. Einen Moment lockerte er seinen Griff, als sei er ermüdet. Der Gegner machte eine aufatmende, triumphierende Bewegung. Mit losbrechender Wildheit stieß Gustav Wiskotten zu, warf den Überrumpelten mit Ungestüm aus seinem Kreis, packte den nicht mehr Standhaltenden fester, daß die Füße des Gegners den Boden verloren, und warf ihn mit Anspannung aller Kräfte durch die offene Tür, daß der Körper des Mannes in dem vorgelagerten Aschenberg dumpf aufschlug.

Gustav Wiskotten drehte sich um. Sein Aussehen war schrecklich. Alle Muskeln seines Gesichts arbeiteten. Vom Schweiß verklebt, hing ihm das Haar in die Augen. Er nahm sein Taschentuch heraus, wischte sich die Stirn und rieb die Hände ab. Draußen liefen ein paar Arbeiter herbei, um dem Gestürzten aufzuhelfen. Aber der schwarze Christian stand neben ihm mit der Schippe.

»Dat keiner den gottverdammten Kerl anpackt! De kann gar nich besser liegen ...«

Und plötzlich begann in der Färberei Gustav Wiskotten zu lachen. Er stützte die Arme in die keuchenden Seiten und lachte mit stoßendem Atem, immer heftiger, immer schallender. Da gab es für die Färber kein Zurückhalten mehr. Sie drängten vor, sie streckten die Hände aus, ihre Augen leuchteten, ihre Gesichter lachten. »Herr Wiskotten – Donnerkiel, Herr Gustav!« Einer machte dem andern vor, wie der Polack gflogen wär. »Zu – hupp!« Und inmitten des Tumults schrie der Färber Barthelmes: »Unser Herr Gustav Wiskotten, und der soll leben: Vivat hoch!

Und zum zweiten Male: Vivat hoch! Und zum dritten Male: Vivat hoch!« Das brauste durch die offene Tür über den Fabrikhof und drang in alle Räume, und im Privatkontor lachte den Brüdern das Herz im Leib.

»So«, sagte Gustav Wiskotten, »nun wären wir ja unter uns. Da werden wir uns auch wegen der Solidarität schnell verständigen. Barthelmes, wie lange sind Sie jetzt hier?«

»Werden im Mai fünfundzwanzig Jahre, Herr Wiskotten.«

»Und der Friedrich? Und der Karl Schlieper?«

»Ebenso lang.«

»Seht ihr! Und dann kommen ein paar mit zwanzig Jahren, und ein Dutzend zählen fast alle. Als meine Eltern anfingen, da war schon der Stamm von euch vorhanden, und ebenso in der Garnerei und Wirkerei. Keiner fehlt, oder der Tod hat ihn abgerufen. Dafür sind neue wackere Männer angetreten, die sich bald mit uns eins fühlten. In guten und schlechten Zeiten haben wir zusammengestanden; wenn ein faules Jahr kam, wir haben es getragen und euch nicht darunter leiden lassen, und wenn dann wieder ein gesegnetes Jahr kam, habt ihr gesorgt, daß der Segen auch hereinkam und der Fehlbetrag gedeckt wurde. So ist einer hier für den andern eingestanden, wir haben uns ineinander eingelebt wie *eine* Familie, und der Vatter und die Mutter waren auch euch Vatter und Mutter. In der Fabrik und bei euch zu Haus. Ob's da eine fröhliche Taufe galt oder ein ernstes Begräbnis, wir haben uns zusammen gefreut und haben zusammen getrauert. Und haben – zusammen gearbeitet! Ja, ist das Solidarität, oder ist das keine? Oder ist das Solidarität, wenn ihr plötzlich auf die alte treue Freundschaft pfeift und lauft mit dem großen Haufen, den ihr gar nicht kennt und der euch gar nix angeht, nur weil ein paar Schreier und Tagediebe das für die neueste Mode erklären? Ihr wißt, bei mir kann jeder eine Politik haben oder eine Religion, wie er will. Ich respektiere jede ehrliche Gesinnung, ob rot oder schwarz oder blau. Aber über das alles hinaus gibt es noch etwas Höheres: das ist die Politik der gemeinsamen Arbeit und des gemeinsamen Vertrauens! Das ist die wahrhaftige Solidarität! Und es war einmal ein Stolz, daß nicht nur *wir* sagten: wir sind Wiskottens, sondern daß auch *ihr* sagtet: Wir sind die Wiskottenschen!«

»Wird auch so bleiben, Herr Gustav!«

»Wir wissen, wat richtige Solidarität ist, und die Unsern zu Haus auch!«

»Nu lassen Sie mal dat Schimpfen, Herr Gustav!«

»Platz da! Riemen auf!«

Der Triebriemen flog über die Transmissionsscheibe, ein Hebeldruck, und fauchend und sausend, zischend, dampfend und klappernd wirkte der Geist der Arbeit durch den Raum, als wäre eine Pause gar nicht gewesen. Die Farbbäder kochten und brodelten, die Färberknüppel ratterten im Takt auf den Bottichrändern, und an den Pfosten war ein klatschendes Schlagen und Recken. Man tat, als hätte man die Anwesenheit des Fabrikherrn vergessen, als wäre die Arbeit so dringend, daß man ihm beim besten Willen nicht mehr Red' und Antwort stehen könnt'. Neben Gustav Wiskotten ließ ein Mann ein gebrauchtes Bad aus der Kufe laufen, daß dem Ahnungslosen die Brühe über die Stiefel spritzte. »Achtung«, sagte der Mann, als es zu spät war, kurz angebunden, und hantierte weiter. Und dicker weißer Schwaden verschlang langsam wieder das ganze Bild.

»War's recht so?« fragte Gustav Wiskotten seinen Stabschef draußen. Der graubärtige Werkmeister sah ihn mit leuchtenden Augen an.

»Hätt's nich besser machen können, Herr Wiskotten.«

»Der Polack hat sich verkrümelt«, schrie der schwarze Christian aus seiner glühenden Hölle. »Bis auf das Gequetschte ganz heil, nur der Hosenboden futsch!« –

»Schwere Zeiten im Tal, Kölsch. Wenn die Konkurrenz nicht vorgesorgt hat, wird sie ihr Kratzen haben.«

»Wer leistungsfähig bleibt, hat gewonnen. Von morgen an muß Nachtschicht heran.«

»Ich verlass' mich auf Sie, Kölsch. Da darf kein Muskel geschont werden.«

»Nu gehen uns die Streikversammlungen der Färber und Wuppertaler Farbarbeiter nix an. Wir werden die Zeit ausnutzen.«

Gustav Wiskotten ging aufs Privatkontor. Er war ganz Kaufmann. Die Brüder schüttelten ihm die Hand.

»Haben schon gehört! Hast reinen Tisch gemacht –«

Er unterbrach sie: »Laßt das bis nachher. Wir haben zu tun. Wir werden vielleicht die einzigen sein, die noch den Betrieb aufrecht halten können. Also nu den Schlachtplan!«

Sie saßen zusammen, berieten und rechneten. Mit heißen Köpfen. Dann kam die Mutter.

»Wat war dat vorhin für en Gedöhns?«

»Der Polack is aus der Färberei herausgeflogen«, erwiderte Gustav kurz. »Er machte sich mausig und predigte den Streik.«

»Wat? Wo is der donnerwettersche Kerl?«

»Bereits erledigt, Mutter, läßt sich die Buxe flicken. Hinten, weißt du. Und nun hör mal, Mutter, wir wollten dich gerade rufen lassen. Von morgen an is Nachtschicht. Kölsch wird wegen der Haspelstuben alles mit dir besprechen. Du sorgst wohl, dat die Leute während der Nacht 'nen Seelenwärmer kriegen.«

»Die Emilie kann mir wohl eure Minna leihen?«

»Selbstverständlich. Schick nur gleich hin, oder besser, geh eben selbst. Das tut der Emilie gut, wenn sie mit beraten darf.«

Es war zehn Uhr abends, als Gustav Wiskotten die Fabrik verließ. Jetzt erst kam die Aufregung über das Erlebte nachträglich über ihn. Die mußte er auslaufen. Und er schritt durch die Straßen, kreuz und quer.

Die Stadt war lebendig wie an einem Sonntag. Aus allen Kneipen scholl Lärm und Wortgefecht. Vor den Wirtshaustüren standen bleich und abwartend die Frauen der Streikenden. Hin und wieder schuf sich eine Resolute Bahn und holte aus dem Schwarm der Feiernden den Gatten hervor. Dann brachen selbst die von eigner Angst gequälten Weiber in ein tobendes Gelächter aus.

»Gib ihm en Lutsch in den Mund, Hulda!«

»Achtung, Stufe!«

Und das Gelächter ebbte ab, und wieder herrschte unter den fröstelnden Frauen beklommene Stille.

Beim Wirt Oweram Schulte war das Gedränge am stärksten. Hier hielten die Rittershauser Färber Streikversammlungen ab. Schulte hatte den Saal hergegeben. »Aber keinen Radau. Sonst dreh' ich et Licht ab.« Er selbst stand hemdärmelig in der Nähe der Rednertribüne und sorgte für Ordnung. Gustav Wiskotten geriet ins Gedränge und ließ sich in den Saal schieben. Ein Redner stellte fest, daß alle Betriebe am Nachmittag die Arbeit niedergelegt hätten, mit Ausnahme des Wiskottenschen.

»Bande!« schrie eine heisere Stimme.

Abraham Schulte hob sich verdächtig auf den Zehenspitzen.

»Ruhe!« riefen ein paar andre. »Weitersprechen!«

Der Redner sprach über die soziale Frage und die Lösung, die sie alle erstreben müßten. Er sprach ruhig und sachlich. Er verwies auf die Wuppertaler Farbenfabriken und die Großbetriebe in der Färbereibranche, auf die hohen Einnahmen und die geringen Löhne. Er stellte fest, wie viele Familien gezwungen wären, mit Kind und Kegel in einer Stube und in einer Küche zu hausen. Er rief die Pastoren des Tals auf, ihre soziale

Fürsorge und ihre Sittlichkeitsbestrebungen werktätiger dort einzusetzen, wo die Wurzel des Übels wäre, statt mit den Fabrikanten im Presbyterium zu sitzen, bis diese auf dem andern Ohr taub seien. Er verlangte gründliche Abhilfe, kein Flickwerk, und eine durchgreifende Besserung sei nur zu erzielen durch das solidarische Vorgehen der Gesamtheit.

»Hört, hört!«

»Wo sind die Wiskottenschen?«

»Ich beantrage, den Wiskottenschen die Verachtung der Versammlung –«

»Hast du das Wort?« rief der Wirt Oweram und zog die Augenbrauen hoch.

»– die Verachtung der Versammlung –«

»Du kanns wohl nich hören? Ob du das Wort hast?!«

»Nee, aber –«

»Dann wart'st du gefälligst, bis du an die Reih' kömmst. Et wird nur von der Tribüne aus gesprochen.«

Auf der Tribüne erschien die verwitterte Gestalt des Färbers Barthelmes. Vereinzelte Pfiffe ertönten; Ruhegebote.

»Ich wollt' euch nur eins sagen. In meinem Namen und im Namen meiner Kameraden. Wir sind keine Streikbrecher. Weshalb nich? Weil wir gar keinen Streik brauchen.«

»Verräter! Hund!«

Oweram Schulte patrouillierte den Saal ab.

»Wenn de Schreihals noch ens dat Muhl opdöht –! Hier is gleiches Recht für alle. Aber auf de Tribüne und ordnungsgemäß. On wer sin Bier betahlt!«

»Und weshalb brauchen wir keinen Streik, wir bei Wiskottens? Weil wir uns über nix zu beklagen haben, weil die Firma uns seit fünfundzwanzig Jahren als anständige Menschen und Mitarbeiter behandelt, weil sie immer treu zu uns und unsern Familien gehalten hat, und da soll doch Gott den Deubel frikassieren, wenn wir dat durch Unanständigkeit und Gemeinerei beantworten wollten. Solidarität is, wenn man eine Familie bildet. Die Wiskottens und wir tun dat seit altersher. Dat is die einzig richtige Auffassung von die Sache. En Jammer is, dat nich alle Fabrikanten so sind wie die Wiskottens. Dat sehen wir ein. Und weil wir dat einsehen, werden wir unsre kämpfenden Genossen aus den andern Fabriken von unserm Wochenlohn unterstützen. Unsre Ehre gehört den Wiskottens, unser Geld euch!«

»Judasgroschen, Judasgroschen!« brüllte eine Stimme.

Nun hatte Oweram Schulte ihn erspäht. »Aha, der Polack, der Herr Wisczkowski! Hast du et Wort?«

»Nee!«

»Woß du et Muhl hollen?«

»Nee!«

»Na, Jöngsken, dann komm ens mit. Du paßt nich in die feine Gesellschaft.«

Er packte ihn, wie er ein Bierfaß zu schroten pflegte, und drückte ihn durch die Menge. Man wollte zugreifen, aber der stiernackige Wirt wehrte. »Loten Sie man, de versteht dat Herutfliegen ut dem Effeff. Hopplah – –!«

Der Pole sauste die Stiege hinab und fuhr zwischen die draußen Harrenden. Da erwachte der Volkshumor.

»Donnerkiel, du häs et aber eilig!«

»Platz – da mot ens eener ganz rasch die soziale Frage lösen!«

»Dat is en zerstreuten Professor, de hät sinne Buxe vergehten.«

»Scham dek wat, hie sinn Fraulütt!« – –

An diesem Abend kam Gustav Wiskotten spät in der Nacht heim. Seine Färber hatten ihn nicht losgelassen. Und er hatte nach alter patriarchalischer Sitte unter ihnen gesessen, wie einst sein Vater unter ihnen gesessen hatte.

6.

Der Riese, der den Talkessel mit seinen massigen Gliedern füllte, litt an Fieberschauern. Der Südwind, der die letzten Spuren des Schnees mit schmeichlerischem Atem auf den Höhen eingesogen hatte, die Märzsonne, die so jung und buhlerisch zu küssen verstand, erregte sein Blut. Abenteuergedanken, wie sie die Vorfrühlingstage bringen mit ihrem Sehnen und Drängen, lagen ihm im Blut, Wagemut, Freiheitslieder ...

Das arbeitende Volk fühlte den kommenden Lenz wie einen Mahner. Die Wälder riefen ihm zu: Tausend braune Knospen haben wir durch den Winter gebracht. Nicht, damit sie in der Kapsel bleiben. Damit sie aufspringen und ihre Naturkraft beweisen. Ist euer Vertrauen auf Grünen und Blühen geringer als das der Bäume im Walde? Und die junge Sonne lachte hinter ihnen her: Menschenkinder, ihr vergeßt die Zeit. Wacht auf! Es wird nur einmal Frühling im Jahr! –

Sie wollten auch ihren Teil am Frühling. Die wärmende Sonne sollte nicht nur für die Bevorzugten scheinen, die auch im Winter nicht froren. Sie zogen sich ihr Feiertagswams an und rückten die Mütze aufs Ohr: »Her mit der Sonne!«

In langen Reihen zogen sie über die schmalen Bürgersteige die Wupper entlang, wortkarg, mit großen Augen, ungewohnt der Freiheit mitten in der Woche. Sie blickten um sich, als kennten sie ihr eigenes Tal nicht wieder. Fiel ein Scherzwort, so lachten auch die Fernerstehenden, ohne es verstanden zu haben. Die innere Erregung wollte einen Ausweg. An den Arbeitsstätten traten Stockungen ein. Man wußte, drinnen wurde verhandelt, um neue Lebensbedingungen, um neue Sonne. Schwer atmeten die Männer, und ihre Augen wurden starrer, als zwängen sie sich, durch die undurchdringlichen Mauern zu sehen. Dann zogen die Trupps weiter; zu andern Arbeitsstätten. Und hier wie dort dieselbe stummheischende Kundgebung. In einigen Wirtshäusern wurde ein Trunk genommen. Der löste Herz und Zunge. Forderungen wurden diskutiert, Löhne, Arbeitszeit und Feierabend. Verwünschungen mischten sich mit Beschwichtigungen, Phantastereien der Jungen mit der nüchternen Magenpolitik der Familienväter.

»Hauptsache, dat Mutter Groschen kriegt.«

»Hauptsache, dat von jetzt an die Partei mitzureden hat.«

»Die Partei? Ich hab' sechs hungrige Blagen zu Haus. Die sind Partei, und die reden auch mit, kann ich dir sagen.«

Und die Sonne stieg und füllte das Tal mit Lenzgedanken, Hoffnungen, Erwartungen …

Am Nachmittag litt es Ewald Wiskotten nicht mehr daheim. Sein junges Blut war angesteckt von der treibenden Unruhe, welche die Luft schwängerte und durch alle Poren drang. Er hatte in seinen Schülerzeichnungen gewühlt und eine Mappe angefüllt. Nun fuhr er, die Mappe an sich gepreßt, mit der Straßenbahn nach Elberfeld. Er wollte zum Maler Weert. Der sollte ihm die Wege weisen in die Freiheit, in der er selbst einmal gewandelt war.

Die Enttäuschung, die sich ihm beim Betreten des Malerateliers bot, überwand er schnell. Das zottelhaarige Dienstmädchen, das ihm die Tür geöffnet hatte, hatte ihn ohne weiteres ins Allerheiligste eintreten lassen. Zwischen altem, wertlosem Gerümpel, schreienden Teppichfetzen und alten Waffen, einem Sammelsurium von Gegenständen, die den Besucher verwirren und gleichsam seinen Bourgeoisgeist in die künstlerische Sphäre hinüberziehen sollten, stand eine Staffelei mit einer lebensgroßen Kopie von van Dycks jugendschöner Marchesa Spinola, dem Wunderwerk des Meisters an Vornehmheit der Farbengebung, an Eleganz der Bewegung, an süßem, liebevollem Leben ... Und neben diesem Bildnis, das zu fragen scheint: Ist die Schöpfung köstlicher oder das Geschöpf? lag auf einem Rundsofa, der gebogenen Linie des Möbels sich anschmiegend, der Maler Weert schlafend. Scharf zogen die Schnarchtöne durch das Atelier ...

»Guten Tag, Herr Weert«, sagte Ewald Wiskotten laut.

Ein Zucken ging durch den Körper. »Wie? Was? Bitte, einen Moment, ich denke gerade über was nach – einen exquisiten – Farbenton – – Ja! So geht's!« Er sprang auf, fuhr sich durchs Haar und erkannte seinen Besucher.

»Sie sind's – –?« machte er gedehnt, und es klang ein Grollen über die Störung durch seine Worte. »Was führt Sie denn her, junger Mann? Wenn Sie zum Photographen wollten, bitte drei Häuser weiter, links.«

»Entschuldigen Sie, Herr Weert, daß ich Sie in Ihrem Nachmittagsschlaf störte ...«

»Was, Schlaf! Ich schlafe des Nachts, und dann noch sehr unvollkommen. Auf dem Sofa komponier' ich.«

»Darf ich Sie ein paar Minuten belästigen?«

»Nun setzen Sie die Worte schon richtiger. Also bitte, belästigen Sie mich.« Er strich seinen Heckerbart und funkelte den jungen Mann aus geröteten Augen an.

»Herr Weert, ich hatte am Sonntag vor acht Tagen das Vergnügen, mit Ihnen über Kunst zu reden.«

»Das Vergnügen –? Außerdem rede ich nicht über Kunst.«

Aber Ewald Wiskotten hatte sich vorgenommen, sich nicht abspeisen zu lassen. »Herr Weert, ich habe von klein auf solchen Respekt vor Ihrem Namen gehabt, daß ich niemand wüßte, der mir besser raten könnte. Ich möchte zur Akademie, ich möchte Maler werden, ich möchte malen lernen wie Sie ...«

Da lachte der Maler schneidend auf.

»Wie ich? Wie ich –? Ja, haben Sie vielleicht heute morgen meinen Frühschoppen getrunken? Ich ein Maler!«

»Herr Weert«, stammelte der junge Mensch, »ein ganz klein wenig versteh' ich auch von Bildern. Wer das da gemalt hat, diese wunderbare Dame in Schwarz auf Schwarz, der ist bei Gott ein Maler!«

»Ist er auch, mein Junge, ist er auch! Gewiß ist der van Dyck ein Maler, und was für einer!« Er brach ab und ging an das Bild heran. Und nach einer Weile stummen Schauens fuhr er mit schwerfälliger Hand liebkosend über die Leinwand ...

»Herr Weert – –?«

»Was, mein Junge ...«

»Das haben Sie doch gemalt?«

»Gewiß. Das hier hab' ich einmal gemalt. Nach dem Original des großen van Dyck. Und hab's nicht schlecht getroffen ... Ja, damals. Als ich noch durch die Lande zog und glaubte, meine Jugend sei mein Talent. Da hatt' ich noch die Courage, selbst einem van Dyck ins Handwerk pfuschen zu wollen. *Dies* Bild und *die* Zeiten! Das ist nun alles, was ich mir daraus gerettet habe ...«

»Aber es ist ein Schatz!«

»Und ob es mein Schatz ist! Wenn ich es nicht hätte, könnte ich Wände streichen. So aber ist es mein Köder, meine Leimrute! Gibt es ein lieblicheres Frauenzimmer auf der Welt und ein graziöseres dazu, als diese italienische Marchesa, die längst die Würmer gefressen haben? Heraus mit der Sprache! Nein, das gibt es nicht. Und nun denken Sie, der Herrgott hat eine Sonntagslaune und läßt eine der Spitzenkordelnlitzendamen des Wuppertals die Tür drei Häuser weiter links beim Photographen verfehlen und in meine Kunststube hineinschneien. Ja, glauben Sie denn, die ging' mir wieder von der Schwelle, wenn sie den Liebreiz da gesehen hat? ›Oh, Herr Weert, so müssen Sie mich auch malen! In dieser Stellung und in diesen Farben! Nein, die Augen, die mein Männchen machen wird!‹ Und ich male aus jeder robusten Truthenne die süße Taube van Dycks, in dieser Stellung, in diesen Farben, und glaub's unbesehen, was für Augen das Männchen machen wird. Mein Schatz ist eine Kopie, und ihr Besitzer – wie sagten Sie doch? – ein Maler!«

»Herr Weert – wenn ich so eine Kopie fertig brächte!«

»Wollen Sie sich lustig machen, Sie Sohn der schwarzen Wupper? Daß ich mehr als die Anstreichergilde hierorts kann, weiß ich selber! Aber das Wuppertal, dies von allen Musen dreimal bekreuzigte Wuppertal! Ich hatt' es nur zweimal bekreuzigt, und dann trieb mich der Ehrgeiz, mich satt essen zu wollen, heim. Was glauben Sie, daß mich dieser

Schmerbauch gekostet hat? He, Sie Grünling? Meine Kunst hat er mich gekostet, meine Kunst!«

»Aber Sie sind doch der gesuchteste Maler in Elberfeld und Barmen ...«

»Weil sich sonst kein Dummer finden läßt, weil die andern ihr Gehirnschmalz frühzeitig genug über die Berge in Sicherheit gebracht haben. Deshalb bin ich der gesuchteste. Und weil ich Helena in jedem Weibe sehe, die süße Taube van Dycks in jeder menschlichen Ausgeburt der Textilbranche. Deshalb! Deshalb! Und denken Sie nur nicht, ich hätte die alten Meister nutzlos studiert. Ah, die verstanden sich auf die prachtstrotzenden Kostüme. Ich arrangiere bei festlichen Gelegenheiten lebende Bilder nach alten Meistern. Die modernen sind für unsere Damen zu ordinär. Vergessen Sie das bei Ihrem Studium nicht! Denn wenn Sie später einmal ins Wuppertal heimzukehren gedenken, stellen Sie auch lebende Bilder.«

»Darf ich Ihnen jetzt«, fragte Ewald Wiskotten dringend, »meine Zeichnungen zeigen?«

Der Maler stutzte.

»Und das genügt Ihnen alles noch nicht? Na, denn in Gottes Namen. Daß ich ein Volksverführer sei, kann mir jetzt mein schlimmster Feind nicht nachsagen.«

Er nahm die Mappe, breitete sie auf einen Tisch und blieb blätternd vor ihr stehen. Ewald Wiskotten litt Todespein. Und doch hätte er diese Pein verlängern mögen. Das Blättern ging ihm zu schnell.

»Sie haben da – eine Zeichnung – überschlagen, Herr Weert ...«

»Freu dich, mein Jung.«

Da schwieg er.

Ein paar Minuten darauf klappte der Maler die Mappe zu, schnürte sie umständlich wieder zusammen und gab sie dem gespannt Harrenden zurück. »Nicht übel.«

»Sie – finden auch, daß ich Talent habe –?«

»Wir wollen uns, wenn wir unter vier Augen sind, die großen Worte abgewöhnen. Talent! Der van Dyck hatte Talent und sein Meister, der Rubens, und der alte Dürer. Und der Rembrandt war ein Genie. Ich sprech' von den Germanen. Wir, mein Junge, wollen zufrieden sein, wenn uns ein gutmütiger Mensch einen Maler nennt.«

»Dazu also reicht's? Wirklich?«

»Wer behauptet das? Ich hab' kein Sterbenswort davon gesagt. Ich hab' nur gesagt: nicht übel!«

»Bitte, Herr Weert, sprechen Sie doch nicht so in Orakeln ...«

»Soll ich denn noch deutlicher werden? Ich mein' also: für den Hausgebrauch ist das alles mögliche. Es liegt Schmiß drin, Erfindungsgabe, Kompositionstalent. Man merkt, Sie sind aus der Textilbranche. So ein Spitzenwurf, so eine Applikation in Ornamenten und Figuren – ganz apart. Das würde der feinste Modekupfer.«

»Sie wollen mich zum Narren halten, Herr Weert.«

»Ich wär' der größte Narr, *wenn* ich es tät'. Na: frisch drauflos.«

»Ah – –! Bilder malen – –«

»Ach was! Modekupfer!«

»Herr Weert, nun verspotten Sie mich nicht mehr. Sie machen sich ja auch über sich selbst lustig, da tut's nicht weh. Ist ja doch anders gemeint –«

»Anders gemeint? Respekt vor meinen Worten, Herr Kollege!«

»›Frisch drauflos!‹ haben Sie soeben gesagt. ›Frisch drauflos!‹ Das werd' ich nicht vergessen. Nun hab' ich den Mut.«

»Menschenkind, kommen Sie zu sich!«

»Nun bin ich zu mir gekommen, Herr Weert, und ich werd' schon dafür sorgen, daß jetzt auch die andern zu sich kommen, die zu Haus. Jetzt geht's nach Düsseldorf! Ich weiß, was ich will.«

»Das scheint mir doch nicht so ganz der Fall zu sein. Hören Sie mal – wie? – Donnerwetter, schreien Sie nicht so! Hier werden keine patriotischen Feste gefeiert, Sie verrückter Hurrarufer. Ach Gott, *dem* Jüngling ist von Menschen nicht mehr zu helfen. Da müssen schon Natur und Zeit heran.«

»Herr Weert, es weht Lenzluft im Tal. Die Arbeiter marschieren durch die Straßen und verlangen ihren Anteil an der Sonne!«

»Und wenn es regnet? Dann hat's ihnen in die Suppe geregnet.«

»Nein, nein! Ich nehm's für ein gutes Omen. Ich marschier' auch. Ich marschier' aus dem rauchig-schwarzen Wuppertal in die sonnengoldene Künstlerfreiheit!«

»Aha!« sagte der Maler und packte ihn beim Westenknopf. »Da hätten wir ja endlich des Pudels Kern. Und da schreiben die Zeitungen: die Welt schritte vor. Künstlerfreiheit! Mensch, hätten Sie doch ›Arbeit‹ gesagt! Nun habe ich die trostreiche Aussicht, Sie in einigen Jahren im Wuppertal als Saufkumpan begrüßen zu können.«

»Herr Weert, scherzen Sie jetzt nicht. Mir ist es Ernst mit der Künstlerfreiheit. Erzählen Sie mir von der Ihren. Ich hab' Ihnen ja nun doch Ihre Zeit gestohlen.«

»Warten Sie mal«, knurrte der Maler und ging an den Tisch, »ich werde Ihnen eine bessere Adresse geben.«

Er beschrieb einen Zettel, faltete ihn und überreichte ihn mit tiefer Verbeugung dem Jungen. »Bitte vor der Haustüre zu lesen. Adieu!«

»Herr Weert –«

»Schön. Sie wollen also noch ein Abschiedswort. Eine Lebensweisheit sozusagen. Nun, so öffnen Sie die Ohren. ›Man wird *nur* durch Erfahrung klug. Most muß Wein *werden*, das ist trotz allem seine Bestimmung, süß oder sauer. Und jeder Revolutionär wird demgemäß einmal ein Bürger. Wenn er nur das richtige Alter hat.«

»Sagen Sie mir lieber was von der Freiheit selbst.«

»Die zweite Lebensweisheit: Wer aus der Freiheit kommt, wer sie sah, redet nicht davon. Wer davon redet, sah sie nicht.«

»Und weshalb redet der nicht davon, der sie sah?«

»Weil er vielleicht etwas Überirdisches oder Unterirdisches zu sehen bekommen hat. Vielleicht ein fasernacktes Engelchen oder – eine Meduse. Leben Sie wohl, leben Sie, wenn möglich, für immer wohl!«

Als Ewald Wiskotten, stark ernüchtert von dem sonderbaren Abschied, gegangen war, stand der Maler noch lange vor dem Bilde der Marchesa Spinola. »Still«, sagte er, »erzähl mir nicht, daß ich was gekonnt hab'. Ich weiß, daß ich ein Lump bin. Genie ist Fleiß ...«

Draußen nahm Ewald Wiskotten den Zettel vor. »Herr Dichtermeister Korten«, las er. – – Der sollte ihm den Weg in die Freiheit zeigen? Er sah den hageren Greis im langen abgeschabten Gehrock vor sich, mit der Begeisterung in den kindlichen Zügen. Er hörte ihn berichten von den großen Zeiten des Welteroberers Napoleon, und die flammenden Lieder klangen ihm im Ohr. Wie dieser Greis den Materialisten Weert beschämte! Und mit der Hast der Jugend, die da glaubt, was sie wünscht, warf er verächtlich den Maler zu den nörgelnden Philistern und machte sich auf den Weg zu dem greisen Idealisten.

Ein altes, zittriges Mütterchen öffnete ihm, mit guten ängstlichen Augen.

»Wir trinken gerade Kaffee. Wenn Sie eintreten wollen?«

Am Tisch des bescheidenen Stübchens, dessen Wände mit Stahlstichen und gerahmten Diplomen bedeckt waren, saß der alte Dichter und schlürfte aus einer großen Untertasse den Nachmittagstrank.

»Ah – mein junger Freund! Willkommen in meinem Tuskulum! Mutter, dies hier ist ein junger Herr Wiskotten, der Bruder des begabten Paul Wiskotten, und wie er ein kunstverständiger junger Mann.«

Die alte Frau sah ängstlich auf den Gast und räumte alsdann schnell das Kaffeegeschirr zusammen.

»Meine Zeitgenossin«, meinte der Greis und rieb sich fröhlich die Hände, »ist ein treffliches Weib, und wenn sie den Sinn für die Kunst hätte, wäre sie vollkommen.«

Nun kam die alte Frau näher.

»Ach, Herr Wiskotten«, klagte sie, »wenn Sie dem Mann doch das Dichten abgewöhnen könnten. Er is ein so guter Mensch, aber darin is er wie ein Kind. Un aus den Kinderjahren is er doch nu allmählich heraus.«

»O du Kleingläubige«, rief der Greis, »wer die Jugend verliert, verliert sich selbst. Möchtest du einen alten Mann?«

»So is er nu«, klagte das kleine Mütterchen dem Besucher, »un is doch auch schon gut und gern seine Achtzig.«

»›Mulier taceat in ecclesia‹, steht im Korinther; das Weib schweige in der Kirche. Wo von Kunst gesprochen wird, ist Gottesdienst, Mutter. Und unser Gast brennt darauf, sein Gebet zu verrichten.«

»Ich geh' ja schon, Mann, ich geh' ja schon.« Und während sie mit dem beladenen Tablett an dem Besucher vorüberhastete, warf sie dem jungen Mann einen hilfesuchenden Blick zu. »Immer die geschwollenen Redensarten. Und die soll nu unsereins nur so verstehen«

»Ein treffliches Weib«, wiederholte der Alte händereibend und warf ihr einen zärtlichen Blick nach. »So, und nun nehmen Sie einmal Platz. Sitzen Sie gemütlich? Eine Zigarre? Hm, ja, eine Pfeife darf ich Ihnen wohl nicht anbieten? Die Zigarren nämlich – Schiller würde sagen: ›Leer gebrannt ist die Stätte.‹ Und ich sag's ihm nach. Sie nehmen wirklich eine Pfeife? Halt, hier ist ein Fidibus. Eine Pfeife mit einem Schwefelholz anzünden, hieße: den Fisch mit dem Messer essen. Und nun wollen wir plaudern. Was für Zeiten! Was für Zeiten!«

»Die Arbeiter ziehen in Sonntagskleidern über die Straßen.«

»Ja, ja, ja, das ist unser Verdienst! Anno 48 in Blusen, heute in Sonntagskleidern! Wir haben mit unserm Blut die harte Erde gedüngt, damit endlich die Blumen sprießen konnten.«

»War es so arg im Wuppertal?«

»Arg und doch wundervoll. Wundervoll für den Dichter, der den Herzschlag seines Volkes belauscht. Aus der Gewissensnot heraus wuchs bei uns die Bewegung. Man soll dem Volk die Religion nicht antasten. Und man drängte ihm eine neue Agenda auf. Da besannen sich die Leute, von innen gestoßen, was ihnen von außen an Erfüllungen allerhöchster Versprechungen nicht gekommen sei. Und nun stellte das Volk seine Forderungen, es präsentierte die Rechnung. Es wurde zur bewaffneten Macht, es schuf, als im März 48 in Berlin die Freiheitsglocken läuteten und der König vor den gefallenen Volkskämpfern den Hut zog – Sie kennen doch Freiligraths Siegeslied ›Die Toten an die Lebendigen‹? ›Die Kugel mitten in der Brust, die Stirne breit gespalten‹? – ja, da schuf es die Bürgerwehr. Und als dann die Nationalversammlung in Frankfurt am Main aufgelöst wurde und die kläglichen Verfassungen herauskamen, da sprang man im Jahre 49 aufs neue in die Wehre, in Baden, in der Pfalz. Und als bei uns die Landwehr mobil gemacht werden sollte, da weigerte sie sich einzurücken, bevor nicht die Grundrechte des deutschen Volks gewährleistet seien, und als man nun Militär von Düsseldorf sandte, Infanterie, Artillerie und Ulanen, da brach der Barrikadenkampf los in Elberfeld. ›Freiheit, die ich meine …‹«

»Ach, Herr Korten, das muß doll gewesen sein.«

Der Greis erhob sich begeistert und nahm die Pfeife aus dem Munde. »Hören Sie, hören Sie!

Auf, deutsches Volk, du stark Geschlecht,
Es schlug die große Stunde,
Steh auf und sei nicht länger Knecht,
Mit Kraft und Mut steh für dein Recht
Im heil'gen Völkerbunde!
Der schwarzrotgoldenen Fahne nach!
Zu Sieg und Heil aus Druck und Schmach!
Wir zittern nicht vor Bajonetten!
Die Freiheit, die Freiheit,
Die Freiheit bricht die Ketten!«

»Ha, die Freiheit!« wiederholte Ewald Wiskotten mit leuchtenden Augen. »Und dann? – –«

»Und dann riß man das Pflaster auf, und aus den Fenstern des Oberbürgermeisterhauses warf man die Möbel auf die Straße zum Barrikadenbau, und den Oberbürgermeister von Carnap wollte man an die Laterne hängen ...«

»Das hätte nun unserm Gustav nicht passieren dürfen«, warf der Zuhörer etwas skeptisch ein.

»Gustav? Wer ist Gustav? Das souveräne Volk war alles! An der Spitze der feurige Rechtsanwalt Hoechster und der volkstümliche Doktor Bracht. Da lohten die Fackeln, da krachten die Salven. Für die Freiheit, für die Freiheit!« Er ließ sich erregt auf seinen Platz nieder. »›Denkst du daran, mein tapferer Lagienka – –?‹ Ach diese Polenlieder! Das war Poesie.«

»Jetzt sind *wir* an der Reihe!« rief Ewald Wiskotten und nestelte hastig seine Mappe los.

»Sie werden sehen, Herr Wiskotten, man wird den Arbeitern ihre Forderungen bewilligen. Das heilige Blut ist damals nicht umsonst geflossen. Nun blühen die Blumen daraus hervor, und die Sonne ist für alle da.«

»Auch für mich«, trumpfte der Junge auf, »ich will in die Künstlerfreiheit, ich will nach Düsseldorf auf die Akademie.«

»O du lieber Gott«, sagte der Greis andächtig ... »Sie Glücklicher!«

»Wollen Sie meine Zeichnungen sehen?«

»Wenn ich – darum bitten darf?«

Die Mappe lag ausgebreitet auf dem Tisch. Ein weißer und ein brauner Kopf beugten sich darüber. Aber es war nur *ein* Herzschlag ...

»Wie schön – wie wunderbar schön!«

»Gefällt's Ihnen?«

»Wie kann man sprechen, wenn man so genießt ... Nein, bitte! Noch nicht umblättern. Ich sehe so was so selten. Die Handschrift eines werdenden Großen. O Herr Wiskotten, die Alten wußten, weshalb se den Göttern Hekatomben opferten.«

Ewald Wiskotten kannte keine abwehrende Scham. Seine wunschkräftige Jugend verlangte ihr Recht. Der vom Alter vergessene Phantast erschien ihm wie ein verständnisvoller, mit ihm über die Menge hinausragender Genosse.

»Und diese Fabrikstudie?«

»Herrgott, Herrgott, ich bin selber ein alter Lagerist. Fünfzig Jahre meines Lebens habe ich in der Fabrik gesessen, vom Lehrling an, und ich darf mir wohl ein Urteil zusprechen. Und ich sage, was der alte Simon im Tempel sagte: ›Herr, nun lässest du deinen Diener in Frieden fahren!‹ Wie ist es möglich, das wiederzugeben.«

»Und hier habe ich Stoffe gezeichnet und in Wasserfarben untermalt. Mit ganz reichen Besatzmustern. Nur zum Spaß. Ich wollte doch mal sehen, ob ich nicht mehr Erfindungsgabe hätte als unser Musterzeichner in der Fabrik.«

»Groß-artig! Darauf würde Paris, wie ich es kenne, hunderttausend Stück Nouveautés bestellen.«

»Kennen Sie Paris, Herr Korten?«

»Paris? Das heißt: aus den Lagerbüchern. Die Firma, der ich fünfzig Jahre gedient habe, arbeitete in der Hauptsache für Paris. Da lernt man den Geschmack kennen und aus dem Geschmack das ganze Volk.«

»Wenn ich ein paar Jahr' in Düsseldorf gewesen bin, werde ich nach Paris gehen.«

»Ach ja, nach Paris! Mit seinen berauschenden Traditionen! Sie wissen doch, auf dem Montmartre, da liegt der Heinrich Heine begraben – –.«

»Ich will zu den Lebendigen, Herr Korten!«

»Und darin haben Sie recht. Wir sind ein Volk der Denker und Dichter. Jeder muß seiner Zeit Genüge tun. Dann werden auch wir unsterblich.«

»Waren Sie weit herum in der Welt?«

»Weit? Was heißt heute weit? Ich war zweimal im Siebengebirge, auf dem sagenumwobenen Drachenfels am Rhein, und einmal bin ich bis Antwerpen gewesen – bis Antwerpen, als der große flämische Dichter Hendrik Conscience sein Jubiläum feierte und ich ihm in plattdeutscher Rede die Grüße der Wuppertaler Dichter überbrachte. Denn in unserm Tal herrscht das flämische Blut seit den spanischen Erbfolgekriegen. Da siedelten sich die um ihres evangelischen Glaubens willen Verfolgten hier an und brachten uns mit dem Geheimnis der Seidenweberei und Spitzenfabrikation die Industrie ins Tal. Ja, ja, ja, da war ich sogar im Ausland.«

»Und alle die Diplome, Herr Korten! Was sind Sie im Leben geehrt worden!«

Der Greis lächelte.

»Zu viel vielleicht. Zu viel für meine bescheidenen Kräfte. Aber es macht mich doch stolz und glücklich. Diese Diplome, die bilden sozusagen mein Führungsattest. Daß ich mein Pfund nicht vergraben habe. Daß ich im Dienst der Musen gearbeitet habe. Statt irdischer Schätze winkt uns der Lorbeer. Sehen Sie, Herr Wiskotten, die Menschen im Tal halten uns Dichter für höhere Wesen. Wenn sie einen Prolog oder ein Festgedicht wünschen, wagen sie nicht, gemeines Geld dafür anzubieten. Ich halte das für einen sehr feinen Zug, obwohl meine treffliche Frau ihr Leben lang anders darüber gedacht hat. Und statt des Geldes verleihen sie die höchste Ehre, die sie zu vergeben haben, die Würde der Ehrenmitgliedschaft ihrer Vereine. Es gibt wohl keinen Verein im Wuppertal, der mich nicht so hoch geehrt hätte.«

Ewald Wiskotten erhob sich. »Ich will jetzt gehen.«

»Ja, mein lieber junger Freund: in die Freiheit! Mein Los wollte es, daß ich an die Scholle gebunden war. Aber gerade darum empfinde ich um so stärker, was es heißt: in die Freiheit zu ziehen! Gehen Sie, eilen Sie! Und vergessen Sie uns nicht, die wir nur von der Freiheit träumen.«

Mit heißem Kopf stand Ewald Wiskotten auf der Straße. »Gehen Sie, eilen Sie!« klang in seinem Ohr, jubelte in seinem Herzen, beflügelte seine Schritte. Der Abend sank über das Tal. Wie Flammenzeichen lohten die heimischen Höhen. Er deutete sich die Zeichen auf seine Weise. Wer ihnen jetzt eine andre Deutung gegeben hätte, er hätte ihn ausgelacht. –

So fuhr er heim durch die Schwesterstädte, die mit den Stimmen einer erregten Menge gefüllt waren, und in ihm selber war es laut und kampfbereit wie um ihn her. Erhitzt trotz des kühlen Märzabends betrat er das elterliche Haus.

»Wo hast du dich denn nur den ganzen Tag herumgetrieben?« fragte Frau Wiskotten ärgerlich, nahm die Brille ab, die sie beim Lesen trug, und schob Zeitung und Petroleumlampe auf die Mitte des Tisches. »Zwei Stunden hat der Pastor hier gesessen. Wer ihn sitzen ließ, warst du.«

»Ich hatt' ihn doch nicht eingeladen.«

»Du brauchst gar keinen frechen Mund zu haben. Wenn der Pastor Schirrmacher uns seinen Rat schenkt, so kannst du dich bedanken.«

»Was versteht denn ein Pastor von meinen Angelegenheiten?«

»Vatter, ich glaub', de Jung' is doll. Hast du gehört? Wat en Pastor von seinen Angelegenheiten verständ'! Wo bist du gewesen? Hast du wat getrunken?«

»Was ich getrunken hab', kennst du ja doch nicht.«

»En größer Lob konnt'st du deiner Mutter nich sagen. Dat hatt'st du wohl kaum bezweckt.«

»Ach, ich mein' doch keinen Schnaps oder Bier, ich mein' ja Begeisterung.«

»Wat sagt de Jung', Vatter?«

»Be-geisterung.«

»Begeisterung? Wir haben doch heut nich Sedan? Et is wirklich höchste Zeit, dat du von de Straße wegkommst. In vierzehn Tagen gehst du nach Halle.«

»Nach – Halle? Was soll ich denn in Halle, Mutter?«

»Der Pastor hat gesagt, für dich und dein Studium wär' Halle am besten.«

»Nun laß mich doch endlich mit dem Pastor zufrieden. Was hat der sich denn überhaupt einzumischen? Der sollte doch heute Wichtigeres zu tun haben, als gerad bei den Fabrikanten herumzusitzen.«

»Weißt du, wat du bist? Du bist en ganz unverschämter Bengel! Un so wat will nu Geistlicher werden!«

»Will ich ja auch gar nicht.«

»Wat willst du nich –?« Frau Wiskotten beugte sich vor. »Wat hat er gesagt, Vatter?«

»Er hat gesagt, er will nich.«

»Ja, wat denn? *Wat* will er nich?« beharrte sie hartnäckig.

»Mutter, nun laß mich mal reden. Es handelt sich doch um mich. Ich weiß ja, du meinst es gut. Aber weshalb willst du mich den zu einem Beruf zwingen, zu dem ich nicht die geringste Neigung hab'?«

»Weil dat so abgemacht is, und weil dat zu deinem Besten is un uns allen ein tröstlicher Gedanke. Deshalb.«

»Deshalb? Wir sind doch keine Juden, daß einer geopfert wird, und auch nicht katholisch, daß ich ein Gelübde erfüllen sollt'.«

»Gott verzeih' ihm die Sünde. So eine Lästerzunge.«

»Wahrhaftig, Mutter, ich wollt' dich nicht beleidigen. Aber ich kann wirklich nicht Theologe werden. Sieh mal, ich fühl' ja gar nicht die Berufung dazu in mir. Und man soll doch nicht Pastor werden, wie man Schuster oder Schneider wird. Weshalb könnt'st du mich also zwingen wollen?«

»Weil dat so abgemacht is.«

»Es ist aber nix abgemacht!« brauste der Junge auf. »Vatter, sag du doch. Hab' ich in letzter Zeit nicht immer erklärt: ich will nicht?«

Dem alten Wiskotten störte die Unterhaltung den Frieden. Begütigend blickte er von einem zum andern. »Wollen wir nich warten, bis der Gustav kommt?«

»Ich möcht' wissen, wat da der Gustav hereinzureden hat.«

»Oder der August, Mutter?«

»Auch nich der August. Et is schlimm genug, daß der Geist des Widerspruches so stark geworden ist. Er gehet umher wie ein brüllender Löwe und suchet, wen er verschlinge.«

»Laß ihn doch wenigstens sagen, Mutter, wat er werden möcht'.«

»Maler, Vater!«

»Wat – –?« klang es bedrohlich von den Lippen der alten Frau. »Wat is dat: Maler?«

»Ich will nach Düsseldorf, Mutter, auf die Akademie! Ich will Künstler werden!«

Frau Wiskotten tat, als ob sie nicht recht verstanden hätte. Aber ihre Hände zitterten auf der Tischplatte.

»Sag dat doch noch einmal.«

»Künstler, Mutter! Ich will Bilder malen, alles, was schön ist, die Menschen und Himmel und Erde.«

Frau Wiskotten bewegte die Lippen. Ihr Gesicht war grau geworden, und scharf gruben sich die Züge vom Mund zum Kinn.

»Du hast wohl – deinen Katechismus vergessen ...«

»Mutter, nun hör doch mal zu ...«

»Wie lautet das erste Gebot – –«

»Ich weiß nicht, Mutter, und es hat doch auch hier nix zu tun.«

»Und Gott redete alle diese Worte: ›Du sollst dir kein Bildnis noch irgendein Gleichnis machen, weder des, das oben im Himmel, noch des, das unten auf Erden, oder des, das im Wasser unter der Erde ist.‹«

»Aber Mutter, das ist doch ganz was andres. Das ist doch ganz anders gemeint!«

»Dat is nix anders. Dat steht geschrieben! Un davon laß ich mir nich einen Buchstaben wegdeuten.«

»Mutter, wir haben doch all die frommen Kirchenmaler gehabt!«

»Dat waren keine Reformierten.«

»Aber auch Evangelische.«

»Wat sich heut' nich all evangelisch nennt! Ich mach' die Mod' nich mit. Wat geschrieben steht, dat steht geschrieben.«

»Mutter, so laß dich doch belehren!«

»Wat? Ich soll mich von meinem eignen Kinde belehren lassen? Hast du auch das vierte Gebot vergessen?«

Verzweifelt blickte der Junge um sich. Die Kehle schnürte sich ihm zu. Da sah er, daß die Mutter nach Brille und Zeitung griff.

»Und ich werd' *doch* Maler!« schrie er durch die Stube.

»Ewald!« rief der alte Wiskotten.

»Ich *werd'* Künstler! Jawohl! Und die Mutter soll's wissen!«

»Dann zieh doch gleich auf die Kirmes, oder geh unter die Komödianten!« rief die alte Frau erzürnt und klappte mit der Hand auf den Tisch. »Dat ist doch all ein Pack! Romanschmierer, Bilderschmierer, Theatermenschen, weißt du, wo die hingehören? In Deubels Pott! Allzusammen in Deubels Pott!«

»Unsre größten Geister – –«

»Tagediebe sind et!«

Noch einmal fuhr die Hand energisch auf die Tischplatte. Dann erhob sich Frau Wiskotten, um in die Küche zu gehen.

Der Junge reckte seine langaufgeschossene Gestalt.

»Mutter«, sagte er und vertrat ihr den Weg, »ich werd' zum Winter zwanzig Jahre. Ich bin erwachsen genug, um über mich mitzubestimmen. Du machst dich einer Sünde schuldig, wenn du mir nicht hilfst.«

»Die werd' ich schon vor meinem Herrgott zu verantworten wissen. Dat laß meine Sorge sein.«

»Mutter, du willst mich nicht auf die Akademie schicken?«

»Eher wollt' ich dich im Armenhaus sehen.«

»Du willst mich nicht unterstützen?«

»Nich en Kastemännchen geb' ich her.«

»Und du, Vater?«

Der alte Wiskotten winkte ihm zu: Wart ab. Aber der Junge wollte nicht mehr abwarten.

»Ihr – werft mich also hinaus? Wie – einen Landstreicher? Denn ich geh', Mutter, ich geh'!«

»Dein Bett is immer parat.«

Da ging der Junge mit zusammengebissenen Zähnen, das in ihm wütende Schluchzen erstickend, an der Mutter vorüber zur Tür hinaus. In dem Zimmer, das er mit seinem Bruder Paul teilte, packte er eine alte

Handtasche. Dann vergewisserte er sich, daß er den Hundertmarkschein bei sich führte, den ihm der Vater nach bestandenem Abiturientenexamen heimlich zugesteckt hatte, zog den Mantel an, preßte den Hut fest und nahm Handtasche und Zeichenmappe.

Die Haustür schlug zu. Die Alten im Wohnzimmer sahen sich an.

»Mutter«, sagte der alte Wiskotten, »wenn dem Jung' nur nix passiert ...« Er hatte feuchte Augen bekommen. »Hast du gehört, Mutter? Er is gegangen.«

»Vatter«, sagte die alte Frau und faltete im Schoße die erregten Hände, »Vatter, wir sind in der Karwoche ...«

7.

Eine Woche lang hatte der Streik die Wuppertaler Industrie gelähmt und sie gezwungen, mit großem Aufwand von Kosten und Zeit ihre Garne in auswärtigen Fabriken herrichten zu lassen. Die Wiskottensche Fabrik hatte daraus ihren Nutzen geschlagen. Da sie allein leistungsfähig geblieben war und mit Tag- und Nachtschicht arbeitete, hatte sie den Löwenanteil der Aufträge, welche die Herbstsaison vorbereiteten, auf sich gezogen. Die Inhaber der Firma, selbst die Frauen der Familie, waren kaum zur Ruhe gekommen.

»Der Wilhelm versteht den Rummel«, hatte Gustav Wiskotten zur Mutter geäußert. »Der muß den Engländern den Streikdeubel an die Wand gemalt haben, daß sie es wegen der Lieferungen mit der Angst kriegten. An dem ist ein Advokat zugrund gegangen.«

»Ein Avkat? De Willem will nich sechsspännig in de Hölle fahren.«

Seitdem der Jüngste das Haus verlassen hatte, war die alte Frau noch herber geworden.

Ostern war vorüber, und als die Woche zu Ende ging, dampften im Tal alle Schlote. In dicken Wolken wälzten sich die schwarzen Rauchmassen über die langgestreckten Häuserzeilen, und der Reisende, der vom Rhein kommend von der Sonnborner Brücke aus jäh unter sich und vor sich den Talkessel gewahrte, blickte staunend in den rauchenden Krater, in dem dreihunderttausend menschenähnliche Lebewesen existieren sollten. Unter Arbeitgebern und Arbeitnehmern war eine Einigung zustande gekommen. Beide Teile hatten eingesehen, daß ein Vorübergehenlassen der günstigen Geschäftskonjunktur hüben wie drüben dauerneren

Schaden als Nutzen anrichten könne, und man war sich mit Forderungen und Gewährungen entgegengekommen. Die Feiertagsröckchen verschwanden im Schrank, ihre Besitzer hatten sich nachgerade im ewigen Sonntagsstaat zu langweilen begonnen, sie hatten Heimweh nach ihren luftigen Blusen, und das tägliche Spazierengehen gewährte ihnen bald schon nicht mehr den Reiz des kräftigen Regens aller Glieder auf den Arbeitsstellen. Als nach dem Osterfest der Himmel alle Schleusen öffnete und von morgens bis abends an der Arbeit war, die Spazierwege in Brei zu verwandeln, als die Reste des alten Wochenlohns verzehrt waren und die Frauen lamentierten, daß die Streikunterstützungen nicht für einen sauren Hering langten, wenn sechse mitäßen, da wurde es den Feiernden ungemütlich in ihren vier Wänden, und sie sehnten sich heftiger nach ihren Meistern, nur um von Muttern loszukommen. So schloß man zu annehmbaren Bedingungen den Frieden, mit der Aussicht, die Paragraphen nach Abschluß einer guten Geschäftsbilanz freiwillig von den Arbeitgebern einer Revision unterzogen zu sehen.

Die Fabrikschlote rauchten, als wollten sie nachholen, was versäumt war.

Gustav Wiskotten sah es und lachte. Er hatte diesmal den Rahm abgeschöpft.

Sein Vorgehen hatte ihm unter den Fabrikanten des Tals wenig Freunde geschaffen. Neidische Blicke folgten ihm und gehässige Bemerkungen über sein geringes Zugehörigkeitsgefühl zur Kaste.

»Was heißt das: Kaste?« hatte er seiner Frau geantwortet, als sie ihm im Namen seines Schwiegervaters Vorhaltungen machte. »Für mich gibt's nur eine Kaste, und das sind die Wiskottens. Wenn's denen in der Fabrik gut geht, bin ich ganz zufrieden.«

»Man merkt euch wirklich an, daß ihr von Bauern abstammt.«

»Ach nee? Das merkst du heute erst?«

»Sonst würdest du dich zu deinesgleichen halten und nicht zu den Arbeitern.«

»Du, die Arbeiter halten zu mir! Das ist ein Unterschied.«

»Das sind so deine Spitzfindigkeiten. Wenn du nicht weiter gearbeitet hätt'st, hätten die andern Fabrikanten nicht klein beigegeben.«

»Wenn sie vorzeitiger an die Arbeiter gedacht hätten, hätten sie das nicht nötig gehabt. Bei uns war Ordnung und Zufriedenheit. Sollte ich zur Belohnung für die alte Mannentreue Unordnung und Unzufriedenheit hervorrufen, nur weil die andern Herren einen Dickkopf aufsetzten, der sie nicht die Hand vor Augen sehen ließ? O nee, ich bin ganz zufrieden.«

»Ich glaub', du freust dich noch darüber, daß die andern in der Patsche saßen?«

»Tu ich auch. Ganz gewaltig sogar. Schad', daß es nicht länger dauerte.«

»Du solltst dich schämen, so was auszusprechen.«

»Die zarte Scham kenn' ich nicht. Und die andern würden sie gegebenenfalls noch viel weniger kennen. Wenn man in der Tinte sitzt, kann man leicht den Märtyrer spielen. Ich habe eben den Mut, aus meinem Herzen keine Mördergrube zu machen.«

»Als wenn du überhaupt ein Herz hättest ...«

Er runzelte die Brauen und ging in die Fabrik. Auf dem Platze an der Wupper legte man die Grundmauern. Ein paar Minuten sah er zu. Dann nahm er erfrischt seine tägliche Arbeit auf. Um ihn her war werktätiges Leben, die Leute kannten keine Übermüdung, zum ruhelosen Schlagen und Sausen der Bandstühle pfiffen sie ein Lied. Aus dem Arbeiterinnensaal kam ein Mädchen die Treppe herab gesprungen, übermütig, in großen Sätzen. Sie sah ihn nicht und sprang gegen ihn an. »Du Radschläger«, lachte er und hielt sie fest. Einen Augenblick nur. Dann ließ er sie plötzlich laufen.

Es war ihm etwas durch den Kopf gefahren, ein Neid auf das warme, liebeslustige Leben. Und nun blieb er den ganzen Tag über verstimmt.

Am Abend kam er wie zerschlagen nach Hause. Er dachte gründlich auszuschlafen. Fritz hatte die Nachtschicht übernommen.

»Guten Abend«, sagte er, als er ins Zimmer trat, und warf die Mütze auf den nächsten Stuhl. »Sind die Kinder zu Bett?«

Emilie saß an ihrem Arbeitstischchen. Sie schaute gar nicht auf. Seine Frage beantwortete sie mit einem kurzen »Ja«.

»Könntest wohl auch guten Abend sagen«, und er setzte sich an den Abendtisch. »Wird gegessen?«

»Die Minna wird's dir gleich bringen.«

»Mir –?«

»Ich hab' schon mit den Kindern gegessen.«

»Ach so.« Er spielte mit Messer und Gabel. Es fiel kein Wort mehr. Dann brachte das Mädchen das Essen, und schweigsam verzehrte Gustav Wiskotten seine Mahlzeit. Als er seine Serviette zusammengeknüllt hatte, ließ er müde die Arme sinken.

»Ich kann nicht mehr zu den Kindern hinein. Ich bin zu kaputt. Ich leg' mich gleich hin.«

Keine Antwort.

»Ist dir was, Emilie?«

»Durchaus nicht. Ich halt' es für ganz richtig, daß du nicht noch zu den Kindern hineingehst.«

»Was soll das heißen?«

»Das werd' ich dir wohl nicht zu sagen brauchen.«

»Keine Ahnung, worauf du nun wieder anspielst ...«

»Weil dir das wohl alle Tage passiert.«

»Was: – Das?«

Emilie Wiskotten hob den Kopf. In ihren verweinten Augen stritten Haß und Verachtung.

»Hätt'st sie ja gleich mitbringen können, die Person!«

»Was nun wieder für eine Person? Zum Donnerwetter auch!«

»Laß das Fluchen!« Sie schrie es heraus. Der Grimm übermannte sie. »Wenn hier einer zu fluchen hat, so bin ich es! Was hab' ich denn von meinem Leben? Ärger, Sorgen, Zurücksetzung, weiter nichts! Behandelt werd' ich, als ob ich das Gnadenbrot bekäm' ...«

»Das ist nicht wahr!«

»Das ist *wohl* wahr! Nichts wird mit mir besprochen, alles mit der Mutter. Gerad' zur Magd gut genug werd' ich gehalten, jawohl, zur Magd, die fürs Essen zu sorgen hat und ihrem Schöpfer zu danken, wenn sie dich bei Tisch auf fünf Minuten sieht. Was weiß ich denn nach zehnjähriger Ehe mehr von dir, als wie du aussiehst? Nichts, gar nichts! Und wenn ich einmal etwas erfahr', ist es eine Niederträchtigkeit!«

»Du bist nicht bei Sinnen, Emilie.«

»Da soll ein Mensch seine Sinne behalten! Wenn er so was hört! Lauert im Fabrikkorridor den Arbeiterinnen auf, um sie abzudrücken und abzuküssen, und will hier den Unschuldigen spielen. Pfui, pfui!«

Über Gustav Wiskottens Stirn zog sich eine flammende Röte. Er fühlte sich im Unrecht.

»Wer hat dir das erzählt?«

»Also du leugnest nicht einmal. Nicht einmal so viel wert bin ich dir, daß du zu leugnen versuchst. O Gott, wenn nicht die Kinder wären ...«

»Nun beruhige dich zunächst mal. Ich hab' dich nur gefragt, wer dir das erzählt hat.«

»Das kommt gar nicht darauf an, wer's erzählt hat.«

»Darauf kommt es nun gerade sehr an, weil mehr als die halbe Geschichte gelogen ist.«

»Auf einmal? Gelogen? Die Minna hat's doch mit ihren eignen Augen gesehen!«

»Die Minna –?«

»Jawohl, die Minna, als sie den Kaffee aufs Kontor tragen wollte. Da hat sie dich gesehen, wie du das Frauenzimmer umarmt hast. ›Der Herr is gut aufgelegt‹, hat sie gesagt und gegrinst. Ich hätt' sie dafür ins Gesicht schlagen können.«

»Emilie, ist das wirklich so furchtbar, wenn ich mal gut aufgelegt bin?«

»Oh, mit andern, da wirst du's wohl immer sein. Ich werd' ja zu Haus gehalten. Ich erfahr's ja nicht.«

»Ich hab' mit dem Mädel nichts gehabt, als nur einen Scherz, der kein Licht scheut. Ich hab' sie aufgefangen, als sie die Treppe heruntergesprungen kam. Sonst nichts. Von Drücken und Küssen ist gar keine Rede.«

»Das hatt'st du auch nicht nötig!«

»Nee, nötig hatt' ich das nicht. Wenn ich nur zu arbeiten habe, daß mir der Schädel summt, und dafür mein Essen und Schlafen – was kann der Mensch mehr verlangen.«

»Also hatt'st du dir doch was dabei gedacht!«

Gustav Wiskotten erhob sich. Er blickte über seine Frau hinweg in die Leere des Zimmers.

»Das ist schon möglich, Emilie.«

»Ich will's jetzt wissen! Oder hast du nun doch den Mut verloren?«

»Ich hatte mir gedacht«, sagte Gustav Wiskotten und ließ den Blick nicht von der Zimmerwand los, »wie schön es doch sein kann, jung zu sein, wie schön es doch sein kann, wenn einem ein junges Blut am Halse hängt, wie schön es doch sein kann, wenn einem ein liebes Geschöpf lachend und singend entgegenspringt und einem so mit seiner jungen tollen Liebe warm macht, daß man tagsüber bei der Arbeit statt zwei Fäuste sechzig Fäuste zum Schaffen spürt, nur um schneller heimzukommen. Wie schön es doch sein kann! Und wie manche Frauen so gar kein Talent dazu haben.« – –

Da brach es aufs neue aus ihr hervor.

»Du willst alle Schuld auf mich wälzen? Nach allem, was gewesen ist? Du?«

»Laß, Emilie. Das haben wir nun häufig genug gehabt. Du bist, wie du bist. Daran ist nichts mehr zu ändern.«

»Warum hast du mich denn geheiratet? Du willst mir doch nicht weismachen: deshalb, um mich zu erziehen?«

Gustav Wiskotten sah sie an. Es zuckte in seinem Gesicht.

»Wir waren beide blutjung damals. Von einer rechten Ehe, und wie sie sich auswächst, davon hatten wir keinen Begriff.«

»Nur deshalb hast du mich geheiratet?« fragte sie mit offenem Hohn.

»Und weil du schön warst. Da sagte ich mir: ein schöner Mensch ist auch ein fröhlicher Mensch, und Fröhlichkeit macht zu guten Kameraden. In deiner Fröhlichkeit hatt' ich mich nun geirrt.«

»Aber nicht in meinem Geld –?«

Er war auf den Angriff gefaßt gewesen.

»Ohne dein Geld«, sagte er ruhig, als handelte es sich um längst bekannte Dinge, »hätte ich dich nicht heiraten können. Wir Wiskottens waren vor zehn Jahren noch nicht so gestellt, uns einen Luxus gestatten zu können, unter dem die Familie gelitten hätte. Das mag hart klingen. Aber es ist stahlfester Familiensinn. Und er hätte dir, wenn du als kluge Frau darüber nachgedacht hättest, auf der andern Seite schnell sagen können, daß ich mit diesem stahlfesten Familiensinn auch an meiner *neu*gegründeten Familie hängen würde. Und daß es in deiner Hand liegen würde, das zu Harte weicher zu machen, als nun die Fabrik aufatmete, und ich mit ihr. Aber du hast nix Luxuriöses in dir gehabt, weder an Heiterkeit noch an Gefühlen. Durch ewiges Klagen und Zanken kannst du den Zusammenhang nich herstellen. Und mich hat *nun* die Fabrik und immer nur die Fabrik zu müd' dazu gemacht.«

Emilie Wiskotten warf sich heftig weinend in ihren Stuhl.

»Ich wollt', ich wär' fort, ich wollt', ich hätt' die Kinder nicht, um hier heraus zu können, wie der Ewald. Ja, wie der Ewald! Der hat's euch wenigstens gezeigt, daß er sich nicht schurigeln läßt, daß er wer ist, der sich Beachtung verschafft! O Gott – –«

Gustav Wiskotten griff nach der Mütze.

»Wo willst du hin? Du hast doch gesagt, du willst dich zu Bett legen?«

»Ich hab' vergessen, in der Fabrik was anzuordnen. Da wird sich das Zubettlegen kaum lohnen.«

Da stand sie neben ihm.

»Ist – die von – heute nachmittag – auch in der Fabrik?«

»Du solltest mir deine Eifersucht lieber anders zeigen. Gut' Nacht.«

»Auf der Stelle würd' ich das Haus verlassen! Ohne noch einmal mich zu demütigen ...«

»Gut' Nacht.«

Er schritt schwerfällig über den Fabrikhof und schickte seinen Bruder Fritz, den er rauchend im Privatkontor fand, nach Hause.

»Mir ist eingefallen, ich hab' noch zu tun. Geh nur, da kommt's auf die paar Stunden mehr auch nicht an.«

Als der alte Kölsch später hereinkam, um über eine Ausführung zu reden, fand er seinen jungen Herrn, den Kopf aufgestützt, am leeren Schreibtisch. Auf eine Frage erhielt er keine Antwort. Da ging er hin und legte ihm die Hand auf die Schulter. Gustav Wiskotten sah auf, und ihre Blicke trafen sich. »Kölsch, man wird alt. Mir fehlt der Jungbrunnen.« Der Alte drückte ihm kräftig die Schulter. Dann ging er leise hinaus und tat für seinen Herrn die Arbeit. Worte hatte er nicht. – –

Eine Woche darauf kam Wilhelm Wiskotten aus England zurück. Er traf früh am Vormittag ein und begab sich sofort ins elterliche Haus, um zunächst einmal gründlich von den Strapazen der Reise auszuschlafen. Als Gustav Wiskotten am Nachmittag von der Fabrik herüberkam, schlief er immer noch.

»Es is ihm zu gönnen, Mutter. Bei den Misters drüben bei der Hand zu sein, geht in die Beine.«

»Du siehst nich gut aus, Gustav.«

»Hab' ich einen so schlechten Witz gemacht?«

»Ich hab' gar nich darauf gehört, weil ich dich angekuckt hab'. Komm, trink 'ne Taste Kaffee mit. Pastor Schirrmacher is auch da.«

Gustav Wiskotten ließ sich bewegen. »Ich hab' Vatter lang nich guten Tag gesagt. Deshalb.«

Der alte Wiskotten war sichtlich erfreut, seinen Ältesten vor sich zu sehen. Er hielt die ihm hingestreckte Hand lange fest. »Kerl du, mach dich nich so rar. Keiner lacht mir so die Gicht aus den alten Knochen wie du.«

»Wie geht's, Vatter? Mußt nich bös sein, daß ich weggeblieben bin. Ich hab' nix zum Lachen gewußt.«

»Setz dich, Gustav. Mach heut mal Feierabend.«

»Guten Tag, Herr Pastor. Entschuldigen Sie, daß ich Sie nicht gleich begrüßte.«

»Guten Tag, mein lieber Gustav. Du hast ganz richtig die Reihe eingehalten. Ehret Vater und Mutter, auf daß es euch wohl gehe.«

»Ich versuch's, Herr Pastor. Man tut, was man kann.«

»Nun ist der Ärger mit dem Streik ja auch glücklich überwunden. Ich habe den Leuten am letzten Sonntag Quasimodogeniti eindringlich ins Gewissen gepredigt: Wehe dem, durch den Ärgernis in die Welt kommt.«

»War das das Evangelium des Tages?«

»Das Evangelium des Tages stand Johannes im zwanzigsten: Selig sind, die da nicht sehen und doch glauben.«

Gustav Wiskotten löffelte in seinem Kaffee. »Ja – das hätten die Leute wohl auch schwer verstanden.«

»Der ungläubige Thomas aus der Heilsgeschichte hat sich fortgepflanzt bis auf unsre Tage!«

»Der Heiland ließ ihn wenigstens fühlen, daß er der Heiland war. Ich muß auch sehen und fühlen, was ich glauben möchte.«

»Ja, dat Streiken is nu zu Ende«, fiel Frau Wiskotten ein. Die Wendung, die das Gespräch nehmen wollte, paßte ihr nicht. »Nu werden Sie wohl alle Hände voll zu tun haben, Herr Pastor.«

»Zu tun gehabt haben, Mutter.«

»Deine Mutter, mein lieber Gustav, hatte ganz recht. Die Arbeit nimmt zu. Es kommen jetzt viele Leute, die ihr Unrecht einsehen, und bei denen ich mit einem kernigen Sprüchlein nicht hinter dem Berge halte.«

»Auch Fabrikanten?«

Der Pastor sah ihn scharf an. Dann sagte er, jedes Wort betonend: »Seid untertan der Obrigkeit, die Gewalt über euch hat. Denn es ist keine Obrigkeit, wenn nicht von Gott.«

»Herr Pastor« – Gustav Wiskotten spielte nervös mit seiner Tasse – »wir sind unter Erwachsenen. Aus der Bibel läßt sich alles beweisen. Aus unsern Taten weniger. Sie wissen, wie buchstabengläubig die Wiskottens sind, die Mutter, der August. Da können Sie mich als Thomas schon in den Kauf nehmen. Und sehen Sie, Herr Pastor, ich zweifle nun einmal an der alleinigen Wirkung der Predigten, die oben von der Kanzel kommen, wenn nicht vorher unten die Taten feste eingegriffen haben.«

»Sprich dich nur aus, mein Sohn.«

»Was is da viel zu sagen? Es ist nun mal Sitte im Tal, daß die Pastöre die Gemeindemitglieder besuchen. Ja, wo hört denn die Gemeinde auf? Mit denen, die zur Kirche kommen? Dann wär's doch nur ein Gegenseitigkeitsgeschäft. Ich denk' mir die Gemeinde viel größer, und die, die nicht zur Kirche kommen, brauchen den Pastor und den Freund oft viel nötiger. Die andern haben ihn ja sowieso jeden Sonntag in der Kirche.«

Pastor Schirrmacher klopfte ihm die Hand. »Das hast du gut gesagt. Das ist eine Ansicht, die nicht ohne weiteres zu verwerfen ist. Und handle ich etwa nicht nach deinen Wünschen?«

»Herr Pastor«, erwiderte Gustav Wiskotten warm, »Sie machen eine Ausnahme, Sie sind einer von der alten Garde. Ich hab' nicht vergessen, daß Sie mir einmal in der Kinderlehre die Bibel an den Kopf geworfen haben, weil ich während der Auslegung der zehn Gebote mit den Mädchen in der andern Reihe stramm poussierte. Das hat mich dummen Jung' damals sehr zu Ihnen hingezogen, weil ich spürte, daß das werktätiges Christentum war. Nee, nee, Mutter, ich spotte nich. Das is mir heiliger Ernst. Und ich weiß auch, Herr Pastor, daß Sie Jahr für Jahr Ihr ganzes Gehalt hergeben, um Ihren Armen und Kranken aufzuhelfen. Und *die* werktätige Christenliebe macht Ihnen unter Ihren Amtsbrüdern so mancher nicht nach.«

»Du vergissest, daß ich keine Familie habe.«

»Bei den Geistlichen sollte eben der Begriff ›Familie‹ ein ganz andrer sein, oder sie sollten nicht Geistliche werden. Das ist ein Beruf, der sich nicht mit Examen erreichen läßt wie ein andrer. Dazu gehört unterschiedslose Menschenliebe und Selbstverleugnung. Über die Kirchgänger hinaus bis zu der großen Gemeinde derer, die daheim bleiben, die gewöhnt sind, übersehen zu werden, und die den Glauben an den Herrgott nicht finden, weil man ihnen den Glauben an die Menschen nicht gibt. Herr Pastor, wenn Sie nicht ein alter Freund unsrer Familie wären, würde ich nicht so sprechen. Aber glauben Sie mir, in der Fabrik da lernt man was. Da sieht man körperlich Elend und Gewissensnot oft auf einem Haufen. Die jüngeren Herren Pastöre im Tal sollten das mal von Grund auf kennenlernen. Nicht in den Presbytersitzungen oder bei Besuchen frommer Gemeindekinder, sondern in den kleinen Wohnungen, vom Keller bis zum Dach. Dann würden sie merken, daß es mit Wettern oder Säuseln von der Kanzel herab nicht allein getan ist. Wir Fabrikanten erziehen zur Arbeit, die Pastöre sollten zunächst zu Menschen erziehen. Engel werden wir von selber.«

Pastor Schirrmacher lächelte in sich hinein.

»Hab' ich dich wirklich in der Kinderlehre gehabt …?« Er reichte ihm die Hand über den Tisch. »Dann will ich stolz auf meine Resultate sein, wenn ich ihnen in *der* Gestalt auch nur sporadisch beggnen möchte. Aber was du von der großen Gemeinde der Übersehenen sagtest, mein lieber Sohn – darin wirst du wohl recht haben. Wenn man mehr nach den Hausnummern ginge und weniger nach den Namensschildern, brauchte man die sozialdemokratische Gefahr nicht an die Wand zu malen.«

»Wenn das Ihr Ernst ist, Herr Pastor, na, dann Pro ... – Donnerwetter, ich trink' ja Kaffee!«

»Ich tu' auch in einem Glas Wein Bescheid. Was meinen Sie, Vater Wiskotten?«

»Das soll ein Wort sein, Herr Pastor. Mutter, gib mal Gläser. Nee, nee! Ich hab' keine Gicht, ich tu' nur so.«

Frau Wiskotten brachte die Rotweingläser. Kopfschüttelnd war sie der Unterhaltung gefolgt. Jetzt glaubte sie für ihren Ältesten eine Entschuldigung vorbringen zu müssen.

»Ich weiß gar nich, wie unser Gustav nur auf so wat kommt? Darüber hat er doch früher nich nachgedacht.«

»Vielleicht, weil der Ewald fortgelaufen ist. Wie kommt der Mensch plötzlich auf Gedanken ...?«

»Haben Sie von Ihrem Sohn aus Düsseldorf etwas gehört?« fragte Pastor Schirrmacher und führte sein Glas zum Munde. Er wollte den Alten Zeit lassen, zu antworten. Frau Wiskotten aber saß mit hart zusammengepreßten Lippen und starrte mit dem Ausdruck der Schwerhörigen geradeaus in die Luft.

»Ich habe durch Kölsch von ihm gehört«, antwortete Gustav Wiskotten für die Mutter. »Der Sohn unsers alten Werkmeisters ist ebenfalls in Düsseldorf auf der Akademie. Er hat geschrieben, daß Ewald angekommen sei und sich in der Bolkerstraße bei einem Zinters eingemietet habe. Es ging ihm augenscheinlich gut.«

»Also liegt zunächst zu Besorgnissen kein Grund vor?«

»Zu Besorgnissen? Der Jung' ist doch ein Wiskotten. Er soll sich nur die Hörner ablaufen, glattweg bis auf den Dickschädel. Wenn der ihm erst brummt, wird er schon zu Kreuze kriegen.«

»Für die Theologie ist er nicht geboren«, sagte Pastor Schirrmacher und wiegte den Kopf.

»Er kann ja trotzdem ein tüchtiger Kerl werden«, lachte Gustav. »Schneid hat er. Das hat er bewiesen. Fragt sich nur, wie weit sie reicht.«

»Du hast eine große Liebe für ihn.«

»Ich lieb' jeden, der Schneid hat. Das ist nie schlecht Material. Außerdem: wir Brüder prügeln uns nur unter uns, sozusagen aus übergroßer Liebe. Nach außen hin wacht einer eifersüchtig für den andern.«

»Nun siehst du, mein lieber Gustav«, sagte der Pastor, trank sein Glas aus und erhob sich, »daß auch Besuche in Häusern *mit* Namensschildern zuweilen nicht ohne Nutzen sind. Ich wenigstens muß gestehen, daß ich den Nachmittag für mich gut angewandt habe. Sechs Uhr ist es geworden. Halten Sie sich weiter so rüstig, lieber Vater Wiskotten, und Gott erhalte Ihnen Ihren zufriedenen Sinn. Adieu, liebe Frau Wiskotten. Gustav, du besuchst mich wohl einmal zu einer langen Pfeife?«

»Jetzt werd' ich den Wilhelm aus den Federn jagen«, sagte Gustav Wiskotten, als Pastor Schirrmacher gegangen war. »Der Kerl schläft wie ein Lord. Na, endlich!«

Wilhelm erschien, frisch rasiert, mit sorgsam gestutzten Bartkoteletten. Sein weiter Sakkoanzug war nach streng englischem Schnitt.

»Ja, glaubst du denn«, lachte ihm Gustav entgegen, »wir könnten die Fabrik stillegen, um dich zu begrüßen?« Er schüttelte dem Bruder kräftig die Hand. »Tag, Wilhelm. Siehst aus, wie aus dem Ei gepellt. Staats wie Schüppenkönig. Aber dat macht nix, wenn nur's Herz gut is. Alle Achtung, Wilhelm!«

»Guten Tag, Gustav.« Er nickte den Eltern zu. »Gibt's bald was zu essen, Mutter?«

Frau Wiskotten staunte.

»Ja, Jüngesken«, scherzte der alte Wiskotten, »wat willst du denn haben? Morgenkaffee? Zehnührken? Mittagessen oder Abendessen? Wenn't sein muß, fangen wir noch mal von vorne an.«

»Alles zusammen, Vater, in Gestalt eines Beefsteaks.«

»Mutter, er hat Böffstück gesagt.«

»Aber et is ja noch gar nich acht Uhr? Wat? Da kommen ja schon die Junges?«

August, Fritz und Paul Wiskotten stürmten die Treppe hinauf.

»Ist Wilhelm wach geworden? Guten Tag, Wilhelm! Tag, Jung! Tag, Inglischmen! Heil sei dem Tag«, begann Fritz Wiskotten mit schmetternder Stimme, »der heute uns erschienen ...« Und kräftig fiel der Chor ein: »Widebum, widebum, widebum!«

Der alte Wiskotten strahlte vor Vergnügen. Die Mutter hielt sich die Ohren zu und eilte in die Küche, um dem Mädchen Auftrag zu geben, sofort die Beefsteaks zu braten. Dann saß die ganze Familie um den Tisch und ermunterte Wilhelm zum Reden.

»Aber de Jung' is ja noch ganz flau im Magen«, wehrte die alte Frau.

Fritz schob ihm die Rotweinflasche in die Hand. »Trink aus dem Buddel. Satteltrunk – düdelüdelüdelüt! Fertig zur Attacke.«

»Dat macht ihn doch betrunken!«

»Das zählt beim Dutzend nicht. Was, alter Whiskysohn? Oder putz'st du dir jetzt die Zähne mit Sodawasser?«

»Ich weiß nicht«, sagte Wilhelm mit langsamem Tonfall, »daß ihr euch so absolut keine Lebensart angewöhnen könnt.«

»Lebens-art? Mutter, dem Wilhelm is wirklich flau.«

»Ich meine«, fuhr Wilhelm Wiskotten fort, »man unterscheidet doch, ob man sich in einer guten Familie befindet oder in einem Wirtshaus.«

»Mutter«, sagte Gustav Wiskotten mit gedämpfter Stimme, »paß auf, du kriegst den Hosenbandorden.«

»Wat fällt dir ein, so respektlos von deiner Mutter zu reden«, verwies ihm ärgerlich die alte Frau.

»Doch, doch! Un Vatter wird Peer von England.«

»Ich versteh' dat nich. Dat sind gewiß wieder gewöhnliche Redensarten.«

Die Brüder lachten. Selbst August Wiskotten verzog den schmalen Mund. Dann aber klopfte er auf den Tisch.

»Wir sind doch nicht eine Stunde früher aus der Fabrik gekommen, um Witze zu machen, sondern um in Ruhe Wilhelm anzuhören. Ihr könntet euch wirklich ernsthafter betragen. Hier handelt es sich ums Geschäft.«

Da wurde es still am Tisch.

»Ich habe ja regelmäßig berichtet«, begann der Heimgekehrte. »Zuerst gingen die Geschäfte wie immer. Unterbietungen von der Konkurrenz, langwierige Verhandlungen, Separatwünsche der Kunden, Ärger mit den Agenten. Dann kam Augusts Depesche, daß im Wuppertal abends der Streik ausbrechen würde, daß Gustav mit Aufwendung von Muskelkraft bei uns die Ordnung aufrechterhalten hätte und wir nun die einzigen seien, die prompt liefern könnten und das Doppelte durch Nachtschicht. Am andern Morgen nahm ich mir einen Wagen und fuhr sämtliche Kunden ab, den ganzen Tag über. Jedem einzelnen zeigt' ich die Depesche. Sie kannten die Nachricht schon aus den Morgenblättern und waren sehr besorgt, ob sie auch rechtzeitig ihre Lager assortieren könnten, um Preiskurants und Reisende hinauszuschicken. Na, nun spielte ich natürlich den Großartigen. Unsre Maschinen seien zwar schon über Gebühr in Anspruch genommen, aber um alten Kunden gefällig zu sein, würde ich auch noch ihre Aufträge entgegennehmen, wenn es sich nicht um Störung verursachende Kleinigkeiten, sondern um größere Abschlüsse handelte, und was der schönen Worte mehr waren. Am meisten imponierte den Engländern, daß bei uns allein Ordnung geschaffen sei. Wie ich ihnen erzählte, daß Gustav die Rädelsführer nur so mit den Köpfen aneinander gestoßen hätte, bis keiner sich mehr gemuckst –«

»Aber so hat sich dat ja gar nich verhalten«, bestritt Frau Wiskotten.

»Gewiß nicht. Aber ich hab's ihnen so erzählt.«

»Dat war aber nich schön von dir, Willem.«

»Ja, aber dann kamen die Orders, Mutter. Waren die auch nicht schön?«

»Die Orders, die waren gut.«

»Das ist die Hauptsache. Die Londoner Agenten haben an ihre Wuppertaler Häuser telegraphiert, was der Draht hielt, aber als endlich Nachricht kam: ›Streik beigelegt, alle Orders per sofort!‹ da hatte ich die Tasche voll.«

»Prost, Wilhelm«, sagte der alte Wiskotten und sonst nichts. Doch der Schluck schmeckte ihm.

»Bis zum Herbst wären wir nun gedeckt«, meinte August Wiskotten nachdenklich. »Aber die neue Färberei wird es fressen.«

»Arbeit wird sie fressen«, lachte Gustav herausfordernd, »und dann – na, die Geschichte mit dem Dukatenmännchen – –«

»Wir müßten einen Massenartikel fabrizieren«, sagte Wilhelm, »billig und schön, das bringt Geld.«

»Billig und schön! Vorderhand ist das dein Vorschlag auch.«

»Fritz schrieb mir doch von einem neuen Reitpferd, das er sich zur Herbstübung zulegen wollte. Da muß er doch wohl eine neue Idee haben, wie ich ihn kenne.«

Die Brüder sahen auf Fritz Wiskotten, der aufgeregt seinen gepflegten Schnurrbart strich. Instinktiv empfanden sie, daß es hier nicht um einen Witz ging. Hier wurde von der Fabrik gesprochen. Und einen Augenblick war es, als ob das Schlagen der Bandstühle, das Sausen der Spulen und Schiffchen, das Zischen und Stoßen des Dampfes von fernher kommend den ganzen Raum erfüllte.

»Fritz!« sagte Gustav Wiskotten.

Der erhob sich und lief ein paarmal durchs Zimmer. Dann rückte er seinen Stuhl zwischen den Sessel des Vaters und den Stuhl des ältesten Bruders und griff in die Brusttasche.

»Heut bin ich fertig geworden. Mit den Vorarbeiten. Und zur Feier von Wilhelms Rückkehr wollt' ich's euch sagen. Sieh mal her, Vatter. Was ist das?«

Der alte Wiskotten prüfte die Garnfitze. »Baumwolle –«

»Und das hier?«

»Seide – nee, Donnerwetter, dat is ja auch Baumwolle. Nu bin ich ganz konfus. Is dat nu Seide oder Baumwolle?«

»Es ist Baumwolle, Vatter.«

Die Brüder saßen mit vorgestreckten Köpfen dicht zusammengerückt. Man hörte ihren schweren Atem. Dann stand August Wiskotten auf, ging zur Tür, drehte den Schlüssel herum und setzte sich wieder. Die Fitzen gingen von Hand zu Hand.

»Nu los, Fritz – –!«

»Ja, wenn sich das alte Färberauge vom Vatter sogar einen Moment täuschen ließ« – er atmete befreit auf – »dann scheint's ja geraten zu sein. Ich mach's also direkt im Farbbad. Auf Stückware läßt es sich ja nachher aufdrucken, das können andre auch. Aber bei Bändern, die fertig auf dem Stuhl gearbeitet werden, ließ sich das Verfahren *nicht* anwenden. Und jetzt? Da, seht mal her.« Er nahm einen Bandabschnitt aus der Brieftasche. »Vorige Nacht auf dem Musterstuhl gemacht ...«

Wieder prüfte der alte Wiskotten, und wieder ging der Bandabschnitt von Hand zu Hand.

»Jung', Jung', die Chemie!«

»Ach, Vatter, die paar Semester in Freiburg haben das nicht gemacht, das ist vererbt, das ist von dir!«

»Und von Mutter.«

Die alte Frau hatte schweigend den Bandabschnitt zwischen den Fingern gerieben. Jetzt sah sie auf. »Gustav, dat du die neue Färberei so pressant baust, dat war dein bester Gedanke.«

»Also du glaubst auch daran, Mutter?« rief Fritz.

»Et is der beste Artikel, den ich in dieser Art im Wuppertal gesehen hab'. Fragt sich nur, wie teuer?«

»Nicht teurer wie pure Baumwolle. Ein paar Pfennige Aufschlag. Es ist nur ein Kniff mit den Chemikalien, und ich hab' probiert und probiert, bis ich's heraus hatte.«

Gustav Wiskotten erhob sich. »Komm, Fritz, wir wollen gleich mal aufs Laboratorium.« Auch August hatte sich sofort erhoben. Seine blasse Stirn war gerötet. »Das mußt du uns zeigen.«

»In die Fabrik? Jetzt noch mal? Nee, Kinder, jeder Arbeiter ist seines Lohnes wert. Morgen früh.«

»Mensch«, rief Gustav Wiskotten und rüttelte ihn an der Schulter, »bist du denn so aus der Art geschlagen? Vorwärts!«

»Hast du denn nicht einen Funken von Geschäftsgeist?« donnerte August.

»Seid ihr verrückt?« schrie der junge Erfinder wütend.

»Jetzt geht's in die Fabrik!« befahl Gustav.

»Schreit doch nicht so«, wehrte Wilhelm Wiskotten unangenehm berührt ab. »Wir sind doch keine Rastelbinder.«

»Was willst du eigentlich mit deinem ewigen Hofmeistern, lächerlicher Kerl?«

»Kurz und gut, es geht nicht«, bestimmte Fritz. »Vor morgen früh nicht. Ich muß erst alles neu präparieren. Und dann kommt Vatter gleich mit.«

»Ja, wenn du das heute abend nicht präparieren kannst – –« Dann aber ging die Enttäuschung in einen ehrlichen Freudenausbruch über: »Deubel noch mal! Himmelherrgottsakramenter du! Alter Schwede!« Und zu jedem Kosewort ein gleich kräftiger Schlag auf die Schulter des Gefeierten.

Die Magd rüttelte an der Tür. Sie brachte das Essen. »Ich halt' mit«, rief Gustav, »Emilie is bei ihrem Vater.« Und trotz der Aufregung wurden die Schüsseln bis auf den letzten Krumen geleert.

»Ihr eßt wie die Scheunendrescher«, tadelte Wilhelm, »man muß sich fast schämen.«

»Vor wem, Inglischmen?«

»Vor meiner Braut!«

»Wa – – Was? – –«

Mit einem Ruck waren die Stühle vom Tisch zurückgegangen.

»Intelligent seht ihr mich gerade nicht an.«

»Du hast – eine Braut?« fragte Frau Wiskotten in strafendem Ton. Der alte Wiskotten rieb sich die Hände.

»Seit gestern. Ist das ein Verbrechen? Ich kündige euch also hiermit feierlich meine Verlobung mit Miß Mabel White an, Tochter des Herrn Charles White, unsers größten Londoner Kunden, und seiner Gemahlin Anna, geborene Winkelmann.«

»Oh – – –!« Das klang höhnisch respektvoll.

»So wat sagt man doch zuerst seinen Eltern?«

»Tu' ich auch, Mutter. Miß White wird euch gefallen. Sie soll im Sommer zu euch kommen.«

»Wat hab' ich denn von *der* Schwiegertochter? Ich kann doch kein Englisch sprechen.«

»Ihre Mutter ist eine Deutsche, aus Remscheid. Miß White spricht sehr geläufig deutsch.«

Aber das Entscheidende blieb doch, daß der alte Herr der beste Londoner Kunde war. August wies darauf hin: »Da hat Wilhelm mal wieder einen Nagel eingeschlagen.« – – Der Hohn kroch zurück, der Respekt wogte auf. Die Gratulation wurde stürmisch. Bis gegen elf Uhr mußte Wilhelm von seiner Braut berichten, daß sie groß, schlank, elegant und die beste Reiterin im Hyde-Park sei. Gustav Wiskotten hatte stumm zugehört. Er sah die lebensprühende Schwägerin vor sich, mit all dem fremden Reiz, der für den Mann den Ausgleich zum Alltag bedeutet. Wie ein fressender Neid kam es über ihn. Da erhob er sich schnell, jagte die Irrlichter zum Teufel und zwinkerte den Brüdern zu.

Die verstanden ihn und erhoben sich ebenfalls.

»Wo wollt ihr denn noch hin? Et is Zeit zu Bett.«

»Wir wollen Gustav noch nach Hause bringen. Der ist abends so kurzsichtig.«

Sie zogen über die stillen Straßen zur Wirtschaft von Abram Schulte, laut lachend und schwadronierend, als seien sie die Herren des nächtlichen Barmens. Der Zweitjüngste dachte an den Jüngsten. »Schad', daß Ewald nicht dabei ist.«

»Hast du Nachricht von ihm?«

»Er hat das Geld, das ich ihm geschickt hab', zurückgehen lassen.«

»Stolz lieb' ich den Spanier! 'n Abend, Oweram!«

»Wen Gott zwiebeln will, dem schickt er zum Angebinde die Wiskottens. Meine Herren, könnten Sie nicht mal einen andern glücklich machen?«

»Bier her!«

»Laßt den Falstaff reden! Du sollst dem Ochsen, der da drischt, nicht das Maul verbinden.«

»Spiele weiter mit die Locken, angenehmer junger Mann. Bier!«

»Hat sie Rasse, Wilhelm?«

»Die Mabel? Die tanzt dich tot und lebendig, Gustav.«

August stieß ihn in die Seite. »Träum nicht, Gustav.« Da sah er sich wirr um, packte sein Glas und begann lärmend zu singen.

»An der Gartentü-a-ür
Hat mein Mädchen mi-a-ir
Sanft die Hand gedrückt.«

Und schwelgend, gefühlsselig und ausgelassen fiel der Chor ein, als läge ihm auf der weiten Welt nichts andres im Sinn:

»O wie ward mir d-o-a,
Als mir das gescha-o-ah,
Als mein Mädchen mi-a-ir
Sanft die Hand gedrückt – – ...«

8.

In Düsseldorf blühten die Bäume, als wären sie gesegnet. Süßer, schwerer Duft strich vom Hofgarten her über den Rheinstrom, mischte sich mit seinem Teergeruch und ließ die Jugend, die die Ruder handhabte, sehnsüchtig die Köpfe recken, als träumte sie von Meerfahrten und fernen Gewürzinseln. Im langgestreckten Akademiegebäude standen sämtliche Fenster weit offen. Ewald Wiskotten saß in seiner Klasse und kopierte einen Gipskopf auf den Zeichenbogen. Mechanisch zog er die Linien nach, prüfte mit müde erhobenem Arm, den Kohlenstift als Maßstab nutzend, aus der Entfernung die Größenverhältnisse, vollendete die Umrisse und begann, die Schatten hineinzuwischen. Der Professor hatte eine halbe Minute hinter seinem Schemel gestanden, war ihm mit dem Bleistift in die Zeichnung gefahren und hatte mißbilligend vor sich hingeknurrt.

»Wer ist nun das schielende Scheusal? Die Antike oder Sie? Für den Gips leg' ich die Hand ins Feuer.«

Als er gegangen war, radierte Ewald Wiskotten ärgerlich die Korrekturen des Professors aus, zog eine Hilfslinie von der Nasenwurzel zum Nasenflügel und legte das Auge aufs neue an. Aber der Apollo schielte nur noch heimtückischer. Da gab er's für heute auf, den Prometheus zu spielen und den göttlichen Funken zu suchen. Durch das offene Fenster lockte der Mischgeruch von Teer und Würzhauch. Er stand auf und lehnte sich hinaus. Die Sonne hatte werbende Kraft. Drunten, rheinabwärts, hatte man die erste Badeanstalt ausgefahren.

In seinen Gliedern lag seit Wochen eine Mattigkeit, über die er nicht Herr zu werden vermochte. Der breit dahinfließende Rhein schickte ihm eine Aufforderung hinauf. Und er widerstand nicht länger. Er packte sein Zeichenmaterial zusammen und verließ mit hastigen Schritten den Saal. Ein paar Akademiker blickten auf und lachten hinter ihm drein.

»Na, Langer, gibst du Fersengeld?«

»Der Kerl ist so klapperig, als hätte Apollo ihn als Marsyas geschunden.«

»O nee! Der Wiskotten hat den Apollo geschunden. Süch ens *die* Zeichnung.«

Er machte, daß er von dannen kam. Wütend rannte er über die Korridore, nahm die Treppenstufen paarweise und atmete erst erleichtert auf, als er das lastende Gebäude im Rücken wußte. Vor der Badeanstalt kramte er die Groschenstücke aus der Tasche, trat in die Zelle, riß an seinem Anzug, als wäre der ein Panzer, und sprang kopfüber ins Wasser.

»Achtung, Drickes«, lachte der Besitzer dem Wärter zu, »dat is ene Selbstmörder.«

»Sie, jong Här, jagen Sie uns nich die Fisch' weg! Sie müsse die Fisch' erst langsam an Ihren Anblick gewöhne.«

Prustend kam Ewald Wiskotten nach oben. »Schafskopp!« schrie er und tauchte von neuem unter.

»Wat hat er gesagt? Ich glöw, er hat mich geschimpft.«

»Er hat dich erkannt, Drickes. Dat is keine Selbstmörder. Der hat noch sehr klare Momente.«

»M'r kann sich auch irren, Baas. Wat die Adresse anlangt« – –

Ewald Wiskotten stieß heftig gegen einen andern Schwimmer. »Hoppla«, sagte er und wollte weiter.

»Ich werde Ihnen gleich: Hoppla! Sie leiden wohl an Verfolgungswahn?«

Wütend machte der junge Mann kehrt und schnellte den Oberkörper aus dem Wasser.

»Frechheit!«

»Was –?«

Auf und ab wippend schauten sie sich ins Auge.

»Donnerkiel, dat is ja der Ewald Wiskotten …!«

»Ernst Kölsch? Ich hab' dich in deinen triefenden Haaren gar nicht erkannt.«

»Blaue Flecke hab' ich von dir. Du hast wohl dein Fleisch in der Garderobe abgegeben und nur die Knochen ins Wasser geworfen?«

»Herrgott, bin ich denn so mager geworden, daß es bereits auffällt?«

»Ich würd' mir an deiner Stelle einen englischen Anzug machen lassen oder Pumphosen tragen. Die wären sehr kleidsam.«

»Scherz beiseite. Ich fühl' mich ganz wohl.«

»Das soll mich freuen«, sagte der andre trocken und warf sich wassertretend auf den Rücken. »Übrigens: Anna war in Düsseldorf. Weshalb? Ja, wie soll ich sagen? Um mein Zeug zu flicken oder um mir am Zeuge zu flicken. Beides hielt sie für nötig. Läßt dich grüßen. Brr – jetzt krieg' ich eine Gänsehaut. Doch noch verdammt kalt, das Wasser. Komm mit heraus.«

Als sie nebeneinander zur Zelle schritten, warf Ernst Kölsch einen prüfenden Blick auf den Heimatsgenossen. Und dann über die eigne, stämmige Gestalt. Aber er sagte nichts weiter. Sie rieben sich ab, kleideten sich an und gingen bummelnd durch den Hofgarten zur Stadt. An der Ecke der Alleestraße wollte sich Ewald Wiskotten von seinem Begleiter trennen.

»Warum? Willst du arbeiten?«

»Ich möcht' heut mal bei Zinters essen. Und die sind pünktlich.«

»Hast wohl Angst vor deinem Herbergsvater? Schlechte Angewohnheit. Mußt du dir und ihm abgewöhnen.«

»Ich hab' da Rücksichten zu nehmen – –«

»Ach so. Versteh' schon. Mit der Miete im Rückstand. Na, wenn ich Wiskotten hieße!«

»Und was wär dann?«

»Der Name ist doch wie bar Geld. Den ließ' ich wechseln.«

Ewald Wiskotten zog die Brauen zusammen. Sein blasses junges Gesicht wurde finster und älter über seine Jahre hinaus. »Ich trag' den Namen für mich allein, und so gilt er nichts. Noch nicht!«

Sein Begleiter kniff ein Auge ein. »Nobel siehst du gerade nicht aus. Wenigstens einen anständigen Schneider sollt'st du dir halten.«

»Wenn ich dir so nicht passe, brauchst du ja nicht mit mir herumzulaufen.«

»Du, hör mal, wir sind hier nicht in eurer Fabrik. Den Befehlshaberton kannst du dir sparen.«

»Adieu«, sagte Ewald Wiskotten kurz, warf den Kopf auf und ging mit langen Schritten über die Straße.

Einen Augenblick zögerte Ernst Kölsch. Dann siegte seine Gutmütigkeit, und er rannte ihm nach. »Du, Ewald!«

»Was willst du?«

»Dich fragen, ob du mit mir zu Mittag essen willst. Bei Schmitz in der Weinstube. Fein, sag' ich dir.«

»Ich lass' mich nicht freihalten.«

»Mensch, ich hab' doch ein Bild verkauft!«

»Was –?« Mit einem Ruck wandte er sich um. »Wahrhaftig? Nee, du, sag: ein Bild? Was denn und wem? Ernst, herrje, wie ich mich freu'! Jetzt marschieren die Wuppertaler an! Jetzt kommen wir! So sprich doch! Was für ein Bild?«

Ernst Kölsch stiebte ein Stäubchen von seinem eleganten Anzug. Neben dem Fabrikantensohn im abgescheuerten Jackett glich der Werkmeisterssohn einem vornehmen Dandy. »Was für ein Bild?« sagte er ruhig und knipste weiter. »Ein Gastmahl des –«

»Ein Gastmahl des Plato?«

»Nee, des Bacchus. Was soll der Wein-Schmitz mit andrer Philosophie als der, die aus den Trauben steigt?«

»Der Wein-Schmitz? Bei dem du zu Mittag ißt?«

»Derselbige. Du hatt'st wohl gedacht, ich hätt' einen Freitisch beim Fürsten von Hohenzollern in Schloß Jägerhof? Ich muß zahlen wie jeder andre Sterbliche, und wenn ich nicht zahlen kann und hab' gerade Hunger, dann muß ich eben – malen.«

»Ja, ist denn der Schmitz – Bilderhändler?«

»Weinwirt ist er. Und eine originelle Bude will er haben. Die wichs' ich ihm so *peu à peu* voll, wenn die Rechnung es verlangt. Jetzt ist nur noch eine Querwand frei. Hab' ich die auch erst unter Ölfarbe gesetzt, muß ich einen Lokalwechsel vornehmen. Ja, was staunst du denn? Auf diese Weise entstehen hier in Düsseldorf die besuchtesten Kneipen, und der Mäzen und sein Künstler fühlen sich wohl dabei.«

»Was hast du denn gemalt?«

»Einen stadtbekannten feudalen Offizier als Bacchus, ein paar leckere junge Mädchen, die sich mit einer Pantherkatze um eine Traube balgen, die ihnen der Gott zugeworfen hat, und einen dicken töchterreichen Stammtischgast als schwermütigen Silen.«

»Werden sich die Herrschaften auch nicht wiedererkennen?«

»Keine Sorge, ich habe sie alle zusammen nackt gemalt. Dadurch wurden sie Mythologie.«

»Jetzt geh' ich mit«, lachte Ewald Wiskotten. Aller Ärger war verflogen. Eine gehobene Künstlerstimmung war über ihn gekommen. So hatte er sich's gedacht: Lachende Sonne, lachende Lebensauffassung. Nieder mit dem Philistertum, hoch die Kunst! Und er hatte quälerisch in grauen Nebeln getappt, unfroh und ohne Spannkraft. Leichtlebig und vertrauensselig sprang der ältere Kamerad in der Sonne herum. »Du hast den Schlüssel, Ernst. Wie findet man den?«

»Man braucht nur was zu können«, sagte der, zuckte die Achseln und faßte den jungen Landsmann unterm Arm.

Beim Wein-Schmitz bewunderte Ewald Wiskotten das Wandgemälde. »Recht laut«, knurrte ihm Kölsch zu. Und Ewald Wiskotten verstieg sich schlankweg zu der Behauptung, daß das in ganz Düsseldorf keiner nachmachen könne, selbst der Akademiedirektor, der Pitter Janssen, nicht.

»Sie sind wohl sachverständig?« fragte der Wirt. »Dat kömmt bei Ihnen wie klar Wasser.«

»Ich bin selber Maler«, antwortete der Junge stolz. »Aber vor so einer Arbeit kennt man eben keinen Neid.«

Da ließ der Wirt gern zu, daß Kölsch ihm den Freund als seinen Gast vorstellte, und hatte auch nichts dagegen, daß nach der ersten die zweite Flasche Kupferberg Gold den Stöpsel knallen lassen mußte. Der Schaumwein regte Ewald Wiskotten gewaltig auf. Das Blut rieselte ihm wohliger durch die Adern, er sah durch einen rosigen Schleier, und bald ging sein Mut auf Stelzen.

»Es ist ein Skandal, daß man sich auf der Akademie abschinden muß. Ein Vierteljahr sitz' ich nun vor demselben Apollo. Einmal von vorne, einmal von der Seite, einmal von hinten. Da ekelt einen ja zuletzt die edelste Schönheit an.«

»Schimpf du nur, wenn's dich erleichtert.«

»Hab' ich nicht recht? Die sollten mich einmal machen lassen, was *ich* wollte. Denen wollt' ich's zeigen.«

»Was denn?«

»Ach, was Lebendiges, was Eignes, so etwas, weißt du, was sonst keinem einfällt – du hast es ja auch gezeigt.«

»Ich –? Was kennst *du* denn von mir?«

»Nun – hier das Bacchanal.«

»Laß mir nur den Quark aus dem Spiel. Das sind doch Witze, Papierkorbschnitzel. Meine Zeit ist noch nicht gekommen, und ich wart's ab.«

»Aber auf was wartest du denn noch? Wenn ich das könnte – –!«

»Auf die große Sammlung. Mir ist es noch nicht schlecht genug im Leben ergangen oder noch nicht gut genug. Das Triumphgeheul des Todes oder des Lebens hat sich noch nicht eingestellt.«

Ewald Wiskotten trank in einem Zuge sein Glas leer. »Nein«, sagte er, »nur nicht warten. Wir müssen auf den Plan treten und da sein.«

»Ich danke für die Wunderknaben. Wenn sie eines Tages das Matrosenjäckchen ausziehen, sind sie meistens auch im Gehrock die dummen Jungens geblieben. Daraus rekrutieren sich dann die Nörgler an der gesammelten Kraft.«

»Aber diese langwierige Lehrzeit *nimmt* einem die Kraft.«

»Denen, die keine haben. Reifeperiode, mein Junge, Reifeperiode des Lebens! Wenn du Kaufmann geworden wärst, säßest du jetzt vor dem Kopierbuch und hättest auch für drei Jahre Pech an den Hosen. Nee, die Dinge seh' ich nun anders an. Die äußere Handfertigkeit kannst du mit auf die Welt bringen. Wozu sie taugt, das lehrt dich erst der gereifte Verstand. Meiner hat sich noch nicht klar genug gemeldet. Die Pause füll' ich mit Lumpen aus. Später kommt der dicke Strich.«

»Es gibt eben Leute, bei denen der Verstand früher kommt«, beharrte der Jüngere.

»Oder die Arroganz. Das kostet die schönsten Jugendjahre.«

»Das ist Faulenzertheorie!«

»Ich möcht' mich selber darum beneiden«, lachte Kölsch und hob sein Glas. »Solch einen Wein zum Beispiel hat mein Alter in seiner Jugend nicht getrunken. Dein Alter auch nicht. Und wer weiß, ob wir ihn später wieder zu trinken kriegen. Also: nutzet die Jugend, sie kehret nicht mehr. Sollst leben, Arbeitsfanatiker.«

»Wir haben jetzt eine Kompositionsaufgabe bekommen. In den nächsten Tagen bleib' ich zu Hause. Da geh' ich heran!«

»Das quält nun sein armes Gehirnchen ab! Ideen müssen kommen wie Sommervögel, am Schraubstock lassen die sich nicht fabrizieren.«

»Wirst du am Sonnabend kommen und dir die Arbeit ansehen?«

»Wenn es dir eine Beruhigung ist? Für die Erstlingssünden ist sonst der Papierkorb da.«

»Bitte, Ernst!« Er wurde leidenschaftlicher. Der Wiskottensche Tatendrang stürmte in ihm, und der Schaumwein öffnete der Phantasie die Tore. »Ich denke mir – hör mal zu – –«

Aber der Ältere wehrte ab. »Erzähl das deinem Zeichenbogen. Der hat den ersten Anspruch darauf. Ich komm' früh genug an die Reihe.«

»Hab dich nur nicht so. Am Sonnabend wirst du anders sprechen.«

»Das walte Gott. Trinken wir noch eine?«

»Nein, laß. Ich bin jetzt gerad' in Stimmung. Die soll ausgenutzt werden. Adieu, Ernst, hab' vielen Dank.«

»Du, Ewald - - -. Wovon - lebst du eigentlich? Nun sei mal vernünftig. Die Anna ist gestern mit einem Geldschiff gelandet, und ich hab' so Angst vor Dieben. Sieh mal, hier wär' so ein schöner Hundertmärker.«

»Hat dir das - die Anna aufgetragen?«

»Du bist wohl übergeschnappt? Die Anna? Wie kommst du denn auf die Anna?«

»Ich - ich - das war eine Dummheit - und - und sag ihr nichts. Brauchen - brauchen könnt' ich's schon. Der Zinters wird schwierig. Na, Ernst, danke schön ...«

Er verabschiedete sich kurz und verließ aufgeregt die Weinstube. In einem Zigarrenladen kaufte er sich Tabak und ließ den Hundertmarkschein wechseln. Die Goldstücke behielt er in der Hand, bis sie ganz warm geworden waren.

Der alte Zinters unterhielt in Erinnerung an seine langjährige Laufbahn als selbständiger Rheinschiffer gen Holland in der Bolkerstraße eine kleine Schankstube, in der er holländische Schnäpse zum Ausschank brachte. Seine Kundschaft waren gleichzeitig seine Lieferanten. Was die Schleppschiffer über die Stromgrenze schmuggelten, luden sie im großen bei dem alten Zinters ab und tranken es im kleinen beim alten Zinters wieder aus. Das verräucherte Gemach roch beständig nach Teer. Die wenigen Gäste waren hemdärmelig wie der Wirt, trugen wie dieser die Schiffermütze im Nacken und die lange holländische Tonpfeife in irgendeiner Zahnlücke. Das förderte einen gemütlichen Schifferskat, denn es verhinderte Zank und Leichenreden. Bevor man die zerbrechliche Pfeife aus ihrer Ruhe brachte, ließ man fünf gerade sein. Das wußte der Alte auszunutzen.

Als Ewald Wiskotten eintrat, war die Stube leer. Er mußte sie durchqueren, um durch die Hintertür auf die Stiege zu gelangen, die zu seiner Atelierdachkammer führte. Nun regte sich doch Leben hinter dem Schanktisch. Sein Schritt hatte den Wirt aufgeweckt, der mit dem Kopf auf der Theke lag und schlummerte.

»So wat macht ene Lärm, als käm' die feinste Kundschaft«, brummte er mürrisch, als er seinen Mieter erkannte.

»Herr Zinters, ich hab' Schulden bei Ihnen –«

»Enee? An so wat denkt Ihr auch? Ich denk' als eweil daran.«

»Hier sind fünfundsiebzig Mark, Herr Zinters. Ich kann nicht so regelmäßig zahlen, wie sich das wohl gehört. Aber gezahlt wird, und wenn Sie wollen: mit Zinsen. Nur Ruhe müssen Sie mir lassen.«

Der Alte strich seinen grauen Bart und zwinkerte nach dem Geld. Dann schob er es mit gehöhlter Hand in die Theke.

»Ja, wenn Ihr auf die Weis' zu mir sprecht, jong Här – ich hatt' sonst als die Kündigung parat.«

Ewald Wiskotten fuhr sich durch das langgewachsene Haar. Die Kündigung? Und während er den Schreck über das Wort niederzukämpfen suchte, fiel ihm plötzlich ein, was Ernst Kölsch ihm vor wenigen Stunden zugerufen und was er vor wenigen Stunden erst weit von sich gewiesen hatte. Ohne daß er es wollte, formte es sich auf seinen Lippen zu Worten.

»Die Kündigung? Der Name Wiskotten ist doch wohl so gut wie bar Geld.«

»Jewiß doch, jong Här. Wenn bar Geld dahintersteht ...«

»Wir arbeiten mit dreihundert Mann zu Haus!«

»Donnerlütsch – !« Der schlaue Ausdruck im Gesicht des Alten schwand und machte einer staunenden Hochachtung Platz. »Wat sagt Ihr? Drei – –?« Er tastete mit der Hand über die Flaschenbatterie. »Ich tät glauben, hier wär' esu e klein Geneverchen wohltätig.«

Ewald Wiskotten trank das Gläschen aus. Und auf einmal spürte er es wie heiße Scham. Hart setzte er das Glas aufs Schankblech und öffnete die Hintertür. »Adieu.«

»Die Quittung schick' ich jleich durch et Jretchen 'rauf«, rief ihm Zinters nach. »Adschüs, Herr Wiskotten!«

In seiner Mansarde ärgerte er sich wütend. Er hatte sich etwas vergeben, er hatte mit fremdem Kalbe gepflügt. Und zwischendurch wurde der Stolz in ihm mächtig, der Stolz auf den Familiennamen, der sich Respekt erzwang. Das besänftigte seinen Zorn und steigerte ihn wieder. Aber es blieb zuletzt doch eine Siegerstimmung in ihm zurück. Er warf den Rock ab. Es wurde ihm zu heiß. Der Sekt tat auch noch seine Wirkung. Nun wollte er arbeiten.

Da klopfte es an seiner Zimmertür.

»Herein!«

Gretchen Zinters kam und brachte die Quittung.

»Danke schön. Wünschen Sie sonst noch was?«

»Och – wat Sie sich einbilden!«

Die schlanke Achtzehnjährige ließ ihre dunkeln Augen blitzschnell an ihm hinunterlaufen. Ewald Wiskotten wurde rot. Heute erst gewahrte er, was für ein apartes Geschöpf sie war. Das erhöhte seine Verlegenheit. Dabei rieselte es ihm so seltsam durchs Blut, daß er fast einen leichten Schwindelanfall verspürte. Er starrte sie an, und wenn er sprechen wollte, fühlte er, daß der Atem aussetzte. Ganz schnell schlug es ihm in den Schläfen und rasend schnell in der Herzgegend. »Dummer Junge«, schalt er sich trotzig.

»Fräulein Gretchen – –«

»Ja –?«

»Sie – Sie könnten mir wirklich mal Modell stehen!«

»Sie sind wohl jeck?«

»Dann – dann wenigstens – einen Kuß ...«

Sie hob nur den Kopf. Kaum erwartungsvoll. Aber sie lief doch nicht fort.

Da trat er näher und legte unbehilflich die Arme um sie. Schneeweiß war er im Gesicht geworden. Und dann spürte er durch ihr Kleid das Pulsen ihres jungen Blutes. »Gretchen!« schrie er auf und preßte seine suchenden Lippen auf ihren Mund.

Nur eine Sekunde, und sie drängte ihn mit beiden Händen zurück.

»Gretchen, was ist denn, Gretchen –?« stammelte er.

Sie schmollte.

»Aber Gretchen!«

»Sie sind jleich so jrob. Als wenn ich die erstbeste wär'.«

»Nu ja – ein Prinz bin ich auch nicht.«

»Aber Sie sind doch von den reichen Wiskottens?«

»Woher wissen Sie das?« fragte er verwirrt.

»Och – dat sieht man Ihnen doch an.«

Da lachte er. Und nun versuchte er, sie aufs neue zu fangen. Sie tollten durch das Zimmer, bis er sie umschlungen hielt. Aber sie bog sich in seinen Armen zurück. »Erst Farb' bekennen! Eher kriegst du keinen.«

»›Du‹ hast du gesagt!« jubelte er.

»Dat hat nix auf sich. Dat sagt m'r so. Loslassen!«

»Erst will ich meinen Kuß –!«

Sie hielt ihm, ausbiegend, den Mund zu. »Schrei nich so. Still! Ich komm' wieder.«

»Du - -?« Vor Überraschung gab er sie frei.

»Ich will nur sehen, ob Vatter wieder schläft ... Wart!«

Er blickte ihr nach, wie sie flink und graziös hinausglitt. Geschmeidig wie ein Wiesel. Seine Augen waren ganz weit geworden. Und eine Seligkeit wogte ihm bis in die Kehle, eine ganz tolle, nie gekannte Seligkeit - -. Alles vibrierte an ihm. Er reckte die Arme, um den fliegenden Atem zur Ruhe zu zwingen, und dann rannte er lachend, schwatzend durchs Zimmer. »Ist das schön! Ist das schön! Herrgott - Herrgott - -«

Da kam sie zurück, die Finger auf den Lippen. Die Tür schnappte ins Schloß.

»Setz dich«, gebot sie. »Aber ganz vernünftig sprechen.«

Er setzte sich und legte die Arme um ihre Mitte. Sie lockerte sich ungeduldig in seinen Armen, bis nur noch seine Fingerspitzen sie berührten.

»Mach nich so Dummereien. Dat verträgt sich nich mitenander.«

Den Kopf hintenübergelehnt, hielt er sich ganz still. Und dann sagte er leise: »Ganz schwarzes Haar hast du.«

»Weiß ich längst.«

»Und ganz schwarze Augen, die hin und her huschen wie Leuchtkäfer des Nachts.«

»Jeck biste nu emal.«

»Und ein ganz fein aristokratisch Näschen, mit Nasenflügeln, die sich immer bewegen.«

Sie lachte in sich hinein.

»Und einen Mund, so rot, als käm's Blut durch.«

»Den hab' ich von meiner Mutter.«

»War die so schön wie du, Gretchen?«

In den Augen des Mädchens zuckte es auf. »Vatter traf sie in Rotterdam, als er noch auf dem Rhein fuhr. Da war sie der Stern.«

»Der Stern?«

»So nennt man dat in den feinsten Singspielhallen. Wat beim Theater die Primadonna is. Wenn sie nich gestorben wär', braucht' ich Vatter nich zu helfen und wär' auch beim Theater.«

»Möchtest du?«

Sie schloß die Augen. Ihre Nasenflügel bewegten sich schneller. »Reich werden, vornehm werden - -«

Er hielt sie ganz fest. Die Kehle war ihm wie ausgetrocknet. »Und wenn *ich*'s würde? Für dich mit?«

»Du –?«

»Ja – ich!«

»Laß dich ens ansehen ...«

»Nein!« rief er und sprang auf die Füße. Seine jungen Augen blitzten. »Laß *du* dich ansehen!«

Sie standen sich gegenüber und musterten sich, als hätten sie sich nie gesehen. Als wären sie sich etwas Neues geworden, etwas ganz Eigenartiges. Hüben und drüben ein kurzes Lachen. Halb erstickt. Und dann griff der große Junge zu, mit festem, klammerndem Griff, tanzende Punkte vor den Augen, die aus ihrer schwarzen Pupille zu springen schienen, die dicht unter der seinen war. Und aufseufzend schloß er die Augen, ließ schwer den Kopf sinken und nahm ihr mit seinem Kuß den Atem.

Sie rang ihm nicht mehr entgegen. Sie ließ sich von den unkundigen, unersättlichen Lippen küssen, bis er selber einhalten und Luft schöpfen mußte. Da bäumte sie sich, auf den Zehen sich hebend, in seinem Arm auf und biß ihn ins Ohr.

»Wilde Katze!« stieß er hervor und zwang ihren Mund. Ihre Zähne schimmerten ihm entgegen. Und nun küßten sie sich, und keines wußte, wer der Gebende und wer der Nehmende war.

»Gretchen, Gretchen –!«

»Ewald – –!«

»Jetzt hab' ich eine Braut!«

»Och, dazu biste noch zu jung ...«

»Ich? Übers Jahr bin ich mündig.«

»Ja, werden se dir dann dein Geld auszahlen müssen –?«

»Weiß ich nicht«, sagte er bestürzt. »Aber ich schaff's auch so!« Das klang im alten Trotzton. »Ich werd' nicht lang auf der Akademie herumsitzen, ich werd' bald Bilder malen. Zwei – drei Jahre – ach, Gretchen!«

»Et wär' aber doch besser, wenn deine Familie beispringen tät. Die haben doch dat arg viele Geld.«

»Wird sich finden, Gretchen. Gib nur acht, die werden mir schon noch kommen! Wo ist dein Mund? Ach – – du – –!«

»Gehn m'r heute abend in den Zirkus?«

»Wohin du willst! Wo ist der Zirkus?«

»Auf der Oberkasseler Seit'. Ich war am Sonntag mit dem Franz Stibben aus Neuß da. Der wird nächste Ostern Kaptän auf ene Schiff von sei'm Vatter.«

»Das hört aber von jetzt an auf«, bestimmte er.

»Wat denn?«

»Daß du mit andern Herren allein ausgehst. Jetzt gehörst du mir ganz allein.«

»Aber der Franz Stibben hat doch zum Vattern gesagt, dat er mich heirate möcht' ...«

»So ein Prolet! Dich heiraten! Das könnt' ihm wohl passen. Er soll sich nicht noch mal hertrauen, der Rheinkadett!«

»Schimpf nich so dreckig. Die Stibbens, dat sind ganz wohlhabende Leut.«

»Proleten sind sie!« schrie er aufgebracht, »Proleten! Mit ihrem Fünfgroschenreichtum! Sprich nicht mehr davon, hörst du? Ich kann's nicht vertragen.«

»Aber du und ich, wir haben doch noch gar keinen Verspruch. Dat jilt ja jar nich, wenn m'r nich mündig is.«

»Aber in einem Jahr gilt's. Dann verloben wir uns, Gretchen, sag doch ...«

»Um sieben Uhr am Markt beim Jan-Willem-Denkmal. Still! Da ruft mich der Vatter –«

Er nahm hastig ihren Kopf zwischen seine großen Hände und küßte sie atemlos, wohin er traf. Dann schlüpfte sie hinaus. –

Nun zeichnen! Komponieren! Den Glücksrausch ausbeuten! Aber es wurden krause Linien, die er zu Papier brachte. Immer schweiften seine Gedanken ab, immer suchten seine Augen, was nicht da war, und wenn im Haus die Stiege knackte, horchte er auf, und seine Hände zitterten. Vor Aufregung zerbrach er den Kohlenstift in kleine Stücke. Nun mußte er sich die Hände waschen. Und dabei fiel ihm seine Kleidung ein. Siedendheiß wurde ihm zumute. Er faßte den Rock mit spitzen Fingern und drehte ihn am Fenster um und um. Die Ärmel glänzten verdächtig. Scheu, als täte er Unrechtes, holte er den Tuschkasten und färbte die abgescheuerten Stellen auf. Dann zog er leise die Stiefel aus, schnitzelte mit dem Taschenmesser an den Absätzen und rieb sie blank. Saubere Wäsche besaß er. Und der Hut? Er drehte ihn in den Händen. Nun, das war eben ein Künstlerhut, je lappiger, desto besser.

Um ein Viertel vor Sieben patrouillierte er das Jan-Willem-Denkmal ab. Das Geld trug er lose in der Hosentasche. Fünfundzwanzig Mark. Daß der Ernst Kölsch das Geld gerade heute ihm hatte aufdrängen müssen, das war eine Fügung gewesen. Nun konnte er sich eine Loge leisten. »Nutzet die Jugend, sie kehret nicht mehr ...« pfiff er erregt vor sich hin. Wo blieb nur Gretchen?

Die Rathausuhr hatte Sieben geschlagen. Es prickelte ihm in den Fußsohlen. Um über die endlose Zeit hinwegzukommen, begann er zu zählen. Von eins bis sechzig. Eine Minute gleich sechzig Sekunden. Aber jedesmal war er eher so weit als der Zeiger auf der Rathausuhr. Da gab er's auf und rannte im Trab um das Denkmal. Ein Viertel nach Sieben kam sie.

»Gretchen –«, aber der Vorwurf blieb ihm im Munde stecken. Wie ein adlig Fräulein erschien sie seinen verliebten Augen. Das weiße Kleidchen umschmeichelte ihre Glieder, der breite Spitzenkragen hob die feste Schönheit der jungen Büste, unter dem zierlich gebogenen Strohhütchen ringelten sich die Locken.

»Komm schnell, dat wir hier nich noch jesehen werden. Hier wohnt als so'n Volk.«

»Wo bleibst du so lange, Gretchen?« fragte er im hastigen Vorwärtsschreiten. »Das war wie eine Ewigkeit.«

»Ich hatt' doch dem Vatter jesagt, ich wär' beim Trinchen Kleuden in der Flingerstraß' einjeladen. Nun mußt' ich noch expreß hin, um da Bescheid zu sagen.«

»Das ist aber doch geschwindelt.«

»Och du! Dat is doch nur so daherjesagt als Exküse.«

Das verstand er nicht gleich. Aber sie ließ ihm auch gar keine Zeit dazu, um darüber nachzudenken. »Was für Plätze wirst du nehmen? Sperrsitz?«

»Loge. Das ist doch selbstverständlich, wenn ich mit *dir* geh'.«

Sie kniff ihn vor Freude in den Arm. Und dann drängte sie noch eiliger vorwärts.

In der Zirkusloge saß sie wie eine junge Dame. Die Vorstellung war ihr gleichgültig, aber daß ein paar Offiziere der Düsseldorfer Ulanen sie immerwährend durchs Monokel fixierten, machte ihr Spaß. Auch Ewald Wiskotten empfand die Aufmerksamkeit, die man seiner Begleiterin zollte, mit Stolz. Als aber während der Pause die Offiziere immer um sie herumstrichen, regte sich die Eifersucht. Verstimmt kehrte er mit ihr von der Stallbesichtigung zurück. Die Vorstellung nahm ihren Fortgang.

»Guck doch nicht immer hin. Die Kerls werden ja unverschämt.«

»Aber et sind ja Ulanenleutnants. Dat sind doch die feinsten.«

Er preßte ihre Hand. »Ich will nicht, Gretchen.«

Da lehnte sie sich beleidigt zurück.

Nach der Vorstellung gingen sie wortlos nebeneinander über die Rheinbrücke. Als sie sich dem Ufer näherten, trat sie ans Geländer. »Dat Schiff sieht jerad' aus wie dem Franz Stibben seins.« Und gleichmütig schlenderte sie weiter. Er tat, als ob er die Bemerkung nicht gehört hätte, aber das Herz schlug ihm hörbar.

»Gretchen –«

»Geh weg, du bist eklig.«

»Wollen wir zum Wein-Schmitz gehen? Das ist ein ganz vornehmes Lokal.« Er wußte in seiner Angst nichts Besseres.

Sie nahm sofort seinen Arm und drückte ihn. »Ewäldchen – –«

Beim Wein-Schmitz waren nur noch ein paar alte Stammgäste. Sie ärgerte sich und wollte gleich wieder fort. Um ihr zu imponieren, bestellte er eine Flasche Kupferberg Gold. Weil er die Marke vom Mittag her kannte. Zwei Portionen Kaviar ließ er bringen. Sie sah genau zu, wie er ihn aß, und probierte mit spitzen Lippen. Dann lachte sie heimlich in die Serviette.

»Schmeckt's?«

»Fein«, nickte sie lebhaft, trank einen herzhaften Schluck und zog vor den aufsteigenden Sektperlen das Näschen kraus. Da hätte er sie küssen mögen. Und nach einer halben Stunde trieb er nach Hause. Nun war sie es, die nicht fort wollte. Wie eine Prinzessin, die Hof halten möchte, thronte sie auf ihrem roten Polster. Endlich klingelte er an sein Glas und zahlte errötend dem Kellner. Es war ihm gewesen, als hätte der Mensch den Tuschflecken an seinem Ärmel betrachtet.

Gott sei Dank, nun waren sie draußen. Er faßte Gretchen um. Aber sie entzog sich ihm. »Dat is doch keine Art für feine Leut'!« Sie wollte als Dame gelten. Das Köpfchen leicht erhoben, die Fingerspitzen auf seinem Arm, schritt sie unantastbar an seiner Seite. Nun waren sie schon in der Bolkerstraße. Drüben leuchteten die kleinen Fensterchen der Zintersschen Likörstube. Zornig gab er sie frei. Er durfte erst eine Viertelstunde nach ihr eintreten …

Am andern Morgen stand sein Kaffee wie immer vor der Kammertür. Er hatte einen schweren Kopf und pochende Unruhe im Blut. Die Akademie ließ er Akademie sein. Den Rhein entlang ging er durch die Wiesen, ganz verstört. In der Tasche klapperte ihm Geld. Er nahm es zögernd heraus und zählte es. Es waren fünf Mark.

Dann bemühte er sich, sich Gretchen vorzustellen und sich auf das Wiedersehen zu freuen. Aber als er heimkam, saß der alte Zinters mit der Magd allein am Tisch. Auf seine Frage nach Fräulein Gretchen antwortete der Alte kurz, sie habe Kopfschmerz von einer Geburtstagsfeier. Was der alte Schnapsschmuggler für Spüraugen machte! Halbtot legte er sich aufs Bett und schlief Nachmittag und Nacht durch bis zum andern Morgen.

Auch heute ging er nicht zur Akademie. Er wollte die Kompositionsaufgabe lösen. Ganz nüchtern war ihm zu Sinn. Er entwarf und verwarf, er strichelte hin und korrigierte, er nahm einen frischen Bogen und begann aufs neue. Um die Mittagszeit fragte er bei Zinters an, ob er an der Mahlzeit teilnehmen könne. Bei Tisch sah er Gretchen. Sie begrüßte ihn ganz kühl, während ihm das Herz bis in den Hals schlug. Als aber der Vater für einen Augenblick aufstand, um einem Kunden einen Genever einzuschenken, und die Magd nicht von ihrem Teller aufsah, den sie emsig auslöffelte, zwinkerte sie ihm schnell zu und machte leuchtende Augen. Dann kam der Vater zurück, und alles war wie zuvor. Aber die leuchtenden Augen sah er immer noch oben in seiner Mansarde, sein junges Blut klopfte wieder unternehmungslustiger und tatendurstiger, und mit der Zähigkeit der Wiskottens griff er nach einem neuen Zeichenbogen und entwarf und komponierte und rang mit seinem Stoff, bis er mit plötzlich einbrechender Dunkelheit das Papier nicht mehr erkennen konnte. Daß es Abend geworden war, hatte er gar nicht gemerkt. Er ging hinunter, um im Küchenzimmer etwas zu essen. Die Magd war im Keller, um ein paar Kruken aufzufüllen. Aus der Schankstube kam Gretchen mit einem Teller voll rotgefärbter Käserinden. Sie blickte sich um und stellte den Teller hin. Da spürte er auch schon ihren Körper und ihren Kuß. »Pßt ...« machte sie, und trällernd ging sie zur Gaststube zurück, wo sie mit Vaters alten rheinbefahrenen Freunden Karten spielte. Hastig verzehrte Ewald Wiskotten in der Hinterstube sein Abendessen.

Am nächsten Tag kam Ernst Kölsch. Während er die Komposition betrachtete, rieb er mit dem Finger gedankenvoll über sein bürstenartig geschorenes Schnurrbärtchen.

»So sprich doch nur endlich, Ernst.«

»Schad', daß wir nicht Winter haben.«

»Wieso?«

»Na, dann könnst du doch wenigstens Schnee schippen.«

»Ernst!«

Der Heimatgenosse packte ihn heftig beim Rockkragen. »Kerl! Was machst du? Umfallen? Du nährst dich zu schlecht, das geht doch nicht so weiter.«

»Ist es wirklich nichts? Liegt – gar nichts drin?«

»In dem Sängerkrieg da? Nun mach mal nicht so angstvolle Augen. Wenn man nix Ordentliches in die Knochen kriegt, soll der Deubel die Begeisterung für einen Sängerkrieg finden. Abgesehen von dem blödsinnigen Düsseldorfer Thema.«

»Nichts, Ernst, gar nichts?«

»Doch. Es liegt was drin. Ich weiß nur noch nicht was. Begabung hast du. Sie ist nur noch nicht recht malerisch wirksam. Du willst gleich zu viel, über dein ungepflegt Talent hinaus. Und dazu einen leeren Magen! Mensch, stell dir mal vor: ein geborener Wuppertaler mit einem leeren Magen!«

»Also – Hoffnung hast du doch?«

»Hoffnung? Mehr, mein Junge! Gewißheit, daß irgendwas in dir steckt. Die Kostüme holst du sonderbar gut heraus. Nun leg dir mal zunächst 'nen Kappzaum an. Man muß die Dinge gemächlicher auf sich zukommen lassen, oder man verspritzt sein Pulver und wirft dann die leere Flinte ins Korn. Hör mal, du ziehst zu mir.«

»Das – das kann ich nicht«, stotterte Ewald Wiskotten.

»Recht hast du«, sagte Ernst Kölsch, »man soll getrennt marschieren und zusammen schlagen. Also werden wir von jetzt an zusammen essen.«

»Du weißt, daß ich dazu kein Geld hab'.«

»Anna meinte, ich sollt' nun endlich solide werden und auf meiner Bude essen. Wenn's mir allein zu langweilig wär', sollt' ich mit dir gemeinschaftliche Küche machen. Wir rechnen mit Jahresschluß ab. Das hat ja keine Eile. Hier behältst du die Atelierklause bei. Du, wir tun dem guten Mädel, der Anna, wirklich einen Gefallen.«

Ewald Wiskotten schlug in die dargereichte Hand. Draußen lag verschwenderische Sommersonnenglut. Seine Hände waren eiskalt geworden.

9.

Anna Kölsch kam von Düsseldorf. Sie saß im Frauenabteil, fest in die Ecke gedrückt, und starrte auf die vorüberfliegende Landschaft, die sich herbstlich färbte. Vom Bahndamm winkten und schrien Kinder herüber, Jungens rannten über die Stoppelfelder und ließen den Windvogel fliegen, und fern am Waldrand, dort, wo die letzten Hügel in die Ebene stiegen, sah sie deutlich ein dicht aneinandergeschmiegtes Paar. Sie schaute so lange hin, bis die Augen sie schmerzten. Dann flogen Fabriken vorbei, Dörfer, Bahnhöfe. Ein Rasseln ging durch den Wagen, der Zug fuhr behutsamer, sie waren auf der Sonnborner Brücke. Tief unter ihr glitt gespenstisch die schwarze Wupper, öffnete sich geheimnisvoll der Talkessel; noch eine Kurve, und aus tausend glühenden Augen glotzten die Schwesterstädte Elberfeld und Barmen zur Höhe hinauf.

Das Schauspiel war ihr nicht neu. Und doch genoß sie es jedesmal wieder wie eine Überraschung. Sie rechnete vor sich hin, wie oft sie seit dem Frühjahr diesen Weg nun schon gefahren sei. Allmonatlich. Immer fröhlich den Hinweg, und immer traurig den Rückweg. Sie kam mit vollen Händen, sie hatte des Bruders Küche zu verproviantieren, und mit ganz leeren Händen reiste sie heim ...

Sie schüttelte den Kopf. Als wenn sie des Dankes wegen hinging! Der hätte ihr gerade gefehlt. Nur weil es ihr Spaß machte, für die beiden zu sorgen. Zwar – den einen, den Ewald, hatte sie bei ihrem Bruder Ernst nicht zu Gesicht bekommen. An dem Tage, an dem sie kam, hielt er sich fern. Ob der kein reines Gewissen hatte – –? Und wenn! Das hatte er doch mit sich auszumachen und nicht mit ihr. Nun ja, so tat er's ja auch. Gewiß, gewiß; nur immer zu! Wenn er es ihr auch nicht gerade so tölpelhaft hätte zu zeigen brauchen. Man war doch immerhin Freund miteinander gewesen, schon, als sie noch auf allen vieren krochen. Nein, doch nicht. Damals hatte er schon laufen können, und er hatte sie mit ernstem Kleinkindergesicht beaufsichtigt und ihr geholfen, wenn sie umfiel. Und jetzt wollte sie ihn beaufsichtigen? Fiel er denn um?

Nicht einmal den Gefallen tat er ihr, daß sie Vergeltung üben konnte. Und nun mußte sie über sich selber lachen.

Ihre gesunde Natur schüttelte alle unnützen Gedanken an volle Hände und an leere Hände unwillig ab. Sie erfüllte einfach ein Gebot des Vaters. Damals, im Frühsommer, als Ernst geschrieben hatte, wie es um Ewald

Wiskotten stünde, und daß sie nun gemeinsame Tafel hielten, hatte der Alte mit seiner Tochter eine Unterredung gehabt. Und das Resultat waren Annas allmonatliche Fahrten nach Düsseldorf, um mit dem Bruder Kriegsrat über die jeweiligen Bedürfnisse Ewald Wiskottens zu halten, die Speisekammer aufzufüllen und ein nach oben abgerundetes Monatsgeld zu überbringen. »Er soll dem Ewald vorschießen, was der nur braucht«, hatte der Vater gesagt. Der Stolz des alten Werkmeisters duldete es nicht, daß ein Wiskotten Hunger litt oder gar unter die Räder kam. Die Sache betraf ihn mit.

Als der Zug im Bahnhof Barmen einfuhr, gewahrte sie auf dem Bahnsteig die fünf Brüder Wiskotten. Wilhelm, der Engländer, stand einen Schritt vor den andern und spähte die Wagenreihe entlang, die den Anschluß an Vlissingen brachte. Sie nickte Gustav zu, der sie entdeckt hatte und ihr ritterlich aus dem Abteil half.

»Sie kommen von unsern Schmerzenskindern, kleine Samariterin?«

»Es geht ihnen nichts ab, Herr Wiskotten. Auch Ewald ist gesund und sehr fleißig.«

»Der Junge kann sich bei Ihnen bedanken, Fräulein Anna. Und wir auch. Sie nehmen uns da eine große Sorge ab.«

»Nicht der Rede wert«, murmelte sie.

»Ich spreche alle paar Tage mit Ihrem Vater darüber. Sie haben die Sache richtig angefaßt. Der Junge ist störrisch. Nun können wir in Ruhe abwarten, wie er sich entwickelt, ohne ihn kopfscheu zu machen.« Er drückte ihr kräftig die Hand. »Ich verlass' mich auf Sie.«

»Ich werde schon aufpassen«, schnitt sie hastig ab. »Sie werden gesucht, Herr Wiskotten.«

»Wilhelms Braut ist gekommen. Miß Mabel White aus London. Ich gehör' zum Empfangskomitee.« Er nickte ihr zu und ging rasch den Zug entlang. Anna Kölsch schlug allein den Heimweg ein.

Auf dem Bahnsteig stand Wilhelm Wiskotten neben einer schlanken, brünetten Dame in elegantem, festanliegendem Reisekostüm, die mit sichtbarem Vergnügen die Vorstellung der Brüder entgegennahm.

»Dies ist unser Ältester. Mein Bruder Gustav.«

»Ich habe sehr viel von Ihnen gehört, Herr Gustav«, sagte sie lächelnd, und sie schüttelten sich die Hände. Sie sprach ein vollkommenes Deutsch bis auf einen leisen Akzent, der ihre englische Abstammung verriet. »Wir werden sehr gute Freunde sein.«

Gustav Wiskotten sah ihr in die leuchtenden Augen. Wie frank und kameradschaftlich sie sich gab. »Ich denke, wir sind's jetzt schon, Fräulein White.«

»So viele Männer!« lachte sie. »Das ist ja eine Ehreneskorte.«

»Wir zeigen uns auch nur bei festlichen Gelegenheiten *in corpore*. Sonst sieht's gleich aus, als sei der Landsturm einberufen.«

»Der Wagen steht vor dem Bahnhof, Mabel.«

Die beiden jüngeren Wiskottens übernahmen schnell die Besorgung des Gepäcks. »Was, Paul?« meinte Fritz und strich, den Bruder anzwinkernd, den Schnurrbart hoch. »Da lohnt sich's, nach England zu reisen. Mensch, ist das ein tadelloses Frauenzimmer!«

Das Gepäck wurde aufgeladen. Gustav Wiskotten zwängte sich als Garde mit in den Wagen des Brautpaares, und die übrigen Brüder sprangen auf eine Pferdebahn, die nach Rittershausen fuhr. »Droschken gibt's hier nicht«, erklärte Gustav der neuen Schwägerin, die sich verwundert nach den Schwägern umsah. »Das Tal ist zu eng, und die Menschen haben hier ein Wort, vor dessen Klang sie schon schaudern.«

»Was ist das für ein schrecklich Wort?«

»Luxus!«

Sie blickte schelmisch an sich hinab und dann ihren Verlobten an. »Und ich bin nicht nur ein Wort, ich bin eine leibhaftige Person …?«

»Du bist eine Ausnahme«, erklärte Wilhelm Wiskotten stolz.

»Was aus dem Ausland kommt, Fräulein White, passiert die Zensur nicht. Dafür gibt's nur kritiklose Bewunderung.«

»Wie drollig!.«

»Das geht so weit, daß wir Fabrikanten unsre Barmer Artikel, unsre Bänder, Litzen und Spitzen nach Paris und London exportieren und unsre Grossisten sie von dort in denselben Kartons als Pariser Nouveautés und letzte englische Mode zurückbeziehen.«

»Wo bleibt da der Gewinn?«

»Was vom Ausland kommt, hat höheren Preis.«

»Auch die Frauen?«

»Na, Wilhelm, nun red du!«

Sie berührte wie unabsichtlich den Arm ihres Verlobten. Der behielt die englische Maske auf. Aber das Wuppertaler Blut stürmte doch, kaum zu bändigen, hinter der gepflegten Miene. Da schloß Gustav Wiskotten unbekümmert um das verdutzte Gesicht seines schönen Gegenübers die Augen – –

Die Brüder langten mit ihnen zu gleicher Zeit zu Hause an und bemächtigten sich, eifersüchtig streitend, des Gepäcks. Im Triumph führten sie die neue Schwägerin die Treppen hinauf. Fritz Wiskotten, als letzter, pfiff einen Marsch, und Paul markierte gedämpft die Tschingdatrommel. Wilhelm Wiskotten, sehr rot, öffnete die Tür zum Wohnzimmer. Da saßen bei der Lampe, friedlich und selbstsicher, die alten Wiskottens mit Gustavs Frau, Emilie, beieinander.

Die am Tisch hatten sich erhoben. Lächelnd und ohne Scheu sah Miß Mabel White zu der alten Frau in der schwarzen Spitzenhaube auf. Langsam streckte Frau Wiskotten die Hände nach ihr aus. »Der Herr segne deinen Eingang, mein Kind.«

»Wollen Sie mich nicht küssen ...?«

Die alte Frau stutzte, aber sie beherrschte kalt ihre Verlegenheit und küßte sie feierlich auf die Stirn.

»Du mußt ›du‹ zu mir sagen.«

»Gern, Mutter.«

»Und hier ist der Vater«, drängte Wilhelm Wiskotten, der sich bei der patriarchalischen Bewillkommnung unbehaglich fühlte.

Der alte Wiskotten war sehr gerührt. In seinen Augen schwamm es verdächtig. Das bemerkte das schöne Mädchen auf der Stelle, und ohne zu fragen legte sie ihm die Arme um die Schultern und küßte ihn auf den Mund.

In des Alten Mienen wetterleuchtete es. »Staatsmädchen«, nickte er Gustav zu, der Miß White und seine Frau miteinander bekanntmachte. Emilie tat sehr förmlich. Der einfache Anzug der Fremden war von so elegantem Schnitt, wie ihn keine Barmer Schneiderin herausbekam. Sie erschien sich in ihrem neuen Kleide diesem selbstverständlichen Geschmack gegenüber wie eine Provinzialin und fühlte sich zurückgesetzt, ohne von sich dazu beizutragen, durch weibliche Anmut und herzliches Entgegenkommen schnell den Ausgleich herbeizuführen. Sie überließ es der Schwiegermutter, das neue Familienmitglied zunächst einmal in sein Zimmer zu führen.

Gustav sah sie mit großen Augen an. »Gefällt sie dir nicht?«

»Dir wohl desto mehr?«

»Vatter is doch auch ganz Feuer und Flamme.«

»Natürlich. Um mich bekümmert sich kein Mensch.«

»Nun hör aber mal, Emilie. Heute ist doch Wilhelms Braut Mittelpunkt. Das ist doch selbstverständlich.«

»Gewiß doch. Ich denk' mir ja auch nur mein Teil.«

»Emilie«, sagte Gustav Wiskotten leise, »du brauchst dich neben Wilhelms Braut nicht zu verstecken. Weiß Gott, du kannst dich sehen lassen. Aber diese ewigen verbitterten Mundwinkel machen dich um zehn Jahr' älter. Wenn du das doch endlich verstehen wolltest.«

»Geh, häng dich doch an sie!«

Fritz kam herbeigeschlendert.

»So ein Liebespaar färbt wohl ab? Könnt ihr eure Intimitäten nicht zu Hause betreiben? Unsereins kriegt en ganz schwachen Magen bloß vom Zusehen.« Er nahm Emilie um die Mitte. »Gib mir mal en Kuß, Kind.«

»Laß mich doch mit deinen Albernheiten zufrieden, Fritz.«

Er zog rasch die Hände zurück. »Herrje! – – Mabelchen is viel netter.«

»Mabelchen – –«, spottete sie ihm nach. –

Der Tisch war heute im Nebenzimmer gedeckt, die Speisenfolge eine reichhaltigere. Das Dienstmädchen machte ganz stolze Augen, als es die Herrlichkeiten servierte. Die beiden alten Wiskottens saßen nebeneinander auf dem Sofa am Kopfende des Tisches, rechts von ihnen hatte das Brautpaar seine Plätze, links Gustav und Emilie. Die übrigen Wiskottens schlossen sich zu beiden Seiten an. Mabel White sprühte vor Vergnügen.

»Wieviel große Söhne du hast, Mutter. Wird dir nicht bang unter all den Männern?«

Frau Wiskotten schüttelte den strengen Kopf. »Bange? Die werden schon Respekt haben.«

»Wir sind heut nicht vollzählig«, rief Paul Wiskotten von seinem Eckplatz aus der Schwägerin zu. »Einer fehlt.«

Jeder beschäftigte sich mit seinem Teller.

»Der Jüngste ist in Düsseldorf«, sagte Gustav Wiskotten ruhig. »Vorläufig gedenkt er Maler zu werden.«

»Oh – ein Künstler in der Familie …?«

»Wir besorgen in der Familie alles selber, schöne Schwägerin. Was im Haus gearbeitet werden kann, wird gemacht. In der Hauptsache: Bänder, Litzen und Spitzen. Aber im Nebenberuf ist der Paul Dichter, der August ein halber Pastor und der Fritz Pferdekenner.«

»Und Wilhelm?«

»Bräutigam.«

»Im Nebenberuf?«

»Wenn ich Wilhelm wäre, würde ich zunächst mal den Hauptberuf aufgeben.«

»Sie sind galant«, lachte sie. »Und was ist Ihr Nebenberuf?«

»Wenn Sie meine Frau fragen, wird sie Ihnen antworten: Haustyrann!«

»Ach, ich glaube, den läßt man sich schon gefallen. Hab' ich recht, gnädige Frau?«

Emilie Wiskotten tat, als ob sie nicht gemeint wäre. Mutter Wiskotten hob erstaunt den Kopf und blickte Wilhelm an. Der kraulte verlegen sein Backenbärtchen.

»Ja, Mabel, nun werdet ihr wohl ›du‹ sagen müssen. Eine ›gnädige Frau‹ gibt's für dich am Familientisch nicht. Emilie ist die ältere. Sie wird dir das Du gern anbieten.«

»Wollen Sie, Frau Emilie?«

»Gern!« Sie hob ihr Glas. »Ich kann nur Ihren Namen schwer aussprechen.«

»Ma-bel! Und du heißt E-mi-lie!«

»Kuß! – Kuß! – Kuß!« riefen im Takt die jüngeren Wiskottens.

Mabel White schaute sie lachend an. Dann raffte sie ihr Kleid zusammen und lief um den Tisch zu Emiliens Platz. »Ah – –!« tönte es im Chor, als man den Kuß vernahm.

»Nur, weil Sie einmal hier sind, und um Zeit zu sparen«, sagte Gustav Wiskotten und stand mit seinem Glas neben ihr. »*Time is money.* Wollen wir?«

»Muß – ich – alle küssen?« fragte sie mit lachendem Erschrecken.

»Alle! Alle!« riefen die Wiskottens.

Gustav nahm sie um und küßte sie herzhaft auf den Mund. ›Was die für merkwürdig weiche Lippen hat‹, dachte er, ›zum Träumen weich.‹ Dann überlieferte er sie den Brüdern, die sie mit Freudengeschrei entgegennahmen. Selbst August vergaß seine Würde und kämpfte um die Priorität. Paul behauptete, im Haupt- *und* im Nebenberuf mit ihr Brüderschaft trinken zu müssen. Da er sie bestimmt andichten würde, könnte er sie in seinen Versen unmöglich mit »Sie« anreden. Nun verlangte auch Fritz, daß der Sportsmann in ihm besonders gewürdigt würde, und August vertrat energisch die Forderungen der Kirche in der Nächstenliebe. Man wollte das schöne Mädchen überhaupt nicht mehr hergeben. »Gustav, die Musterkarten für England sind doch fertig? Laß den Kerl, den Wilhelm, doch auf der Stelle abreisen! Der verträumt hier die ganze Konkurrenz!«

Aber dem Bräutigam schien doch die Konkurrenz am Platze gefährlicher zu sein. Selbst sein mühsam anerzogenes Engländertum ließ er außer acht. »Glaubt ihr, ich hab' mich für euch angestrengt, die Mabel zu bekommen?«

»Du bist auf unsre Kosten nach England gereist!«

»In die Reisespesen dürfen wir uns teilen! Könnt' dir passen, alter Sohn!«

»Demnach gehört die Mabel der Firma Gustav Wiskotten Söhne! Sag selbst, Mabel …!«

»Ich will mich auslösen!«

»Hurra! Sie will sich auslösen!« –

Endlich saß sie wieder, tiefatmend, an der Seite ihres Bräutigams. Ihre Augen blitzten übermütig. Alles an ihr war Lebenslust und Freude an der Gesundheit, der Ursprünglichkeit um sie her. Und ihre eigne Gesundheit fand sich wohl dabei.

Emilie Wiskotten schaute starr vor sich hin. So hatte man ihr nie gehuldigt. Und sie war so schlank und kraftvoll wie jene da. Und ihr Haar war schöner und reicher. Wenn sie es löste, könnte sie sich darin einhüllen. Es würde keinem auffallen, dachte sie bitter.

Woher nahm die Fremde die Kunst, die Herzen zu erobern?

Eine Leuchte an Geist war sie auch nicht, und das Ausländische tat's nicht allein.

Und mit dem Instinkt des Weibes spürte Emilie Wiskotten, daß die andre mehr Weib war, weiblicher in Tugenden und Fehlern, leichtlebiger, koketter, wandlungsreicher, aber auch elastischer, hingebungsfreudiger und mitreißender. Daß da kein Nerv war, der nicht darauf brannte, sich mit dem Manne zu messen, festen Willens, sich zu ergeben, aber erst, nachdem er die ganze Skala der Leidenschaften, von der Sehnsucht bis zum Jubel, wachgerufen und erschöpft hatte. Daß diese Frau immer zuerst Frau, immer zuerst schön, immer zuerst begehrenswert und nie einen Tag wie den andern sein würde. Stets das Weib, die Genossin des Mannes, und stets ein neues Weib. Und es war Emilie Wiskotten, als ging von der Fremden das geheimnisvolle Parfüm aus, das die Herzen der Männer froh macht wie die Blume des Weins, ihre Wangen rötet und ihren Augen knabenhaft heißen Glanz gibt.

Besaß sie das Geheimnis nicht auch? Besaß es nicht jede Frau?

Es war ihr unbequem, sich darauf zu besinnen. Denn es gehörte noch etwas dazu. Die Heiterkeit eines starken Herzens.

Mit Vater Wiskotten unterhielt sich Mabel über den eignen Vater.

»Als du noch gar nich auf der Welt warst, standen wir schon in Geschäftsverbindung«, sagte der alte Wiskotten stolz. »Er war mein erster überseeischer Kunde.«

»O je«, machte Mabel, »da wirst du nicht viel an ihm verdient haben. Damals hatte er nur ein kleines Kontor.«

»Was, Mutter, wir haben auch nicht gleich mit mehrhundertpferdigen Dampfmaschinen angefangen?«

»Vater hat auch sehr schwer zu arbeiten gehabt, bis er oben war.«

»Und ich, Kind«, sagte der alte Wiskotten vergnügt, »hatte noch bis vor ganz wenigen Jahren ein paar Gesellen, von denen ich in der Jugend selber Ohrfeigen bekommen hab', wenn ich ihnen als Lehrling nich schnell genug et Bier aus der Wirtschaft holte.«

»Oh, das ist schön!« rief Mabel.

»Sieh mal, Vatter«, lachte Gustav, »wie sich deine Schwiegertochter freut, dat du mal Wichse gekriegt hast.«

»Nein«, sprach sie entrüstet, »daß du sie alle untergekriegt hast!«

»Daran is Mutter schuld«, sagte der Alte. »Die hat ihnen aus dem richtigen Gesangbuch vorgelesen.«

»Wirst du mir auch daraus vorlesen, Mutter?«

Die alte Frau konnte sich in den neckenden Ton nicht gleich hineinfinden. »Wenn du et nötig hast, Kind? Ich will et nich hoffen.«

Lärmend stimmten die jüngeren Wiskottens zu. »Mabel muß den Kopf gerad' so gewaschen bekommen wie wir. Aber wir müssen dabei sein!«

Sofort nahm sie das Gefecht auf. »Das ist nicht gentlemanlike. Ihr seid schadenfrohe Menschen.«

»Ganz egal! Wenn du nur weinst, Mabel! Und wenn wir dir dann die Tränchen trocknen ...«

»Und wenn Wilhelm mich schlecht behandelt?«

»Kriegt der Wilhelm das Jäckchen voll.«

»Und wenn er mir nicht den Willen tun will?«

»Läßt du den langweiligen Kerl laufen und kommst zu uns. Bei uns hast du allemal recht.«

»Hörst du, Wilhelm?«

Der Bräutigam hatte eingesehen, daß hier deutsche Gründlichkeit den Kurssieg über alle englisierende Reserviertheit endgültig davontragen würde. Bevor sie sich zur Wehr setzen konnte, hatte er ihren Kopf erwischt und sie schallend auf den Mund geküßt.

»So!« sagte er. »Gesegnete Mahlzeit.«

Sie sprudelte ein paar englische Sätze. Die Verwirrung kleidete sie zum Entzücken. In dem Geräusch des Stühlerückens ging ihr Protest verloren, und sie trat, um ihrer Verlegenheit Herr zu werden, schnell hinter ihren Verlobten. Aber Fritz und Paul Wiskotten standen schon neben ihr. »Gesegnete Mahlzeit«, sagten beide in dem kindlichsten Tone, der ihnen zu Gebote stand, und breiteten die Arme aus, als ob es sich um eine liebe Tante handelte.

Da warf sie, mit frisch erwachter Kampflust, hoheitsvoll den Kopf zurück und reichte den begehrlichen Schwägern die Fingerspitzen zum Kuß.

Verdutzt schauten sich die Brüder an. »Na, nu los, Paul.« »Los, Fritz!« Und wie zwei ungezähmte Wölfe warfen sie sich auf die kleinen festen Hände.

»Ich ernenne euch zu meinen Rittern.«

»Raubrittern!« schrien die beiden wie aus einem Munde.

Der Bräutigam mußte mit einem Donnerwort dazwischen fahren.

»Morgen werde ich die Fabrik besichtigen«, entschied das schöne Mädchen. »Wer wird mich führen?«

Da erklärte sich selbst Vater Wiskotten bereit. »Meine Füße sind wieder ganz schön zu Gang.«

Man kam überein, daß der Rundgang mit den Damen am Nachmittag stattfinden sollte. Und als es Mitternacht schlug, erklärte Frau Wiskotten ruhig: »Wenn jetzt nich geht, wat nich in 't Haus gehört, dreh' ich die Lampen aus.«

»'raus Wilhelm! Nu mach doch schon! Wir sind hier in einer guten Familie.«

Der Bräutigam hatte für die Spöttereien nur ein mitleidsvolles Lächeln. Sein Logis war für die nächsten Wochen im Hause Gustavs. Er sagte den Eltern gute Nacht und küßte aufmerksam seiner Braut die Hand. Die jüngeren Wiskottens drängten hinzu.

»Is dat alles?«

Wilhelm maß die Brüder mit einem geringschätzigen Blick und ging, um sich Gustav und Emilie anzuschließen.

»Sei still, Mabel«, trösteten die Zurückbleibenden, »wir werden das gleich nachholen.«

»Riskiert's!« drohte das Mädchen und huschte behend hinter Mutter Wiskotten in ihr Zimmer. »Gute Nacht, Vater«, rief sie durchs Schlüsselloch.

»Gut' Nacht, Töchterchen.«

»Gute Nacht, August. Gute Nacht, ihr Raubritter. Träumt von mir!«

»O du Wetterhexe! Wart, morgen!«

Drüben verlor sich ein silbernes Klingen ... Der alte Wiskotten und seine Söhne blickten sich an. »Staatsmädel«, schmunzelte der Alte.

»Weiß der Deubel«, erwiderte August.

»Herrgott, der August flucht ja – –?«

Über August Wiskottens gefurchte Stirn glitt eine Röte. »Gute Nacht«, sagte er kurz. »Wenn wir morgen nachmittag feiern wollen, haben wir uns morgen vormittag doppelt zu rühren. Geschenkt wird keinem von euch was.«

»Haben wir dich gefragt, Schulmeister?« –

Nach einer halben Stunde herrschte Ruhe und Frieden im Hause der alten Wiskottens. – –

»Rauchst du noch eine Zigarre?« fragte Gustav daheim seinen Gast.

»Wenn Emilie gestattet?«

»O bitte, auf mich braucht keine Rücksicht genommen zu werden. Ich leg' mich inzwischen schon.«

»Nur ein paar Züge, Emilie«, sagte Wilhelm und wünschte ihr gut zu ruhen. »Ich bin auch todmüde.«

Gustav kam aus dem Kinderschlafzimmer. Er lachte. »Sie schlafen wie die Ratzen. Der Jung' die Faust an der Nase, und das Mädel den Daumen im Mund. Ich komme in fünf Minuten hinüber, Emilie.«

Die beiden Brüder gingen rauchend auf dem Teppich auf und ab. Eine Viertelstunde. Dann warf Gustav sein Zigarrenende in den Aschenbecher. »Gib mir nochmal die Hand, Wilhelm. Zu der Frau muß ich dir heut abend extra Glück wünschen. Siehst du, das war's, was den Wiskottens immer gefehlt hat. Frisch Blut von draußen. Eine Frau, die Leben in die Bude bringt. Wir versimpeln ja sonst auf die Dauer in der ewigen Fabrikstimmung.«

»Ich wußt' ja, daß sie dir gefallen würde.«

»Schlaf wohl.«

»Du auch.«

Emilie wachte noch, als Gustav ins Schlafzimmer kam. »Habt wohl noch ein bißchen von der Lady geschwärmt –?«

»Ja, wirklich, das ist sie. Bei all der scharmanten Lustigkeit immer Dame.«

»Hat ja auch nichts andres zu tun.«

»Scharmant kann man selbst mit einem halben Dutzend Kinder sein.«

»Das soll wohl auf mich gehen? Jede kann nicht mannstoll sein.«

»Emilie! – Ich darf dich wohl bitten, dich in deinen Ausdrücken etwas zu mäßigen. Diese beständige Scharfmacherei wird dir ja zur zweiten Natur.«

»Ach Gott, halt du doch den Mund. Du bist ja schon bis über beide Ohren verliebt in sie.«

»In sie nicht, aber in ihre Art.«

»Was willst du denn überhaupt noch von mir?«

»Daß du dich ein wenig von ihr anstecken läßt. Herrje, bei deiner Jugend kann dir das Lachen und Singen doch nicht schwerer fallen als das Mucksen und Drucksen. Nimm doch mal einen Anlauf!«

»Ich bin dir wohl nicht mehr gut genug? Sag's doch gerad' heraus, daß du mich leid bist. Daß du mich los sein möchtest. Ich geh' ja schon. Ich hab's überhaupt satt.« Sie weinte zornig in die Kissen. »Laß mich in Ruh'!« fuhr sie auf, als er begütigend die Hand auf ihre Schulter legte. »Ich bin deine Mabel nicht, die sich von jedem anfassen läßt. Deine scharmante und so hochgebildete Mabel!«

Gustav Wiskotten zog die Hand zurück. Er mußte an sich halten, um in diese lächerliche Verzogenheit und Verschrobenheit nicht mit einem Wetter hineinzufahren. Und er versuchte einen trüben Scherz.

»Bildung ist nicht immer ein Kulturfortschritt. Sie kann auch die Entwicklung hemmen. Diese verdammte Bildung hindert einen zuweilen, den andern zu seinem eignen Besten mal windelweich zu prügeln.«

»Vergreif dich nur an mir! Dann kannst du dich ja deiner Mabel gegenüber auf den armen Mann hinausspielen.«

»Donnerwetter, jetzt hab' ich genug.«

»Ich hab' schon lang' genug.« Und sie weinte laut in ihre Kissen. – –

Lange lag Gustav Wiskotten wach. An seiner Seite war es still geworden. Die Dunkelheit lastete so schwer im Zimmer, daß sie seine Brust bedrückte und er die Decke zurückschlug, als könnte er dadurch freieren Atem gewinnen. Aus der Ferne hörte er das einförmige Rauschen der Wupper, die ihre schwarzen Arbeitswasser Tag und Nacht über das Wehr stürzte. Vom Fabrikhof herauf klang der Schritt des Wächters, der die Runde machte. Dann verlor er sich … Gustav Wiskotten überlegte, daß der Wächter jetzt die neue Färberei umschreiten würde, die in den nächsten Tagen in Betrieb genommen werden sollte. Die würde Arbeit machen. Neues Färberpersonal war hinzuengagiert. Hoffentlich schlug's ein. Fritzens Erfindung sollte nun im großen ausgebeutet werden. Emiliens Vater, der alte Scharwächter, würde Augen machen. Der fabrizierte das billige Zeug, eine Ramschware in gemusterten Seidenbändern, die reißenden Absatz fand. Nun, man konnte sich wegen der Kundschaft einigen, wenn's so weit war. Es kam ja auch so Emilien zugut. Emilie ... sie schlief. Und er wachte und dachte ans Geschäft, krampfhaft immer nur ans Geschäft. Ob das nie, nie anders werden würde? Durch seine Glieder ging ein Strom, der zum Herzen drang und es zusammenpreßte. Seine Hände öffneten und schlossen sich. Und seine Augen bohrten sich starr und weit ins Dunkel ... Und plötzlich zuckte er zusammen und horchte in sich hinein. Es war gewesen, als ob jemand in ihm schrie. Ganz wild vor Sehnsucht! Und ganz wirr vor Sehnsucht. Wie ein todmüder Arbeiter nach Feierabend. Feierabend? Er betastete seine eisernen Arme. Die verlangten nicht nach Feierabend. Die waren für zwei Menschenalter geschmiedet. Aber lag denn seine Seele in den Armen? Konnten seine Arbeitsfäuste auch seine Sinne zerdrücken? Und jetzt hörte er, daß seine Sinne schrien. Aus dem Kohlendunst und Arbeitsstaub der Fabrik hinaus nach einem Quell, sich die Augen zu baden. Nach Schönheit, seliger Tollheit, flatternden Frauengewändern, huschenden Füßchen, winkenden und wehrenden Armen und plötzlich berauschenden Weibeslippen. Nach dem Jungsein! Nach der Freude! Nach einer andern Welt – irgendwo, irgendwo – –

Seine Augen brannten. Ihm war, als lägen sie in ganz tiefen Höhlen, aus denen die Backenknochen hart hervorragten.

Freude am Weib! In der Welt des Weibes!

Da lag sein junges Weib. Schön wie ein Marmor. Geschaffen, froh zu machen. Und ihre Gedanken liefen in kleinen Kreise, nüchtern und mürrisch. Eine Frau, die mit der Ehe ihre Jugend abschließt und vom Manne das gleiche verlangt. Eine Ehefrau. Und kein Lebenskamerad – in gemeinsamer Jugend – –.

Durch die Fenstervorhänge kroch grauer Tag. Regen schlug an die Scheiben. Der erste Novembersturm kam vom Wald.

Früh um Sieben ging Gustav Wiskotten hinüber zur Färberei. Er nahm im Arbeitsraum ein kaltes Bad. Das verjagte die Nachtgespenster. Dann frühstückte er mit seinem Bruder Wilhelm.

»Bist wohl heut zur Arbeit nicht aufgelegt? Grüß mir Mabel.«

»Ich werde erst kurz vor Mittag hinübergehen. Weißt du, Mutters wegen. Damit die sich schneller gewöhnt.«

»Na, dann komm aufs Kontor. Die Post wird da sein.«

In den Vormittagsstunden hatte Gustav Wiskotten eine geheime Unterredung mit Kölsch. »Wird besorgt werden, Herr Wiskotten. Um alle Tore Girlanden.« Der Fabrikherr lächelte in sich hinein, während er weiterschritt, um seinen Dienst wie alle Tage zu versehen. Aus der neuen Färberei drang lustiger Hammerschlag. Der zog ihn an. Und bald stand er zwischen Röhren und Kufen wie ein Feldherr unter seinem Kriegsmaterial.

Der Regen ließ auch am Nachmittag nicht nach. Am Fabriktor erwartete Gustav Wiskotten die Damen mit einem gewaltigen Regenschirm. Emilie wünschte sich später anzuschließen. Sie hätte keine Lust, als Ehrenjungfrau zu paradieren.

Heute wollte sich Gustav die Laune nicht verderben lassen.

Da kamen sie: Vater, Mutter, Mabel und die Brüder. Mabel im langen Regenrock mit Kapuze. Ein paar Weiber stierten staunend hinter ihr drein. Kein Mensch im Wuppertal trug so ein Ding ...

»Guten Tag, Gustav«, rief sie schon von weitem und schwenkte die Hand. »Ah, die Tore sind geschmückt! Du bist ein so aufmerksamer Schwager, daß du mich wirklich zur Schwägerin verdienst.«

Er schüttelte ihr kräftig die Hand.

»Leider konnt' ich nicht für besser Wetter sorgen.«

»Das Wetter ist gesund.«

»Muß wohl so sein. Denn bei diesem Wetter kommen im Wuppertal die meisten Kinder auf die Welt.«

»Gehört das zum guten Ton?«

»Es ist die Wahrheit. Frag Mutter. Hier kommen alle Kinder mit Gummischuhen auf die Welt und mit dem Gesangbuch.«

»Red doch nicht so Dummereien«, verwies ihn Frau Wiskotten ärgerlich. Der alte Wiskotten lachte.

Die Besichtigung begann mit den Kontorräumen, die musterhaft eingerichtet waren. »Augusts Reich«, sagte Gustav Wiskotten, »und dort hinten, wenn's keiner sieht, dichtet der Paul.«

»Hast du mir das versprochene Gedicht schon gemacht?«

Paul hob beschwörend den Finger. »August zieht's mir am Lohn ab.«

Durch Buchbinderei, Lithographie und Druckerei ging's zu den Haspelstuben. Die Mädchen und Frauen saßen schweigend bei der Arbeit. Ein junges Ding schielte empor, wurde rot, beugte sich vor und kicherte. Schweigend gab ihr Gustav eine Kopfnuß. Da brach das Kichern ab.

»Hier regiert Mutter. Wer es nicht an der Ordnung sieht, sieht es an der Bibel.«

Respektvoll sah das schöne Mädchen zu der alten Frau auf.

»Mit Gott fang an, mit Gott hör auf«, sagte die trocken.

Durch die Packstuben ging es zu den Bandstühlen. Die schnurrten, sausten und schlugen um sich, als wüßten sie sich vor Vergnügen nicht zu fassen. Gustav erklärte dem Gast die Fabrikationsmethode und ließ sie an einem der Stühle die Handgriffe machen. Sie freute sich wie ein Kind, als die Garne sich verschlangen und langsam ein Stückchen Band herausgekrochen kam. Ritterlich schnitt ihr Verlobter es ab und barg es in der Brusttasche. Sie nickte ihm mit leuchtenden Augen zu.

Rohgarne und fertige Ware wurden besichtigt, und dann rannten die Jungen, tollend wie Kinder, durch den strömenden Regen zur Färberei. »Hier bin ich der König!« schrie Fritz und riß die Türe auf. – »Das ist ein Nebelreich!« rief das Mädchen und schlug mit der Hand in den dicken Dampf. – »Dir zu Ehren! London im kleinen! Heimatgrüße!« – Die Färber grinsten, strichen sich die hängenden Schnurrbärte und arbeiteten unverdrossen weiter.

Wieder öffnete sich die Tür. Es war Emilie. In dem dichten weißen Qualm konnten die Schwägerinnen kaum ihre Umrisse erkennen.

»Nachher hol' ich die Begrüßung nach!« rief das fröhliche Mädchen.

»Jetzt zum Laboratorium!« schrie Fritz, um sich in dem Lärm der Dampfröhren und Färberknüppel verständlich zu machen. Mabel White jauchzte vor Vergnügen. Das mächtige Arbeitsgetriebe, diese niegesehene Welt regte sie auf. Alle Muskeln spannten sich, als wollten sie sich betätigen. »Vorwärts, vorwärts!«

»Achtung!« donnerte eine Stimme aus dem Schwaden. Und brausend stürzten die Wasser aus einer Kufe und überschwemmten den Steinboden.

»Konnten Sie nicht warten?« donnerte Fritz zurück.

»Nee. Ging nich!«

»Wie sollen wir nun durch den See kommen?«

»Im ›Eckehard‹ trug der fromme Klosterbruder die schöne Herzogin über die Schwelle«, schrie Paul. »Wer wagt es, Rittersmann oder Knapp'?«

Gustav Wiskotten beugte sich nieder. Wie eine Feder hob er das lachende Mädchen auf und trug sie durch siedendes Wasser und zischenden Dampf hindurch und die Stiege zum Laboratorium hinauf. Mit dem Fuß stieß er die Tür auf.

»Siehst du, jetzt hab' ich auch einen Nebenberuf. Gestern abend bin ich zu kurz gekommen.« Sie faßte seinen Schnurrbart und küßte ihn auf den Mund. »Zufrieden?«

Er setzte sie nieder. Emilie stand in der Tür. Nur eine Sekunde. Und er hörte sie die Stiege wieder hinabeilen.

Nun drängten die Brüder herein.

»Hast du auch deinen Lohn, Gustav?«

»Ich hab' ihm einen Kuß gegeben.«

»Das läßt du aber gefälligst sein!«

»Wenn du eifersüchtig bist, bekommt er noch einen.«

»Sei eifersüchtig, Wilhelm«, bettelten Paul und Fritz.

Gustav Wiskotten blickte noch immer nach der Tür. Er sah dort noch immer ein junges verzerrtes Gesicht. »Habt ihr – Emilie nicht gesehen – –?«

»Sie ist nach Haus. Hat Kopfschmerzen.«

Mit halbem Ohr hörte Gustav Wiskotten, wie Fritz der Schwägerin stolz die Laboratoriumserklärungen gab. »Hier werde ich stehen und grübeln und brüten, bis ich dir ein paar Reitpferde herausdestilliert habe. Du darfst dich bereits freuen, Mabel. Mehr sag' ich nicht.«

Sie nickte ihm strahlend zu und blickte dann erschreckt auf Gustav. Wie sah der starke Mann plötzlich verfallen aus.

»Ist dir nicht wohl?« fragte sie leise und nahm seine Hand.

Die Brüder schauten auf. »Nanu, Gustav – – du wirst doch nicht –?«

»Unbesorgt – die dicke Luft – wenig geschlafen die Nacht.« Er atmete tief. »So, nu is schon vorüber. Besten Dank, Schwägerin.«

Ihre mitleidsvollen Augen hatten ihm das Gleichgewicht wiedergegeben. Nur keinen in sich hineinsehen lassen. Er biß sich auf die Lippen.

Die Brüder brachten Mabel und die Eltern nach Hause. Er blieb in der Fabrik. Dann schrillte die Dampfpfeife. Feierabend!

Mit müden Schritten ging er ins Haus. Auf dem Tisch im Eßzimmer lag ein Zettel von Emiliens Hand.

»Ich bleibe die Nacht mit den Kindern beim Vater. Morgen mehr.«

Er war tief erblaßt. Dann lief eine leise Röte über seine Schläfe, verstärkte sich, überzog die ganze Stirn und brannte bis in den Nacken.

Der Zettel knisterte in seiner Hand und rollte sich zwischen den mahlenden Fingern zur steinharten Kugel. Er griff, ohne zu wissen weshalb, nach der Mütze. Als er sie in die Stirn zog, fiel ihm ein, ins Freie zu gehen. Und er ging. Der Regen strömte mit neuer Kraft. Keine Hand vor Augen war zu sehen. Nur am Brausen des Wehrs merkte er, daß er an der Wupper stand. Das Wasser des schwarzen Arbeitsstromes leckte ihm wie ein treuer Hund die Stiefel.

Da rang sich ein Laut aus seiner Kehle, ein einziger nur. Ein kurzes, jähes Hohnlachen. Vom Wind über die Wasser verschlagen ...

Die schwarze Wupper leckte aufs neue über seine Füße.

»Ja, ja«, beschwichtigte er sie wie einen Hund, »wir beide. Wir beide passen zusammen.«

Seine Augen hatten einen harten Blick, als er in der Nacht, bis auf die Haut durchnäßt, vom Fabrikhof her ins Haus ging.

10.

Auf den nächsten Tag war die Abnahme der maschinellen Einrichtung der Färberei angesetzt. Klar und kühl stieg der Herbstmorgen auf, blankgewaschen lag das Pflaster des Fabrikhofs. Schweigsam schritt Gustav Wiskotten neben seinem Bruder Fritz über den Hof zu dem nüchternen Ziegelbau, dem heute der lebendige Odem eingeblasen werden sollte. Die Grüße der Leute erwiderte er nicht. Die Muskeln seines Gesichts waren steif, seine Mienen verschlossen. Seine ganze Aufmerksamkeit konzentrierte er auf die neuen Anlagen und ihre Funktionierung. Andres gab es jetzt für ihn nicht. Der Techniker der Installationsfirma machte den Erklärer. Werkmeister Kölsch hatte sich angeschlossen.

Der kleine Trupp ging die Kufenreihen entlang, zu den Waschmaschinen, zu den Ringmaschinen, zum Transmissionslager. Die Fragen waren kurz und kurz die Antworten. Gustav Wiskotten ließ den gewaltigen Treibriemen über die Scheibe werfen. Totenstill war es. Die schwarzgebeizten Färberkufen gähnten wie eine Reihe leerer Särge. Und nun: ein leiser, singender Ton ... dem Seufzer eines Menschen gleich, der aus schwerem Schlaf erwacht – ein Atemholen, ein staunendes Sichbesinnen und ein jauchzendes Vorwärtsdrängen. Von Kufe zu Kufe schraubte man die Krane auf, brüllendes Wasser verschlang das Gähnen, aufpeitschender Dampf das Tote, durch Eisen und Holz zog ein brausender Lebensstrom, und das Siegeslied der Arbeit füllte wie ein Triumphgesang die Halle, die es sich aus dem Nichts erobert hatte. Die Arbeit, und nur die Arbeit, hatte das Wort. –

Gustav Wiskotten horchte in den entfesselten Lärm hinein. Als suchte er nach einer Melodie. Strack aufgerichtet stand er, nur den Kopf hielt er vorgebeugt. Fritz sprach zu ihm. Er verstand ihn nicht. Dann sagte Werkmeister Kölsch: »Gratuliere, Herr Wiskotten.«

»Wie war das, Kölsch?«

»Ich gratuliere.«

»Ah so. Ja, da liegt wirklich Grund vor. Danke Ihnen, Kölsch.« Er drückte ihm die Hand. »Fritz!«

»Hier, Gustav.«

Der schien für Sekunden vergessen zu haben, was er wollte. Er sprach zu Kölsch und sprach nicht zu ihm. »Was wissen die Menschen davon, was einen das kostet. Selbst unsre Arbeiter wissen es nicht. Die sehen nur die Mauern, nicht aber den Kitt. Und in den hat man seine Lebenskraft hineingemischt und den Verzicht auf – so viel – Schönes in der Welt – –«

»Herr Wiskotten, irgendwie und irgendwo muß man sein Kapital anlegen. Wir sind keine Verschwender.«

»Nee, Verschwender sind wir nicht. Schön muß das zwar auch sein. So aus dem vollen heraus, so unbekümmert ... – Na, es muß auch unsre Sorte geben. Dummköpfe: meinetwegen. Hauptsache: sattelfest!« Jetzt besann er sich auf den Bruder. Er legte ihm die Hand schwer auf die Schulter und rüttelte ihn. »Na, Jung', un nu heraus mit der Plempe. Das Schlachtfeld hätten wir. Nun heißt es, sich zu Herren darauf machen.«

»Keine Sorge, Gustav. Nächste Woche lass' ich auf der ganzen Linie vorrücken.«

»Das wird ein Tanz werden.«

»Wenn deinem Schwiegervater nur nicht wirbelig dabei wird.«

»Steht ihm ja frei, Polka zu tanzen, wenn ihm zum Galopp die Puste nicht reicht.«

»Glaubst du, daß er auf den Vorschlag eingehen wird, seine Fabrikation einzuschränken und uns für seine Kundschaft in Kommission zu nehmen?«

»Das kommt auf seinen Gemütszustand an. Bis Mittag werd' ich ihn kennen.«

»Na, du wirst die Sache schon deichseln.«

»Werd' ich.« – –

Mit einem großen Blick sah er sich noch einmal im Kreise um, nahm lauschend das Sausen und Brausen des Betriebes in sich auf, dankte dann dem Techniker und ging mit kurzem Gruß über den Fabrikhof zurück in seine Wohnung. Dem Mädchen sagte er, daß die ganze Familie heute beim Schwiegervater äße, der seit gestern nicht wohl sei. Eine halbe Stunde später fuhr er nach Unterbarmen, um den alten Scharwächter in seinem Hause aufzusuchen.

Die Männer sahen sich selten. Scharwächter gehörte zu der strengsten Richtung der Kirchlichen im Tal, die sich jeder äußeren Freude abhold zeigt. Das laute und unfromme Wesen seines Schwiegersohns war ihm fatal. In einem Raume mit ihm glaubte er sich übersehen, an die Wand geschoben, um seinen Wert gebracht. Nur aus kaufmännischen Gründen hatte er die Beziehungen geknüpft, nur aus kaufmännischen Gründen hielt er sie aufrecht. In schwierigen Fällen war Emilie die Vermittlerin zwischen den beiden Firmen gewesen.

Das Haus lag in einer Nebenstraße. Ein eisernes Staket schloß es gegen die Straße ab. Der Verputz war gespart. In langen Jahren hatte wildwuchernder Efeu die Arbeit billiger verrichtet und die roten Ziegelmauern bis unter das Dach mit einem grünen Kleide übersponnen. Auf einem blankpolierten Messingschild an dem Eingangspförtchen las man die Worte: Jeremias Scharwächter.

Gustav Wiskotten zog an der Schelle. Eine alte Frau, die Köchin, Magd und Wirtschafterin in eins war, öffnete.

»Herr Scharwächter zu Hause?«

»Ich will nachsehen.«

»Das kann ich selber.« Er trat ein.

»Ich soll aber immer melden, wer kommt.«

Er schob sie einfach beiseite, klopfte an eine Tür und drückte auf die Klinke.

»Guten Morgen.«

Herr Scharwächter wandte den Kopf, schob das glattrasierte Kinn tief in den weißen Krawattenstreifen und sagte von der Höhe seines Pultstuhles herab grämelnd: »Ich habe doch nicht ›Herein‹ gerufen.«

»Ich bin's, Schwiegervater.«

»Das seh' ich ganz gut. Aber ich hab' *doch* nicht ›Herein‹ gerufen.«

»Schön. Du hast *nicht* ›Herein‹ gerufen. Bitte, klettre mal herunter. Ich möcht' mit dir sprechen.«

»Es ist für mich kein Vergnügen, dich hier zu sehen.«

»Nee«, sagte Gustav Wiskotten und legte seinen Hut auf den Tisch, »ein Vergnügen ist das nicht, wenn einem die Frau durchgeht. Wo steckt sie?«

Der kleine hagere Herr kletterte von seinem Pultstuhl und knöpfte sich den hochschließenden Gehrock zu. »Wenn du von meiner Tochter redest, bitte ich dich, das in manierlicheren Ausdrücken zu tun. Du redest hier nicht von einem deiner Fabrikmädels.«

»Ist sie etwa nicht durchgegangen?«

»Nein! Sie hat nur eine eheliche Gemeinschaft aufgehoben, die keine christliche mehr war.«

»Keine christliche? Ich weiß nicht, was du damit meinst.«

»Leider Gottes hast du das nie gewußt. Sonst ständ'st du heute nicht als Bittender hier.«

»Als Bittender? – Hör mal, Schwiegervater, du kannst deinen hohen Ton wohl etwas mäßigen. Von Bitten ist hier gar nicht die Rede, sondern von Fordern. Ruf mir mal Emilie her.«

»Du willst mir in meinem Hause Befehle erteilen? Einer wie du, der mit dem Hute in der Hand kommen sollte?«

Gustav Wiskotten lachte kurz auf. »Na, und so weiter! Mach's kurz, ich hab' keine Zeit.«

»So nimm dir die Zeit. Nimm sie dir zunächst einmal, um in dich zu gehen. Das ist eine bessere Verwendung deiner Zeit, als fortgesetzt an Ehebruch zu denken.«

»Schwiegervater!!«

Der hagere Mann kroch vor der dröhnenden Stimme in sich zusammen. Aber nur für Sekunden. Dann streckte er das glattrasierte Gesicht aus der weißen Halsbinde vor und sprudelte dem Gegner seine Argumente entgegen.

»Daß du mit deinen Fabrikmädchen schäkerst, das wirst du wohl nicht leugnen? Daß du ihnen im Dunkeln auflauerst, um sie – ah pfui – in die Arme zu nehmen und – und –«

»Ach Gott, die armen Dinger. Weiter.«

»Jawohl: weiter! Immer noch weiter! Dein Gewissen sagt dir selbst, daß es damit noch nicht zu Ende ist, sonst hättest du nicht gesagt: weiter! Wie es sich für eine treue Ehefrau geziemt, hat dir Emilie siebenmal und siebenmal siebzigmal vergeben, hat dir sanfte und ernste Vorstellungen gemacht, hat dir durch ihr Leben ein Beispiel gegeben –«

»Bist du nun fertig, Schwiegervater?«

»Mit dir? Schon längst! Aber mit der Zahl deiner Sünden und Verirrungen noch lange nicht. Selbst die Verlobte deines leiblichen Bruders ist dir nicht heilig! Und da soll sich eine christliche Frau wie Emilie nicht schaudernd abwenden und ein Haus verlassen, aus dem du ein Sodom und Gomorra machst?«

Gustav Wiskotten hielt mit Gewalt an sich.

»Red jetzt mal nicht biblisch, sondern rein menschlich. Hier handelt es sich um pure Eifersucht. Und zur Eifersucht hat Emilie nicht die Spur von Berechtigung.«

»›Wer ein Weib ansiehet, ihrer zu begehren, der hat schon mit ihr die Ehe gebrochen in seinem Herzen.‹ So steht es Matthäus am fünften, Vers achtundzwanzig. Und du hast die Verlobte deines Bruders nicht nur angesehen und begehrt, du hast deinem Triebe keine Schranken aufgelegt und die erste Gelegenheit wahrgenommen, um dich heimlich mit ihr zu küssen!«

»Wer sagt das?«

»Emilie.«

»Das ist infam gelo–« Er brach ab, nahm sein Taschentuch heraus und wischte sich, sich abwendend, die Stirn. »Ruf Emilie!« sagte er dann ruhig. »Das haben wir beide unter uns abzumachen.«

Herr Scharwächter sah an ihm vorüber.

»Nun, ruf sie schon! Ich tu' ihr nichts.«

»Emilie ist nicht hier.«

»Wenn sie spazierengehen kann, scheint die Sache ja nicht so tief zu sitzen.« Er zog die Uhr. »Da läutet's Mittag. Nun wird sie wohl gleich kommen.«

»Sie wird nicht gleich kommen, denn sie ist nicht hier.«

Gustav Wiskotten horchte auf. »Nicht hier? Soll das heißen: Nicht in Barmen?«

»Sie ist mit den Kindern zu Tante Josephine nach Düsseldorf gefahren, wo sie zunächst zu bleiben gedenkt.«

»Ohne – meine – Einwilligung?«

»Du hast jetzt eine Prüfungszeit. Wenn du dich geläutert hast und eines Tages ehrlich bereust, kannst du sie zurückholen.«

»Ohne – meine – Einwilligung –?«

»Mit Genehmigung ihres Vaters. Wie gesagt, wenn du –«

»Gib Ruh' mit deinen Salbadereien! Himmeldonnerwetter, hab' ich über meine Frau zu bestimmen oder du?«

»Da dir die moralischen Grundlagen abhanden gekommen waren, so kehrte sie unter den Schutz ihres Vaters zurück. Ein Bestimmungsrecht hat nur immer der Moralische. Der Unmoralische möchte es sich nehmen. Aber wo es sich ums Stehlen handelt, soll meine Tochter nicht der Hehler sein. Dazu hab' ich sie nicht in der christlichen Lehre aufgezogen.«

»Du hättest sie besser für das Leben erziehen sollen! Unser Herrgott braucht keinen Vormund.«

»Ich dulde in meinem Hause keine Lästerungen!«

»Wer hier lästert, das bist du. Mit deiner Anmaßung, als hättest du das Reich Gottes ganz allein gepachtet. Nur, weil du die Bibel auswendig gelernt hast und die Stellen auslegen kannst wie eine alte Wahrsagerin. Wo du hinblickst, da siehst du Sünde, Strafe, Buße. Aus dieser Welt, die Gott zu seiner Freude schuf, von der es heißt: ›und er sah alles an, was er gemacht hatte, und siehe da, es war sehr gut!‹ machst du einen Pfuhl und ein Fuchseisen. Wenn das keine niederträchtige Unterstellung des lieben Gottes ist, so will ich von morgen an den alten Christian ablösen und für Zeit meines Lebens Heizer werden.«

»Geh hinaus aus meinem Hause!«

»Besser wär' schon, *du* gingst. Du bist ja katholischer als der Papst. Leute wie ihr sollten ein protestantisches Männerkloster auftun, statt Kinder in die Welt zu setzen, die erblich mit dem Star belastet sind und die Sonne grau sehen. Was wißt ihr denn von Verantwortung?«

»Ich trage dafür die Verantwortung, daß meine Tochter rein aus diesem Jammertal zurückkehrt.«

»Jammertal? Das stimmt! Jammerkerle laufen genug drin herum, die so lang weh- und demütig sind, bis sie vor lauter geistlichem Laienhochmut kaum noch Luft schnappen können. Und wenn du deine Tochter so rein vor jedem Erdenstäubchen bewahrt wissen wolltest, so hättest du sie Nonne werden lassen, aber nicht einem sechs Fuß langen gesunden Kerl zur Frau geben sollen. Ich denke, das ist deutsch gesprochen. Dich mach' ich haftbar, dich! Emilie ist das Opfer eurer vermaledeiten Erziehung. Man möchte heulen, wenn man soviel stramme Wuppertaler Mädel sieht mit den grämelnden Gesichtern, denen durch euer Muckertum von Kindheit an die Sinne verkrüppelt werden, daß sie in jeder süßen Seligkeit den Gottseibeiuns sehen mit seinem Fallstrick. Dann laufen sie herum mit verengtem Horizont, schreckensdummen

Augen, und eine lange Rinne Trübsal läuft hinter ihnen her, wo lauter glückselige Menschenfreude sein könnte. Ist es da ein Wunder, daß sie als Frauen das ganze Leben muffig finden, wenn sie den Muff in ihren Mädchenkleidern mitgebracht haben? Zu fröhlichen Weibsbildern sollt ihr sie erziehen, die frei ins Leben schauen wie unsereins und, wenn sie fromm dabei sind, sich sagen: ›Schöner mag's im Himmel sein, aber entzückender ist es vorläufig hier!‹ Dann gibt's auch fröhliche Männer und einen Wuppertaler Nachwuchs, der in der Wolle gefärbt ist. Keine Halbseidenen!«

Herr Scharwächter hatte seinen Kopf weit aus der Krawatte vorgestreckt. Seine Lippen zitterten. Sein Zeigefinger stieß in die Luft. Er suchte nach einem Wort, den Lästerer im Innersten zu treffen, zu zerschmettern.

»Du – du – Herr Gustav Wiskotten, ich kündige Ihnen hiermit die Hypothek auf Ihrer neuen Färberei!«

Gustav Wiskotten starrte ihn an. Und langsam verhärteten sich seine Züge und wurden eisern.

»Soll das heißen, daß Sie das Band – zerschneiden? Und daß – Emilie – –?«

»Sie haben gehört. Ich kündige Ihnen die Hypothek zum ersten Januar.«

»Haben Sie sich auch die – Folgen überlegt?«

»Wenn Sie an der Erde liegen, werden Sie an die heutige Stunde denken und die gerechte Strafe erkennen. Wie Spreu sollt ihr verweht werden, wie Spreu!«

»Wer spricht denn von mir? Ich meine die Folgen für Sie.«

»Das Spaßen wird Ihnen schon vergehen, wenn Sie auf der Geldsuche sind. Glauben Sie nur nicht, daß man Ihnen hier im Wuppertal Ihr einseitiges Vorgehen im Färberstreik vergessen hat. Sie werden was erleben!«

»Daß ich auf der Geldsuche bin, stimmt.« Gustav Wiskotten trat einen Schritt näher. »Und ich hatte vor, den Vater meiner Frau daran teilnehmen zu lassen.«

»Ich habe keine Gemeinschaft mit Ihnen. Ganz klein sollen Sie noch werden!«

»Sie wollen also den Krieg. Den Krieg zwischen unsern Firmen. Den Krieg bis aufs Messer. Gut, Herr Scharwächter, den können Sie haben. Und jetzt *sollen* Sie ihn haben. Sie sind der Quell und Urheber meines ehelichen Zwistes, Sie haben mich mit Emilie um die Freude meines Arbeitslebens betrogen und um die Fröhlichkeit meiner Jugend, Sie haben sie mir aus Berechnung gegeben, weil Sie Angst hatten, Mutter hätte vor zehn Jahren die Fabrikation Ihrer Ramschware aufnehmen und Sie im Zusammenraffen hindern können. Nun sind Sie der schwerreiche Mann. Und nun möchten Sie uns alle zusammen unter die Fuchtel kriegen. Und nun sollen Sie sehen: es lebt ein Gott. Ein Gott für die Unverzagten, die die Nase geradeaus tragen und nicht schweifwedelnd nach oben schielen wie der Hund nach dem Kopfkraulen. Hier, Herr Scharwächter –« – er griff in die Brusttasche und legte ein paar farbige Bandkoupons auf das Pult des Fabrikanten – »hier haben Sie den Fehdebrief der Wiskottens. Machen Sie das nach, Männeken, aber fix, sonst sind Sie in Jahresfrist mit ihrem Kram tot und begraben. Auf Schritt und Tritt werd' ich Ihnen nachgehen, und wo Sie nur mit Ihrem Schund auftauchen, da werd' ich Sie mit diesem Prachtartikel unterbieten! Diesmal haben Sie richtig verstanden. Un-ter-bieten! Ja, ja, ich weiß schon. Zum ersten Januar kriegen Sie Ihr Geld. Legen Sie es in preußischen Konsols an, oder ich jag' es Ihnen durch die Lappen. Guten Morgen!«

Die Tür fiel ins Schloß. Draußen knarrte das Eisenpförtchen. Keinen Blick warf Gustav Wiskotten zurück. Sein Schritt hallte fest auf dem Straßenpflaster.

Zu Hause rief er das Dienstmädchen zu sich.

»Minna, meine Frau ist mit den Kindern nach Düsseldorf gefahren. Zur Pflege von der Schwester des alten Herrn Scharwächter. Ich hatte geglaubt, der alte Herr selber sei krank. Na, das kann nu in Düsseldorf lang dauern; daher hat meine Frau die Kinder mit sich genommen, damit sie bei der alten Dame nich so allein is. Sie können inzwischen nach Haus reisen.«

»Is et möglich, Herr Wiskotten?«

»Sie hören doch. Sie kriegen Ihren Lohn und Kostgeld. Meine Frau wird Ihnen dann später schreiben. Wann geht der Zug nach Ihrem Nest?«

»Nach Gevelsberg? Um Zwei, Herr Wiskotten.«

»Das wär' in einer Stunde. Können Sie den noch erreichen?«

»Ich zieh' mich nur schnell um, Herr Wiskotten.«

Sie war schon in der Tür, angstvoll erregt, der Herr könnte widerrufen. Eine halbe Stunde später rannte sie mit ihrem Schließkorb, den Christians Jüngster an einem Henkel gepackt hielt, über den Fabrikhof und zum

Tor hinaus. In der freudigen Eile hatte sie ganz vergessen, sich von ihrem Herrn zu verabschieden. -

»Die wär' spediert«, sagte Gustav Wiskotten. »Sie hätte nur Klatsch und Tratsch gemacht. Nun ist die Luft rein.«

In Gedanken schritt er durch die leeren Zimmer zur Kinderstube. »Hallo!« rief er. Dann preßte er Daumen und Zeigefinger der Linken fest in die Augenhöhlen. »Ach so - -«

Mit einemmal wurde er müd. Er setzte sich auf das Bettchen des Jungen und streichelte mechanisch die Kissen. Der schwere Körper sank vornüber. Und nun glitt die Hand hin und her über die Kissen des kleinen Mädchenbettes.

»Das halt' ich nich aus. Deubel, nee - -«

Wie ein Schüttelfrost überlief es ihn. Er sah sich scheu um. Dann warf er den Kopf in die Kissen, riß an dem Laken und biß hinein ...

Draußen schrillte die Fabrikpfeife. Das Klappern der Absätze, das Rasseln der blechernen Kaffeegeschirre der Arbeiter, die vom Mittagessen kamen, schallte zu ihm hinauf. Er hörte es nicht. Er lag lang ausgestreckt und starr und dachte an seine Kinder.

Die Wanduhr schlug, tickte und tickte, schlug aufs neue und tickte weiter. Jetzt hob sie wieder an. Vier Uhr.

Er stützte sich auf die Ellbogen, zählte die Schläge mit, strich sich das Haar aus der Stirn und stand auf, mit geschlossenen Augen.

»Kinder gehören zur Mutter.«

Er öffnete die Augen ganz weit, als lauschte er hinter seinen Worten her.

»O nee. Die werden mir nich mit hineingezogen. Kinder gehören zur Mutter. Und die wird sich schon eines Tages besinnen.«

Er ging die Treppe hinab. Im Briefkasten an der Haustür lag ein Brief. Hastig zog er den Schlüsselbund aus der Tasche, öffnete den Behälter und griff hinein. Draußen hörte er Schritte. Nur jetzt keine Störung! Den Brief in der Hand stand er, schweres Herzklopfen in der Brust, hinter der Kellertür.

»Gustav!« rief eine Stimme durch das Haus.

»Das ist Fritz«, sagte er sich.

Der Bruder polterte die Treppe hinauf, rief oben in jedem Zimmer den Namen und kehrte vor sich hinbrummend zurück.

Einen Augenblick wartete Gustav Wiskotten. Dann ging er ganz leise zur Haustür, schloß ab und stieg die Treppe hinauf.

Behutsam öffnete er den Briefumschlag. Er hatte gar keine Eile mehr. Er las: »Lieber Gustav, ich bin mit den Kindern zu Tante Josephine nach Düsseldorf gefahren. Die Kinder meinen, es sei eine Reise. Und sie werden von mir auch nichts andres erfahren. Du hast dich schwer an mir versündigt. Nicht allein gestern. Immer. Gestern wurde es mir nur ganz klar. Und Vater hat es mir bestätigt. Ich schäme mich, daß wir unsre Ehe nicht wie eine christliche Ehe geführt haben, daß ich vor deiner Herrschsucht die Stimme meines Gewissens immer wieder ertötet habe. Ich bleibe nun mit den Kindern in Düsseldorf, bis du mir versprichst, ein andrer zu werden, der in der Ehe etwas Heiliges sieht und nicht die Erniedrigung. Ich werde auf dich warten und für dich beten. Deine treue Emilie.«

Zweimal las Gustav Wiskotten den Brief. Es ging ein Zittern durch seine Knie.

Auch das noch? Sie schämte sich –? Eine Erniedrigung –? Sie wollte – beten?

Er straffte seine Knie; breitbeinig und steif stellte er sich hin. Seine Augen glühten, und er biß sich in die Lippen, um weder zu lachen noch zu schreien noch beides zu vereinen. Und den Brief riß er in lange, regelmäßige Streifen, die er zusammenballte und gegen das Fenster warf. –

Den Hut in die Stirn gedrückt, ging er mit seinem ruhigen, schweren Schritt aus dem Haus, zum Fabriktor hinaus, immer die Straße entlang dem herbstlichen Walde zu. Allerlei Kindererinnerungen fielen ihm ein, Knabenstreiche, Jünglingsträume. Nur um das letzte Geschehnis liefen seine Gedanken in weitem Kreise, ohne es zu berühren. Über die Chaussee schritt er dahin, kleine Betriebe lagen zur Linken am Ufer der Wupper, hie und da eine Färberei, eine Bleicherei, und dann, wo der Wald heranrückt und im Tal sich das Wasser zu Teichen staut, ein paar Eisenhämmer, die sich mit zäher Kraft gegen die alles verschlingende Eisengroßindustrie des hinüberlangenden Westfalens behaupteten. Alles das interessierte ihn heute lebhafter als sonst. Er hatte soviel Zeit dafür, und es war ihm, als hätte sein Kopf leere Kammern, in die er tausend Eindrücke hineinpacken könnte, und die doch nicht voll würden. Im Wald stieß er auf einen Hammerteich, unten im Grund, von riesigen Eichen umstanden. Die Schmiede war baufällig geworden oder zu klein für die wachsenden Bedürfnisse. Man riß sie ab. Gustav Wiskotten stand und sah zu. Wie eine Gigantenhöhle der Urzeit erschien ihm der rohgefügte Bau, dessen Hinterwand der nackte Fels bildete. Auf den Steinen wuchs Moos und Farn, wucherte durch Ritzen und Spalten und schmückte das Innere der Schmiede mit wurzelbeständigem Grün. Der Hammerschmied und sein Sohn, muskulöse Gestalten mit braungegerbter Haut und tiefen, klaren Augen, gruben den Feuerklotz aus der Erde und rollten ihn mit Hebeln hinaus. Der Schweiß lief ihnen in Strömen in den Kragenbund ihres Arbeitshemdes. Staunend betrachtete Gustav Wiskotten den Eichenzyklopen. Zweihundert Jahre und mehr stand das alte Hammerwerk; Jahrhunderte vorher hatte der ungeheure Holzklotz, als er noch ein Baum war, im Walde den Stürmen getrotzt, als der Wald noch ein Urwald war. Und die Jahrhunderte Sturm, die an ihm wütend gerüttelt, und die Jahrhunderte Feuer, die auf ihm glühroth gebrannt, hatten sein steinhartes Mark nicht anzugreifen vermocht. Massig und fest lag er da, bereit, weitere Jahrhunderte zu überdauern und keine Glut und keinen Schlag an sein Innerstes dringen zu lassen. Ein Sohn der Heimat. – –

Der Hammerschmied blickte auf.

»Der hat's in sich. An dem können wir uns all ein Beispiel nehmen.«

Gustav Wiskotten nickte, klopfte auf den zähen Klotz, als klopfte er einem Schlachtroß die Flanken, dachte über die Worte des Alten nach und schritt weiter. Und immerfort dachte er auf seinem Wege an die Hammerschmiede im Wald, die man wohl niederreißen und neu errichten konnte. Aber der Inhalt, das Hauptstück, der Feuerklotz, der blieb wie er war.

Das Bild ging ihm nicht mehr aus dem Kopf. Es machte ihn froh. Er versuchte, sich in die Seele des Holzes hineinzuleben. Die träumte gewiß von Freiheit und Glück und spürte es gar nicht, daß auf ihrer Hülle zwerghafte Geschöpfe herumschlugen und glühende Kohlen zum Brande entfachten. Die lebte ruhig und von keinem belauscht unter dem eisernen Holz ihr Leben für sich.

Plötzlich blieb er stehen und lachte vor sich hin. Ohne daß sich ein Muskel in seinem Gesicht regte.

So wie ihm jetzt, so mußte dem Eichenriesen zumute sein. –

Es wurde Abend. Als er aus dem Wald trat, sah er in der Ferne die Lichter der Stadt. Den Hut in den Nacken geschoben und die Stirn hoch, schritt er mit langen Schritten aus. Aus der Vorstadt drang ihm Kinderjauchzen entgegen. Leuchtende rote Punkte bewegten sich hin und her über die Straßen. Brachte man einen Fackelzug dar? Was war denn heute für ein Tag? Er rechnete nach, und nun fiel ihm ein, daß Martinstag war. ›Mäden‹ nannten ihn die Leute im Tal. Das war ein Kinderfesttag. Im letzten Jahr noch hatte er seinem Jungen und seinem Mädel aus Runkelrüben Laternen geschnitzelt mit greulichen Fratzen draußen und einem Lichtstumpf drinnen. Stolz hatten die Kinder an langen Stangen die Laternen vor das Haus der Großeltern getragen, und er hatte sie an den erregten Händchen gehalten und im Vorgarten mit ihnen das Martinslied gesungen, das Bettellied um Äpfel, Birnen und Nüsse. Vor allen Häusern wurde es gesungen, und die Runkelrübenlaternen grinsten vergnügt als Sterne des Kinderhimmels.

Ein Trupp kleiner Buben und aufkreischender Mädchen zog an ihm vorüber. Ihr helles Lied zog vor ihnen her.

»Mäden is en godden Mann,
Dä us godd wat gewen kann,
Die Äppel und die Beeren,
Die Nöte gont woll met – –«

Er musterte den Trupp mit brennenden Augen, als müßte er seine Kleinen darunter finden. Dann schlug er sich hastig in eine Nebenstraße. Aber auch hier der wimmelnde Kinderhimmel, der gellende Kindergesang.

»Trepp ow un aff,
Trepp ow un aff,
Tast man in den Nötesack,
Tast man nich donewen,
Ka's us godd wat gewen!«

Das hielt er nicht aus. Vor den lachenden, bettelnden Kinderstimmen ergriff er die Flucht. In seine Ohren hinein sangen ihm unaufhörlich die eignen Kinder, das ehrgeizige Kerlchen, der Gustav, und das süße Plappermäulchen, die kleine Emilie. Still! Still! Jetzt nicht – nur jetzt nicht …

Da lag die Fabrik und sein Wohnhaus. Auch hier Kinder, Scharen von Kindern. Lachend und bettelnd sangen sie zu seinen Fenstern hinauf.

»Owen in dem Eck,
Do hängt dat lange Speck.

Gewet us dat lange,
Lok dat kotte hangen ...«

»Weg da! Donnerschlägers ihr!«

Wie ein aufgescheuchter Spatzenschwarm stob die kleine Bande auseinander und gab dem finstern Mann den Torweg frei. Dann aber erklang atemlos und erregt der Spottvers hinter ihm her:

»Owen in dem Himmel,
Steht en witten Schimmel,
Steht drob geschrewen:
Gizzhals! Gizzhals! Gizzhals ...!«

Er ließ sie brüllen und ging mit hart hallenden Schritten über den Fabrikhof. Aus dem Dunkel der Gebäude löste sich ein Schatten und kam auf ihn zu.

»Mutter –?«

»Wo bist du gewesen? Wir haben dich den ganzen Tag gesucht. In der Wirkerei müssen heut Überstunden gemacht werden.«

»Freut mich. Ich will gleich ins Maschinenhaus.«

»Wo bist du gewesen, Gustav?«

»Spazieren.«

Sie griff nach seiner Hand, ohne Aufregung, aber mit festem Druck. »Gustav.«

»Was denn, Mutter ...«

»Du läufst sonst nich spazieren, wenn et hier auf den Nägeln brennt.«

»Will et auch gewiß nich wieder tun, Mutter«, lachte er über sie weg.

»Hat et wat – mit Emilie gegeben, Gustav?«

»Mit Emilie –? Die is in Düsseldorf.«

»Auf wie lang?«

»Mutter, ich weiß dat nich.«

Die Hand der alten Frau zitterte. Nur wenige Pulsschläge lang. Dann lag sie ruhig und fest in der Hand des Sohnes.

»Komm.«

»Wohin, Mutter?«

»Hinten hin, wo uns keiner sieht.«

In der Färberei war Feierabend gemacht. Schwarz und still ruhte sie aus. Nur die Wupper raunte ununterbrochen, unermüdlich an ihren

Mauern. Mutter und Sohn gingen an ihr vorüber, schweigsam, sich an den harten Arbeitshänden haltend. Dann sperrte Gustav Wiskotten das Tor der neuen Färberei auf, drehte am Gashahn und machte Licht.

»Setz dich, Mutter, du bist müd'!«

»Ich hab' im Hof auf dich gewartet.«

»Brauchst um mich keine Angst zu haben, Mutter, ich komm' schon nich unter et Brennholz. Siehst du, da war im Wald so ein Eichenklotz –«

»Wat war da?«

»Ach, nix. Ich meint' nur so. Un nu sitzen wir beide ganz gemütlich auf der Färberkufe.«

»Kannst du sagen – weshalb die Emilie – weggegangen is?«

»Mutter – du verstehst dat nicht. Et is – et is wat Eheliches.«

»Ich hab' deinem Vater sechs Söhne zur Welt gebracht.«

Er haschte nach ihren Händen. Unbehilflich, ungeschickt. Liebkosungen waren zwischen Mutter und Sohn nicht gebräuchlich gewesen. Es würgte ihn im Halse. Ein paarmal öffnete er den Mund. Und endlich rang es sich nach oben.

»Gern, Mutter –?«

»Gern.«

Er beugte den Kopf und sah auf die von der Arbeit gebräunten Mutterhände.

»Ihr seid sehr glücklich gewesen, Vatter und du …?«

»Unser Leben lang.«

»Sich an seinem Weib freuen, dat is doch keine Sünde, dat is doch auch eine Religion.«

»Dat tut man, aber man spricht nich davon.«

»Mutter, wir wollen von heut an nich mehr davon sprechen.«

»Sie wird wiederkommen, Gustav. Wer einmal Frau gewesen is, kommt wieder, und müßt' sie zu ihrem Mann in die Hölle.«

»Beten will sie für mich.«

»Man kann auch in der Hölle beten.«

Er stand auf und ging die Kufenreihen entlang. Die starke Frau blieb unbeweglich sitzen.

»Und wenn sie nich kommt? Denn holen – holen tu ich sie nicht! Freiwillig is sie gegangen, freiwillig muß sie wiederkommen. Oder meine Freud' traut sich bei ihr nicht mehr heraus. Un ich hab' doch sonst nix als die Arbeit.«

»Da hast du sehr viel, Gustav.«

Die Gasflamme knisterte und flackerte und ließ die Schatten von Mutter und Sohn breit den Arbeitsraum füllen. Durch die Fenster tönte das Raunen und Rauschen der schwarzen Wupper.

»Der alte Scharwächter hat die Hypothek gekündigt.«

»Is denn die ganze Familie doll geworden?« Die alte Frau brauste auf. Sie stand auf den Füßen und schien zu wachsen.

»Mutter, ich drück' ihn an die Wand! Paß auf! Dem soll sein Pastorsrock zu weit werden!«

»Un du sagst, du hätt'st keine Freud' im Leben?«

»Mutter! Du un ich!«

»Ich hab' noch Kraft in den Knochen. Laß den nur ankommen!«

»Et geht auf Tod und Leben! Mutter, un gerad' jetzt! Den Kampf kann ich brauchen!«

»Kann man immer, Gustav.«

Gustav Wiskotten blies den Atem durch die Nüstern. Er dachte an den Eichenklotz in der Waldhammerschmiede. Und auf einmal stand er und lachte hallend durch den leeren Raum.

»Wollen mal die Schlachtmusik probieren!«

Der Riemen flog über die Transmissionsscheibe, ein Hebeldruck, und fauchend und sausend setzte sich das Ungetüm in Bewegung. Von Dampfrohr zu Dampfrohr schritt Gustav Wiskotten und drehte die Krane auf. Zischend fuhr der Dampf heraus, quoll zu Massen und füllte vorwärts stürmend den Raum. Ein Stöhnen und ein Kämpfen, ein Jubilieren und eine Lust. Und in dem Lärm und Qualm der losgelösten Arbeitsgeister, die sich anschrien und anfeuerten, stand Gustav Wiskotten mit heißem Trotz in den Augen, dem Lebenstrotz, den er von seiner Mutter geerbt hatte, an den er sich anklammerte.

Zweites Buch

1.

Die steilen Straßen hinab, die von den Berglehnen zur Wupper führten, sausten die kleinen Handschlitten über den frisch gefallenen Schnee. Die Knaben, die das Lenkseil in derbgestrickten Fäustlingen führten und an Wegbiegungen kunstgerecht die Hacken in den Schnee schlugen, hatten die Mädchen auf den Schoß genommen und dünkten sich Ritter und Helden. Abenteuer wurden erfunden, kühne Rufe flogen mit dem Wind: »Platz! Platz! Huhu! Hoho!«, und es beschwerte den stürmenden Knabengeist wenig, wenn ein tückischer Stein unter der weißen Decke den Schlitten mitsamt seiner süßen Last kopfüber warf. Die Röcke wurden geschüttelt, die Hosen geklopft, aufgesessen und mit Heidi weiter mit der wilden Jagd! Schneemänner standen vor den Häusern Posten, Schneeballen flogen gegen die lachend sich wehrenden Fabrikmädchen, und auf den glatten Bürgersteigen, auf denen die nichtsnutzige Jugend Eisbahnen angelegt hatte, rutschten würdige Bürger voll Angst und Zorn. Dann wanderten von Haus zu Haus die Polizeidiener und forderten in dienstlichem Tone zum Aschestreuen auf. Und der Schnee tanzte in der Luft, der frühe Mond schien, und die Stadt war voll von Winterjauchzen.

Zum Nikolausfest waren von wundergläubigen Kindern die Schuhe aufs Fensterbrett gestellt worden, damit der getreue Knecht des Christkindes sie nicht bei der Verteilung der Gaben übersehen möchte; in den Auslagen der Bäcker erschienen als Weihnachtswaren das duftende Spekulatius und die mürben Weckmänner, Klaskerle genannt, mit der eingebackenen holländischen Tonpfeife, von den begehrlichen Blicken der Knaben umschmeichelt; die Spielwarenläden eröffneten ihre Ausstellungen, und in den Hinterstuben der Häuser arbeiteten emsig und geheimnisvoll Laubsäge und Straminnadel der weihnachtsseligen Jugend. Und das Weihnachtsmärchen kam mit seinen lichtübersäten Tannenbäumen, seinen feierlichen Liedern, seiner stillen Wehmut für die Alten und der lauten Lust für die Jungen. Dann läuteten die Silvesterglocken durchs Tal, in den Kirchen saßen dichtgedrängt arm und reich in der letzten Nacht des Jahres, Punschduft zog durch die Häuser, und am Neujahrstag trabten wiederum die Kinderscharen durch die Straßen, um bei Freunden und Verwandten gegen Glückwünsche Neujahrsplätzchen einzutauschen. Der harte Frost wechselte mit Tauwetter, die Fabrikschlote rauchten wie immer, der Adventszauber war erloschen, und die nüchterne Epiphaniaszeit brachte die Werktagsarbeit zurück.

Für die Wiskottens war die Weihnachtszeit vorübergegangen wie alltägliche Zeit. Wohl hatte man sich zur Bescherung bei den Eltern versammelt, doch es waren Lücken in der Reihe, und keiner wollte sie bemerken. Man tat, als dächte man nicht nach über das Fehlen von Emilie und den Kindern, über den verlassenen Platz Ewalds. Man sprach um so mehr von Wilhelm, der, von Fritz begleitet, zur Hochzeit nach London gefahren war. Aber auch dieses Thema reichte nicht für den ganzen Abend aus. Und von den Hoffnungen und Befürchtungen für die Fabrik wollte man am Festabend nicht reden. Mit ernsten Augen sah einer am anderen vorüber, mit ernsten Augen trennte man sich.

Gustav Wiskotten suchte gleich nach der Bescherung seine Wohnung auf. Er fand einen Brief seiner Frau vor, der ihm mit allen seinen frommen Wünschen wenig besagte, und ein paar kindliche Handarbeiten seiner Kleinen. Er nahm sie auf, legte sie wieder hin, nahm sie nochmals auf und behielt sie in der Hand, bis er zu Bett ging. Er dachte an die Kiste Spielzeug, die er nach Düsseldorf geschickt hatte. Als Eilsendung am letzten Tage. Denn er hatte auf etwas gewartet mit erregten Pulsschlägen und, wenn er aus der Fabrik kam, im Hausflur aufgehorcht ... Aber das Erwartete war nicht gekommen.

»Sie bleibt bei ihrem Trotz. Wenn ich nachgebe, kann ich quittieren. Und ich *will* mich nicht bei lebendigem Leibe begraben lassen!«

Er schlief einen unruhigen Schlaf, und Anna Kölsch, die täglich in der Frühe kam, um die kleine Wirtschaft zu besorgen, erschrak vor seinem Aussehen.

»Herr Wiskotten – –«, sagte sie mit feuchten Augen.

»Mädel! Was denn? Sie wollen doch nicht flennen? Liegt gar kein Grund vor. Aber auch gar keiner.«

»Vater läßt fragen, ob Sie einen der Festtage bei uns zubringen wollen.«

»Danke, Anna. Aber ich hab' mich jetzt schon so daran gewöhnt, bei den Eltern zu essen. Ich brauch' da nicht viel zu reden, und keiner nimmt's mir übel. Und dann wollte ich auch einen Marsch in die verschneiten Berge machen. Sagen Sie Vater, ich käme ein andermal, nächste Woche vielleicht, im neuen Jahr.«

Das Mädchen nickte ihm zu.

»Ja, Herr Wiskotten, aber Wort halten!«

Und an den Nachmittagen beider Festtage war Gustav Wiskotten allein hinausgewandert, über die einsame, weiße Landstraße, neben der müde und wasserarm die schwarze Wupper dahinzog, zu den einsamen Bergen und den weißbestäubten Wäldern, bis er im Grund die neuerrichtete Hammerschmiede fand. Und jedesmal hatte er sich gefreut, den Eichenklotz, dem nicht Stahl noch Flamme ans Innere zu greifen vermochten, wuchtend und selbstsicher an seiner alten Feuerstelle zu sehen.

In der Neujahrswoche war Wilhelm mit seiner jungen Frau heimgekehrt. Über der Stadt, wo naturfreudiger Bürgersinn aus dem anrückenden Wald gepflegte Anlagen geschaffen hatte, hob sich ihr villenartiges Haus. Gustav Wiskotten war diesmal beim Empfang nicht zugegen gewesen. Ein paar Tage später machte er seinen Besuch. Er traf Mabel allein.

»Lieber Gustav – –.« Sie nahm seine Hände und hielt sie in den ihren.

»Ist das alles?« lachte er. »Bin ich keinen schwägerlichen Kuß mehr wert?«

Sie küßte ihn herzlich und sah ihn lange an.

»Mein Kuß hat dir damals kein Glück gebracht ...«

»Woher weißt du das? Ich behaupte das Gegenteil.«

»Iß das nicht Ironie?«

»Du darfst deine ängstliche Seele beruhigen, Mabel. Es ist nicht Scherz, es ist mein Ernst.«

Sie saßen sich gegenüber, und die junge Frau blickte sinnend durch das Fenster, weit hinaus in das beschneite Tal.

»Schau, Gustav, der gute Ton verlangt, daß man an gewisse Dinge nicht rührt, daß man sich den Anschein gibt, als wäre, auch zu Zeiten schwerer Seelenkämpfe, alles beim andern in bester Ordnung. Gustav –« – sie blickte ihn voll an – »ich halte nichts von diesem guten Ton, ich halte ihn für barbarisch. Wenn's beim Nachbar brennt, helfen wir doch auch beim Löschen.«

»Das ist wahr«, sagte Gustav Wiskotten.

»Sieh, und zuweilen ist es schon eine Art Löschen, wenn man dem Nachbar nur zeigt: ich bin bereit, ich helf'. Das tut dem Manne gut, auch wenn es nur ein Eimer Wasser ist, den man herbeischleppt.«

»Und was verstehst du unter dieser Hilfe – mir gegenüber?«

»Herzhaft an die Wunde herantreten. Nicht tun, als ob man sie nicht sähe. Sprich mit mir und laß mich mit dir sprechen. Ich bin jetzt eine Wiskotten, und die Wiskottens sind eins! Das ist doch auch *mein* Stolz.«

»Gib mir mal die Hand, Mabel. Donnerwetter, das spürt man. Du bist ein couragiertes Frauenzimmer und trägst das Herz auf dem rechten Fleck. Aber der Kuß damals war kein Unglückskuß. Er hat mir *doch* Glück gebracht. Still. Laß mich reden. Der Kuß war eine Erlösung. Von einer ganzen langen Reihe von Widerwärtigkeiten, die mir nicht die Arbeitskraft, die mir aber die Lebensfreude untergraben hatten. Und ich wäre sicherlich in das Dunkel hinabgestürzt und da liegengeblieben, schwerfällig, wie ich einmal bin, und auch müde von dem vergeblichen Kampf mit Emilie, in ihr das frohe, am Manne Wunder tuende Weib zu wecken, wenn – siehst du, das braucht dich nicht zu beschämen – wenn du damals nicht gekommen wärst und hätt'st mir gezeigt, wie es sein könnte.«

»Also bin ich doch schuld?«

»Schuld? Mabel, und über das Wort bist du nicht gestolpert? Na ja, jetzt lachst du! Schuld bist du, daß ein Kerl wie ich sich nicht vor sich selber schämen muß, wenn er – hm – also das ist jetzt vorbei. Und das dank' ich dir. Ganz ehrlich. Du hast mich davor bewahrt, daß ich mir selbst lächerlich werde. Herrgott, Herrgott, hier drinnen brennt's. Aber ich will doch lieber den Brand ertragen, als – – frieren.«

»Gustav!« Sie stand auf und ging wie in Gedanken bis zur Tür.

»Ja –?«

»Ich bin auch eine verheiratete Frau. Aber wenn ich mit Wilhelm einmal uneins sein sollte –«

»Was würdest du tun?«

Sie schloß die Augen und bog den Kopf zurück. »Sehnsüchtig darauf warten würde ich, daß er der Stärkere bliebe. *Das* würde ich tun! Das ist – Frauenliebe!« Sie kehrte zurück und reichte ihm die Hand. »Laß dich nicht unterkriegen, Schwager! Es wäre schade für dich und – – für Emilie!«

* *
*

Die neue Färberei qualmte mit der alten um die Wette, die Bandstühle, um eine Reihe vermehrt, ratterten vom Morgen bis in den Abend. Und doch wurden die Gesichter der jungen Fabrikherren nicht froh, und um den Mund der alten Frau Wiskotten gruben die Falten sich tiefer. Die Hypothek an Emiliens Vater war zurückgezahlt. Ohne weiteres war Mabel mit ihrer Mitgift eingesprungen. Die neue Erfindung von Fritz, der Baumwolle im Farbband das Aussehen und den Glanz der Seide zu verleihen, hatte sich in der Praxis über Erwarten bewährt. Das fertige Fabrikat an bunten Bändern und schwarzen Spitzen schlug jede Konkurrenz durch seine Billigkeit. Und dennoch kamen die Aufträge spärlich, dennoch gelang es nicht, in die neue Kundschaft einzudringen, und das Lager füllte sich mit Warenbeständen. Was nutzten da die sechshundert Pferdekräfte der Maschinen, was der Fleiß der Arbeiter, was der wagemutige Geschäftssinn der Fabrikherren? Überproduktion. Im Februar, als Wilhelm Wiskotten von einer wenig ergiebigen Geschäftsreise zurückkehrte, lastete das Wort wie ein Alb auf den Gemütern.

Frau Wiskotten saß mit ihren Söhnen im Privatkontor. Feierabendstille lagerte über der Fabrik. Die Brüder waren mit der Mutter allein.

»Schieß los, Wilhelm«, sagte Gustav Wiskotten, »aus deinen Orders war nicht viel zu ersehen.«

»Ihr könnt mir glauben, daß ich mir alle Mühe gegeben habe.«

»Selbstverständlich. Weiter!«

»Die ganze Kundschaft des alten Scharwächter hab' ich durchgenommen. Und überall – dasselbe. Man sah die Musterkarten ein, man prüfte, man lobte, und man fragte nach den Preisen.«

»Nu? Un dann? Standen die Kerls dann nich Kopp?«

»Nee, aber ich!«

Die Brüder starrten ihn an. »Unmöglich. Zu teuer? Die wollen wohl für den Preis obendrein reine Seide?«

»Ja, das wollen sie.«

»Mach keine Witze. Die Sache ist zu ernst. Also was wollen sie?!«

»Ja doch. Reine Seide zu demselben Preis.«

»Bist du verrückt? Dat kann ja nich mal der Scharwächter mit seinem Ramsch.«

»Und gerade der Scharwächter tut's.«

»Mein Schwiegervater –?«

»Dein Schwiegervater. Firma: Jeremias Scharwächter. Ich habe mich mit eignen Augen überzeugt.«

August Wiskotten stellte still vor sich hin eine Kalkulation auf. Jetzt reichte er sie herum. »Wenn Scharwächter zu dem Preis verkauft, tut er's zum Selbstkostenpreis. Am *Geschäft* kann ihm also nichts gelegen sein.«

»Er will uns Schwierigkeiten machen«, meinte Fritz, der Erfinder, finster. »Er will uns ärgern und herausgraulen.«

»Nee«, sagte Frau Wiskotten, »er will uns kaputt machen.«

Gustav Wiskotten ging im Zimmer auf und ab. Am Fenster blieb er stehen und warf einen langen Blick über den Fabrikhof und die Gebäude ... Dann wandte er sich um.

»Die Sache geht mich an«, begann er, »mich ganz allein. Das liegt doch wohl auf der Hand. Hätte ich die Geschichte mit Emilie nicht gehabt, wären wir längst über den Berg. So aber gilt jeder Schlag, den der alte Scharwächter gegen uns führt, mir, mir persönlich. Oder zweifelt einer daran?«

Die Brüder sahen stumm vor sich hin.

»Also daran zweifelt keiner. Ja, dann glaubt ihr doch wohl auch nicht, daß ich euch die Kastanien aus dem Feuer holen lasse? Daß ich für das, was ich eingerührt habe, euch bluten lasse? Nee, Jungens, ein bißchen Stolz könnt ihr bei euerm Gustav doch noch voraussetzen.«

»Wat soll dat heißen?« fragte Frau Wiskotten, und ihr Blick hing gespannt an ihrem Ältesten.

»Dat soll zweierlei heißen, Mutter. Erstens, daß wir uns von dem Mucker nich an die Wand drücken lassen. Jetzt gerad' nich. Und wenn's mein Letztes kostet. Und zweitens, daß ich wiederhole: wenn's *mein* Letztes kostet. Nicht das eure. Hab' ich euch in die Tinte geritten, so hab' ich euch wieder herauszuziehen. Das will ich. Bitte, da gibt's gar keinen Widerspruch. Ich weiß, was ich rede. Und nun hört mal genau zu. Hier handelt es sich jetzt darum, wer den längsten Atem hat. Der Scharwächter oder wir. Für mich« – seine Augen funkelten – »ist die Sache jetzt eine Ehrensache. Der Scharwächter unterbietet uns, um uns kaputt zu machen. Ob er ein Jahr oder zwei zum Selbstkostenpreis hergibt und nichts verdient, tut ihm nichts. Aber nichts verdienen oder – *verlieren*, das ist ein Unterschied. Und er soll verlieren! Er unterbietet uns. Gut. Von heute an werden *wir ihn* unterbieten.«

»Gustav! Bist du bei Sinnen? Das kann die Fabrik ja gar nicht ertragen!«

Die Stimmen der Brüder schwirrten aufgeregt durcheinander.

»Die Fabrik soll's auch gar nicht tragen. *Ich* will's tragen.«

»Du – –?«

»Ja, ich. August wird feststellen, wie hoch sich mein Anteil an der Fabrik beziffert, einschließlich dessen, was von den Eltern an mich fällt. Diese Summe verpfände ich euch. Wilhelm, der durch seine Heirat über Barmittel verfügt, wird so freundlich sein, den Gegenwert für meinen

Anteil in bar der Kasse zur Verfügung zu stellen. Bin ich eines Tages in der Lage, wenn wir die Schwierigkeiten überstanden haben und die Fabrikation sich gehoben hat, die Differenz zurückzuzahlen, so trete ich wieder mit allen Rechten ein. Ist die Summe verloren, so fällt mein Anteil an Wilhelm, mit dem ihr euch auseinandersetzen könnt, und ich trete definitiv – aus.«

Stille herrschte. Die Mienen der jungen, energischen Geschäftsleute waren ernst.

Dann sagte Frau Wiskotten ruhig: »Gustav hat recht.«

Der nickte ihr bloß zu.

Wilhelm wollte widersprechen. Auch die andern verlangten, Protest einzulegen. Aber die alte Frau sah sich kühl im Kreise um. »Gustav hat recht! Hier heißt et: entweder – oder! Einen kann et treffen. Die Fabrik nich!«

Da erklärten sie sich einverstanden. Und kein billiges Trostwort griff Platz.

Gustav Wiskotten atmete tief auf. Kalter, wilder Stolz stand in seinen Augen. Nun war er der Herr seines Schicksals. Und wenn nur auf Monate: er war der Herr! Jeremias Scharwächter sollte es verspüren. Und durch ihn – Emilie – –.

Er griff nach seiner Mütze, grüßte kurz und ging hinaus. Und wohl eine Stunde lang umkreiste er in der Dunkelheit die Gebäude der Fabrik ...

Vierzehn Tage darauf trat Wilhelm Wiskotten eine neue Reise an. Er fuhr nach Berlin, zu den Grossisten, und von dort, ohne erst nach Barmen zurückzukehren, nach London, um auf der Heimreise Paris zu berühren. Er hatte strikten Auftrag, überall, wo er der Konkurrenz Scharwächters begegnete, die Preise zu drücken und Orders zu jeder Notierung entgegenzunehmen.

Mit verhaltener Spannung wartete man daheim. Dann kamen die ersten Berichte. Orders lagen nicht bei oder nur in kleinen Posten. Und doch las Gustav Wiskotten die Briefe mit grimmiger Freude. Wilhelm schrieb, daß die Berliner Kundschaft bereits ihren Bedarf bei Scharwächter gedeckt hätte, daß er aber; als er die Preise erfahren, nur ruhig sein Bedauern geäußert hätte mit dem Bemerken, daß er ihnen das um so viel schönere patentierte Wiskottensche Fabrikat heute um ein Drittel billiger angestellt haben würde, als sie bei Scharwächter eingekauft hätten. Von der Kundschaft sei alsdann umgehend an Scharwächter geschrieben worden, der, um sich das Absatzgebiet zu erhalten, nach allerlei Ausflüchten zum Entschluß getrieben worden sei, in eine nachträgliche Preisreduktion zu willigen. Das bedeute für Scharwächter das Zusetzen baren Geldes und somit einen beträchtlichen Verlust, den er von Tag zu Tag zu steigern bemüht bleiben würde.

»Bar Geld wegschenken – das geht ihm an die Nieren.«

Die Berichte von London lauteten ähnlich, aber ein großes Paket Orderzettel lag bei. Die geschäftskundigen Engländer witterten den Kampf und gedachten, sich die Chance auf keiner von beiden Seiten entgehen zu lassen. Sie zwangen Jeremias Scharwächter unter Hinweis auf eine Lockerung der Geschäftsbeziehungen, ihnen die Differenz zwischen den Preisen der Wiskottens und den seinen mit einem ausgleichenden Betrag gutzuschreiben, und schlossen gleichzeitig mit Wilhelm Wiskotten für größere Warenposten ab.

Gustav Wiskotten lachte. »Geriebene Gauner, die Inglischmen. Aber nu kommt doch Leben in die Bude.«

Und lebendig wurde es in der Fabrik. Seit langer Zeit wieder keuchten beide Dampfmaschinen vereint, klapperten die Färberknüppel in beiden Färbereien, begannen die neuen Bandstühle, die wieder stillgesetzt waren, mit den alten gemeinsam die hölzernen Arme zu recken, die Garne durch die Karten zu schlagen und Band zu speien. Die Haspelmädchen wagten nicht mehr, sich Liebesgeschichten zuzuflüstern, in den Packstuben regnete es Flüche und Rippenstöße.

»Kölsch«, sagte Gustav Wiskotten zu dem alten Werkmeister, »der Mensch muß seinen Spaß haben.«

»Wie lang, Herr Wiskotten?«

»Bis Matthäi am letzten.«

»Wann wird das sein?«

Der Fabrikherr zuckte die Achseln. »Haben Sie was von – von Scharwächter gehört?«

»Er soll herumgehen blaß wie ein Leintuch.«

»Kölsch, da wollen wir sorgen, daß er gelb wird.«

»Er is zäh Leder, Herr Wiskotten.«

»Bin ja auch nich von Pappe. Da, schauen Sie mal, die ganzen Lagerbestände ausgeräumt.«

»Aber hat nix eingebracht.«

»Nix eingebracht? Drehen Sie sich mal auf dem Absatz um, rundum! Alles is in Bewegung, alles an der Arbeit. Wohin Sie sehen, Tätigkeit und Freude! Ist das vielleicht gar nix? Ist das nicht zehntausendmal mehr als das Herumschleichen un Faulenzen in den letzten Monaten? Und wenn nix andres dabei herausspringt als der Rausch dieser Arbeitswochen! Himmeldonnerwetter, man weiß doch wieder, daß man lebt.«

»Gott sei Dank, Herr Wiskotten. So hab' ich Sie lang' nicht sprechen gehört.«

»Is ne eigne Art mit dem Fidelsein, Kölsch. Bei mir entspringt's aus den Fäusten. Wenn die ihren Schöpfer loben, tut's auch das Herz. Und vom Herzen geht's dann doppelt vergnügt zurück in die Fäuste.«

»Herr Wiskotten, ich hab' drüber nachgedacht. Jeden Abend, wenn ich zu Haus bei der Pfeife saß. Und ich glaub', ich hab's.«

»So-o - - -?« Das kam zweifelnd.

»Ich mein', Herr Wiskotten, das neue Patent nutzt uns erst dann richtig, wenn wir es mit ganz neuen, ganz aparten Mustern verbinden. Wenn das Verfahren eine neue Idee darstellt, müssen auch in der Ausführung neue Ideen zutage treten. Daß es nur so in die Augen springt. Daß sofort ein gewaltiger Unterschied vorliegt zwischen unsern Artikeln und denen Scharwächters und Konsorten. Das muß - ja, wie soll ich sagen - das muß wie ein neuer Frühling sein. Und alles unter Musterschutz stellen lassen. Dann beißen sie sich die Zähne aus.«

»Kölsch - Mensch!«

»Ja, in der Theorie sich dat auszuklamüsern, is ja wohl kein Kunststück.«

»Kölsch, Sie haben mal wieder gut Wache gehalten. Während ich im Dunkeln saß, haben Sie für mich nach Sternen geangelt. Mein Kopf muß doch in letzter Zeit bedenklich gelitten haben, daß ich mal wieder den Wald vor lauter Bäumen nicht sah.«

»Privatsorgen machen müder als Geschäftssorgen. Wenn wir nicht wissen, wofür wir eigentlich arbeiten -«

»Still, Kölsch. Ich weiß es. Und nun kommen Sie gleich mal mit zum Musterzeichner.«

Neben der Kartenschlägerei hockte in einem Abteil ein altes Männchen über seinem Zeichenbogen und strichelte und punktierte in große Karrees allerlei Muster hinein, nach denen für die Bandstühle die Karten geschlagen wurden, durch deren Löcher die Fäden liefen und sich geheimnisvoll zu Gebilden verschlangen.

»Was machen Sie denn da Schönes, Herr Brinkmann? Darf man mal sehen?«

»Bitte, Herr Wiskotten.« Das Männchen trat händereibend zurück, überzeugt von der Vortrefflichkeit seines Schaffens.

»Hm ... Erklären Sie doch mal.«

»Das – ja, also das – das wird ein Pünktchenmuster. Weißer oder matter Grund mit ganz kleinen roten und blauen Sternchen. Niedlich, nicht wahr?«

»Haben Sie sonst noch was Neues?«

Das Männchen schlug seine Mappe auf. »Hier ein farbig unterbrochenes Strichmuster, hier eins in Schlangenlinien, hier eins getupft, in Kreisen und Quadraten, hier Ornamente für Spitzen und hier –«

»Das haben wir aber schon seit Methusalems Zeiten, Herr Brinkmann, diese Neuheiten sind ja im Grund so alt wie die Wupper. Wir müssen ›Nouveautés‹ haben, Herr Brinkmann.«

»Sind es auch«, eiferte das Männchen. »Schauen Sie nur einmal genauer zu, Herr Wiskotten. Kein Muster ist wie das vorjährige. Immer wieder finden Sie feine, pikante Varianten.«

»Geb' ich gern zu, Herr Brinkmann. Aber statt der Varianten möcht' ich nun mal wieder Originale haben. Nix wie Originale, Herr Brinkmann. Strengen Sie mal Ihre Phantasie an.«

Das vertrocknete Männchen lächelte ein mitleidiges Lächeln. Was verstanden Leute des Schlages von der feinen Musterzeichenkunst! »Schön, schön, ich werde schon Neues schaffen. Bis an die Grenzen der Möglichkeit.«

»Nee, nee, Herr Brinkmann, über die Grenzen hinaus. Mögliches ist für jeden erreichbar. Wenn wir ein Wurstschnappen veranstalten wollen, müssen wir Unerreichbares bringen. Dann behalten wir die Wurst in der Hand, und die andern schnappen sich allgemach den Atem aus. Ich werde Sie in acht Tagen wieder besuchen.«

»Sehr angenehm, Herr Wiskotten.« –

»Dem Kerl ist die Phantasie eingetrocknet wie dicke Tinte. So ein alter Pedant! Einmal im Jahr legt so ein Kerl ein Ei, und die übrige Zeit brütet er drauf herum und ist selber am gespanntesten, was da wohl zum guten Schluß herauskommen mag: ein Huhn, eine Ente oder eine Nebelkrähe. Ich glaub', wenn Sie dem Philister von Goldfasanen und Paradiesvögeln reden, schlägt ihm der respektvolle Schreck in den Leib, daß er das Eierlegen überhaupt verlernt.«

»Wir müssen frische Kräfte heranziehen, Herr Wiskotten.«

»Ich werde inserieren.« –

Nach Feierabend ging Gustav Wiskotten durch die Straßen der Stadt. Er wollte zum Stammtisch. Aber plötzlich überfiel ihn ein Ruhebedürfnis. Jetzt die Beine unter den Tisch strecken, auf dem Tisch die leis surrende Lampe und um den Tisch ein paar gute frohe Gesichter ... Er bog ab und ging in Gedanken bis vor Albert Kölschs Haus. Er klingelte. Über den Flur kamen eilige Mädchenfüße.

»'n Abend, Fräulein Anna. Kann ich mithalten?«

»Och, die Überraschung! Sie kommen aber gerade recht. Riechen Sie schon was?«

»Reibekuchen.«

»Wird sich Vater freuen! Endlich halten Sie Wort. Na, ich will nicht schimpfen.«

Er schaute dem fröhlichen Mädchen in die Augen. Wie in zwei blanke Seen, die jedes Bild verschönt widerspiegeln.

»Schimpfen Sie nur lustig drauflos! Es klingt doch immer wie Gesang.«

Werkmeister Kölsch erhob sich erstaunt aus seinem Strohsessel. Das Buch, das er in der Hand hielt, fiel zu Boden. »Der Herr Gustav ...!«

»Stör' ich Sie auch nicht? Sie lasen gerade.«

»Nur bis das Mädel, die Anna, mit ihren Reibekuchen so weit is. Die müssen nämlich heiß gegessen werden. Daher dauert's an solchen Tagen länger. *Mögen* Sie auch Reibekuchen?«

»Mögen? Kölsch, ich bin doch so gut mit Wupperwasser getauft wie Sie.«

Er nahm Platz, blickte sich in dem gemütlichen Zimmer um, kroch wohlig in sich zusammen und merkte, daß sein eben noch vibrierendes Blut ganz still und ruhig geworden war.

»Was lesen Sie denn da, Herr Kölsch?«

»Jean Paul.«

»*Wie* heißt der Onkel?«

Der Werkmeister schmunzelte. »Jean Paul, Herr Wiskotten. Das ist nämlich mein Lieblingsdichter. So recht für beschauliche Leute, die gern auf die Straße, die hinter ihnen liegt, zurückblicken und ihre Freud' daran haben, was für ein närrisch Menschenvolk darauf herumspringt. Man kommt sich dann nämlich sehr erhaben und sehr behaglich in seiner Haut vor.«

»Lebt der Mann noch?«

»En hundert Jährchen wird er wohl tot sein. Aber seine Werke werden immer lebendig bleiben.«

»Jessas, da hab' ich mich schön blamiert. Keine Ahnung hatt' ich von dem Mann. Überhaupt, meine Bildung! Ich kenne Schiller und kenne, wie man so sagt, Goethe, und damit kämen wir gleich zur Bandfabrikation.«

»Nehmen Sie sich mal die Zeit, Herr Wiskotten. Sie werden es nicht bereuen.«

»Gott, wenn ich all die Bücher bei Ihnen sehe! Außer en paar Junggesellengeschichten, die ich unter Verschluß halte – na, die Literatur gehört wohl überhaupt nicht hierher. Und von Goethe mußten wir auf der Schule den Erlkönig auswendig lernen, und über Schiller kriegten wir in Sekunda ein Aufsatzthema: ›Wie läßt sich der Charakter der Jungfrau von Orleans erklären?‹ Für meine Ausführung erhielt ich eine hinter die Ohren. Das war in den Augen meiner Mitschüler das höchste Lob meiner fortgeschrittenen Mannbarkeit. Ja, weiter sind meine Beziehungen zu den Dichtern nicht gediehen.«

»Dichter sind wie Mütter, Herr Wiskotten. Man kommt nie zu spät und nie umsonst.«

»Ich bin für sie wohl ein zu ungehobelter Gast.«

»Das sind ihnen die liebsten. Denn die Leute, die nicht gewöhnt sind, Gastgeschenke zu empfangen, sind wie dankbare Kinder. Ich hab's an mir selbst erfahren. Und dann, als meine Frau starb – – wie gesagt, Dichter sind wie Mütter.«

Gustav Wiskotten stand auf und ging langsam zu dem Schrank, durch dessen Glasfenster das Gold der Bücherrücken schimmerte. Andächtig las er die Namen.

»Herr Wiskotten, die Bibliothek steht zu Ihrer Verfügung.«

»Wollen Sie mir mal was daraus mitgeben? Ich hab' so lange Abende – –«

»Das ist mir eine Herzensfreude, Herr Wiskotten.«

Das junge Mädchen, in langer weißer Kittelschürze, trug ein Gericht der knusperig gebackenen Kartoffelkuchen auf. »Die Schürze müssen Sie entschuldigen. Ich steh' am Herd, und das Fett spritzt nach allen Seiten. Bitte, zuzugreifen.«

»Setzen Sie sich nicht zu uns, Fräulein Anna?«

»In fünf Minuten – ich muß noch backen, damit nicht über schlechte Bedienung geklagt wird.«

Dann saßen sie zusammen und schmausten. Als Gustav Wiskotten sah, daß dem Werkmeister die Butterbrote gestrichen wurden, verlangte er dasselbe Recht auf Unterstützung. Kölsch wäre ihm sonst immer ein paar Kuchen vor. Und nun erhielten die Männer abwechselnd ihren Anteil. Bis die Platten leer gegessen waren. Der Tisch wurde abgeräumt, die Bierkrüge erschienen mit den Weichselpfeifen, und der Werkmeister las auf des Gastes Wunsch ein Kapitel aus seinem Lieblingsdichter. Zuerst horchte Gustav Wiskotten aufmerksam auf die Worte, dann war ihm die Dichtung nur noch Stimmungserreger. Er ließ sich einlullen und saß wie in warme Decken gehüllt. Das Mädchen zog die Nadel durch eine Handarbeit, ließ die Arbeit im Schoße ruhn, wenn der Vater an eine besonders schöne Stelle kam, sah mit lachenden Augen vom Vater auf den Gast und regte die Hände aufs neue. Wie eine laue Welle glitt der Friede durch das Gemach, schmeichelte sich an die Herzen der Menschen und schaukelte sie lind und weich. Dann hörte Gustav Wiskotten nichts mehr und sah nur noch die Idylle. Er träumte ... Das tat wohl und weh. Aber das stille Wohlbefinden überwog. – –

»Ich habe Ihnen viel zu danken, Herr Kölsch«, sagte er beim Abschied. »Sie sind mir ein Stück Erzieher. – Doch, doch, es ist so. In der Fabrik habe ich von Ihnen gelernt, und – und fürs Haus hätte ich schon früher von Ihnen lernen sollen. Bei Ihnen fühlt man, daß man ein Dach überm Kopf hat. Bei mir regnet's in die Stuben.«

»Decken Sie doch das Dach neu, Herr Wiskotten. Sie sind der Mann dazu.«

»Für einen allein macht's keinen Spaß. Na, wollen nich sentimental werden. Dazu war der Abend zu schön. Fräulein Anna, kleine Fee, was müssen Sie eine Portion Liebe in sich haben! Und immer reicht es noch für einen dritten und vierten. Wird's Ihnen auch nicht zu viel, tagtäglich bei mir nach dem Rechten zu sehen?«

»Ich komm' so gern.«

»Mädel, Mädel, wenn Sie mal heiraten! Sonst sagt man so, der liebe Gott wird daran seine Freude haben; aber in diesem Falle wird er doch die Hauptfreud' einem andern überlassen müssen. Ordentlich neidisch könnt' man werden. Ja, ja, ich mach' schon, daß ich 'rauskomme. Gute Nacht, Fräulein Anna! Gute Nacht, Herr Kölsch!«

Ganz leicht war ihm zumute, als er aus der warmen Behausung auf die Straße trat, auf der das Schweigen der Nacht lag. Und zum ersten Male wieder vermochte er in seinem Hause das Schlafzimmer der Kinder aufzusuchen. Die Kerze in der Hand, leuchtete er auf die leeren Bettchen und das verlassene Spielzeug.

»Kommt wieder!« murmelte er. »Wir wollen alle zusammen darangehen, das Dach zu decken. Wie ein Klümpchen Glück wollen wir dicht zusammenhocken. Wenn – wenn – Aber sie ist halsstarrig, und ich phantasier' wohl.« – – –

* * *

»Anna!«

»Ja, Vater?«

Der Werkmeister hatte in der Frühe einen Brief erhalten. Die Sonntagsglocken läuteten im Tal, feierlich und mahnend, aber der Werkmeister hatte kein Ohr dafür.

»Anna, wenn du bei Herrn Wiskotten gewesen bist, geh gleich zur Bahn und fahr nach Düsseldorf hinüber. Ernst hat geschrieben.«

»Herrgott, Vater! Ist Ewald was passiert?«

»Könntst auch zuerst an deinen Bruder denken.«

Flammend rot blickte sie vor sich hin. »Ernst ist doch gesund?«

»Is schon gut, Mädel.« Er strich ihr beschwichtigend über den schweren Flechtenkranz. »Da, lies. Ich werd' nich klug daraus. Ewald Wiskotten käm' nich mehr zum Essen? Er hätt' Krach auf der Akademie gehabt? Un seine Wohnung hätt' er auch verlassen? Da wird's wahrhaftig Zeit, daß du Räsong in die Geschichte bringst.«

»Vater, ich mach' mich gleich fertig. Zum Abend bin ich zurück.«

»Sag aber dem Herrn Gustav nix. Der hat an seinem Päckchen schon genug zu tragen.«

Die kurze Fahrt nach Düsseldorf wurde dem Mädchen zur Unendlichkeit. Und immer tauchten Bilder vor ihr auf, blasse, schreckhafte Bilder, die sie verjagte, um sie selbst wieder zurückzurufen. An Ernst hatte sie telegraphiert. Der Bruder war auf dem Bahnhof.

»Was ist denn los, Annerl?«

»Ja, das frag' ich dich!«

»Mich? Ich werde gänzlich unvorbereitet um zehn Uhr morgens aus dem besten Schlaf geholt und soll auf nüchternen Magen weissagen. Bißchen viel verlangt.«

»Hast du Ewald Wiskotten gefunden?«

»Hab' ihn gar nicht gesucht.«

»Wenn da aber ein Unglück – –?«

»Ach was, Unglück! Von der Akademie gewimmelt haben sie ihn wegen Talentlosigkeit. Das werden nachher die originellsten Künstler. Und nun schämt er sich, hält irgendwo die Hände vors Gesicht und ruft: ›Kuckuck, wo bin ich?‹«

»Ernst, sei nicht so albern. Wir müssen Ewald Wiskotten sofort suchen. Vater will es.«

»Ich glaub'«, meinte Ernst Kölsch gähnend, »wenn *ich* verlorenginge, ihr kämt *nicht* mit Extrapost. Und bin doch das leibliche Kind.«

»Unkraut vergeht nicht.«

»Du Naseweis – Herrje, Kleines, mach nicht so 'ne Schutzmannsmiene. Ich bin dein Arrestant. Los!«

Sie fuhren zu Zinters und trafen die Tochter des Hauses.

»Können Sie uns wohl sagen, Fräulein, wo Herr Wiskotten jetzt wohnt?«

»Dat kümmert mich nich. So ene Hungerleider, wat der is.«

»Wohin sind denn seine Sachen geschafft worden?«

»Der Gemüshändler von nebenan hat sie in der Rocktasch' weggetragen. Nur die Rechnung hat er verjessen.«

»Komm, Ernst, wir gehen zu dem Gemüsehändler.«

Gretchen Zinters, die Hände in der Tändelschürze, rührte sich nicht vom Fleck. »Wenn Sie sein' Braut sind, hau, dann jratulier' ich abber!«

Die Tür schloß sich. Anna Kölsch ging unbekümmert ins Nachbarhaus. »Ratinger Straße«, beschied sie der Händler und beschrieb ihr das Haus. »Dat Zimmer is wie en Mausloch.«

Die Geschwister stiegen die vier Holzstiegen des altersschwachen Hauses hinauf, das von geringen Leuten bis unter das Dach besiedelt war, Gipsfigurenhändlern, die auf den Straßen mit ihrer Ware hausierten, Gelegenheitsarbeitern, Lumpenverkäufern – jedes Zimmer fast hatte einen andern Besitzer. Und in dem schlechtesten und kleinsten hauste Ewald Wiskotten.

Die Tür war geschlossen. Anna klopfte an. Drinnen ein Geräusch. Dann Stille. Nun schlug Ernst Kölsch schallend gegen die Tür.

»Mach auf, Mensch. Hier Kölsch! Ich weiß, daß du zu Haus bist. Anna ist bei mir.«

Keine Antwort.

»Ewald – –!« rief das Mädchen leise.

»Donnerwetter, *Ruh'* will ich! Mir geht's gut! Ich brauch' euch nicht!«

Ganz blaß horchte das Mädchen auf den Wutausbruch. Dann ging sie still die Treppe hinab.

»Wer so brüllen kann, der hat sich noch nicht besiegt erklärt, Annerl. Tröst dich, Samariterin! Du bist zu früh gekommen.«

»Ernst«, sagte sie, und der Schreck zitterte noch in ihrer Stimme, als sie in des Bruders Atelier standen, »laß es nicht zu spät werden. Geh jeden Tag zu ihm! Hilf ihm auf, Ernst!«

»Verdient hat's der Dickkopf nicht«, brummte der. »Und dabei kann der Bengel was. Nur Bilder kommen dabei nicht heraus. Schau mal her, was er mir geschenkt hat. Er wollt' es zerreißen, da fiel ich ihm in den Arm. Da! Amüsier dich in der Eisenbahn damit, dann geht die Zeit herum. Ich vermache dir den Krempel.«

Er rollte die Blätter zusammen und steckte sie ihr unter den Arm. »Nu lach aber mal, Mädel!«

Noch immer saß die Angst in ihren weitgeöffneten Augen. »Ernst –«

»Kindskopf, ich versprech' dir's ja. Ich nehm' ihn an die Leine. Hand drauf.«

Die uneröffnete Rolle im Schoß fuhr sie nach Barmen zurück. – – –

2.

Wenige Tage vor dem Auszuge Ewald Wiskottens aus der Zintersschen Wohnung war es gewesen, als Gretchen Zinters die Treppe zur Mansarde hinaufstieg, klopfte und aufklinkte. Sie trug einen Brief in der Hand, der sie sehr zu interessieren schien. Ewald Wiskotten saß am Tisch, den er unter das schräg abfallende Fenster gerückt hatte, und quälte sich mit einer Kompositionsarbeit.

»Gretchen! Kommst du auch mal wieder?«

»Hier is ene Brief. Kuck doch mal, wat da drin steht!«

»Leg nur hin!«

»Biste denn nich neugierig? Ene Handschrift wie gestochen. Der is von vornehme Leut.«

»Was von außen kommt, ist mir gleichgültig. Es muß von innen kommen.«

»Dat soll nu wieder so jet heißen. Ich bin mehr für et Äußerliche. Da weiß mer doch wie un wo. Mit em Innerlichen kann mer de Menschen schöne blaue Dunst vormachen.«

»Hab' ich das getan, Gretchen?«

»Du bist eso e langweilige Pitter. Dat hat doch jar keinen Zweck, wenn wir alle beid' Trübsal blasen. Ich darf dat ja auch jar nich. Dat leidt't der Vatter nich wegen et Geschäft.«

»Aber dich ein bißchen um mich kümmern, das hättst du doch gekonnt. Wochenlang seh' ich dich nicht.«

Sie verzog die Lippe. »Ich hab' nix davon. Und 's Theater spielt nur im Winter.«

»Dafür hab' ich augenblicklich kein Geld«, sagte er und blickte mit finsterem Trotz auf seinen Zeichenbogen.

»Du hast überhaupt nie Geld.«

»Aber hier! Hier!« Er schlug auf das Zeichenbrett. »Das wird was. Jetzt hab' ich's gepackt. Geh nur zu deinen Freunden, lauf nur mit ihnen ins Theater, lach mich nur aus! Eines Tages wird dir das Weinen kommen, weil du nicht an mich geglaubt hast.«

Sie wiegte sich in den schlanken Hüften und glitt, vor sich hinsummend, hinter ihn an den Stuhl. »Wat machste denn, Jung'?« Und sie schmiegte ihren Körper an seinen Arm und streckte den Kopf vor, daß Wange neben Wange lag.

Er rührte sich nicht. Er fühlte nur, wie ein heißer Strom ihn durchflutete, wie sein Atem langsamer, schwerer und lauter ging und seine Wangen zu brennen begannen. Sie streichelte mit den Fingerspitzen sein Haar. »Sag et doch, Ewald.«

Da erklärte er hastig. »Ein Hochzeitszug in Nürnberg. Die Patrizier in reichen Gewändern. Die Bürger wie Fürsten.«

»So'n Kleid, dat ließ' ich mir auch gefallen. Kannste mir keins besorgen?«

»Ich mal's dir ja.«

»Eja, du malst mir jet«, lachte sie an seiner Wange. »Dat weiß ich ja längst.«

»Gretchen!« Er umfaßte sie so heftig, daß der Tisch ins Wanken kam. »Du sollst mich küssen. Hörst du, du sollst! Und ich schaff' dir, was du willst. Nur den Anstoß brauchst du mir zu geben. Siehst du, das da, das macht mir keiner nach. Diese Ausführung, diese Phantasie –« Ihre Nähe berauschte ihn zu Übertreibungen, zu Fanfaren. »Das sind keine Farbenflecken, die das Unvermögen überklecksen, das ist Zeichnung, Reichtum, Verschwendung. Das sind Menschen, die wirklich Kleider anhaben statt den Abhub von der Palette. Darin steckt Erfindungskraft und kein blasses Kopistentum. Gretchen, küß mich!«

»Willste auch den Brief öffnen?«

»Auch den Brief...« Seine verdursteten jungen Lippen bezwangen ihren Mund. Nichts hörten beide als das Klopfen ihrer Pulse, das Vorwärtsdrängen des Herzschlags. »Laß mich ...« – »Noch nicht!« – »Du tust mir weh ...« – »Du mir auch!« – »Verrückte Jung'!« – »Ach –«

Nun war sie los. Mit beiden Händen strich sie sich das Haar hinter die Ohren. »Mach den Brief auf!«

»Laß den Brief doch Brief sein! Gretchen! Fühl mal – mein Herz ...!«

»Nu mach doch voran! Ich muß in die Wirtschaft.«

Noch einmal lachte er sie an. Mit heißen, siegesfreudigen Knabenaugen. Dann nahm er den Brief, riß das Kuvert auf und las. Er las wie ein Nichtverstehender. Er wandte das Kuvert um und überzeugte sich noch einmal von der Aufschrift. Und wieder las er den Brief. Die Flammen in seinem Gesicht erloschen. Das Nichtverstehen machte jäher Bestürzung Platz. Und seine Züge wurden welk und alt.

»Is et nix – Angenehmes?«

»Nein.«

»Zeig!«

Er knitterte den Brief in der Faust zusammen. Und mit irren Augen blickte er von dem Papierknäuel in seiner Hand auf seine neue Komposition. Die Lippen zogen sich schmerzhaft zusammen. Der Atem verkroch sich.

»Nu zeig doch endlich her!«

Seine Hand öffnete sich, und der Papierknäuel fiel zu Boden. Er sah gar nicht hin. Mochte sie sich bücken und ihn glätten und lesen.

Das Mädchen hob ihn auf und buchstabierte die Worte heraus.

»Da Sie in den ersten beiden Semestern nicht gezeigt haben, daß Sie den Forderungen der Schule gewachsen sind, so bitten wir Sie, Ihr Studium an hiesiger Kunstakademie mit Schluß des Semesters als – beendet – anzusehen – –.«

Das Mädchen blickte ihn starr an.

»Wegen Unfähigkeit – 'raus?«

Um seine Mundwinkel zuckte es. Auflehnung, Trotz, zwischendurch niedergekämpftes Weh der Jugend. Aber sie sah es nicht.

Sie sah nur den mit dürren Worten Verurteilten.

»Nu ist et ganz am End'.«

Er löste die Zähne voneinander. Die Angst überflügelte den Trotz. »Nein!« rang es sich hervor.

»Dat sagt sich so. Aber darauf kann ich nich warten. Ich hab' die Fopperei satt. Wo is denn jetzt deine reiche Familie, dat sie dich aus der Patsche zieht? Nee, ich dank' schön. Zum Vertrauern bin ich auch nich auf der Welt.«

»Gretchen, bleib! Das – das ist doch nur ein Übergang. Nur jetzt mich nicht allein lassen, wo – wo ich jemand nötig habe. Die Akademie – die Akademie kann mir gestohlen werden! Ich brauch' sie nicht! Aber dich brauch' ich jetzt – du – hör …!«

»Wenn dat der Vatter erfährt, müssen Sie hier räumen. Er is als so nich auf Sie zu sprechen.«

»Weshalb sagst du jetzt ›Sie‹?«

»Wieso denn anders? Dat hat doch nu aufgehört.«

»Gretchen, lauf doch nicht so fort. Sieh mal da! Da ist doch mein neuer Entwurf. Und vorhin, wie du mich geküßt hast, da hab' ich gespürt, daß – daß –«

»Lassen Sie mich vorbei!«

»Gretchen, küß mich doch …«

»Sie sollen mich nicht anrühren! Immer belogen haben Sie mich. Nix glaub' ich Ihnen mehr. So ene Flausenmacher. Ich lass' mich nich von Ihnen blamieren, und reden Sie mich nich noch einmal an.«

Er starrte sie ganz entgeistert an. Und als lange schon die Tür hinter ihr ins Schloß gefallen war, starrte er noch immer auf denselben Fleck, wo sie gestanden hatte, und er glaubte sie noch immer zu sehen mit dem mitleidslosen Zug naiver Grausamkeit, der die drängende Genußsucht ihrer Jugend stempelte.

Und doch schrie er hinter ihr her, als müßte er sich an ihren Schatten klammern: »Gretchen –!«

Eine Stunde darauf verließ er das Haus. Er ging zu Ernst Kölsch, den er daheim traf.

»Lies mal den Wisch!«

Der Heimatsgenosse überflog das Schreiben und reichte es ihm zurück. »Hab' ich kommen sehen.«

»Und was soll ich tun? Nach Haus? Zu Kreuz kriechen? Eher klopp' ich Steine.«

»Du gehörst auf die Kunstgewerbeschule. Nimm Vernunft an! Dort wirst du einer der ersten werden.«

»So! *Was* denn? Anstreicher! Zeichenlehrer! Musterzeichner! Wo bleibt da die Kunst?«

»Du gerad' sollst sie dort finden. Das ist ein Gebiet, das aus dem Handwerksmäßigen ins Künstlerische gehoben werden kann. Kommt nur auf das Genie an. Und das hast du.«

»Weiter weißt du nichts?«

»Ist das nicht viel?«

»Neidhämmel seid ihr, Dummköpfe! Ihr versteht mich einfach nicht! Euch geht das Feingefühl ab, weil ihr nur die brutale Farbe kennt und vor den Details blind seid! Ach Gott, was hab' ich denn mit euch noch zu schaffen!«

Bevor der Freund ihn halten konnte, war er fort. Und andern Tags erhielt Ernst Kölsch einen kurzen Brief, in dem ihm Ewald Wiskotten mitteilte, daß er nicht mehr zu den gemeinsamen Mahlzeiten erscheinen würde und ihn bäte, keinen Verkehr mehr mit ihm zu suchen. Er als Handwerker könne von einem Künstler kein Almosen mehr annehmen.

Zwei Tage war Ewald Wiskotten den Rhein entlang geirrt. Er aß nicht und trank nicht. Die paar Mark, die er bei sich trug, hütete er wie ein Geizhals. Wenn das Hungergefühl zu mächtig wurde, rannte er lange Strecken, ohne anzuhalten. Dann wieder lag er dumpf brütend am Rhein, und seine Augen schweiften mit dem breiten Strom, der hinaus wies, hinaus in die Welt. Bis sich ihm ein Schleier vor den Blick zog und der Schleier sich in Tropfen löste, die brennend über seine Wangen liefen und heiß auf seine Hand fielen. Da streckte er sich lang aus im weißen Rheinkies und weinte wild vor sich hin. Um Gretchen. Und wieder um Gretchen. Und dann um seine Kunst – –

Über den Rhein senkten sich tiefe Schatten, die schwerfällig mit den Wellen spielten, bis sie sich in der Umarmung verloren. Das war die Nacht. Nur Raunen und verhaltenes Auflachen stieg noch aus dem Strom. Und fröstelnd zog sich Ewald Wiskotten zusammen. Aber die Stimmen der Nacht, die so brünstig erklangen, zerbrachen sein Denken, lähmten ihn und erfüllten ihn mit Gier, daß er die Lähmung um so wütender empfand. Wie unter einem Albdrucke bäumte er sich auf, griff in die Zweige einer verkrüppelten Weide und horchte erregt über den Strom hinaus. Scheu kroch er am Ufer entlang, glitt aus und spürte die Kälte des Wassers. Gellend schrie er auf. Die Nacht griff nach ihm und der Strom, mit langen schwarzen Polypenarmen, die sich um sein Herz wanden und sein Gehirn. »Mutter!« hatte er geschrien. Dann hatte er festen Boden, und er schnellte sich auf und lief in rasender Flucht querfeldein. Die Schauer der Nacht wie zischende Schlangen um ihn.

Als es tagte, fand er sich in der Nähe der Stadt. Und das Morgenlicht griff um sich und griff in seine Seele und breitete Klarheit aus. Drüben tauchte die Akademie auf. Sein Blick hastete daran vorbei, kehrte zurück, blinzelte und lag dann ruhig auf dem Gebäude.

»Ich muß meine Sachen noch aus der Klasse holen.«

Aber es war noch zu früh. Er ging zum Rhein zurück, setzte sich auf eine Böschung und ließ, die Hände zwischen den Knien, die Beine hinunterhängen. Der Morgen war klar. Keine Schatten krochen mehr über das breit dahinströmende Wasser. »Vor was hab' ich mich denn gefürchtet? Ich bin ja da und die Nacht nicht.« Langsam und müde atmend, aber mit feindseligen Augen blickte er den fernen Wellen wie einem abziehenden Gegner nach.

Die Augendeckel wurden schwer und fielen zu. Ein paarmal zuckte er im Halbschlaf. Die Augen öffneten sich wieder und sahen starr und verwundert geradeaus. Als er sie müde schließen wollte, besann er sich. Er zog die Uhr aus der Tasche. Zehn Uhr.

»Ich muß meine Sachen aus der Klasse holen«, wiederholte er laut. Das gesprochene Wort machte ihn lebendig. Er erhob sich und schlug den Weg zur Stadt ein. Mühsam gehorchten seine Füße.

Schritt für Schritt kam er der Akademie näher. Nun durch das Portal. Der steinerne Korridor hallte heute nicht wider. Darüber grübelte er nach, als er, Stufe für Stufe, die Treppe zu seinem Zeichensaal hinaufstieg. Ach, das war's! Die Füße schlurften. Dann konnte es nicht hallen.

Er öffnete die Tür. Die Kameraden waren bei der Arbeit. Terpentinduft zog ihm in die Nase und stach wunderlich in sein Gehirn. Dinge, die er nicht recht zu erkennen vermochte, kreisten lustig vor seinen Augen, der Boden wurde so wellig und lief ihm unter den Füßen weg. Schwankend hielt sich seine lange Gestalt im Türrahmen.

Wie aus weiter Ferne vernahm er entrüstete Ausrufe, sah er Augen auf sich gerichtet, die ihn durchbohrten, die ihn verspotteten. Er riß sich zusammen und stolzierte mit steifen Knien durch die Reihen zu seinem Platz. Als er sich bücken wollte, um seine Gerätschaften aufzunehmen, hüpfte der Boden unter ihm, daß er das Gleichgewicht verlor und mit der Schulter gegen die Fensterbank stürzte. Schweigend richtete er sich auf. Drohend ging sein Blick in die Runde.

»Der Lange hat seinen Schmerz ersäuft!«

»So en Kümmeltürke!«

»Siehste schon weiße Mäuse?«

Einer reichte ihm die Terpentinflasche. »Hier, drink ens.«

Schallendes Gelächter.

Ewald Wiskotten hob die Hand. Er holte weit aus zum Schlag. Und von der Heftigkeit seiner Bewegung fortgerissen, stürzte er taumelnd vornüber und schlug hart zu Boden ...

Voll Abscheu eilte der korrigierende Professor aus dem Nebenatelier herbei.

»Stehen Sie auf, Wiskotten! Auf der Stelle verlassen Sie den Saal! Sie haben wohl keinen Rest von Scham mehr, daß Sie schon am frühen Morgen betrunken sind.«

Der blieb liegen, mit festgeschlossenen Augen.

»Rufen Sie den Hausmeister!« Der Professor besann sich. »Nein, besser den Arzt. Gleich an der Ecke.«

Ein paar Mitleidige richteten den Gestürzten auf und setzten ihn in den Lehnstuhl des Modells, in dem er zusammensackte. Dann kam der Arzt und untersuchte ihn.

»Betrunken?« sagte er nach einer Weile. »Keine Spur. Im Gegenteil, er ist leider Gottes viel zu nüchtern. Ganz einfach Hunger hat der junge Mann.«

Betroffen blickten sich die Akademieschüler an. Einer holte beschämt sein Butterbrot aus der Tasche. Dem Professor rötete sich die Stirn.

»Lassen Sie doch, bitte, vom Hausmeister warme Milch bringen!«

In wenigen Minuten war sie zur Stelle. Der Arzt beugte sich über den Patienten und ließ ihn trinken. In großen, gierigen Zügen leerte Ewald Wiskotten das Geschirr.

»Hat's gut geschmeckt, junger Freund?«

Er nickte und bemerkte die Versammlung. Ohne ein Wort zu sagen, erhob er sich und wollte zur Tür.

»Sachte, sachte; wohin so eilig? Sie sind in ärztlicher Behandlung.« Der Arzt faßte ihn beim Rockärmel. »Jedenfalls werde ich Sie nach Hause begleiten.«

Der alte Zinters zog die Augenbrauen hoch, als er seinen Mieter in Begleitung des Doktors ins Wirtszimmer treten sah.

»Dat is mich ja wieder en janz neu Trauerspiel. De jung Här is mich zu talentvoll, Herr Doktor. Erst die Miet' schuldig bleiben, darauf als

Freiherr von der Akademie entlassen und nu obendrein krank werden. Auf *den* Luxus bin ich nich einjerichtet.«

»Ihr Mieter ist nicht krank. Nur eine ordentliche Fleischsuppe hat er nötig und einen Tag Ruhe. Das riecht ja ganz gut aus der Küche heraus. Ich werde so lange oben bleiben, bis Sie die Fleischsuppe heraufgeschickt haben.«

Die Anordnungen klangen so selbstverständlich, daß Zinters murrend der Magd den Auftrag erteilte.

»Sons kömmt et in 't Blättchen. Mach als!«

Wohlig dehnte sich Ewald Wiskotten in seinem Bett. Feine neue Lebensstimmen zirpten wie Heimchen in seinem Blut. Er schloß die Augen und schlief traumlos ein ...

Als er erwachte, war es Abend. Er setzte sich aufrecht und grübelte. Ein Modell hatte ihm erzählt, daß es in einem Hause der Ratingerstraße für ein Dachzimmer monatlich acht Mark zahlte. Das würde die rechte Wohnung für ihn sein.

Er kleidete sich an. Draußen huschten leise Schritte vor seiner Tür. »Gretchen – dachte er und horchte. Aber bald polterten schwerere Schritte die Treppe hinauf. Aha! Man hatte den alten Zinters von seinem Erwachen benachrichtigt.

Ohne anzuklopfen trat der Hauswirt ein.

»Wat machen mer nu mit Euch? Miete zahlen mögen Se nich, un Sie adoptieren mag *ich* nich.«

»Ich werde ziehen, Herr Zinters.«

Der Wirt blickte sich im Zimmer um.

»Schön zugericht' haben Se die Prachtstub', dat muß mer Ihne lasse. Ich kann die Weißbinder herbestellen. Unter zwanzig Mark is dat nich zu machen. Pfandstücke –? Möcht' wissen, wo?«

Ewald Wiskotten war es, als würde er von den Blicken des Mannes nackt ausgezogen. Scham und Zorn zitterten durch seine Glieder. Und machtlos litt er unter der Demütigung.

»Ich werde Ihnen einen Schuldschein schreiben, Herr Zinters. Ich bleib' ja in Düsseldorf. Ich – ich – geh' zur Kunstgewerbeschule.«

»Sie wollen en Schuldschein schreiben? Sehr gütig. Aber Sie erlauben wohl, dat ich dat lieber selber besorge. Ich hab' schon vorgeahnt. Hier unterschreiben Sie mal, dat Sie mir diese Summe für Miete, Reparaturen, Auslagen und Zinsen schulden und für jeden Monat sechs Prozent Verzugszinsen!«

Ewald Wiskotten las den hohen Gesamtbetrag. Wie kam der zusammen? Aber jetzt nur nicht fragen, nur nicht feilschen! Er unterschrieb.

»Ein Jahr werd' ich dat Papierchen bewahren. Nur zur Schonung der verehrten Eltern.«

»Kann ich jetzt ziehen?«

»Ich wüßt' nix, womit Sie mir en herzlicher Vergnügen machen könnten.«

Unter den Augen des Hauswirts packte Ewald Wiskotten hastig seine Sachen in ein großes Bündel, setzte den Hut auf und ging steif die Treppe hinab. In der Ratingerstraße wurde er mit der greisenhaften Witwe eines Taglöhners handelseins. Von den zwei Dachkammern, welche die Alte bewohnte, trat sie ihm die kleinere ab. Außer einem Bettsack, der auf dem Fußboden lag, und zwei Kisten, die Tisch und Stuhl vorstellten, besaß der Raum kein Mobiliar.

Der freundliche Gemüsehändler, der in der Bolkerstraße neben der Zintersschen Likörstube sein Lädchen hatte, fuhr ihm auf der Schiebkarre das Bündel hin. Ewald Wiskotten sah sich noch einmal in der alten Behausung um. Er suchte – –

»Kann ich Fräulein Gretchen adieu sagen?«

»Et Jretchen? Dat is mit dem Franz Stibben aus Neuß in et Thiater. Soll ich ene schöne Jruß sagen?«

»Nicht nötig. Adieu.«

»Bitte um freundliches Gedenken.«

In der Dachstube, in der die Luft dick und dumpf war, öffnete er die Glasluke und ließ den frischen Abendwind, der vom Rhein herüberkam, hindurchwehen. Der fegte auch den Kopf klar. Wenn er das Gesicht durch die Luke zwängte, sah er über die Dächer hinweg bis zur Akademie und über einen Streifen des Rheins. Er packte seine Zeichenutensilien aus, aß heißhungrig Brot und Wurst zum Nachtmahl und fiel müde auf den Bettsack.

Am andern Tage überdachte er ruhig seine Lage. »Durchhalten«, sagte er sich, »nichts unversucht lassen. Weshalb soll ich's zunächst nicht mit der Kunstgewerbeschule versuchen? Die Professoren dort sind ebenso tüchtig. Der Maler Neudörfer hat einen Namen von Klang. Vielleicht kann ich gleich durch kunstgewerbliche Arbeiten verdienen? Und später suche ich eine neue Akademie oder als Privatschüler einen großen Meister auf. Nur nicht *so* vor die Eltern und die Brüder treten! Ich würd' mein

Leben lang darunter leiden. Ich will nicht zum Maler Weert auf die Säuferbank.«

Er dachte an die Briefe seines Bruders Paul, die er unbeantwortet gelassen hatte, und an die vergeblichen Bemühungen des Bruders, ihn zu sprechen. Er hatte ihm nichts zu sagen. Jetzt noch nicht; heute weniger denn je. Erst wenn er die schweren Prüfungen hinter sich hatte und stolz und frei den Kopf heben konnte, wie die zu Hause ihn hoben. Nicht eher. Das war ihm zur fixen Idee geworden, und er bohrte sich immer heftiger hinein. Als er am Sonntag die Stimmen von Ernst und Anna Kölsch vor seiner Tür vernahm, wurde er blaß vor Wut. Hatte man ihn schon wieder ausspioniert? Sollte er sich in seiner Armseligkeit schon wieder nackt zeigen? Damit man es in Barmen herumtrug? Er stieß verächtlich mit dem Fuß nach dem zerschlissenen Bettsack. Hier war *sein* Revier. Ruhe! – –

Am Montagvormittag ließ er sich im Privatatelier des Professors Neudörfer melden. Er fand einen großen, starken Mann von stillem Wesen, der ihn durch die Gläser seiner Brille freundlich musterte.

»Was führt Sie zu mir?«

»Ich möchte – dem Herrn Professor – meine Zeichnungen vorlegen.«

»Lassen Sie sehen! Haben Sie schon irgendwo eine fachmännische Vorbildung genossen?«

Ewald Wiskotten würgte es in der Kehle. Aber das Bekenntnis mußte heraus.

»Ich war zwei Semester – auf der Kunstakademie.«

»Hier in Düsseldorf?«

»Ja –«

»Und wollen umsatteln?«

»Ich muß.«

»Ah – man hat Ihnen den Rat erteilt, abzugehen?«

»Ja.«

Der Professor strich seinen braunen Bart, unterwärts vom Kinn bis zu den Spitzen. Hinter den Brillengläsern forschten die Augen. »So, so. Na! Ansehen kostet nichts. Zeigen Sie her, was Sie mitgebracht haben!«

Ewald Wiskotten reichte ihm die Mappe.

»Sie zittern ja. Sind Sie krank?«

»Mir fehlt nichts. Nur – ein Lehrer – –«

»Setzen Sie sich.«

Ewald Wiskotten nahm auf einem Schemel neben der Tür Platz und drehte den Hut in der Hand. Der war speckig und abgegriffen. Das hatte er nie bemerkt. In diesem Augenblick sah er jeden Flecken. Er legte den Hut neben den Stuhl und saß still mit gefalteten Händen. Schlimmer konnte es nicht mehr kommen. Wenn der Mann, der da seine Zeichnungen in der Hand hielt, »nein« sagte, so griff er eben nach seinem speckigen Hut und – und –

»Kommen Sie doch mal her, Herr – Wie war der Name?«

»Wiskotten.«

Der Professor sah ihn an.

»Wiskotten? Doch nicht von den Barmer Industriellen?«

»Doch, Herr Professor.«

»Wie kommen Sie denn – Verzeihung – wie kommen Sie denn in diese Verfassung?«

Ewald Wiskotten wurde glühend rot. Sein Blick glitt an seinem abgescheuerten Anzug hinab bis zu den Hosenfransen und den schiefgetretenen Schuhen.

»Sie – dürfen – meine Familie nicht nach mir beurteilen«, stieß er hervor.

Der Professor lachte. »Fällt mir auch im Traume nicht ein. Die Wiskottens würden mir schön auf den Kopf kommen. Aber Sie? Sagen Sie mal, haben Sie etwa – dumme Streiche gemacht?«

»Nein, Herr Professor. Nur, weil ich Künstler werden wollte. Das war nicht Wuppertaler Tradition.«

»Das freut mich. Sonst wären wir von vornherein geschiedene Leute gewesen. Sie erhalten also keinen Zuschuß? Und die Akademiegelder? Wer hat die bezahlt?«

»Der Vater eines Freundes. Aber nun kann ich das nicht mehr annehmen.«

»Sie möchten also bald in die Lage versetzt werden, zu verdienen?«

»Ja, Herr Professor.«

»Ihre Zeichnungen reden von einer auffallend starken Begabung, Herr Wiskotten.«

Ewald Wiskotten brauste es vor den Ohren. Vor seinen Augen drehte sich die Gestalt des Professors in Spiralen. Aus ganz tiefer Brust kam es heraus, stoßweise, in schmerzhaften Pausen, Gefühle wie Lasten, Worte, die sich nicht zu Sätzen finden konnten.

»Sie sagen –? Und von der Akademie? Weggejagt. Und nun doch? Alles nicht wahr? Herr Jesus – –«

»Ruhig! Wie wollen Sie mit solcher Zerfahrenheit etwas leisten? Hier, trinken Sie mal einen Kognak. So! Sie sind ja ganz aus dem Leim, wie mir scheint. Sie müssen mehr auf sich halten.«

»Werd' ich auch, Herr Professor. Man hat mich – nur nicht zur Ruh' kommen lassen. Jetzt, jetzt –«

»Keine Gefühlsergüsse. Die haben nur nach getaner Arbeit Berechtigung. Vorläufig stehen wir erst *vor* der Arbeit. Ob Sie einmal Bilder malen werden, ist mir fraglich. Aber ein Stilist sind Sie heute schon. Mit den Linien springen Sie prachtvoll um. Diese Ranken aus Wein und Lorbeer, diese Ornamente, die wie kühne Blumen aus der Erde wachsen – als Spitzen über ein samtenes Gewand geworfen: das ist neu und – schön.«

Wie warm diese Stimme machte. Wie warm und still. Nur zuhören, nur auf den Klang dieser Stimme achten – –

»Man merkt, daß Ihre Wiege in der Textilgegend gestanden hat, Herr Wiskotten. Das ist angeborene Liebe, gesteigert durch Originalität.«

Und wenn die Stimme gesagt hätte, er sei im Zuchthaus geboren: nur zuhören, nur sich wohltun lassen von dem Klang –

»Das also gilt es auszubauen. Konzentrieren Sie Ihre Begabung zunächst ganz auf diesen Punkt. Lassen Sie sich nicht von falsch verstandenem Künstlerstolz verführen, abzuspringen. Zeigen Sie Ihre Energie, zeigen Sie, daß Sie ein Mann sind. Dann wird der Künstler nicht dahinten bleiben.«

»Der Künstler – –«, wiederholte Ewald Wiskotten.

»Jawohl, der Künstler! Oder halten Sie mich für einen Handwerker?«

»Herr Professor!«

»Schon gut. Und derselbe Mann, der vor Ihnen steht, wurde in seiner Jugend ebenfalls von der Akademie verwiesen. Sie sehen, es hat mir nichts geschadet. Nur Zielbewußtsein muß man haben statt Sentimentalität. Ein Künstler ist nicht zu unterdrücken. Und Künstler sein, heißt nicht nur Ölfarbe mit Leinwand verbinden; in allem, was froh und schön macht, können Sie's zeigen, und wär's in einem Stückchen Bandmuster. Verstehen Sie das? Und wollen Sie ein Mann sein? Ein Mann und Künstler in eins?«

»Ich will, Herr Professor!«

»Sie haben eine ganz energische Schädelbildung. Strafen Sie Ihren Schöpfer nicht Lügen! Morgen können Sie als mein Schüler eintreten. Pünktlich um acht!«

»Als Ihr –?«

»Als mein Privatschüler. Sie interessieren mich, daher bring' ich Sie nicht mit der ganzen Herde zusammen. Nur sorgen Sie, daß das Interesse nicht erlischt.«

»Herrgott, Herr Professor! Aber ich – ich kann's nicht bezahlen – –?«

»Wenn das Ihre ganze Sorge ist – Sie werden es bald nachholen. Sonst« – er lächelte und strich sich aufs neue seinen Bart – »hat sich der schlechte Lehrmeister den Verlust selbst zuzuschreiben.«

»Ich werde arbeiten«, sagte Ewald Wiskotten und sah aus großen klaren Augen den Lehrer an. Der nickte ihm zu.

»Noch eins. Könnten Sie sich nicht etwas – etwas sauberer anziehen?«

Schweigend sah der junge Mensch zu Boden.

»An Ihre Familie wollen Sie sich nicht wenden?«

»Nein. Noch nicht.«

»Trotzkopf«, dachte der Professor. Aber der Trotz gefiel ihm. Es stak Arbeitsfieber dahinter.

»Wie weit waren Sie auf der Schule?«

»Ich habe das Abiturientenexamen gemacht.«

»Auf einem Gymnasium?«

»Ja.«

»Da haben Sie's weitergebracht als ich. Und meine Jungens möchten ihren Vater nicht ausstechen. Seit zwei Jahren hocken die Bengels auf Obertertia. Diese Pietät macht mich nun doch ängstlich. Würden Sie ihnen Nachhilfestunden geben können? Abends, wenn das Licht fort ist? Sagen wir: einen Taler für beide.«

»Herr Professor, Sie – ich –«

»Soll das ›Ja‹ heißen?«

»Ja!«

»Dann also auf morgen. Ich habe jetzt auch keine Sekunde mehr für Sie frei. Adieu, Herr Wiskotten.«

Draußen blickte Ewald Wiskotten in die Sonne. Er zwang seinen Blick, das Gefunkel auszuhalten; wie ein Kind, das seine Kräfte mißt. Seine Glieder spannten sich, sein Schritt wurde elastisch. Und daheim steckte er den Kopf aus der Dachluke und hielt den Blick fest auf die Kunstakademie gerichtet, und das verlorene Paradies erschien ihm nicht mehr als das einzige, in dem der Baum der Erkenntnis zu finden sei. Die Jugend machte ihr Recht geltend, mit neuen Hoffnungen die Geschehnisse zu überwältigen.

Tagaus, tagein hielt er seine Arbeitsstunden. In einem Nebenraum des Meisterateliers stand sein Zeichentisch, und seine Phantasie, auf ein Ziel gerichtet, regte die Flügel, den Turnierplatz zu erforschen und mit Gebilden zu erfüllen. Das Wort des Lehrers legte ihm Zügel an, wenn er aus der Bahn brechen wollte, und das Wort des Lehrers lenkte seinen Blick auf das Blühen und Sprießen am Wege, wenn er dem Zug der Wolken folgte, die ihn nicht mitnahmen. So lernte er die Nähe erkennen und sie liebgewinnen, und aus den Fernen kehrte er heim und erkannte in der Nähe sein eignes Bild.

Neudörfer hatte ihn am ersten Abend seiner Familie zugeführt. Nach kurzer und freundlicher Begrüßung durch die Frau des Hauses waren ihm die Knaben überliefert worden, aufgeweckte Burschen, die sich unter der Pflichtrute wanden und in die Freiheit ihrer Wünsche strebten. Sie suchten aus dem Hauslehrer einen Spielgenossen zu machen, aber Ewald Wiskotten packte eisern zu und übertrug seine junge Erkenntnis, die er dem Vater seiner Schüler dankte, durch sein lebendiges Beispiel auf die staunenden Knaben. Und alle Gärten, die er verriegelt hatte, schloß er wieder auf und lehrte die jungen Seelen das Geheimnis des Familienstolzes, der nicht nachgäbe, bis er in ebenbürtigen Leistungen sich den Namen der Altvorderen erworben hätte, um ihn weiterzutragen wie ein vorwärtsdringendes Wappenzeichen. Da horchten die Knaben mit leuchtenden Augen den ritterlichen Verkündigungen, steckten, wenn der Lehrer auf die Bücher wies, die Zeigefinger in die Ohren und memorierten mit heißen Köpfen.

»Weshalb reisen Sie nie zu Ihrer Familie?« fragten sie einmal.

»Ich muß erst eine Fahne erbeuten«, sagte er. »Oder möchtet ihr in die letzte Reihe gestellt werden, wenn man eure Kameraden feiert?«

»Nein, vornan. Ganz vornweg.«

»Seht ihr, deshalb halt' ich mich zurück, bis ich die Kraft habe, zuzupacken. Eines Tages – bin ich da! Mit der Fahne! Und wer eine Fahne trägt, ist ein Führer. Macht's auch so!«

Da erhielt für sie die Gestalt des jungen, abgerissenen Lehrers einen romantischen Schimmer. Sie sahen unter dem abgeschabten Röcklein einen heimlichen goldenen Panzer blinken. Und sie erstrebten seinen Beifall in den Übungen des Stolzes. Denn das Geheimnisvolle reizte ihre

Knabenseelen. Ewald Wiskotten aber fand bei der Sammlung ihrer jungen Kräfte die Sammlung seiner eignen, und er selbst wurde Schüler seines Lehramtes.

Vier Wochen gingen dahin. Sie hatten genügt, ihn auf eigne Füße zu stellen. Seine geringen Bedürfnisse konnte er bestreiten, und für den Sommer hatte ihm Neudörfer die Verwertung von Zeichnungen zu kunstgewerblichen Arbeiten vorausgesagt. Frei trug er den Kopf, und weiter ausschauende Pläne regten sich wieder hervor, wenn er aus seiner Dachluke den Blick sinnend zu dem verlorenen Paradies schweifen ließ, das sich höhnisch vor ihm breitmachte. Ein Bild beginnen? Ganz insgeheim? Ob er es wagen sollte? Nur, um denen da die Quittung über sein Abgangszeugnis zu überreichen?

Als er tags darauf zu Neudörfer aufs Atelier kam, teilte ihm der Aufwärter mit, der Professor sei plötzlich abgereist. Nach Kassel, zu seiner Mutter. Er eilte zur Privatwohnung seines Lehrers und fand nur Frau Neudörfer vor. Mit halbem Ohre hörte er, daß die Mutter des Professors einen Schwächeanfall erlitten und sehnsüchtig nach der Gegenwart ihres Sohnes verlangt habe. Um ihr eine Freude zu machen, hätte ihr Mann die Jungens für die Dauer der Osterferien mitgenommen. Er ließe Herrn Wiskotten bitten, ebenfalls für drei Wochen Ferien zu machen.

Der Lehrer hatte in der Unruhe um die Mutter die Lage seines Schülers vergessen.

»Drei Wochen!« sagte Ewald Wiskotten vor sich hin. »Eine hielte ich aus. Aber drei Wochen ...«

Er strich ziellos und zwecklos den Rhein entlang. Mitten aus dem aufsteigenden Fluge war er herabgefallen durch eine unerwartete Laune des Schicksals. Woher für diese drei Wochen das Geld nehmen? Für diese kurze Spanne, diese lächerlich kurzen drei Wochen, die ihn um alles bringen konnten. Von Ernst Kölsch? Nein, nicht betteln. Das hatte er nicht verdient, jetzt betteln zu müssen, nachdem er gearbeitet hatte. Von der Erkrankung einer alten, unbekannten Frau, von einer dreiwöchigen Unterbrechung seines Lebensplanes durfte er seinen Willen nicht abhängig machen lassen. Hatte er ein Leidensjahr aushalten können, so sollten ihn nun, da es bergan ging, drei Wochen Stillstand nicht um den Gewinn bringen. Jetzt erst ging es in Wahrheit um den Beweis der Ebenbürtigkeit, jetzt, vor dem Ziel.

Den ganzen Tag sann er über Hilfsquellen nach, die ihm ermöglichen könnten, sich diese drei Wochen über Wasser zu halten. Irgendeine ehrliche Arbeit, welche es auch sei. Vor sich, auf dem Golzheimer Sand, sah er eine Bretterbude und eine Kantine. Arbeiter mit Schaufel und Hacke kamen in Trupps heraus, um zu Chausseearbeiten ins bergische Land geführt zu werden. Die Arme gerührt! Hier konnte er seinen Willen beweisen! Ohne sich zu besinnen, trat er vor den Aufseher und ließ sich anmustern. Zwischen den neuen Kameraden stand er in der Kantine, finstere und leichtfertige Gesichter um sich, Menschen, denen das Leben nur noch Schaufelschläge galt, in den Erdboden hinein, auf dem sie Stiefkinder waren, hohnlachend oder verbissen.

Am nächsten Morgen zog Ewald Wiskotten mit einem Trupp aus. Die Schaufel geschultert, den Hut in die Augen gezogen, hielt er tapfer gleichen Schritt. Ihm schien der Boden, den er bearbeiten sollte, nicht feindlich, ihm schien die Erde die sorgende Mutter.

»Zugepackt, Wiskotten!« rief der Aufseher.

Und Ewald Wiskotten packte zu.

3.

Es waren grüne Ostern im Wuppertal. Der Neuschnee, der sich auf den rauhen Höhen meist noch einmal einzustellen pflegte, wenn der Kalendermacher Frühlingsanfang verkündet hatte, war ausgeblieben. Durch die Wälder ging ein kaum sichtbares grünes Flimmern. Und wer es nicht sah, ahnte es. Einer erzählte dem andern die große Neuigkeit: auf den Bergen ist Frühling. Keiner, der sich nicht verwunderte und es weitersprach.

Durch den Hochwald, dem Laufe des kristallklaren Murmelbaches folgend, wanderte Gustav Wiskotten. Wenige Menschen nur begegneten ihm. Drunten hatten die Kirchenglocken gerufen, und die Häuser des Herrn waren angefüllt mit der gläubigen Gemeinde. Ihm war es nicht möglich, unter den vielen zu sitzen. Am Sonntag Palmarum hatte er es versucht und mit den Ohren hörend, nicht mit dem Herzen, die Predigt ausgehalten. Der Pastor sprach gut. Das Wuppertal wählte sich nur auserlesene Redner. Aber der Mann sprach doch nur für die Allgemeinheit, für die Schmerzen und Hoffnungen aller, nicht für Einzelfälle. Und hätte er es getan: er hätte doch nicht mehr vermocht, als in seine Seele hineinzuleuchten, nicht aber die Schatten zu bannen. Und hineinleuchten, das konnte er selber besser, dazu brauchte er keinen Fremden von Amts wegen. War ihm doch schon während der Predigt gewesen, als wäre der Redner am Nächstliegenden, der Alltagswelt mit ihren kategorischen Imperativen, vorübergegangen, um in fernen Gärten mit Früchten zu winken, deren Blüte sie nicht gesehen hatten, sie alle nicht, die im Menschenfrühling ihr Bestes glaubten. Wohl, wohl. Eine Erbauung mochte das sein, eine Erlösung war es nicht. Nicht für ihn. Er brauchte stärkere Beschwörungen.

Aus dem braunen, blankpolierten Buschholz schimmerten die weichen Kätzchen. Er schnitt ein Bündelchen ab und prüfte das junge Holz, in das der Saft gestiegen war. Auf einem Mooshügel saß er, vor sich den Wald, hinter sich das weite einsame Plateau des bergischen Landes, und bearbeitete emsig mit dem Schlegel des Messers die braunen Ruten, bis sich die Rinde vom Holze löste und wie eine Schlangenhaut herunterglitt. Jedes Jahr hatte er für seine Kleinen die ersten Flöten geschnitten. Die Ärmchen auf sein Knie gestützt, hatten sie vor ihm gelegen und mit staunenden Augen die Entstehung des Wunderwerks verfolgt, bis es vollendet war, bis der langgezogene plärrende Ton sie in einen Rausch des Entzückens versetzte und der Vater ihnen als der Wundermann der Welt erschien, der da konnte, was er wollte.

Viel hatte er nicht gekonnt. Die Mutter dachte anders als die Kinder. Sie war nicht für Frühlingswunder, die von der Erde stammen.

Den Kopf vorgebeugt, das Flötchen an den Lippen, saß Gustav Wiskotten und blies leise Töne durch den Wald. Er klang wie vorzeiten. Und der Frühling war auch da, und der Saft stieg ins Holz.

Er warf die Spielerei von sich, jäh, als ob er sich die Finger daran verbrannt hätte. »Na, na, na«, beruhigte er sich. »Nimm dich zusammen. Aber diese Luft – diese Luft ist kaum auszuhalten.«

Er sprang auf, sah sich scheu um, ob er unbelauscht geblieben wäre, und schritt dann hastig vom Wege ab quer durch den dichtbestandenen Wald. Hier sah ihn keiner, und keiner sah seine Gedanken. Sein Arm lag um einen Frauenleib, dessen Zucken seine Hand verspürte, an seine Schulter schmiegte sich ein Kopf, und in einer Fülle braunen Haares verfingen sich die Sonnenstrählchen, die durch das Gezweig flirrten, und schufen rotgoldene Flämmchen. Wenn er sie fortküssen wollte, neigte sich der Kopf hintenüber, schelmische Augen blinzelten ihn an, rote Lippen entzogen sich ihm neckisch im Spiele, um ihn plötzlich zu überfallen, ein Losreißen gab's und eine Jagd durch den Wald und eine Beute, die ihm in der Gefangenschaft das Blut noch heißer machte wie bei der Verfolgung. Bis ein lachend Menschenkind mit geschlossenen Augen, auf Gnade und Ungnade, an seinem Halse hing ...

»Emilie – –«

Nein, doch nicht Emilie. Ihr Körper war es, nicht ihre Art. Und weshalb nicht ihre Art? Gehörte sie nicht zu diesem jungen, blühenden Körper? Waren sie schon Spittelleute? Krochen sie bereits auf allen vieren? Wenn die junge Natur ihr brausendes Zueinander hatte, sollte er in seinem Lebenslenz darauf verzichten?

Und herrisch, verlangend schrie er durch den Wald.

»Du! – – –!«

Irgendwoher kam ein Echo – – –

Da ging er aus dem Wald, einen wilden Pulsschlag in sich, und als er in das Tal und unter die Menschen kam, die vom Kirchgang heimströmten, hatte er den festen Gang und das kühlwägende Auge des Fabrikherrn.

Er wußte, der Fabrikherr mußte die Oberhand behalten. Heute mehr denn je.

Zu Hause traf er Anna Kölsch. Sie hatte sein Wohnzimmer mit Sträußen blühender Haselkätzchen geschmückt. Er schaute sie an.

»Wie appetitlich Sie aussehen, Fräulein Anna.«

Sie zeigte ihre Hände.

»Ich habe Ostereier gefärbt. Da sehen Sie's noch. Nennen Sie das appetitlich?«

»Ach, ich mein' ja nicht die Hände, ich mein' das liebe Gesicht, das Ganze.«

Sie versteckte die Hände auf dem Rücken und lachte ihn fröhlich an. Und dann, erst verwundert, erstarrte das Lachen, und in die Augen trat langsam ein seltsames Erschrecken. Gustav Wiskotten hatte den Arm um sie gelegt.

»Anna –«

Ganz steif wurde der Mädchenkörper in seinem Arm. Und nun sah er in ihren Augen das stumme Entsetzen.

Da ließ das tolle Flimmern vor seinen Augen nach. Schwerfällig hob er die Hand und strich ihr mit der ganzen Breite über das erblaßte Gesicht. »Nein, nein, ich fress' dich nicht auf. Ich bin doch nicht der Werwolf. Das ist nur die Freude an dir. Närrchen! Gönnst du sie mir nicht?«

Da wich die Starrheit aus ihren Blicken, die Augen wurden weich, und um ihre Mundwinkel zitterte es.

»Doch, Herr Wiskotten.«

»An andern Menschen erleb' ich keine Freude. Das ist ein verfluchtes Gefühl.«

Sie lehnte wie ein Kind den Kopf gegen seine breite Brust. Von unten herauf sah sie bettelnd zu ihm auf. »Herr Wiskotten –«

»Ja, Kleine –?«

»Rufen Sie Ihre Frau –«

»Anna, das verstehen Sie kleines Mädchen nicht.«

»O doch, ich versteh' es.«

Staunend blickte er in das junge, errötende Gesicht. Und da er nichts zu antworten wußte, streichelte er mechanisch die langen blonden Flechten, die wie eine Krone um ihre Stirn lagen. »Ich versteh' es«, hatte das junge Ding gesagt, das noch nicht zwanzig war, und seine alte Mutter, die die sechzig überschritten hatte, hatte ihn auch verstanden. Trugen denn alle Frauen, jung und alt, heimlich ein Liebesvermögen? Etwas, das sie miteinander verband und sie dennoch befähigte, Licht und Schatten zu verteilen, um einer gerechten Liebe willen. Die sechzig Jahre der Mutter, die rückwärts sahen, sprachen für den Kampf, die zwanzig Mädchenjahre, die vorwärts blickten, für den Frieden. Das Ziel aber war beiden gemeinsam.

»Sagen Sie mal – Anna – haben Sie – eine heimliche Liebe?«

»Davon ist doch nicht die Rede.«

»Es kommt mir aber fast so vor –«

»Rufen Sie Ihre Frau, Herr Wiskotten!«

»Und wenn ich's täte?«

»Dann den Ewald auch!«

»Was? Auch den Ewald?«

»Nun ja«, lachte sie und schlüpfte aus seinem Arm, »es ist doch nur Ihretwegen, damit Sie wieder an Menschen Freude haben.«

»Kleine Anna, da sind Sie sehr falsch berichtet. Der Ewald trotzt nach wie vor, ja noch mehr als früher. Da er bald mündig wird, hat er sich jede Einmischung verbeten. Und meine Frau schreibt mir, daß es den Kindern ausgezeichnet gehe. Von sich kein Wort.«

»Das ist es ja eben.«

»Was ist es?«

»Daß sie von sich nichts schreibt. Sie möchte gewiß, daß Sie kämen und selbst nachsähen.«

»Anna, Sie sind doch noch ein Kindskopf. Das hatt' ich einen Moment vergessen. Tut mir leid.«

»In gewisse Feinheiten können nur Frauen hineinsehen, die sie selbst verspüren. Männer begreifen das nicht so leicht.«

»Nun grüßen Sie mir aber Ihren Vater. Und das schleunigst! Das kommt davon, wenn man sich mit Wickelkindern einläßt. Marsch!«

»Kommen Sie heute abend? Vater liest Mörike. Nein, heute Reuter.«

»Und *ob* ich komme!«

»Adieu, Herr Wiskotten. Heute ist Auferstehungstag.«

»Adschüs, Dummkopf!« –

Ah, das hatte gut getan. Er reckte die Arme und durchquerte das Zimmer. Das war noch angefüllt von Mädchenlachen. Lachten so Mädchen? Oder lachten so Mädchen mit Frauengefühlen? Und – Frauen mit Mädchengefühlen – –? Das war beinahe dasselbe. Und doch nicht. – Er horchte, als ob er Musik vernähme … – Das erstere, das war das Suchen nach der Melodie. Das letztere: das Lied.

Mittagstafel war bei den alten Wiskottens angesetzt. Auch Wilhelm und Frau Mabel erschienen. »Herrjeh, Gustav, hast du in der Lotterie gewonnen? Wir können's brauchen.«

»Gute Nachrichten?« fragte Mabel.

»Das eine nicht und das andre nicht.«

»Was hast du nur?« meinte August ärgerlich. »Zum Vergnügtsein ist kaum die Zeit.«

»Nix hab' ich, gar nix. Nur in meiner Wohnung, da ist heut morgen gelacht worden. Oder war es Schwalbengezwitscher? Die streichen ja schon durchs Tal. Möglich, daß mir das in den Kleidern hängengeblieben ist.«

»Der Gustav steht knapp vor dem Verrücktwerden«, erklärte Fritz.

Nur Paul kam heran und schlug ihn auf die Schulter. »Gustav, hast du sie auch gehört? Ja, wahrhaftig, es sind schon Schwalben.«

»Dichterseele«, sagte der Bruder und lachte.

Bei Tisch ging es heute geräuschvoller zu. Man kam in der Unterhaltung an der Geschäftslage, die sich von Tag zu Tag schärfer zuspitzte, nicht vorbei. Obschon man sich Mühe gab, sie nur wie absichtslos zu streifen.

»Heut vor 'm Jahr war noch der Streik«, meinte Frau Wiskotten. »Aber Aufruhr bringt keinen Segen.«

»War das so schlimm wie die Revolution, Papa?« fragte Mabel. Sie schwärmte für den still fröhlichen Mann, und der alte Wiskotten schwärmte für die unbeirrt fröhliche Schwiegertochter. Sie zwinkerte ihm zu. Das hieß: erzähl, sonst kommen die andern mit ihren unendlichen Geschäften.

»Nee, Kindchen«, sagte der alte Wiskotten. »Aber schlimm war auch die Revolution nicht. Ich stand damals als junger Gesell bei einem Meister vorübergehend in Arbeit, der zu den Elberfelder Barrikadenmännern gehörte. Jeden Tag sagte er zu der Frau: ›Mutter, ich muß auf Wache.‹ Oder: ›Mutter, heut hab' ich Patrouille.‹ Oder: ›Ek is Exerzieren angesetzt mit Scharfschießen.‹ Un als dann plötzlich mal Alarm geblasen wurd', da rannt' er durch et ganze Haus und sucht' und sucht' sein Gewehr. ›Herrgott, Wiskotten, lop doch ens schnell tom Hasenklever en de Wirtschaft, ob ek do min Gewehr gestern häw stonn loten, un wenn et do nich is – Deuwel, wo woar ek denn vörgestern – ah so, dann kiek ens en de Wirtschaft vom Krüger em Island noh, ob ek et do vergehten haw.‹ Und et war richtig seit vorgestern beim Krüger im Schirmständer, obwohl de Meister gestern zur Patrouille un heute zum Scharfschießen ausgezogen war. Wenigstens war dat Mutters Meinung ...«

»Wenn et sich um 't Biertrinken handelt, werden Frauen *immer* hinter 't Licht geführt«, bemerkte Frau Wiskotten.

»Mutter«, sagte der Alte und sah seine Frau gutmütig an, »et gibt auch Ausnahmen darunter, die sich dat nich gefallen lassen.«

»Sind nich die schlechtsten, Vatter.«

»Mein' ich auch.«

Mabel hatte sich die plattdeutschen Wendungen der Erzählung übersetzen lassen. Sie amüsierte sich nachträglich.

»Ich möcht' auch einmal eine Revolution mitmachen.«

»Mutter, Mabel hat Durst«, sagte Gustav Wiskotten. »Sie spielt auf 'ne neue Flasche an.«

»Mabel, wir müssen mal 'ne Bierreise machen«, rief Fritz.

»Eine Inspektionsreise«, verbesserte Paul. »Vielleicht finden wir beim Hasenklever oder beim Krüger im Island auch noch Vatters Gewehr!«

»Es wär' euch besser«, grämelte August, »ihr sorgtet mal zunächst für Schießpulver. Hier habt ihr ein größer Wort als in der Fabrik. Da ist euch das Witzemachen nun vergangen.«

»Uns? Du meinst wohl: dir?«

»Der August kriegt et mit der Angst!«

»Er sieht schon den Sieg der Kirche in Gestalt seines Betbruders Scharwächter.«

»Fang doch en Kompaniegeschäft mit dem Kerl an!«

August Wiskotten sah auf. Seine Augen zogen sich scharf zusammen. »Wenn nicht Ostern wäre, würd' ich dir –«

»Nee, laß lieber. Ich hau' wieder.«

Frau Wiskotten pochte mit dem Zeigefinger auf die Tischkante. »Schämt ihr euch nich? Is dat ein Betragen am heiligen Feiertag? Wo soll da Segen herkommen?«

»Is ja Spaß, Mutter«, beruhigte Gustav. »Aber der August hat nich unrecht. Et Schießpulver wird verdammt knapp.«

Am Tische trat ein langes Schweigen ein. Jeder war mit seinen Gedanken in der Fabrik.

»Wie lang reicht et noch?« fragte Frau Wiskotten. Ihre Stimme war ganz ruhig.

»Wir führen für das Seidenverfahren ein Extrakonto. Wenn der Scharwächter noch drei Monate seine Barverluste aushält, bleibt uns nur noch die Baumwolle wie früher.«

Fritz Wiskotten schlug mit der Hand auf den Tisch. Seine Erfindung tanzte wie eine bunte Seifenblase in der Luft. Aber er sagte kein Wort. Gustav tat ihm leid ...

»Drei Monate!« sagte Frau Wiskotten. »Heut haben wir Ostern. Und der Heiland ist in dreien Tagen gestorben und wieder auferstanden. Wenn er will, kann er an uns auch in drei Monaten ein Auferstehungswunder tun.«

»Jawohl.«

Dann sprach August Wiskotten ein kurzes Dankgebet für Speis und Trank, und man wünschte sich gesegnete Mahlzeit.

»Machen wir keinen Ausflug?« fragte Mabel. »Eine kleine Wagenpartie?«

»Sei nich so leichtsinnig«, verwies sie Frau Wiskotten. »En Taler hat nur dreißig Groschen.«

»Ach, nicht meinetwegen. Die Männer brauchen eine Auffrischung.«

»Sobald wir in der Fabrik Luft schnappen, Mabel«, tröstete Gustav. »Den ersten Tag widmen wir dir. Verlaß dich drauf.«

»Gustav, ich werde an meinen Vater schreiben.«

»Daß du hier unter die Barbaren geraten bist?«

»Daß ich mich unter diesen Barbaren so wohl fühle, daß ich mich revanchieren muß.«

»Wie das?«

»Mein Vater soll dir beispringen, Gustav. Es gibt Menschen, die nur im Überfluß, und Menschen, die nur im Übermut leben können. Du gehörst zu den letzteren.«

»Ist das etwas so Notwendiges?«

»Ja. Denn wir zehren alle davon. Siegesbewußtsein reißt immer mit. Du siehst, es sind ganz egoistische Motive.«

»Hast du Angst um mich?«

»Nein.«

»Danke dir. Das tut besser als deines Vaters Geld. Übermut muß den Glauben der andern hinter sich stehen haben, dann ist er Kraft für alle. Sonst – Leichtsinn eines einzelnen. Und auf *den* Hund komm' ich nicht.«

Sie schüttelte ihm die Hand. »Du sollst es nur wissen.«

Er nickte ihr zu. Aus einem warmen Kameradschaftsgefühl heraus. Dann ging er heim.

Der Nachmittag wurde ihm nicht lang. Früher, bei Frau und Kindern, hatten die Feiertage kein Ende nehmen wollen. Einer hatte den andern gelangweilt, keiner mit sich und dem andern etwas anzufangen gewußt. Der Unterhaltungsstoff des Tages war bald erledigt, und aus der Langeweile entsprang die leichte Gereiztheit von Menschen, die da fühlen, daß sie sich nicht genug sind und sich mehr sein könnten. Heute war sich Gustav Wiskotten genug.

Er saß im Sofa und las. Bücher aus der Hausbibliothek seines alten Freundes Kölsch. Seit Wochen las er darin, und die Bücher hatten ihn zum Feiertagsmenschen gemacht. Wenn er abends mit dem Werkmeister zusammensaß, strömten ihm Gedanken zu, die fernab von der Fabrik im blauen Äther schwammen, und er hatte eine Freude daran wie an einer sonnenbeschienenen Ferienerholung. Er mußte sie aussprechen und mußte sie ergänzen lassen, und die Vereinigung schuf die Stimmung und die Stimmung eine neue Welt, in der selbst die Arbeitsmenschen ruhten und weiße Gewänder trugen und, wenn sie sich berührten, sich nicht nur mit den Händen, sondern auch mit der Seele umschlangen. Und eines Abends hatte er es sich gesagt: »In meinem Hause und in meiner Ehe haben die Ausgleiche gefehlt. Wie soll das tiefe erwartungsfreudige Gefühl in die Liebe kommen, wenn man wenige Minuten vorher brutal den Arbeitsrock in die Ecke geschleudert hat und nun auf sein

Recht pocht? Das Recht auf Liebe ist das Aufgeben aller Rechte zugunsten eines Geschenkes, das uns so jubelnd in die Arme geschoben wird, als hätten wir in der Tat Besitzrechte – –«

Nein, Emilie hatte ihm die Geschenke nicht in die Arme geschoben. Sie war mit ihren Geschenken davongelaufen.

Das war's, über das er nicht hinwegkam. Er war ein betrogener Betrüger. Sie hatte im Hause und außerhalb des Hauses mobil gegen ihn gemacht.

Die Adern traten auf seiner Stirn hervor. Es dunkelte im Zimmer, und er vermochte die Worte auf den Buchseiten nicht mehr zu unterscheiden. »Scharwächter«, las er aus jedem heraus, »Scharwächter – Scharwächter – –«

»Mann, du oder ich! Einer muß dran glauben.«

Die Feiertagsstimmung war verflogen. Was sollten ihm die Romane, in denen die Kämpfe der Weltanschauungen nur auf dem Papiere ausgefochten wurden! Hier gab's einen Kampf der Wirklichkeit. Einen Kampf des gesunden, lebensroten Blutes mit dem schleichenden Duckmäusertum, das den Saft verdarb!

»Ich bin nötiger auf der Welt. Über Augenverdreher verfügt unser Herrgott hüben und drüben zur Genüge, über handfeste Kerle weniger. Das ist auch ein Glaubensbekenntnis, Männeken.«

Er unternahm einen Spaziergang durch die engen Straßen, in denen sich die Menschen in Feiertagskleidern mit steifer Würde aneinander vorüberschoben, als seien sie mehr als am Alltag, ließ sich die frische Luft wohltun und stellte sich pünktlich zur Essensstunde bei Kölsch ein.

»Was gibt's denn?«

»Pannhas. Pur Schinkenknochenfleisch un Buchweizenmehl. Von Anna selber eingekocht. Jetzt brät sie ihn. Fingerdick, wie et sich gehört.«

»Kölsch, ich muß mal ganz arg ausspucken.«

»Haben Sie keine Meinung dafür?«

»Ach wat! Mir läuft bloß so arg et Wasser im Mund zusammen.«

Und dann riefen sie beide nach Anna.

Nach der Mahlzeit steckte Gustav Wiskotten seine Zigarre an, und Kölsch setzte seine Pfeife in Brand. »Reuter?« fragte er schmunzelnd.

»Ja, Herr Kölsch, die Geschichte vom Korl Hawermann. Wissen Sie, dat is wie so 'n fetter Ackerlandduft, der Herz und Seele auf den Damm bringt.«

Korl Hawermann und sein großer Freund Bräsig hatten das Wort. –

Gustav Wiskotten lag, die Zigarre im Mund, die Hände hinter den Kopf geschoben, lang ausgestreckt im Strohsessel, zog die Stirn zusammen, wenn es wehmütig wurde, oder lachte, wenn der Humor über die Stränge schlug, daß er die Zigarre mit den Zähnen halten mußte.

»Nee, nee, nich weiter. Dat Stücksken nochmal!« Und der Leser entzündete sich an der Freude des Hörers. Beide hatten sie die Umwelt vergessen.

Anna Kölsch saß in einer Ecke des Zimmers vor ihrem Arbeitstischchen. Auch sie feierte. Hin und wieder knisterten ein paar Blätter zwischen ihren Fingern, wenn sie umwandte. Sonst war es ganz still um sie her.

Einmal sprach der Vater sie über die Schulter hin an. »Na, Anna? Was machst du?«

»Ich beseh' Bilder.«

»Hören Sie auch zu, Fräulein Anna? Das is ja ein göttlicher Kerl, der Reuter.«

»Ich hör' alles.«

Wieder die Stimme des Vorlesers, ein Räuspern oder ein Auflachen des Hörers und das Knistern der Blätter unter des Mädchens Händen, das langsam in Versunkenheit geriet ...

Plötzlich schrak es auf. Die Männer hatten eine Kraftstelle erwischt. Ihr schallendes Gelächter erschütterte den Raum.

»Gott, bin ich erschrocken!«

Gustav Wiskotten drehte sich um. »Famos, Fräulein Anna!« Er sprang auf und hob die Blätter auf, die ihr vom Schoß gefallen waren. »Einfach zum Radschlagen! Der weiß, was Humor ist! Heulen und lachen möcht' man immer zugleich.«

»Danke«, sagte sie und nahm die Blätter.

»Sie haben wohl ein bißchen geträumt? Waren die Bilder so süß? Was is es denn? ›Erstes Liebessehnen‹? Oder gar 'ne heilige Genoveva mit dem Prinzen Schmerzensreich?«

Da kreuzten sich ihre Blicke.

»Mädelchen«, sagte Gustav Wiskotten, »wenn ich mich über etwas lustig gemacht habe, was Ihnen teuer ist: es war nicht bös gemeint.«

»Sie dürfen es ruhig sehen, Herr Wiskotten.« Aber sie streckte die Blätter doch nur zögernd hin.

Gustav Wiskotten wehrte scherzend ab. Da streifte sein Auge eins der Blätter, und sein Blick spannte sich. »Was ist denn das – für eine sonderbare – Mädchenschwärmerei?«

Nun trat auch der Werkmeister heran. Seine Augenbrauen zogen sich zusammen. Er blinzelte, als ob er nicht richtig sehe. »Was ist das, Anna? – Wie kommst du dazu – –?«

»Ist es denn so was Wichtiges?«

Der Werkmeister nahm die Blätter, staunte hinein, blickte verdutzt auf Gustav Wiskotten, der sie ihm schnell aus der Hand nahm, und nun blickten sie beide hinein.

»Aber das ist ja – das sind ja –«

»Kölsch, was sagen Sie dazu?«

»Ja, Herr Wiskotten – Sprechen Sie zuerst!«

»Das ist ja unbezahlbar. Das sind ja Entwürfe von einer Pracht der Muster und einer Mannigfaltigkeit der Dessins – sehen Sie mal hier, diese kostbare Bandzeichnung, und hier, diese phantastisch schöne Spitze! Das ist ja eine nagelneue Stilart! Das schmeißt ja alles über den Haufen, was man bisher in dem Genre gehabt hat! Wo sind die Sachen nur her? Wem gehören die Entwürfe?«

»Mir«, sagte Anna. Sie war plötzlich so aufgeregt wie die Männer.

»Ihnen?«

»Dir?«

»Können Sie sie wirklich gebrauchen, Herr Wiskotten?«

»Mädel, stellen Sie nicht so furchtbar dumme Fragen. Sie sind sich der Tragweite ja gar nicht bewußt! Ob ich sie gebrauchen kann! Ich lieg' ja schon seit Wochen wie ein Wegelagerer auf der Lauer und wär' heilfroh gewesen, wenn ich nur die Hälfte von soviel origineller Schönheit erwischt hätt'. Und unterdes ruht hier der ganze Reichtum in der Hand von einem kleinen Mädchen. Ja, wissen Sie denn gar nicht, was das für eine sündhafte Hinterziehung ist? Donnerwetter, lachen Sie nicht!«

»Doch! Doch! Wenn ich mich doch freue!«

»Heraus mit der Sprache! Wem gehören die Musterentwürfe?«

»Ihnen, Herr Wiskotten! Ich schenk' sie Ihnen.«

»Machen Sie keine Scherze! Die Sache ist ernster, als Sie glauben! Sind die Blätter frei? Sind sie der Konkurrenz zugänglich? Mädel, nun sprechen Sie doch ein einziges Mal zusammenhängend.«

»Herr Wiskotten, ja! Die Blätter sind frei. Kein Mensch hat sie gesehen. Ich hab' sie geschenkt erhalten, kürzlich erst, und – und für mich waren sie ein Andenken. Ich habe ja keine Ahnung gehabt, daß sie für Sie von solchem Wert sein können. Und nun freu' ich mich ja wie Sie, ach, noch viel mehr. Und nur Ihnen gehören sie jetzt.«

Gustav Wiskotten warf die Blätter auf den Tisch und faßte das Mädchen bei der Schulter.

»Anna! Was heißt das? Es steht viel auf dem Spiel, besinnen Sie sich. Mir braust es ja im Kopf, als wär' da irgendwo ein Loch hineingeschlagen, und die ganze Dumpfheit könnt' nun hinaus. Ist das wahr? Kann ich die Muster benutzen?«

»Ja, Herr Wiskotten, tausendmal ja!«

Er stieß einen Laut aus. Wie ein Falke, der eine Beute schlägt. Und dann preßte er das Mädchen an sich, daß es in seiner jähen Umarmung aufschrie.

»Sie sind ja wie die Fee im Märchen! Ein Osterengel! Anna, Kind, woher haben Sie die Schätze?«

»Von – von – –«

»Anna, dem Menschen müssen Sie einen Kuß geben.«

»Jetzt sag' ich's nicht.«

»Dann geben Sie ihm also keinen Kuß. Wie heißt der Halunke, der so was verschleudert?«

»Er tut's ja nicht mehr.«

»Was –?«

»Er zeichnet gar keine Muster mehr. Das war nur Spielerei für ihn. Er – er –«

»Wer?«

»Ewald!«

Vor Überraschung ließ er sie los. Hochrot stand sie vor den Männern und strich sich das Haar zurück. Kölsch klopfte ihr auf die Schulter. Seine Augen leuchteten. Sprechen konnte er nicht.

Dann schlug sich Gustav Wiskotten mit den flachen Händen klatschend auf die Schenkel. »Ewald! Ewald!«

»Jetzt wollen Sie wohl die Zeichnungen nicht?« fragte sie angstvoll, und das Blut wich aus den Wangen zurück.

»Und wenn der Mann Beelzebub hieß, Luzifer, Deubelsdreck! Was kauf ich mir für den Namen? Aber Wiskotten – –?« Er tat einen tiefen Atemzug. »Wiskotten is mir lieber – – –!«

Da fiel ihm das Mädchen um den Hals und nach ihm ihrem Vater.

»Jetzt ist alles gut!«

»Nee, jetzt soll's erst gut werden. Kölsch, Mann, alter, treuer Hagen, stehen Sie nicht so väterlich bewegt! Der Wind springt um! Jetzt wollen wir die Segel setzen ...«

»Herr Gustav, wenn wir mit den prachtvollen Nouveautés kommen, unter Musterschutz kommen, da kann Scharwächter zunächst einpacken. Das bricht ihm den Hals.«

»Die soll er uns nachmachen, Kölsch! Jetzt kann er zeigen, ob er Phantasie hat oder bloß Einbildung. Kein Huhn un kein Hahn wird nach seinem alten Kram noch krähen, wenn wir mit *den* Lockvögeln kommen. Wer kauft Ladenhüter, un wenn er sie halb geschenkt kriegt! Ui, ui, Scharwächter, nu hab' ich dich.«

Er nahm die Blätter auf, eins nach dem andern, hielt sie weit ab, hielt sie dicht vor die Augen, und Kölsch tat es ihm nach.

»Aus den Betten möcht' ich die Jungens trommeln, Kölsch, wenn nicht der Vater seinen Schlaf haben müßt'. Na, morgen! Wär' es schon morgen! Ich freu' mich ja nur, daß – daß Mutter – –«

Der Alte nickte. »Sie hat fest zu Ihnen gestanden.«

»Ja, die Mutter – –«

»Und – Ewald – –?« fragte Anna ganz leise.

Gustav Wiskotten hörte es nicht. Er sah nur die Entwürfe, sah die Färberei dampfen, die Bandstühle hasten, Wilhelm auf der Reise, Orders, die festeren Preisnotierungen – – »Ich muß nach Haus«, sagte er, »ausschlafen. Das wird endlich einmal ein gesegneter Schlaf werden. Und Scharwächter soll an meinem Bett stehen und ihn mir behüten.«

In seinen Augen saß der kalte, wilde Stolz, der sich solange verkrochen gehalten hatte. –

»Gute Nacht, Kölsch! Gute Nacht, Fräulein Anna! Wenn Sie mich einmal nötig haben –«

»Ewald hat Sie nötig.«

»Er soll sich an mich wenden. Ich werd' mich schon um ihn kümmern.«

Kölsch begleitete ihn zur Haustür. Als er zurückkam, rannte ihm Anna in den Arm. Ganz fest schmiegte sie sich hinein.

»Wird's nun gut mit der Fabrik?«

Er sah ihr forschend in die Augen. »Nur deshalb – –?« – –

* *
*

Alle Wiskottens waren versammelt. Auch Mabel war mitgekommen. Wie vor Jahresfrist die Baumwollfitzen, die Fritz Wiskottens Erfindungskunst zeigten, so gingen heute die Blätter von Ewald Wiskotten von Hand zu Hand, die Ernst Kölsch seiner Schwester als Unterhaltung für die Bahnfahrt geschenkt hatte. Aber heute brach kein lärmender Jubel los wie damals. Die Kämpfe des Winters mit ihren schweren Rückschlägen hatten sie stiller gemacht. Dafür glühten die Augen um so heißer.

Wilhelm Wiskotten sprach zuerst. Als der Reisende der Firma, der mit der Kundschaft verkehrte und den Markt aus der Praxis heraus übersah, vermochte er den Wert der neuen Musterkollektion am sichersten einzuschätzen.

»Ich bin bereit, abzureisen, sobald ihr mir eine Musterkarte davon in die Hand gebt. Ich garantiere das größte Geschäft, das ich je gemacht habe.«

»Zu Preisen, an denen wir uns erholen können?«

»Zu Preisen, wie wir sie ansetzen. Das *müssen* die Leute kaufen. Es wird das Feldgeschrei der Mode werden.«

Frau Wiskotten legte auf der Tischplatte die Hände zusammen. Sie schaute auf ihren Ältesten. Ohne zu sprechen, saß sie und blickte ihn an, bis er es fühlte. Er hob den Kopf und wandte ihn langsam nach ihr. Da glitt ein rätselhaftes Mutterlächeln über ihre harten Züge. – –

»Ich werde heute noch Brinkmann aufsuchen«, sagte Gustav Wiskotten. »Keine Stunde darf verloren werden, denn jede kostet uns Geld. Er muß den Festtag opfern und sofort damit beginnen, die Muster einzurichten, damit nach den Zeichnungen sofort die Karten für den Bandstuhl geschlagen werden können. Das muß er in ein paar Tagen zwingen, und wenn er sich Hilfe nehmen soll. Was fertig ist, wird sofort zum Musterschutz angemeldet. Dann – dann wird's lustig. Ich kann's kaum abwarten.«

Nun sprachen sie alle durcheinander.

Gustav Wiskotten nahm seinen Hut. »Heute abend trinken wir einen.«

»Nein, heute nachmittag die Wagenfahrt«, bat Mabel. »Du hast es mir versprochen. Und es ist gut, wenn ihr vor der Schlacht erst Luft schöpft. Das verkürzt die Wartezeit.«

»Heute geht's nicht, Mabel. Ich muß zu Brinkmann.«

»Nun denn morgen. Morgen nachmittag. Du verzappelst ja sonst in der Fabrik. Ein Mann, ein Wort, Gustav!«

»Na, meinetwegen. Ich stürm' ja doch sonst jede Stunde dem Brinkmann in die Musterstube. Morgen bin ich wahrhaftig überflüssig. Wohin soll's gehen?«

»Ins Neandertal, wo die vorsintflutlichen Menschen wohnten. Das ist morgen die richtige Umgebung für dich.«

»Nimm dich in acht, du Spötterin!«

»Ich fahr' mit«, erklärte Fritz Wiskotten, »ich hab's verdient. Nix wie Ärger hab' ich bisher von meiner Erfindung gehabt.«

»Paul muß mir morgen bei den Kalkulationen helfen«, bestimmte August, bevor auch der sich melden konnte.

»Na, tröst dich, Paul. August nimmt dich dafür Mittwoch mit in den Jungfrauenverein.«

»Albernes Geschwätz!«

»Sei gut, August!«

Dann waren die alten Wiskottens allein. Sie saßen sich an dem langen Tisch gegenüber, der vor die Fenster gerückt war, und blickten hinaus.

»Mutter ...«

»Ja, Vatter?«

»Dat hat unser Ewald gezeichnet ...«

»Ja, Vatter, dat hat der liebe Gott wohl so gewollt.«

Der Alte lächelte in sich hinein. Es mußte eben jeder seinen Weg gehen. Er baute mehr auf die Wiskottensche Art. – –

Am nächsten Mittag fuhren Gustav, Wilhelm und Fritz Wiskotten mit Mabel über Mettmann ins Neandertal. Der Landauer war bequem und der Tag sonnig wie die Stimmung.

»Bist doch eine Prachtfrau, Mabel. Ich würd' jetzt in der Fabrik verzappeln. Und beschleunigen könnt' ich doch nix. Ah, tut die Luft gut!«

»Mabel, das Reitpferd, das ich dir versprach, nimmt jetzt schon greifbarere Form an. Sorg nur, daß der Wilhelm tüchtig verkauft. An dem liegt's.«

»Werd' mit den Inglischmen schon deutsch sprechen, Mabel. Was meinst du, Frau!«

Sie dehnte im Wohlgefühl heimlich die Arme. Dieser Schlag Männer sagte ihr zu. Das war Lebenstemperament.

Auf den Feldern arbeiteten die Landleute. Aus den Gehöften schrien aufjauchzende Kinder sie an und hängten sich eine Wegstrecke an den Wagen. Die Hügel rückten heran, links und rechts säumte der Wald ihren

Pfad, dann wurde der Blick wieder frei, lang streckte sich die Chaussee, und drüben winkten die Felsbildungen des Neandertals.

»Heute früh habe ich von Mutter eine Predigt bekommen«, erzählte Mabel, und sie machte ernsthafte Augen. »Als ich ihr sagte, hier wären Schädel von Menschen gefunden worden, deren Alter nicht nach Jahren, sondern nach Zehntausenden von Jahren berechnet werden könnte. Der älteste Mensch, sagt Mutter, sei Adam, und der wäre vor fünftausendneunhundert Jahren geboren. Es sei sehr traurig, daß ich das nicht aus der Bibel wüßte, sagt Mutter.«

Die Brüder lachten. Dann bog Gustav Wiskotten den Oberkörper über den Wagenschlag und spähte scharf aus.

»Was hast du entdeckt, Gustav?«

»Mir war doch einen Augenblick so – – Aber das is doch Unsinn – nee, doch! Schaut mal da! Sakrament, da, unter den Chausseearbeitern! Der mit der Karre, der Erde fährt! Habt ihr ihn? Ist das nicht – Ewald?«

»Biste verrückt?« Die Brüder waren aufgefahren. Auch Mabel. Aufrecht standen sie in dem Landauer, der sich rasch der Arbeiterkolonne näherte.

»Halten Sie mal an.«

Gustav Wiskotten stieg aus. Ohne Zögern schritt er durch die Reihe der arbeitenden Leute hindurch, die ihm finster nachsahen. Jetzt hatte er den jungen Menschen mit der Karre erreicht. Er legte ihm hart die Hand auf die Schulter. »Ewald!«

Der warf den Zugriemen ab und wandte sich blitzschnell um. Erregt blickte er auf den Bruder. Dann schwand die Schamröte, die ihm jäh ins Gesicht geschlagen war, er preßte die Lippen aufeinander, und sein Blick wurde feindselig.

»Was soll das da?« Gustav Wiskotten stieß mit dem Fuß nach der Schiebkarre.

»Geht's dich was an?«

»Hoho! Auf *dem* Ton pfeifen wir nicht! Was soll das heißen, daß du dich unter dem zusammengewürfelten Volk herumtreibst? Wie?«

»Du siehst es ja. Ich arbeite.«

»Du hast wohl vergessen, was du dem Namen Wiskotten schuldig bist! Hast du den Verstand verloren? Da bin ich ja gerade zur rechten Zeit gekommen. Marsch, mit!«

»Ich hab' dich nicht gerufen. Stör mich hier nicht, oder ich ruf den Wegeaufseher.«

»Was –? Renitent willst du sein?« Gustav Wiskotten packte ihn mit eisernem Griff vorn bei der Jacke. »Dreh dich mal um. Siehst du den Wagen? Fritz sitzt drin und Wilhelm mit seiner Frau. Die wird Freud' haben, ihren jüngsten Schwager begrüßen zu können.«

Ewald Wiskotten zitterte. Er hatte die Dame bemerkt. »Los«, stieß er hervor, »auf der Stelle los! Ich geh' nicht mit. Willst du mich loslassen? Hilfe! Leute! Hierher! Zu Hilfe – –!«

Die Chausseearbeiter liefen mit den Schippen herbei. »Loten Sie den Mann los!«

»Ek well önk den Deubel donn! Dä geht mit! Vorwärts!«

»Ich hab' nix mit ihm zu schaffen! Der will mir das Recht auf Arbeit wehren! Sind wir hier solidarisch oder nicht?«

»Hände weg von dem Mann! Aber wat plötzlich!«

Schippenstiele fuchtelten vor Gustav Wiskottens Augen. Aber er hielt fest. Da flog ihm eine Schippe Erde ins Gesicht. Er ließ los und wischte sich die Stirn. Neue Schippen Erde flogen heran, Knüttel wurden geschwungen, dreißig Stimmen heulten um ihn her. Mitten in den Knäuel griff er, um sich Bahn zu machen. Wilhelm und Fritz sprangen über den Wagenschlag und stürzten herbei. Ein Wutgeheul empfing sie, Erdklumpen, Steine. Aber sie rissen den Bruder aus dem Knäuel und zum Wagen hin. Wie eine Lawine die Schar der Arbeiter hinter ihnen her, alle Leidenschaften urplötzlich entfesselt. Unter ihnen Ewald Wiskotten wie in einem Rausch. Die Brüder erreichten den Wagen. Mabel stand hoch aufgerichtet und hielt das Lorgnon vor die Augen. Das reizte den Haufen zum Äußersten.

»Dat Frauenzimmer 'rut! Dat Frauenzimmer!«

Gustav Wiskotten kletterte auf den Bock. Er riß dem schlotternden Kutscher Zügel und Peitsche aus der Hand. Mitten durch den auseinanderstiebenden Haufen ließ er die Gäule gehen, und links und rechts hieb er mit der Peitsche hinein. Hinter dem davonsausenden Landauer flogen Flüche und Steine – –

»Was war das?« fragte Mabel erstaunt.

»Oh – oh – –« Gustav Wiskotten würgte an den Worten – »nur eine kleine Ovation, die dein jüngster Schwager dir darbrachte.«

»Was seid ihr Wiskottens für amüsante Menschen ...« – –

Der Chausseearbeiterhaufen hatte sich beruhigt. Der Aufseher ließ sich Bericht erstatten. »Das waren Ihre Brüder?« fragte er. Spöttisch blickte der Haufe auf Ewald Wiskotten und rückte, ausspuckend, von ihm ab. »Mak schnell, dat du no Hus kömm's!«

Ewald Wiskotten sah sie entgeistert an. »Gehen Sie schon«, sagte der Aufseher finster, »Sie gehören nicht hierher!«

Da ging er wortlos. »Sie gehören nicht hierher!« Wohin gehörte er denn eigentlich? Nicht hierhin, nicht dorthin. Er fror. Seine Knie wurden müd. Schwankend zog er die stundenweit sich dehnende Straße nach Düsseldorf, ohne Begleitung. Und verkroch sich wie ein geschlagenes Tier in seinen Winkel. – –

4.

»Du kannst nicht sagen, Gustav, daß ich dir lästig gefallen bin.«

»Gewiß nicht, Herr Pastor.«

»Als das Unglück, das Mißverständnis zwischen dir und deiner Frau, über dich kam, sagte ich mir: Männer wie Gustav Wiskotten müssen das Erkennen von Recht und Unrecht aus sich selbst schöpfen, wenn es Bestand haben soll. Wird es von außen an sie herangetragen, empfinden sie es als eine Demütigung. Und gerade ihnen spielt die liebe Eitelkeit am leichtesten einen Streich, weil sie sich frei davon glauben.«

»Ich eitel, Herr Pastor? Diesmal haben Sie sich getäuscht.«

»Lieber Gustav, lehr du mich nicht die Eitelkeit des Mannes kennen. Wir tragen an diesem Übel viel schwerer als die Frauen. Bei den Frauen pflegen wir sie geradezu; wir phantasieren in Samt und Seide, Bändern und Spitzen, um sie herauszuputzen; die ganze Industrie unsres Tales, die halbe Industrie der Welt wetteifert, um ihnen zu schmeicheln. Wie man einem schönen Kinde schmeichelt, an dem man seine Freude hat. Die Eitelkeit der Frau wird also im Grunde bedingt durch – die Eitelkeit des Mannes. Ja, ja, das ist so. Frauen sind eitel um ihrer Schönheit willen. Man nennt das ja wohl einen Kultus. Die Herren der Schöpfung aber sind eitel darauf, daß dieser Kultus ihretwegen geschieht, und sehr ungehalten, wenn ihnen der heimliche Weihrauch, über den sie so erhaben tun, nicht Tag für Tag angenehm in die Augen steigt. Die Eitelkeit der Frau ist die Freude des schenkenden Kindes, die Eitelkeit des Mannes – der Egoismus des fordernden Herrn und Gebieters.«

»Sie sind nicht schlecht beschlagen auf dem Gebiet, Herr Pastor.«

»Weil ich die Dinge aus der Vogelschau sehe, mein lieber Gustav. Ein Pastor ist gewissermaßen ein Neutrum wie ein Arzt, vor dem man sich nicht geniert. Wir sind sozusagen die unbeteiligten Zuschauer, die höchstens ihrem Beifall oder ihrem Mißvergnügen Ausdruck geben dürfen, auch wohl einmal zur objektiven Kritik zugelassen werden, wenn den Darstellern Zweifel aufsteigen. Aber befolgt werden die Aussprüche des Seelsorgers nur in den seltensten Fällen. Und drängt man sich auf, bekommt man die Eintrittskarte entzogen.«

»Das hat in meinem Hause keine Not.«

»Nein, ein Vorwurf für dich sollte das auch nicht sein. Aber was hilft es, in deinem Hause zu sein, wenn du – hinter dem Vorhang bleibst?«

»Ich bin mir als Publikum beinah selbst schon zuviel.«

»Das hatte ich gefürchtet. Du magst dich selbst nicht mehr anhören. Weil du in den Zweifel geraten bist, ob deine Melodie noch stimmt. Gustav, reden wir einmal offen. Die Vorfälle zwischen dir und deiner Frau sind ja sehr bedauernswerte, aber doch nicht so furchtbar schwerwiegende, daß aus den Steinen des Anstoßes eine Mauer aufgerichtet werden muß. Im Gegenteil. Nur die Manneseitelkeit sieht einen Berg, die Liebe sieht ein Stäubchen.«

»Ich höre Ihnen zu, Herr Pastor, weil Sie einmal da sind und weil Sie es gut meinen. Und deshalb antworte ich Ihnen auch. Mag sein, daß es der Egoist ist, der aus mir spricht. Aber dann soll man mir doch auf der andern Seite die Liebe zeigen! Emilie hat sich durch mich vernachlässigt gefühlt. Ist das ein Wunder, wenn man sich überhaupt nicht finden lassen *will*? Ich bin nicht fürs Versteckspielen. Vielleicht fall' ich zu polternd mit der Tür ins Haus. Dann ist es doch Sache einer klugen Frau, die feinen Linien herzustellen, daß wir glauben, sie schenkt uns noch was obendrein, und beschämt und doppelt verliebt schnurren. Aber – überhaupt keine Linie? Keine ineinanderlaufenden? Was bleibt einem da übrig, als, jeder für sich, in gesonderten Welten herumzusteigen, bis man sich selbst zum Überdruß wird? Und diesen Überdruß hat Emilie empfunden, aus diesem Überdruß an sich selbst ist sie gegangen. Nicht, weil ich ein paarmal ein bißchen über die Stränge geschlagen habe. So was bemerkt eine vernünftige Frau gar nicht. Und wenn sie es bemerkt, zieht sie sich ihre Lehre daraus. Aus purem Überdruß an sich selbst und aus Energielosigkeit dagegen anzugehen! Das ist die Geschichte.«

»Du glaubst also, deine Frau empfindet anders, als sie handelt?«

»Herrgott, sie ist doch ein Frauenzimmer und kein Phänomen!«

»Und du? Bist du ein Phänomen?«

»Hab' niemals Anspruch darauf erhoben. Auch nicht, daß ich unfehlbar bin. Emilien gegenüber am wenigsten. Aber was, zum Henker – – verzeihen Sie, Herr Pastor, das flog so heraus –, was gibt ihr das Recht, ihre Fehler mehr zu hätscheln als ich die meinen? Mich zu bestrafen und sich zu belohnen, indem sie mir die Kinder auf eine Zeitlang entzieht? Ich will annehmen, daß die Gedankenlosigkeit der Energielosigkeit die Hand gereicht hat. Diese Gedankenlosigkeit kann ich wieder gutmachen, und wenn ich's noch nicht tat, geschah es, um den Kindern keinen Knacks in ihre Jugenderinnerungen zu schaffen. Ihrer Energielosigkeit aber muß sie selber Herr werden, oder wir kommen aus der Lazarettstimmung nicht mehr heraus. Weiber sind wie Kinder. Wenn man sie bedauert, ist des Heulens kein Ende.«

»Was also muß man mit ihnen tun?«

»Ihren Mut bewundern. Dann schlagen sie vor Vergnügen das Rad. Ganz wie die Kinder.«

»Ich habe darin keine Erfahrung«, meinte Pastor Schirrmacher. »Aber vielleicht sagst du mir, welchen Mut du meinst.«

»Den Mut der Frau, es frischweg mit dem Mann, den sie liebhat, zu wagen. Aus keiner Mücke einen Elefanten zu machen. Und zeigt sich doch einmal ein Elefant, zu tun, als sei's eine Mücke. Vor allem aber, die Liebe zu ihrem Mann höher zu bewerten als die Lehren ihrer Erziehung. Bei Emilie war die Erziehung grundverkehrt. Deshalb ist auch ihre Liebe grundverkehrt. Weil sie nicht den Mut hatte, sich für ein funkelneues Dasein zu entscheiden, wie es eine Ehe verlangt, und nun Gott einen guten Mann sein zu lassen, der schon den richtigen Schick in die Sache bringen wird. Eine Frau, die auf die Weisheit ihres Vaters schwört, hat der Ehegatte nur auf Borg.«

»Aber du sagtest doch, Gustav, daß deine Frau Überdruß an sich selbst empfunden hätte. Dann muß doch eine Selbsterkenntnis vorangegangen sein?«

»Ich weiß doch, daß sie Blut hat«, murmelte Gustav Wiskotten. »Wenn's mal geweckt war, ging's durch. Nur ihre Erziehung verbot ihr, es wecken zu lassen. Nachher war's immer, als ob sie etwas Verbotenes getan hätte. Herr Pastor« – er lachte kurz auf –, »man nennt das übrigens ›aus dem Nähkörbchen schwätzen‹.«

Pastor Schirrmacher wiegte den Kopf. »Überlassen wir diese Deutung Menschen von gewöhnlicher Sinnesart. Wenn wir erst beginnen, uns des rein Menschlichen in uns zu schämen, hat es keinen Zweck mehr, über die Erde zu wandern, und wir verstehen Gott nicht mehr, der uns also schuf.« Er erhob sich. »Und nun will mir scheinen, als ob euer Fall gar nicht so hoffnungslos läge. Wo das Blut einmal gesprochen hat, bleibt die Erinnerung. Und die Erinnerung veredelt, verschönt und – gleicht aus.«

Er reichte dem Hausherrn die Hand.

»Die Frau ist der schwächere Teil. Trotz aller ihrer Selbständigkeitsbestrebungen. Ohne die Liebe findet sie nie das harmonische Gleichmaß, das sie anstrebt. Nur in einsamen Frauen erwächst die Verbitterung ihres Geschlechts. Sorg dafür, Gustav, daß Emilie von dieser Verbitterung befreit wird, indem du ihr die Einsamkeit nimmst.«

»Sie betrachten die Dinge mit einer Milde, Herr Pastor, die ich bei Ihnen am wenigsten gesucht hätte.«

Pastor Schirrmacher lächelte. »Es klingt nicht schön, was ich dir jetzt sage, Gustav. Aber ein Pastor muß ein Stück Diplomat sein. Du kennst mich als den Kanzeldonnerer, als den Zeloten. Schau dich um. Glaubst du, mit diesem Volk hier wäre anders auszukommen als mit Gewalttaten? Wenn wir Pastoren im Tal die Leute nicht andonnerten, würden sie nicht zufrieden sein. Hier liegen die Gegensätze dicht beieinander. Die Lauen heißt es zu erschrecken und mitzureißen und den Frommen die Einbildung zu nehmen, als ob sie frömmer als der Pastor seien. Das letztere ist nämlich eine Kardinaltugend der Wuppertaler, und wenn man in der Welt gegen die Wuppertaler Pastoren zetert, so vergißt man, daß hierzulande der Hirt nur das Echo seiner Herde ist. Du aber, mein Sohn, bist in deiner Art selber eine Persönlichkeit. Da können wir ruhig als Menschen miteinander reden, die da von der Erde sind.«

»Nun, Herr Pastor«, sagte Gustav Wiskotten, »diese Diplomatie ist auch die meine. Im übertragenen Falle. Auch ich gebrauche Gewalttaten, um mir Achtung und Nachdruck zu verschaffen. Solange es sich um Kindsköpfe oder Dummköpfe handelt. Biegen oder brechen. Mit frischen Persönlichkeiten aber rede ich aus dem Herzen. Vielleicht kommt auch Emilie noch einmal dahinter.«

»Ich werde mir überlegen«, meinte Pastor Schirrmacher nachdenklich, »wie hier der Hebel anzusetzen ist.«

»Sehr freundlich, Herr Pastor. Aber zerbrechen Sie sich nicht darüber den Kopf. Es gibt Dinge, die nur zu zweien ausgetragen werden können. Freiwillige Einsicht von innen heraus! Vermittlungen schaffen nur den maskierten Kriegszustand in Permanenz. Das macht den Menschen kaputter als ein offener Kampf, Herr Pastor, und ich bin keine Kompromißnatur.«

»Adieu, Gustav, ich komme wieder.«

»Aber mit einem andern Gesprächsthema, Herr Pastor.«

Auf der Straße lief Pastor Schirrmacher gegen Anna Kölsch. »Willst du verreisen, Kind?« Und er klopfte auf ihre Handtasche.

»Nach Düsseldorf nur«, erwiderte sie hastig.

»Aber das ist doch nicht der Weg zum Bahnhof.«

»Ich habe noch mit Herrn Gustav Wiskotten zu sprechen.«

»So, so. Der ist noch daheim. Höre mal – nach Düsseldorf, sagst du? Hm, Anna, du könntest mir da ein Geschäft abnehmen. Wenn du einmal zu Frau Emilie Wiskotten gingst –«

»Was soll ich dort?« fragte sie in abwehrendem Ton.

»Nur sie besuchen, sehen, wie es ihr geht, mit ihr plaudern und ihr von Herrn Gustav erzählen.«

»Ich weiß nichts Gutes.«

»Gemach, gemach. Um dich zur Richterin aufzuwerfen, dazu gebricht es dir doch wohl an Übersicht. Aber so sind die Frauen. Was bei ihnen Gemüt, Verstand oder rasche Laune ist, das wissen sie oft selber nicht zu entwirren. Besuche nur Frau Emilie Wiskotten. Auch durch gegenseitige Übertreibungen kann man der Vernunft näherkommen. Gute Reise, mein Kind.«

Anna Kölsch stürmte an ihm vorbei und die Treppen hinauf. Sie traf Gustav Wiskotten im Begriff, sich zur Nachmittagsarbeit in die Fabrik zu begeben. »Mädel, Sie explodieren ja!«

»Herr Wiskotten, ist es wahr, daß – ist es wahr –«

»Was soll wahr sein, Anna?«

»Daß Sie gestern Ewald bei den Chausseearbeitern getroffen und geprügelt haben?«

»Unsinn, geprügelt! Ein bißchen fest angefaßt hab' ich ihn.«

»Sie haben ihn aber nicht anzufassen!«

»Wa –? Nun wird's aber Tag! Ich hab' ihn nicht anzufassen? Ich soll mir den Hohn gefallen lassen, daß der Jung' aus lauter Trotz gegen seine Familie verkommt? Aus purstem Oppositionsgeist uns lächerlich macht?«

»Zeigen Sie nicht auch immer und überall Ihren Oppositionsgeist?«

»Kleine, Sie fangen an, mir Spaß zu machen. Und jetzt muß ich in die Fabrik.«

»Ja, weil Sie sich schuldig fühlen, deshalb brechen Sie ab. Der Ewald ist mehr wert als Sie alle!«

»Kind, bitte, nun aber Schluß!«

»Einem Menschen, der so kämpft wie der, der zu der letzten Arbeit greift, nur um sich nichts schenken zu lassen –«

»Wir kriegen auch nichts geschenkt.«

»Doch! Sie lassen sich was schenken, und zum Dank prügeln Sie den, der Ihnen geholfen hat. Das – das ist – –!«

»Das ist eine Gemeinheit, wollen Sie sagen. Ich halte das Ihrer jugendlichen Aufgeregtheit zugute. Aber um Sie zu beruhigen, kann ich Ihnen sagen, daß ich wegen des Drecks, mit dem mich die Kumpanei Ihres heldenhaften Ewald beworfen hat, heute ein Bad hab' nehmen müssen.«

»Das scheint nicht weit gedrungen zu sein«, stieß das Mädchen trotzig hervor.

»Fräulein Anna!«

Das Mädchen brach in Tränen aus. Aber es waren zornige Tränen.

»Was wollen Sie denn von ihm? Wenn er nicht nach Düsseldorf durchgebrannt wäre, in das elende Leben, dann säßen Sie jetzt mit der Fabrik fest! Nur seine prachtvollen Musterzeichnungen werden Sie retten. Das haben Sie und Vater vorgestern doch selbst ausgesprochen. Dann findet man doch ein Wort des Dankes eher als das Anschreien, das ihn nur noch verbitterter machen muß. Er ist doch ein Kranker, der Ewald, der sich bald gar nicht mehr zurechtfindet. Aber Sie mit Ihrer harten Gesundheit meinen immer gleich zupacken zu müssen. Alle Menschen sind nicht wie Sie. Es gibt auch weiche Naturen.«

»Zu denen scheinen Sie mir nicht zu gehören, Anna.«

»Aber ich hab' Gerechtigkeitsgefühl.«

»Und das streiten Sie mir ab?«

»Seinen Zeichnungen haben Sie Gerechtigkeit widerfahren lassen, o ja, weil Ihnen das gelegen kam. Aber Sie nehmen alles hin, als ob es ganz selbstverständlich sei, weil es ja von einem Wiskotten stammt. Statt nun zuallererst dem Ewald Hilfe zu bringen –«

»Er will keine.«

»Nein«, sagte sie und trocknete rasch ihre Tränen, »solche möcht' ich auch nicht. Es muß Liebe dabei sein. Aber die Familie Wiskotten glaubt sich ja etwas zu vergeben, wenn sie sich mal weich zeigt.«

»Kind! Sie spielen hier mit unsrer Freundschaft ...«

Da hob das Mädchen ruhig den Kopf und sah ihn unerschrocken an.

207

»Wozu brauchen Sie meine Freundschaft? Sie sind sich ja immer und überall selbst genug. Ich will sie lieber denen bringen, die nicht so – gesund sind.«

»Fräulein Anna, vergessen Sie nicht –«

»Nein, ich vergesse nicht, daß ich die Tochter vom Werkmeister Kölsch bin.«

»Mädel, machen Sie mich nicht fuchtig! Daß ich das nicht hab' sagen wollen, liegt auf der Hand. Aber ich hab' den Kopf nun voll genug, als daß ich mich jetzt um andre Dinge als um die Fabrik kümmern könnte. Erst erscheint der Pastor, nun erscheinen Sie, und wir alle drei tun, als hätten wir ein Kaffeekränzchen, während in der Zeichenstube, am Musterstuhl, in der Buchbinderei, überall, nur hier nicht, meine Anwesenheit dringend erforderlich ist. Erst das Geschäft, dann das Vergnügen.«

»Wie kann da die Arbeit Vergnügen machen ...«

»Anna, Sie sind doch sonst ein vernünftiges Geschöpf. Hier gilt es jetzt, einen Hauptschlag zu tun, und der verlangt Arme, Fäuste und Gehirn eines ganzen Mannes. Es handelt sich in dieser Stunde nicht um mich oder um Ewald, überhaupt nicht um einen einzelnen, sondern um die Gesamtheit des Namens Wiskotten. Wenn ich alle Kräfte zur Schlacht heranziehe, kann ich nicht hinter Deserteuren herlaufen. Aber ihre Munition verwend' ich, wo sie mir in die Hände fällt. Und nach dem Sieg wollen wir weiter sprechen. Dann ist die Zeit, Wunden zu verbinden.«

»Und wenn die Verwundeten vorher zugrunde gehen?«

»Das bringt der Krieg mit sich. Ich – ich bin auch nicht dagegen gefeit.«

»Ich werde also allein hinausfahren.«

»So ist's recht. Das ist der Beruf der Frau. Krankenpflegerinnen sind die besten Bundesgenossen unseres Gewissens.«

»Ich zweifle manchmal, Herr Wiskotten – –«

»Ob ich eins besitze? Da schauen Sie mal zum Fenster hinaus, da sehen Sie es greifbar vor sich. Die Fabrik! Das ist mein Gewissen. Und Hunderte von Menschenleben, deren Wohlergehen mir anvertraut ist, sind mein Gewissen. Was will dagegen mein kleines Privatgewissen besagen? Zwei oder drei Menschen von Hunderten abgezogen, das macht nichts aus. Aber Hunderte von zwei oder drei abgezogen –? Adieu, Anna, ich muß in die Fabrik. Wir stehen vor dem kritischen Augenblick, und es ist Zeit, daß ich mein Gewissen beruhige.«

Sie fuhr mit dem Nachmittagszug nach Düsseldorf. Grübelnd saß sie im Wagen. Das Gewissen! Sollte darin der Frauenberuf bestehen, das kleine Gewissen des Mannes zu sein …?

Sie suchte Ernst auf. Er war nicht in seiner Wohnung. Sie nahm eine Droschke und fuhr erfolglos die Kneipen ab, in denen er zu verkehren pflegte. Um dem Kutscher ihre Mutlosigkeit nicht zu zeigen, gab sie ihm Auftrag, sie im Hofgarten spazierenzufahren. Zwischen den Bäumen spann schon die Dämmerung, und nun kam die treibende Angst und wirbelte ihre Gedanken durcheinander. Allein Ewald aufsuchen? Sie schrak zusammen, wenn sie an das fürchterliche Haus dachte mit seinen zusammengepferchten Menschen. Alle würden sie aus den Türen kommen, um zu sehen, weshalb das Fräulein des Abends bei dem jungen Mann so laut und anhaltend pochte. Nein, allein konnte sie es nicht. Sie mußten zu zweit sein, um sich Mut zu machen. Wer? Wer? Wen kannte sie außer Ernst in Düsseldorf? Da fiel ihr Emilie Wiskotten ein. Mit einem Ruck saß sie im Wagen aufrecht. Emilie Wiskotten – – –

Nur ein paar Herzschläge lang überlegte sie. Gustavs Frau würde helfen. Weil sie eine Frau und – weil sie selbst in der Fremde war. Sie würde den Schwager nicht entgelten lassen, daß sie sich in ihrem Manne getäuscht glaubte. Das war nicht Frauenart.

»Fahren Sie in die Gartenstraße, zur Villa von Fräulein Scharwächter, Kutscher.«

Fünf Minuten später hielt der Wagen vor dem Haus. Sie hieß den Kutscher warten und klingelte. Das alte Fräulein kam selbst, um zu öffnen.

»Könnte ich – einen Augenblick nur – Frau Wiskotten sprechen?«

»Mit wem habe ich das Vergnügen?«

»Anna Kölsch aus Barmen.«

»Doch nicht die Tochter von –«

»Ja, die Tochter von Werkmeister Kölsch aus der Wiskottenschen Fabrik. Bitte, lassen Sie mich Frau Emilie Wiskotten nur einen Moment sprechen.«

»Treten Sie in dies Zimmer. Es ist doch – in Barmen – nichts passiert?«

»Nein, nein. Ich möchte nur Frau Wiskotten – –«

»Sofort, sofort.« Und das alte Fräulein eilte schnell hinaus.

Dann hörte Anna Kölsch droben eine Tür schlagen, Schritte die Treppe hinunterhasten, und vor ihr stand Emilie Wiskotten.

»Fräulein Anna …!«

»Frau Wiskotten –«

»Was ist? Weshalb kommen Sie? Ist etwas geschehen? Gustav? Um Gottes willen, sprechen Sie doch! Ist mein Mann nicht gesund? Ist er krank? Was fehlt ihm? So reden Sie doch nur, Anna.«

»Oh, Frau Wiskotten, wenn er Sie so sehen könnte!«

Emilie Wiskotten griff nach den Händen des Mädchens. Ihre Augen waren weit aufgerissen, und ihre Schultern bebten.

»Hat er nach mir verlangt? Soll ich heimkommen? Ja, er ist krank! Er würde sonst Sie doch nicht geschickt haben. Anna, ist es schlimm …?«

»Frau Wiskotten, Ihr Mann ist gesund. Es fehlt ihm nichts, oder – er läßt es sich nicht merken. Gerade jetzt denkt er an nichts als an die Fabrik, und deshalb komme ich zu Ihnen.«

»Deshalb? Wegen der Fabrik? – –«

Ihre Arme fielen matt nieder. Die angespannten Züge wurden schlaff.

»Setzen Sie sich.«

»Nein, Frau Wiskotten, ich kann mich nicht setzen. Ich möchte Sie mitnehmen.«

»Er braucht mich ja nicht. Er zeigt es mir ja – deutlich genug.«

Sie stand ganz aufrecht. Aber aus ihren Augen lösten sich ein paar Tränen und zogen über die blassen Wangen eine lange feuchte Spur.

»Doch, Frau Wiskotten, er braucht Sie. Gerade weil er nur an die Fabrik denkt. Da braucht er jemand, der ihm alles, für das er keine Zeit findet, abnimmt. Die Frau – ich habe es mir auf der Herfahrt überlegt – sollte das kleine Gewissen des Mannes sein, dem er im Lärm der Arbeit kein Gehör schenkt. Frau Wiskotten, es handelt sich um Ewald! Er geht unter! Die Männer können sich nicht um ihn kümmern, da die Geschäfte gerade jetzt sie nicht loslassen. Frau Wiskotten, da müssen wir Frauen doch heran. Um ihnen zu zeigen, daß es ohne das kleine Gewissen nicht geht. Daß sie sonst später an allen ihren Erfolgen ja gar keine Herzensfreude haben könnten.«

»Ewald – –«, wiederholte Emilie Wiskotten, und ihre Gedanken waren nicht bei dem Wort.

Da erzählte Anna Kölsch mit fliegendem Atem von den Kämpfen des Jungen, von seinen Entwürfen, die nun in der Fabrik ausgearbeitet würden, um als Vernichtungsschlag gegen Jeremias Scharwächter benutzt zu werden, und von der Behandlung, die man dem Retter in der Not im Neandertal habe widerfahren lassen, nur weil er in seiner Art so stolz und trotzig gewesen sei wie der Herr Gustav.

»Und nun?« fragte Emilie Wiskotten, die plötzlich aufgehorcht hatte.

»Wir müssen den Ewald aufsuchen. Wir müssen an ihm gutmachen, was die Familie an ihm getan hat. Wenn er der Fabrik geholfen hat, müssen wir doch nun ihm helfen. Und wenn das die Männer vergessen, müssen die Frauen sie beschämen.«

»Kommen Sie«, sagte Emilie Wiskotten rasch, »wir wollen sie beschämen.«

»Ach, Frau Wiskotten!«

In den Augen der Frau war ein sinnendes Leuchten, ein verlorenes Lächeln, das wehe tat.

»Schwache Männer können das nicht vertragen. Aber starke Männer muß man beschämen, wenn sie über uns hinwegsehen. Das habe ich früher auch noch nicht gewußt.«

»Ich habe einen Wagen draußen.«

»Warten Sie. Ich will nur den Kindern gute Nacht sagen. Glauben Sie, daß Ewald krank sein wird?«

»Ich weiß nur, daß er sehr verlassen sein muß.«

»Das ist noch schlimmer. Warten Sie, Anna.«

Als sie zurückkehrte, waren ihre Mienen fest und sicher. Aber ihr Wesen war lebhafter geworden. Als glitte eine geheime Freude hindurch. Schweigend fuhren sie zur Ratingerstraße und stiegen die vier Treppen hinauf.

»Wir wollen nicht anklopfen«, flüsterte Anna Kölsch, »er läßt uns sonst nicht hinein.« Und sie drückte resolut auf die Klinke. Die Tür war verschlossen. Drinnen blieb es still.

Die Frauen sahen sich an. Auf dem Korridor, den eine trübe brennende Petroleumlampe spärlich beleuchtete, herrschte eine dicke, verdorbene Luft, die ihnen das freie Atmen erschwerte. Emilie Wiskotten hielt sich das Taschentuch vor den Mund. Anna Kölsch biß die Zähne zusammen.

»Wir müssen zu seiner Wirtin«, flüsterte sie, und sie rafften die raschelnden Röcke zusammen, um kein Geräusch zu machen.

Die greise Taglöhnerswitwe saß in schmutziger Nachtjacke und zerknitterter Haube, unter der die ungekämmten Haarzotteln hervorkrochen, stumpf bei ihrer Abendmahlzeit.

»Wir möchten zu Herrn Wiskotten ...«

»Tür daneben.«

»Da ist zugeschlossen.«

»Is m'r egal.«

Emilie Wiskotten legte ein Markstück auf den Tisch. »Würden Sie die Freundlichkeit haben, zu sorgen, daß aufgeschlossen wird?«

Die Alte drehte das Markstück herum, schob es in die Tischlade und erhob sich.

»Sie müssen nicht sagen, daß Besuch da ist.«

Die Greisin schlurfte in ihren Filzpantoffeln hinaus. Sie klopfte nebenan. Dann verstärkt.

»Jesses, wat heißt dat? Hat'r mein Streichholzschachtel nich gesehn? Doch, sie is drin. Ich will ens kucke.«

Der Schlüssel schnappte im Schloß herum, die Alte ging hinein. Dicht neben der Tür standen die beiden Frauen. Als die Alte hüstelnd zurückkam, nahmen sie ihr die Tür aus der Hand und traten ein.

»Wer ist da?« fragte aus der Fensterecke heiser eine Stimme.

»Guten Abend, Ewald«, sagte Emilie. »Ich will mal zuerst Licht machen.«

Sie tastete herum und fand auf einer Kiste eine kleine Arbeitslampe.

»Nicht anzünden! Nicht!«

Aber schon drang der rötliche Schein durch das Zimmer. Ewald Wiskotten hatte sich auf seinem Bettsack herumgeworfen. In seinem alten Rock lag er, in eine zerschlissene Wolldecke gewickelt, mit dem Gesicht gegen die Wand und hielt die Augen geschlossen. In dem matten Licht sah seine Nase spitz, sahen seine Backenknochen hochgewölbt aus.

»Verlassen Sie mein Zimmer!«

»Sie? Wer ist denn Sie? Junge, mach mal die Augen auf! Ich bin doch Emilie, deine Schwägerin Emilie.«

Er rückte den Kopf von der Wand und öffnete die Augen. »Anna!« stieß er hervor. Sein Kopf fiel zurück. In ohnmächtigem Grimm blickte er auf die Frauen.

»Nun bitte aber einen freundlicheren Empfang. Wir tun dir nichts.« Und Emilie streckte ihm die Hand hin.

Er stieß die Hand zurück, den Blick auf Anna gerichtet. »Hast du's erreicht mit deinem Spionieren!«

»Schimpf du nur, Ewald«, sagte das Mädchen ruhig. »Hinaus kriegst du mich nun doch nicht mehr.«

»Ich bin hier der Herr!«

»Junge, Junge!« beruhigte Emilie Wiskotten und legte ihm die Hand auf die Stirn. Mit einer frauenhaften, mütterlichen Gebärde. »Du bist krank, Ewald. Da hast du ganz still zu gehorchen.«

»Ich nehm' nichts von der Familie!«

»Wer spricht denn von der Familie? Aber – Leidensgefährten, die – ja siehst du, die müssen sich doch aushelfen.«

Verständnislos starrte er sie an. So kannte er sie ja gar nicht. War das – Gustavs Frau?

»Ja, ja, Junge. Wir sind Leidensgefährten. Das hast du wohl nur nicht gewußt, sonst wärst du wohl zu *mir* gekommen.«

»Einmal hab' ich gehört – – aber –«

»Nicht daran geglaubt. Ich mach' dir auch keine Vorwürfe. Die Hoffnung hab' ich nicht verloren, und du sollst sie auch nicht verlieren, deshalb bin ich zu *dir* gekommen. Siehst du, Ewald, mir geht's schlecht, aber dir geht's augenblicklich noch viel schlechter. Da wollen wir zusammenlegen und halbpart machen.«

»Emilie – –«

»Würdest du deine Schwägerin im Stich lassen, Jung'? Wenn alle täten, als – als hätten sie mich vergessen? Du bist doch anders. Du mit deiner Begeisterung. Leute, die wie wir im Unglück sind, können doch nicht kleinlich gegeneinander sein.«

»Nein, Emilie.«

»Hast du Schmerzen?«

Er sah sich unruhig um. »Schmerzen? Gar keine!«

»Also, was fehlt dir? Wir beide brauchen uns doch nicht voreinander zu schämen?«

Seine Kinnbacken bewegten sich hin und her. Und langsam zog eine glühende Röte vom Halse herauf über sein eingefallenes Gesicht. »Anna soll's nicht hören«, murmelte er.

Emilie Wiskotten winkte Anna lächelnd zu, zurückzutreten. Dann beugte sie sich dicht über ihn.

»Nun sprich, Ewald, was hast du?«

Er würgte an den Worten. Sie wollten nicht heraus. Und Emilie spürte die Glut seines Gesichtes wie eine heiße Luftwelle.

»Was hast du?« wiederholte sie ganz leise und mütterlich.

»Hunger!« stieß er hervor und schlug die Hände vors Gesicht.

Das Wort wuchs riesengroß empor, schwankte mit hageren Gliedern durch die Kammer, stieß sich an den leeren Kisten, die das Mobiliar ausmachten, und raschelte mit Rattenzähnen im Stroh des Bettsacks. Anna fühlte es, daß es im Zimmer war. Gesicht und Hände wurden ihr kalt, ihr Atem kroch mühsam aus der Tiefe, ein stummes Weinen saß ihr in der Kehle wie bei Kindern, die sich in der Dunkelheit fürchten. Mit hilfesuchenden Augen schaute sie auf Emilie.

Emilie Wiskottens Hand hatte gezittert. Einen Augenblick nur. Dann steifte sie ihren Körper gegen den Schauer, der ihr durch die Schultern rann. Hunger! Sie hatte auch Hunger. Der da vor ihr gestand es ein.

Sie zwang ihren Blick, ruhig und prüfend zu bleiben. Bis er fast eine kalte Schärfe gewann. So weit also ließen es die Wiskottens mit den Schößlingen kommen, die sich nicht freiwillig dem Stamm fügen wollten. Sie wurden ausgehungert.

»Du bist gerad' wie ein kleiner Junge, Ewald«, sagte sie. »Wenn man Hunger hat, ißt man doch. Aber man legt sich doch nicht hin und zieht sich die Decke über die Ohren. Herrgott, solche Kleinigkeiten!«

Er hielt noch immer die Hände vor den Augen. Aber er horchte verwundert auf. Hatte sie ihn nicht verstanden?

»Ich würd' dich einfach bitten, mit mir zu kommen«, fuhr sie in dem Tone fort, mit dem man selbstverständliche Dinge behandelt. »Aber Tante Josephine, bei der ich wohne, ist so ein altes umständliches Fräulein, wenn sie nicht vorbereitet ist. Weißt du was, wir essen bei dir. Ich deck' den Tisch, und Anna holt ein.«

Er blieb sprachlos. Nur jetzt nicht die wunderliche Stimmung mit einem Wort zerreißen und davonjagen. Alles mit sich geschehen lassen. Als ginge ein Märchen aus seiner Kindheit um ihn herum.

Emilie Wiskotten sprach leise mit Anna Kölsch. »Werden Sie sich nicht fürchten, über die Straße zu gehen?«

»Fürchten? O nein ...« Und die Zähne schlugen ihr aneinander.

»Ich werde unterdes von der Alten ein wenig Feuer in das Ofentrömmelchen tragen lassen. Diese Nacht werden wir kaum fort können.«

Als Anna Kölsch nach einer Viertelstunde mit einer Flasche Portwein, Kakao, Milch, Eiern und Zwiebäcken heimkehrte, war das Öfchen geheizt, die große Kiste vor dem Fenster mit einem Tuch bedeckt und mit zwei Tellern, zwei Tassen und einer kleinen Pfanne bestellt. »Mehr war nicht sauber«, sagte Emilie. »Es muß auch so gehen. Die Alte bringt einen Brief an Tante Josephine, daß ich nicht nach Haus komme. Ich hab' ihr noch eine Mark gegeben.«

»Ich werde Rührei machen, das ist leicht.«

»Geben Sie mir die Portweinflasche. Der Wein soll ihn vorher anregen.«

Anna Kölsch hielt sich im Hintergrund. Ewald sollte von ihrer Anwesenheit so wenig wie möglich verspüren. Sie schob die Pfanne auf das Öfchen, wandte dem Zimmer den Rücken und beschäftigte sich mit dem Gericht. Emilie Wiskotten schenkte einen Tassenkopf voll Wein, beugte sich über den Jungen, der steif ausgestreckt lag, und veranlaßte ihn, zu trinken. »Das ist der Willkommenschluck. Langsam. In ganz kleinen Zügen.« Und er trank ...

Nach wenigen Minuten huschte ein Schatten heran. Anna trug das Pfännchen auf den Tisch und verschwand wieder in ihrer Ecke, aus der nur ihre Augen groß hervorlugten. Emilie Wiskotten füllte einen Teller, steckte einen Zwieback in den Wein und stützte Ewalds mageren Rücken.

»Nun iß.«

Die Augen auf der Wolldecke, aß er langsam und dann hastiger, immer hastiger. Und die letzten Tropfen des Weins tupfte er gierig mit dem Zwieback aus der Tasse. Behutsam bettete Emilie ihn zurück. Ihre Kraft ging zu Ende, wie sein Stolz zu Ende ging.

»Liegst du gut?« fragte sie und meisterte ihre Erregung.

Er gab keine Antwort. Der Wein hatte ihn betäubt. Er war im selben Augenblick, in dem er die Glieder dehnte, eingeschlafen.

Emilie Wiskotten ging auf Fußspitzen durch die Kammer. Anna bewegte sich. Sie tat ihr einen Schritt aus der Ecke entgegen. Ganz fest umschlangen sie sich, als müßte eine die andre stützen, als müßte eine die andre daran hindern, Geräusch zu machen. Und eine weinte an der Schulter der andern. Als wären die Deiche durchbrochen, die alle Tränen im Herzen aufgestaut hätten, weinten die Frau und das Mädchen – –

»Still«, sagte Emilie, »er darf nichts hören.«

»Ich – will nicht – hinsehen.«

»Ach, Anna, ob ich hinsehe oder nicht – –.«

Da preßte das junge Mädchen dicht ihren Körper an Emiliens Brust.

»Frau Wiskotten, der, den Sie meinen, verhungert auch. Er ist nur stärker als der Ewald und hält es länger aus.«

»Ich – *ich* verhungere!«

»Nein, der Herr Gustav. Ich weiß es ja. Ich sehe ihn ja Tag für Tag. Er zeigt es nur nicht, weil er sich fürchtet, er könnte sich was vergeben. Aber er denkt nur immer an Sie.«

Sie saßen aneinandergeschmiegt auf der Kiste, die Stuhl und Sofa vorstellte. Das Feuer im Öfchen und die Lampe warfen tanzende Scheine durch die leere Kammer. Und die beiden Frauen füllten die Leere um sich her mit Gestalten.

»Hat er von mir gesprochen?«

»Es klingt immer durch, Frau Wiskotten.«

»Sag doch ›Emilie‹. Ich kann dich – leichter fragen.«

»Ja, Emilie.« Das Mädchen preßte sich dichter an sie.

»Und was – was sagt er?«

»Er hätte Sehnsucht nach der Freude. Aber es müßte die Freude sein.«

»Und das sagt er von mir? Nicht – von einer andern?«

»Er kommt ja nur noch zu uns. Sonst lebt er nur für die Fabrik.«

»Wie sieht er aus, Anna?«

»Zu Hause stiller, in der Fabrik strenger.«

»Was macht die Fabrik?«

»Ihr Vater, der Herr Scharwächter, hat sie totmachen wollen. Es ging immer schlimmer. Dann hat der Herr Gustav die Zähne zusammengebissen. Er soll sein ganzes Vermögen drangesetzt haben, sagt der Vater, damit seine Brüder keinen Schaden litten.«

»Der Gustav – –«, sagte Emilie und starrte ins Feuer.

»Und nun haben sie die neuen Muster, die vom Ewald. Damit will Herr Gustav den letzten Schlag gegen Herrn Scharwächter führen. Vater sagt, das hielte er nicht aus.«

»Wer hielte es nicht aus?« fuhr sie auf.

»Der Herr Scharwächter«, sagte das Mädchen ängstlich.

»Ah – – nicht der Gustav«, und sie atmete tief auf und hob den Kopf.

»Ich versteh' – dich nicht.«

»Ich versteh' mich selber nicht. Aber das muß wohl so sein. Ich hab' immer auf meinen Vater gehört, immer, immer! Und meine Angst war bei Gustav. Anna, er darf nicht verlieren!«

»Er wird auch nicht verlieren. Aber der Herr Scharwächter.«

»Sprich doch von Gustav! Hier sieht's ja keiner, daß ich mich schäme. Aber mein Vater, siehst du, mein Vater wäre mir gar nichts mehr, wenn er Gustav unterkriegte. Kein Mensch darf über ihm sein, keiner!«

»Emilie, wenn du ihm das sagtest.«

»Wenn ich allein bin, kann ich es sagen. Diese lange, fürchterliche Einsamkeit. Dann steht man ganz nackt vor sich selbst da. Und sieht sich selbst. Und gesteht sich zu, daß – ach du, daß all der kleinliche Widerstand und die Furcht, der andre könnte uns auch so sehen, im Grunde ja doch nur etwas Künstliches ist. Gerade so, wie die weibliche

Schwäche nur dann eine Entwürdigung ist, wenn man daran deutelt und künstelt. Ich hab' es immer getan, und weil ich mir nicht eingestehen wollte, daß ich mich selbst betrog und ihn mit, wurde ich reizbar und verbittert gegen alle Welt. Dann ging ich. Und es war doch nur Zorn über mich selbst, daß ich ihm nicht mehr war. Das erfuhr ich erst in den leeren Tagen und schlaflosen Nächten, und auch, wer der Schuldige war. Denn mich – mich hat – die Trennung – krank gemacht.«

Sie saß mit zusammengeflochtenen Fingern und abwesenden Blicken.

»Wenn du einmal Frau wirst, Anna, wirst du das verstehen. Man weiß ja gar nicht, was man alles an den Mann hängt. Könnt' ich es ihm doch zeigen! Aber dann schäm' ich mich vor mir selber.«

»Emilie, ich würde mich nicht schämen.«

Da sah Emilie Wiskotten das Mädchen, das solche Scham nicht kannte, staunend an, und sie sah an Stelle der Scham die Keuschheit. Ganz still saßen sie beieinander, und die Nacht schritt vor. – –

Und wie aus tiefem Sinnen heraus sagte Emilie Wiskotten – und sie wußten beide nicht, waren Minuten oder waren Stunden vergangen –: »Als du heute abend zu mir kamst, um mich zu holen, da packte mich der Schreck, es könnte Gustav etwas zugestoßen sein, so arg, daß ich fast verrückt wurde. Und als ich hörte, es sei um Ewald, da hätte ich gewünscht, es möchte Gustav sein. Ist das nicht fürchterlich?«

»Emilie, weil du Sehnsucht nach ihm hast. Kranken können wir helfen.« – –

5.

Werkmeister Kölsch schritt mit gefurchtem Gesicht durch die Fabrikräume hinauf zur Haspelstube, wo er die alte Frau Wiskotten wußte. Es war Frühstückspause. Die Leute saßen in Gruppen beisammen, tranken aus blechernen Milchkannen oder kleinen Steingutkrügen ihren Morgentrunk und unterhielten sich zwischendurch mit gedämpfter Stimme. Im Bereiche der Frau Wiskotten war es stiller. Hier tönte nur *eine* Stimme, gedehnt, und mit Betonung. Frau Wiskotten hielt Morgenandacht. In ihrem Schoß lag aufgeschlagen der hundertachtzehnte Psalm.

»Tut mir auf die Tore der Gerechtigkeit, daß ich eingehe und dem Herrn danke. Das ist das Tor des Herrn; die Gerechten werden dahin eingehen. Ich danke dir, daß du mich demütigst und hilfest mir. Der

Stein, den die Bauleute verworfen haben, ist zum Eckstein worden. Das ist vom Herrn geschehn und ist ein Wunder vor unsern Augen.«

»Guten Morgen, Frau Wiskotten.«

Sie sah ärgerlich auf.

»Guten Morgen, Kölsch. Sie hätten man ruhig zuhören können. Dat schad't keinen Menschen wat.«

»Ich möcht' Sie mal eben sprechen.«

»Man soll Gott zunächst die Ehre geben. Aber ich denk', auf dat Quantum kommt et nich an. Wenn nur dat Wenige sitzen bleibt, will ich et loben. Warten Sie, ich geh' mit.«

»Frau Wiskotten«, sagte Kölsch, als sie nebeneinander über den Korridor gingen, »Sie brauchen mir deshalb nich bös zu sein, aber nu muß wirklich eine Änderung Platz greifen.«

»Wenn die Änderung eine vernünftige is, bin ich nie bös.«

»Frau Wiskotten, et betrifft Sie selbst.«

»Mich? Wat heißt dat? Ich mein', ich könnt' den Rest, den ich noch zu leben hab', ganz gut so verschlissen werden.«

»Gewiß, Frau Wiskotten, aber die Meinung sollten auch alle haben. Un einer hat sie nich. Un er kann et auch wirklich nich.«

»Sie wollen wohl vom Ewald sprechen, Kölsch. Ich fühl' dat schon heraus. Aber im hundertundneunzehnten Psalm, da wird der liebe Gott gefragt: ›Wie wird ein Jüngling seinen Weg unsträflich gehen? Wenn er sich hält nach deinen Worten!‹ Jetzt is er in der Prüfungszeit.«

»Ich könnt' Ihnen erwidern, Frau Wiskotten, dat Sie soeben selbst vorgelesen haben, ›der Stein, den die Bauleute verworfen haben, ist zum Eckstein worden‹. Gottes Wege sind wunderbar, und es ziemt uns nich, die Vorsehung zu spielen.«

»Kölsch, wenn Sie nich der alte Kerl wären, würd' ich Ihnen jetzt aber mal den Kopp waschen.«

»Nee, Frau Wiskotten, wie ich Sie kenne, würden Sie dat bleiben lassen. Denn wir haben hier Ernsthafteres als meinen Kopp, dem et nich schlecht geht. Frau Wiskotten, Sie sind die Mutter, und Ihren Jüngsten, den Ewald, haben sie in einer Dachkammer auf einem Strohsack gefunden, halb verhungert. Einen Wiskotten! Halb verhungert!«

Die alte Frau blieb stehen. Hart legte sich ihre Hand auf den Arm des Werkmeisters, und ihre Finger krampften sich in seinen Rockärmel. »Wat – –?«

»Nich wahr, Frau Wiskotten, jetzt schweigen alle Bibelsprüche, denn jetzt spricht die Mutter. Wußt' ich doch.«

»Is er – wieder auf de Beine?«

»Et wird noch ein paar Tage dauern. Gestern abend is meine Anna zurückgekommen. Die und die Frau vom Herrn Gustav, die haben ihn gefunden.«

»Die – Emilie?«

»Dat braucht Sie doch nich zu wundern. Heimatlose stehen sich immer bei.«

»Kölsch, dat ging auf mich. Lassen Sie dat gefälligst. De Jung' – is krank – – Bei fremde Leute –«

»Fremde Leute sind et nu gerad' nich, Frau Wiskotten.«

»Nich? Wat verstehen Sie davon? Wenn en Kind krank is, un et is nich bei der Mutter, dann is et unter fremde Leute.«

»Ja, darin eine Änderung zu schaffen, dat liegt nu bei der Mutter.«

Frau Wiskotten sah ihn an. Aus ihrem faltigen Gesicht drang der Blick ihrer Augen scharf in die seinen. Dann sagte sie, während sie seinen Rockärmel freiließ: »Et is gut, Kölsch. Dat weitere wird sich finden.«

»Guten Morgen, Frau Wiskotten.« – –

Sie blieb, als er mit seinem gleichmäßigen Schritt gegangen war, auf dem Fleck stehen und sah geradeaus. Bis die Augenränder sich von der Anstrengung röteten. Ihr selbstsicheres Gesicht schien plötzlich verfallener, die langen energischen Falten hingen welker. »Lieber Herrgott«, murmelten ihre Lippen, »wenn mein Stolz da wat versehen hat, laß et mich nich an dem Jung' entgelten. Ich hab' ihn so lieb wie die andern.«

Auf dem Privatkontor traf sie die Söhne beim Lesen der Post.

»Na, Mutter, jetzt wird der Schornstein rauchen! Der Brinkmann hat die Muster übertragen. Die Karten werden schon geschlagen. In acht Tagen kann der Wilhelm auf die Reise. Sapperlot, das wird ein Tanz!«

»Und der Ewald?«

»Wer –?«

»Der Ewald! Raucht bei dem der Schornstein auch?«

»Dat fragst *du*, Mutter? Auf einmal?«

»Ja, dat frag' ich. Denn von euch fragt et doch keiner.«

»Dazu haben wir jetzt keine Zeit, Mutter. Hier geht es zunächst um et Ganze!«

»Ach wat, um et Ganze! Wenn die einzelnen Teile absterben, kann ich dat Ganze in de Luft blasen. Weshalb hat sich keiner von euch um den Jung' gekümmert? Weshalb nich?«

»Aber Mutter, du hast doch selber nich – –«

»Sind dat eure Sachen? Nee, dat sind gar nich eure Sachen! Wat eure Mutter zu tun hat, dat weiß sie ganz alleine, und wat ihr zu tun habt, dat solltet ihr nun auch bald alleine wissen. Groß genug seid ihr doch.«

»Donnerschlag, Mutter, dat is aber 'ne Morgenpredigt. Wir haben erst eben den Kaffee im Magen.«

»Ob der Ewald auch nur den Kaffee im Magen hat, danach habt ihr euch wohl nie gefragt?«

»Er schlägt sich durch, Mutter«, sagte Gustav, »dat schadet seiner Entwicklung gar nix.«

»Und dat man ihn halbtot auf dem Stroh aufgelesen hat, direkt am Verhungern, dat schadet seiner Entwicklung wohl auch nix? Man sollt' euch wirklich welche an de Ohren geben, wenn ihr nich so lange Bengels wär't.«

»Mutter! Der Ewald is krank?«

»Gib Mutter mal en Stuhl, Paul!«

Mit starrem Gesicht saß die Alte auf dem Kontorstuhl unter ihren Söhnen. »Dat wir ihn so arg im Stich gelassen haben, dat war Sünde. Nu hat de Jung' et zu büßen.«

»Mutter, er hat doch alle Hilfe zurückgewiesen.«

»Man hätt' ihm mehr Liebe zeigen sollen als Geld. So 'n jung' Gemüt macht darin en Unterschied. Aber wir denken ja immer nur an et Geld und nehmen et, wo wir et kriegen können, selbst die Muster vom Ewald, und an Gegenzahlungen – nee, daran denken wir nich.«

»Mutter, wenn die Fabrik so 'n fein Gewissen haben wollt', dann könnten wir die Bude zumachen.«

»Dann macht sie doch zu! In Gottes Namen macht sie zu! Dat is mir lieber! Aber mein eigen Gewissen, dat spann' ich nich auf den Bandstuhl. Wenn et um den Jung' geht, nich!«

»Donnerwetter, Mutter, is et so schlimm – –?«

Da begann es in dem harten Gesicht der Alten zu zucken und zu zittern ...

Tiefernst standen die Söhne um sie her. Ihre Hände legten sich scheu auf ihre Schultern und ihre Haube. Sie waren nicht gewöhnt, der Mutter schönzutun.

»Mutter, du, Mutter, dat werden wir schon wieder in de Reih' bringen. Dat müßt' doch mit dem Deubel zugehen.«

»Wenn et nach Recht und Ordnung ging'«, sagte die alte Frau und wickelte ihre erregten Hände fest in die Schürze, »dann müßt' *ich* ja jetzt zum Ewald nach Düsseldorf fahren. Aber der Vater darf et doch nich gewahr werden. Der sorgt sich schon im geheimen genug um den Jung'.«

»Nur nich! Kein Wort zu Vatter!«

Gustav Wiskotten blickte nach der Uhr. »Ich werde heut nachmittag hinfahren.«

»Laß mich mit«, sagte Paul. »Zu mir hat er immer Zutrauen gehabt.«

»Wohnt er noch in der Ratinger Straße? Woher hast du denn die Nachricht, Mutter?«

»Ob er noch da wohnt, müßt ihr die Anna Kölsch fragen. Sie hat ihn gefunden, un – un – die Emilie hat ihn gefunden.«

Keiner fragte mehr. Die Hände glitten von der Schulter der Mutter herab, die Blicke gingen aneinander vorüber. Jeder wartete darauf, daß Gustav Wiskotten etwas sagen würde. Sekunden vergingen. Dann hörte man Gustavs Stimme.

»Emilie –? Meine Emilie – –?«

Mutter und Sohn sahen sich in die Augen. Sie hatten zusammen gestritten und zusammen gelitten. Sie beide brauchten sich nichts vorzumachen.

»Weißt du, Gustav, wat der Albert Kölsch mir vorhin sagte, als ich mich wunderte? Heimatlose, sagte er, stehen sich immer bei.«

»Paul kann mitfahren«, entschied Gustav Wiskotten nach einer Pause. Er nahm die Mütze von der Fensterbank und zog sie sich in den Nacken. »Macht, daß ihr an die Arbeit kommt.«

Schweigend gingen sie an ihre Beschäftigungen.

»Mutter«, sagte August Wiskotten, der allein im Privatkontor mit der alten Frau zurückgeblieben war, »geh du jetzt zum Vatter und leist' ihm Gesellschaft. Wenn du willst, schick' ich zum Pastor Schirrmacher, damit du eine Aussprache hast.«

Frau Wiskotten erhob sich.

»Laß dir dat nur nich einfallen, August. Et gibt Dinge, darin is 'ne Mutter allein der Pastor. Un jeder Pastor von Beruf en Mannsbild. Laß dir dat von deiner Mutter gesagt sein.«

August Wiskotten runzelte die dünnen Brauen. »Jedenfalls werde ich mal zu Anna Kölsch gehen, um Genaueres zu hören.«

»Dat is en andrer Fall. Un – du kannst dat Mädchen von mir grüßen.«

August Wiskotten erledigte die Post. Als es elf Uhr schlug, nahm er seinen Hut und ging durch die Fabrik, um Wilhelm zu ersuchen, für die letzte Stunde seinen Platz einzunehmen. An der Wupper traf er Kölsch, der die Partien zählte, die aus der Färberei kamen. »Nur en paar Couleuren, Herr August. Aber von nächster Woche an wird dat anders. Wenn die Muster vom Ewald auf die Stühle kommen, werden die Färber sich in die Hände spucken können, um mit der Wirkerei Pol zu halten.«

»Ich möcht' mal zu Ihrer Tochter, Herr Kölsch. Sie haben doch nichts dagegen?«

»Dat Mädchen is groß genug, um Besuche allein zu empfangen.«

»Auf Wiedersehen.«

»Mahlzeit, Herr August.«

August Wiskotten ging im Geschäftsschritt über die Straßen, erwiderte geschäftsmäßig die Grüße der Agenten, die von Fabrikkontor zu Fabrikkontor hasteten, und bog mit dem ernsten Gesicht des Geschäftsmannes in die Straße ein, in der sich das Haus von Albert Kölsch befand. Er zog die Klingel, und Anna öffnete ihm.

»Guten Morgen, Fräulein Kölsch. Ihr Herr Vater erlaubte mir, Sie einen Moment zu stören.«

»Bitte, Herr Wiskotten, Sie stören mich durchaus nicht.«

Er saß ihr gegenüber, sah ihre jugendschlanke, festgeformte Gestalt, den schweren Flechtenkranz um ihre Stirn, und sah an ihr vorbei. Die Stille wurde drückend. »Kommen Sie vielleicht Ewalds wegen, Herr Wiskotten?«

»Ja – die Mutter läßt Sie grüßen. Ich möchte gern, Mutters wegen, Genaueres von Ihnen hören, Fräulein Kölsch.«

»Als ich gestern von Düsseldorf abfuhr, war er noch sehr schwach. Und sehr gereizt. Den – den Schwächeanfall wird er ja schnell überwinden, denn Emilie, Frau Emilie Wiskotten, pflegt ihn. Aber die Hauptsache bleiben die angegriffenen Nerven. Da kann nur Güte helfen, die sich nicht abschrecken läßt.«

»Wird er die ebenfalls bei Emilie finden?«

»Männer wissen nicht damit umzugehen.«

»Und Sie, Fräulein Kölsch?«

»Ich? – Ja, ich helfe Frau Emilie.«

August Wiskotten zog die Finger seiner Handschuhe lang. Seine Stirn lag in nachdenklichen Falten. Er überlegte.

›Gerechter Himmel‹, dachte das junge Mädchen, ›er wird doch nicht seinen Antrag erneuern wollen? Hätt' ich ihm doch nichts von der Güte der Frauen gesagt!‹

»Fräulein Kölsch – –« Nun kam es. Ein Entschlüpfen war nicht mehr möglich.

»Ja, Herr Wiskotten?« – – Das klang sehr klein und leise.

»Es ist jetzt ein Jahr, daß ich durch Herrn Pastor Schirrmacher bei Ihnen anfragen ließ, ob – Nun, Sie wissen ja wohl.«

»Ich weiß.«

»Ich habe da einen großen Fehler begangen.«

»Ja«, sagte sie und atmete erleichtert auf.

»Weil ich nicht selbst gekommen bin. Derartige Angelegenheiten müssen persönlich erledigt werden.«

Da war der Schreck wieder. Und die Angst entfärbte ihr Gesicht.

»Nun hängt die Angelegenheit zwischen uns immer noch in der Schwebe. Vielleicht – vielleicht ist es sogar möglich, daß Sie sich inzwischen anders besonnen haben –«

Sie nahm ihr Herz in beide Hände und allen ihren Mut dazu.

»Nein, Herr Wiskotten«, sagte sie und sah ihn mit reinen, offenen Augen an.

»Sie haben einen andern lieber?«

»Ja«, antwortete sie kurz und zog zornig die Stirn zusammen.

»Das freut mich, Fräulein Kölsch, denn ich habe mir die Sache auch anders überlegt.«

Ganz überrumpelt blickte sie ihn an. »Anders?« Der Zorn wurde lachend. »Ja, weshalb fragen Sie mich dann?«

»Weil ich mich durch die Freiwerbung des Pastors Schirrmacher gewissermaßen gebunden fühlte. Man kann doch kein Konto offen lassen, wenn man ein neues eröffnen will.«

»Sie wollen sich verloben, Herr Wiskotten? Ich wünsche Ihnen alles Glück!«

»Danke«, sagte August Wiskotten und erhob sich. »Und da ich Ihnen doch eine Art Revanche schuldig bin, sollen Sie auch zuerst davon hören. Es handelt sich um die einzige Tochter von Pastor Großmann in Elberfeld.«

»Ah – da gratulier' ich doppelt.«

»Gefällt sie Ihnen?«

»Sie hat so viel Würde, und die fehlt mir ganz.«

»Sie wird auch bei Ihnen noch kommen«, sagte August Wiskotten in tröstendem Tone und reichte ihr die Hand. Und plötzlich hatte er es eilig. Die lustigen Augen des Mädchens brachten ihn um seine Ruhe, und wieder mußte er an ihr vorbeisehen.

»Sie tragen mir also nichts nach?«

Da lachte sie ihm ausgelassen ins Gesicht. »Nein, aber nein, Herr Wiskotten.«

Er empfahl sich schnell und hatte Mühe, draußen wieder in den geschäftsmäßigen Schritt zu kommen. –

›Eigentlich‹, dachte das junge Mädchen, als es wieder ins Zimmer zurückkehrte, ›eigentlich war das doch eine Unverschämtheit …‹

Mit dem Nachmittagschnellzug fuhren Gustav und Paul Wiskotten nach Düsseldorf. Am Bahnhof nahmen sie sich eine Droschke zur Ratingerstraße. »Deubel«, sagte Gustav Wiskotten im Hausflur, »dat stinkt ja hier wie die heilige Pestilenz.« Es waren die ersten Worte, die er während der Fahrt gesprochen hatte.

Sie kletterten die Stiegen hinauf und suchten das Zimmer der Taglöhnerswitwe.

»Paul!«

»Ja, Gustav?«

»Wenn – Emilie drin sein sollte – dann – erwart ich dich hier.«

»Willst du sie nicht sprechen, Gustav?«

»Sie kann ja zu mir herauskommen.«

Die alte Vermieterin trug einen Eimer schmutzigen Wassers aus der Stube.

»Ist Herr Wiskotten zu Haus?«

»De jong Här, der hier sein Logis gehabt hat?«

»Gehabt hat? Wohnt er denn nicht mehr bei Ihnen?«

»Den hat die fürnehm' Dame, die alszu die Nächt' bei ihm jewacht hat, vorhin in en Wagen wegjefahren.«

»War er denn wieder gesund?«

»De jong Här war ja noch jet schlapp. Aber bei so ene staatse Frau, da soll sich dat schon verliere.«

»Hat er Schulden hinterlassen?«

»Wat zu zahlen war, hat die Dame jezahlt. Aber all die Angst und Not, die ich arm alt Dier ausjestanden hab' –«

»Gib ihr en Dahler, Paul.« Dann stolperten sie die Stiegen hinunter. »Nur frische Luft!«

»Daß es der Ewald in dem Stall ausgehalten hat! Das ist doch heldenhaft!«

»Und die Emilie, zwei Tage und zwei Nächte! Da sitz' ich schon lieber beim Oweram in der Kneipe, und wenn der Hecht en Meter dick durch et Zimmer schwimmt. Man weiß doch wenigstens, wat dat is!«

»Gustav, jetzt müssen wir zu Tante Josephine Scharwächter.«

»Wir?«

»Ja, Gustav, wir.«

Gustav Wiskotten zog die Stirn zusammen. Schweigend schritt er nebenher. Dann sagte er kurz: »Begreif doch! In dem Haus leben drei Menschen, die zu mir gehören. Zu mir nach Barmen! Ich – ich kann nicht.«

»Aber du hast doch Sehnsucht«, sagte der andre leise.

»Ich werde sie schon unterkriegen. Aber sie zeigen, wo man sie mir nicht zeigt? So weit – so weit sind wir nun doch noch nicht.«

»Ich werde also allein hingehen. Wann und wo treff' ich dich?«

»Kurz vor zehn am Bahnhof. Ich werd' mich inzwischen mal umtun, wo der Ewald noch Schulden hängen hat. Beste Grüße.«

Sie trennten sich.

»Hör mal, Paul!«

»Ja?«

Gustav Wiskotten kam zurück. »Sieh doch zu, daß du – die Kinder zu Gesicht kriegst ... Du – du verstehst mich –«

Paul schüttelte ihm die Hand. »Selbstverständlich.«

Gustav Wiskotten besah sich Düsseldorf. Was sollte er mit dem Rest des Nachmittags und dem Abend anfangen? Aber das Straßenbeschauen wurde ihm langweilig. Er kannte die Stadt zur Genüge. Von der Alleestraße bog er in die Bolkerstraße ein. Hier wohnten ja die Zinters!

Hinter den kleinen Fenstern lockten die Flaschen mit grünem, gelbem, rotem und weißem Inhalt. Ein Paket Tabak »Hendrick Oldenkott« war darauf aufgebaut. Darüber kreuzten sich zwei lange holländische Tonpfeifen.

»Rein in die Giftbude.«

Er ging ans Büfett, den Hut auf dem Kopf. »Sind Sie Herr Zinters?«

»Eso e fünfzig Jährchens dürft' dat schon sein' Richtigkeit haben.«

225

»Mein Name ist Wiskotten. Mein Bruder Ewald hat bei Ihnen gewohnt.«

»Wat Sie sagen! De scharmante jonge Här wär' Ihre Herr Bruder? Jretchen, komm mal fix jelaufen. Süch ens, die Ehr'! De Här is ene Bruder von dem Herrn Wiskotten.«

Gretchen Zinters kam, prüfte mit blitzschnellem Blick den Besucher, knickste und reichte ihm unbefangen lächelnd die Hand. Gustav Wiskotten nahm den Hut ab.

»Schad', dat der Herr Ewald die Freud' nich mehr gehabt hat.«
»Weshalb haben Sie ihn denn laufen lassen?«
»Och«, sagte sie zögernd, »er wurde leicht so zutraulich. Un dazu war er doch noch zu jung.«

Gustav Wiskotten lachte amüsiert. »Haben Sie denn zum Alter mehr Zutrauen?«

»Die Alten sind jrad so doll wie die Jungen. Am liebsten sind mir schon die Gesetzten.«

»Und in welche Kategorie tun Sie mich?«
»Wer so fragt, der weiß et auch. Soll ich en Genever bringen?«
»Meinetwegen einen Genever. Hoffentlich ist kein Gift drin.«
»Gift?« mischte sich der alte Zinters ein und zwinkerte schlau. »Wo in Holland der Rhein mündet, dat weiß selbst so ene alte Rheinschiffer wie ich nich, auf Seel' un Seligkeit. Aber wie m'r in Holland an den echten Schabau kömmt un wie m'r ihn billig un unverfälscht über die Stromgrenz' bringt, Herr Wiskotten, dat dürfen Sie mich getrost et Nachts im Schlaf abfragen. Dat heißt – wenn keine Zollbeamte dabei sind.«

Gretchen brachte das Gläschen auf einem Teller. »Wohl bekomm's.« Sie knickste und sah ihn von unten herauf an.

»Trinken Sie nicht mit, Herr Zinters? Zu zweit geht so eine Zollhinterziehung leichter.«

»Jretchen, en Glas. Sehr angenehm, Herr Wiskotten. Wollen Sie nich Platz nehmen? Dann is et nämlich auf der Stell' gemütlicher. Wat sagen Sie? Da bringt dat Mädchen jleich die janze Flasch'. Du hast et jut vor, Jretchen.«

»Soll ich sie wieder fortnehmen?«
»Lassen Sie nur stehen, Fräulein!« Er leerte das Glas in einem Zuge. »Herunter mit allem, was uns quält. – Was kann man denn zu essen bekommen?«

»Einen prima Eidamer Käs'. Hol ens ene schöne Stück her, Jretchen.«

Gretchen verschwand in der Küche, um gleich darauf mit einer rotgefärbten Kugel zurückzukehren. Sie legte flink eine Serviette über den Tisch, trug Teller, Butter und Brot herbei und rückte den Genever hinzu.

»Das ist ja für eine ganze Familie«, lachte Gustav Wiskotten. »Was meinen Sie? Dem wollen wir drei gemeinsam zu Leibe!«

»Soll m'r recht sein, Herr Wiskotten. Aber et Brot janz fein schneiden, Jretchen, und der Käs' dick. M'r sind ja unter uns.«

Gustav Wiskotten langte zu. Er fühlte sich ganz behaglich neben dem schönen Kind mit den lebhaften, schmiegsamen Bewegungen. »Augen haben Sie, so schwarz wie Kohlen, Fräulein.«

»Fast akkurat so hat et der Herr Ewald gesagt.«

»Gut, daß Sie mich an den erinnern. Herr Zinters, wie hoch steht nun der junge Mann bei Ihnen in der Kreide?«

»Nich der Red' wert, Herr Wiskotten. Deshalb brauchen Sie nich in et Portemonnaie zu fassen. Dat tragen Sie los' in der Westentasch'.«

»Na, dann geben Sie mal her, damit Sie die Rechnung streichen können.«

Der Wirt erhob sich, kramte auf seinem Büfett herum und brachte einen langen Streifen Papier. Gustav Wiskotten durchflog ihn. Er machte große Augen. Da spürte er die Berührung eines weichen Körpers und las, ohne seine Verwunderung über die angeführten Posten zu äußern, weiter. Gretchen Zinters hatte sich an ihn gelehnt, wie von ungefähr. Das dunkle Köpfchen über seine Schulter gereckt, sah sie mit ihm zugleich die Rechnung ein.

»All dat Extragute, wat m'r ihm getan haben, dat haben m'r gar nich erst aufgeschrieben. Er konnt' mitunter auch sehr anspruchsvoll sein.«

»So, so. – Was haben Sie für schönes schwarzes Haar.«

»Dat hat der Herr Ewald auch gefunden.«

»Dem haben Sie wohl nett den Kopf verdreht?«

»Er hat en ja mir verdrehen wollen.«

»Und das ist ihm nicht geglückt?«

»Ich mach' mir nu mal nix aus so junge Leut'.«

»Würd' ich mehr Glück haben?« scherzte er.

Sie stieß ihn leicht mit der Schulter. Wie ein Kätzchen, das einen Buckel macht und sich schnurrend reibt.

Gustav Wiskotten wurde es wohlig warm. Er warf noch einen Blick auf die Endsumme der Rechnung, zog seine Brieftasche und schob dem Wirt, der einen Gast bedient hatte, ein paar Scheine hin. »Bitte.«

Zinters nahm sie auf und ging wechseln. »Die Zinsen werd' ich jleich einhalten. Et macht fast nix.«

»Fällt denn für den Zwischenhändler nichts ab, Fräulein Gretchen?«

Der Gast drehte ihnen den Rücken zu, der Alte rechnete im Nebenzimmer. Sie bog horchend den Kopf nach allen Seiten, beugte sich schnell vor und legte fest ihre Lippen auf die seinen. »Scht«, machte sie. »Jetzt is et genug. Vor Ihnen muß m'r sich in acht nehmen.«

Aber er zog sie mit kurzem Ruck noch ein zweites Mal an sich. So ein süßes Geschöpf ...

»Machen Sie nich so böse Augen – –«

»Das sind keine bösen Augen, das sind hungrige Augen. Ich werde Sie gleich fressen.«

»Bleiben Sie noch en bißchen? Ja?«

»Wenn Sie sehr lieb sind – –«

Sie strich ihm als Antwort mit der Hand über das Gesicht, hinauf und hinunter. »Dat is Plüsch und dat is Samt«, lachte sie dazu. »Bleiben Sie noch en bißchen.«

»Schmeichelkatze«, knurrte er und rüttelte sie an der Taille.

Der alte Zinters kam zurück. Gustav Wiskotten überblickte Geld und Rechnung. »Da fehlen doch fünf Mark?«

»Hatten Sie nich gesagt, fünf Mark für die Bedienung? Entschuldigen Sie, dat hatt' ich gemeint.« Und er suchte in der Westentasche, »Nix für ungut, Herr Wiskotten. M'r kann sich verhören.«

»Lassen Sie nur. An das Dienstmädchen hatte ich nicht gedacht.«

»Aber en Pfeifchen gefällig? Ene echte holländische Mutz aus Guda. Un echt holländische Tabak. De is in Barmen jar nich erhältlich.«

»Schön. Der Wissenschaft halber.«

Der Wirt holte Tabakskasten und frische Tonpfeifen. Die Ellbogen aufgestemmt, den dicken Qualm des Kanasters vor sich hinknüllend, saßen die Männer am Tisch. »Dat wär' esu die rechte Stimmung für ene kleine Skat. Wat halten Sie davon, Herr Wiskotten?«

»Fehlt der dritte Mann.«

»Et könnte ja auch ene Frau sein. Et Jretchen versteht et janz leidlich.«

»Fräulein Gretchen?«

»Krieg doch ens vor Spaß die Karten, Jretchen. So, nu misch. Aber et darf nich um hoch Geld gehen. Der Point en Pfennig. Mehr kann ich selbst enem Herrn Wiskotten nich bieten.«

»Hören Sie mal! Der Point en Pfennig? Das kann ja Goldstücke kosten.«

»Ja, wenn Sie uns die abnehmen wollen? Ich hab' dat nich vor. Treffsolo!«

»Halt, ich bin noch nicht soweit. Treffsolo? Sie passen, Fräulein Gretchen? Ich auch.«

Das Spiel begann. Der Alte spielte raffiniert, er heimste Stich auf Stich ein. Gretchen Zinters trat unter dem Tisch Gustav Wiskotten leise auf den Fuß. Das machte ihn zerstreut. Nun ließ sie ihr Stiefelchen auf seinem Fuße stehen. Da lugte er über die Karten weg lachend zu ihr hin, und sie fing seinen Blick mit den Augenwinkeln.

»Atout«, sagte Zinters.

»Wieso? Haben Sie denn den letzten Stich genommen?«

»Aufpassen«, meinte gleichmütig der Wirt, »Atout!«

»Bitte«, sagte Gustav Wiskotten, langte über den Tisch und deckte den letzten Stich auf. »Na also! Womit wollen Sie den genommen haben?«

»Mit dem Coeurbuben ...«

»Das scheint mir aber der Coeurkönig zu sein.«

»Wat? Donnerlütsch! Der König? Nee, meine Augen. Jretchen, wo is denn nur mein' Brill'?«

Das Spiel ging weiter. Gustav Wiskotten und der Alte betrachteten sich mit mißtrauischen Blicken.

»Prr, Herr Zinters. Sie haben nicht bekannt. Spielen wir hier Skat oder spielen wir hier Mogelramsch –?«

»Gott«, sagte Gretchen Zinters schmollend, »Sie sind aber auch gleich immer so. Wir spielen doch zum Vergnügen.« Und sie zupfte ihn heimlich am Rockärmel und machte ihm mit den Augen Zeichen. Da ließ er den Alten spielen, wie er wollte. Das lustige Einverständnis mit dem augenblitzenden, zärtlich tuenden Mädel machte ihm mehr Spaß. Der Tabaksqualm legte sich über den Tisch, die Geneverglächen wurden geleert und gefüllt.

Hin und wieder stand der Alte auf, um Gäste zu bedienen. Den Skatblock, auf dem er Gewinn und Verlust der Spielenden notierte, nahm er jedesmal mit. Dann rückte Gretchen Zinters näher. »Lassen Sie ihm doch dat Vergnügen. Ich freu' mich ja so.«

»Über mich, Katze?«

»Dat sollt' ich Ihnen eigentlich jar nich sagen. Ich mach' Sie nur noch einjebildeter.«

»Ich kann's vertragen, Herrgott noch mal! Schnell! Vatter kuckt grad' weg.«

Das Blut ging ihm schwer und heiß durch die Adern und schwoll ihm bis in die Stirn. Er war nicht mehr daran gewöhnt, Zärtlichkeiten zu empfangen. Der Geruch des Likörs, der Tabaksqualm – und aus dem Tabaksqualm lockend und winkend die schwarzen Mädchenaugen wie dunkelglühende, reife Brombeeren – er reckte die breite Brust aufs neue. »*Allons*, Mädel!«

»Is et wahr, dat ihr in eurer Fabrik dreihundert Leute beschäftigt?«

»Es werden wohl noch ein paar mehr sein.«

»Wat fabriziert ihr denn alles?«

»Besatzartikel, Bänder und Spitzen.«

»Hurrijeh! Wenn ich dat doch nur mal sehen könnt'!«

»Soll ich dich mitnehmen?«

»Ach, dat is Ihnen ja nich Ernst. Aber schicken können Sie mir mal en Paket.«

»Und was krieg' *ich* dafür? Na? Wollen wir uns wiedersehen?«

»Och ja! Aber et darf keiner wissen!«

»Nur wir beide.«

»Hach, Sie! Ich könnt' Ihnen gradzu immer 'ne Kuß geben!«

»Du Räuber, du! Was für ein weich warm Geschöpfchen hab' ich da im Arm.«

»Wissen Sie, wat ich möcht'? Wat ich am liebsten möcht'?« Sie sah ihm, bettelnd wie ein Kind, von unten in die Augen.

»Keine Ahnung. Von mir was?«

»Wenn Sie wollten, könnten Sie mir helfen. Ich – ich möcht' zum Theater.«

»Alle Achtung! Aber ich glaub' wahrhaftig, du hast Talent.«

»Ich würd' auch für Sie ganz allein spielen.«

»So – –?« sagte er, streckte die Beine und ergab sich der unbekannten Stimmung, die ihn wie ein warmes Bad überflutete. »Und was hätte ich dabei zu tun?«

»Für meine Ausbildung sorgen«, entgegnete sie rasch.

»Und später bin ich dich los.«

»Dat trauen Sie sich ja selber nich zu«, schmeichelte sie und sah ihn mit kindlicher Bewunderung an. »Zwei wie Sie gibt's ja jar nich auf der Welt. Sie sind so stark ...«

»Soll ich dich mal mit einem Finger aufheben?« Und er zeigte schmunzelnd seine Fäuste.

Blitzschnell beugte sie sich nieder und küßte sie. »Ich komm' nach Barmen.«

Er fühlte die Mädchenlippen auf seinen Händen bis ins Mark. Eine wilde Kraft kam über ihn. Leichtsinn und Zerstörungswut. Rohe Lebensfreude und gänzliche Weltverachtung. Er griff nach dem Likörglas und trank es aus. Seine Hand schloß sich wie eine Klammer um die Finger des Mädchens. In seinen Augen brannte es. »Gut. Wir sprechen dann auch übers Theater.«

Die Schankstube leerte sich. Der alte Zinters komplimentierte den letzten Gast hinaus, kam händereibend zurück und wollte das Spiel wiederaufnehmen. Gustav Wiskotten sah nach der Uhr. »Was ist das? Das kann doch nicht stimmen. Gleich halb zwölf?«

»Jetzt wird et erst jemütlich, Herr Wiskotten.«

Aber Gustav Wiskotten forderte die Zeche. »Ich muß sofort zum Bahnhof.«

Da rechnete der einstige Rheinschiffer, die Mütze im Nacken, die Tonpfeife zwischen den Zähnen und die Hemdärmel weit aufgerollt, augenblinzelnd ab. Gustav Wiskotten hatte einige zwanzig Mark zu bezahlen.

»Wo stehen hier Droschken?«

»Jleich um die Eck'. Am Rathausmarkt. Jretchen, weis' ens Herrn Wiskotten zurecht.«

»Adieu denn.«

»War mir ein wirklich Vergnügen, Herr Wiskotten. Ich hoff', Sie tun mir bald wieder die Ehr' an.«

Von der Haustürschwelle aus zeigte ihm Gretchen Zinters den Droschkenstand. Es war dunkle Nacht. Und plötzlich fühlte er ihre Arme wie zwei weiche Schlangen um seinen Hals gleiten und ihre hastigen Lippen auf seinem Mund.

»Sie schreiben mir, gelt? Un mich nich vergessen – –!«

Kurz vor Abfahrt des letzten Schnellzugs langte er am Bahnhof an. Paul kam ihm aufgeregt entgegen. »Wo bleibst du nur, Gustav? Seit zwei Stunden wart' ich. Es ist dir doch nichts passiert?«

»Nix Unangenehmes«, lachte Gustav Wiskotten aufgeräumt und dehnte die Arme in der Nachtluft.

»Steig schnell ein. Der Zug geht ab.«

Gustav Wiskotten pfiff im Coupé vor sich hin. Dann unterbrach er sich. »Na? – Und – Ewald?«

»Ich hab' den ganzen Abend bei ihm gesessen. Du, es war doch schade, daß du nicht mitgegangen bist. Ewald erholt sich sichtlich. Er ist nur noch etwas störrisch. Aber das hält nicht stand, das kann ja auch gar nicht standhalten. In *der* Atmosphäre! Denk dir das Bild. Er liegt auf einem Diwan in einem Salon, der ganz in Rot gehalten ist. Rote Samtmöbel, rote Samtvorhänge und rote Samtdecken. Alles wie zum Einkuscheln. Und auf dem Tisch steht eine hohe Lampe mit abgedämpftem Licht. Nur ein Weißes ist im Zimmer. Das ist Emilie in einem langen, weißen Kleide.«

»In der Woche?«

»Ja. Und ihre Bewegungen sind ganz ruhige, und das tut dem Ewald so wohl wie ihre Stimme, die ganz still und gütig ist. Die richtige Pflegerinnenstimme. Da geniert man sich nicht. Man möchte gleich dableiben und auch krank werden. Weißt du, es ist da so eine Reinheit in der Stille, die einen schnell gesund macht. Nachher kamen die Kinder.«

»Die Kinder –?« Gustav Wiskotten fuhr aus seiner Ecke auf. »Wie sahen sie aus? Haben sie nach mir gefragt?«

»Der kleine Gustav trug einen weißen Matrosenanzug. Er will jetzt, wo er den Rhein kennt, Admiral werden. Und die kleine Emilie hatte ein weißes Kleidchen mit einer roten Schärpe an und rief ›Papa‹, als sie mich sah. Wie sie ihren Irrtum bemerkte, fing das kleine Ding zu weinen an.«

Gustav Wiskotten biß sich auf den Schnurrbart. Und mit einer schwerfälligen Bewegung zog er sein Taschentuch und wischte über den Schnurrbart hin und her.

»Ich hab' währenddes Schnaps getrunken«, sagte er rauh. – –

Er ließ das Fenster herunter und lehnte sich hinaus. Die dunkle Landschaft flog an ihm vorüber, und der Nachtwind zauste sein Haar. Er horchte hinaus ... Weinte seine Kleine? Und der Jung' wollte nun Admiral werden? Und Emilie trug ein langes, weißes Kleid – –?

Er spürte einen schlechten Geschmack im Mund. Das war der Genever.

6.

Ewald Wiskotten lag auf dem Diwan des roten Salons, den Paul auf der Fahrt nach Barmen seinem Bruder Gustav in so behaglichen Farben ausgemalt hatte, und blickte nach der Decke. Ein ganzes, endlos langes Jahr hindurch hatte er sich beunruhigt, aufgescheucht und gejagt gefühlt, keine Stunde hatte ihm von der kommenden erzählt, immer war sein Heil, sein Tisch, sein Dach vom blinden Zufall abhängig gewesen. Zum erstenmal fühlte er sich geborgen und behütet. Behütet! Welch ein warmes Wort das war. Noch wärmer als das Wort »geborgen« – –

Nicht denken! Nur die gütige Laune des Schicksals auskosten ... War sie vorüber, so blieb dem Denken doch ein wiesengrüner Ruhepunkt.

Im Nebenzimmer hörte er Emilie mit den Frühstückstassen hantieren und die Stimmen der Kinder. Im Kauderwelsch plapperten die kleinen Mäuler über ihrer Schokolade, unaufhörlich und ohne den Faden zu verlieren. »Gustav –«, lockte Ewald leise, »Millie – –«

»Onkel Ewald!« tönte es zweistimmig zurück.

Ein Stühlescharren am Tisch, trappelnde Füße, ein Stoß gegen die Tür, und die Kinder balgten sich auf seinem Diwan.

»Ich war zuerst da, Onkel!«

»Ich hab' aber Onkel zuerst einen Kuß gegeben.«

»Jungens küssen nicht.«

»Mama, Mama, der Gustav stuppst mich. Geh doch weg, du eklige Jung'!«

»Du hast dir ja et ganze Gesicht voll Schokolade geschmiert, du fies' Mädchen.«

»Und du hast braune Finger an die Tischdecke gemacht. Au-uh!«

Emilie kam herein. »Guten Morgen, Ewald«, sagte sie, »gut geschlafen?« Und sie nahm mit lachendem Kopfschütteln die Kinder beim Krips und schaffte sie hinaus. »Ihr Schmutzfinken, laßt euch in der Küche abwaschen. Tante Josephine geht einkaufen. Wer sauber ist, darf mit.«

»Bleib mal stehen, Emilie«, bat Ewald Wiskotten, als die Schwägerin zurückkehrte, »mir fällt da was auf.«

»Machst du Studien an mir? Wenn's mir mal ganz schlecht geht, reicht's vielleicht noch zum Modellstehen.«

»Der Feuerbach hat kein so schönes gehabt und nicht der Makart. Und die verstanden sich wahrhaftig darauf.«

»Ewäldchen, ich glaub', deine Krankheit hat dich liebenswürdiger gemacht.«

»Ist dir das schon zuviel? Na, dann will ich dir nur sagen, daß ich keinem raten möchte, dich als Modell zu benutzen.«

»Bist du eifersüchtig?«

»Nee, ich dachte nur an Gustavs Fäuste. Wo der hinpackt, da wächst kein Gras mehr. Meine Schulter ist noch wie ausgerenkt von seinem Griff im Neandertal.«

»Wer weiß, wofür es gut war, Ewald«, meinte sie nachdenklich, aber ihre Gedanken waren nicht bei dem Schwager.

»Bitte, beweg dich mal nicht. Schenk mir mal die ganze Ansicht. So – –«

»Was treibst du denn, du komischer Mensch?«

»Ich messe dir ein Kleid an. Oder vielmehr, ich arbeite das deine aus.«

»Aber das ist doch ein Morgenrock und kein Kleid.«

»Morgenrock, das klingt wie Schlumperei. Es sollte nur Hauskleider, Straßenkleider und Gesellschaftskleider geben. Zu Hause müssen die Frauen ebenso schön, wenn nicht noch viel schöner sein als draußen. Dann gehen den Männern plötzlich die Augen auf.«

»Den Männern?«

»Nun natürlich. Die meisten von ihnen, die sich an fremde Frauen hängen, tun es doch nur, weil sie sie nur zu gewissen Stunden, dann aber immer in festlich gestimmten Gewändern sehen. Die eignen kennen sie nachgerade in denselben langweiligen alten Lappen, die ›im Haus aufgetragen werden müssen‹, zum Überdruß. Dort aber, Emilie, wittern sie etwas ganz Neues, Unbekanntes, Anziehendes in der Frau. Etwas, was dem schönen Stil oder dem weichen Faltenwurf des Kleides verwandt ist. Und der Vergleich fällt natürlich zuungunsten der Ehefrauen aus, welche glauben, es sähe keiner, wenn sie sich zu Hause gehen ließen. Der Mann sieht's! Und das ist doch die Hauptsache!«

»Du, Ewald, man könnte meinen, du sprächst aus Erfahrung.«

»Das lehrt mich meine Kunst.«

»Wir sollen also zu Hause verschwenden?«

»Davon spricht kein Mensch. Aber konkurrieren sollt ihr. Das läßt sich mit den kleinsten Mitteln erreichen, wenn ihr nur von der falschen Auffassung des Hauskleides abgeht. Ein bißchen liebevolles Versenken in die Aufgabe, dem Mann immer und zu allen Stunden als die schönste zu erscheinen, die jeder Nebenbuhlerin überlegen ist, meinetwegen auch ein bißchen kokettieren – das besorgen die andern ja auch – und immer für den Mann der Schatz, das Staunenswerte, das Stolzmachende und damit das immer aufs neue Begehrenswerte sein. Schau, Emilie, mir ist es so, als taxierte der Mann die Frau zuerst nach dem, was sie aus sich macht. Macht sie ein Aschenputtel aus sich, so behandelt er sie eines Tages auch danach; wirbelt sie als Liebhaberin durch das Haus, er liebt mit; und schreitet sie im Gewande der stillen, reinen Königin durch die Räume: er hält den Atem an und dient. Na, nu denk dir mal, sie ist heute so und morgen so, aber immer apart. Heute einen Spitzenkragen, ein andermal ein Kleidchen mit einem feinen Herzausschnitt und mit lustigen bunten Litzen besetzt, oder – nehmen wir einmal dein weißes Gewand.«

»Da bin ich neugierig.«

»Ich hab's. Der Halsausschnitt muß viereckig sein. Nicht tief. Der feste weiche Wollstoff fällt im Empirestil. Um den Halsausschnitt zieht sich eine breite Borte, mattblauer Grund mit silbernen Lilien und halbgeöffneten Tulpenkelchen, und um den Rock, unterhalb des Knies, dieselbe Borte in doppelter Breite. Du, das müßte dich wunderbar kleiden. Und die Firma Gustav Wiskotten Söhne hätte ein neues Muster auf dem Bandstuhl.«

»Aha, also deshalb! Nun verleugnen sich auch in dir die Wiskottens nicht.«

»Nein, deshalb gewiß nicht allein. Obwohl es wahrhaftig Zeit wäre, daß mal ein neuer, künstlerisch veredelter Geschmack in die Fabrikation käme, denn das kleinliche Zeug mit den bunten Pünktchen, Strichelchen und ornamentalischen Kinkerlitzchen ist doch geradezu zum Totlachen. Nein, der Schönheit wegen! Der Normalmensch hält sich doch die längste Zeit seines Lebens in seinem Hause auf. Und deshalb sollte gerade alles im Hause der Schönheit dienen. Weißt du, was ich möcht', Emilie?«

»Du bist ja ein unheimlich gescheiter Mensch. Sprich dich aus, ich lern'.«

»Aber mir keine auf den Mund geben. Ich bin Patient.«

»Du willst doch nichts sagen, was sich nicht gehört?«

»Nee, ich wollt' nur was vom Unterzeug sagen, von Unterröckchen, Hemden und so was.«

»Weißt du, Ewald, da verstehst du nun gar nix von.«

»Ich nicht, aber meine Kunst.«

»Mal du lieber Bilder.«

»Ich entwerfe jetzt Muster, und ich glaub' fast, das kann auch zur Kunst werden. Es kommt darauf an, ob man das scheinbar Kleine von einem großen Gesichtspunkte auffaßt. Was tragen zum Beispiel die Menschen alles unter ihren Kleidern! Man sieht's ja nicht, denken sie. Als ob nicht jedes Ding an sich schön sein müßte. Als ob man nicht im tiefsten Negligé genau so tadellos, genau so schön – wenn nicht noch schöner – aussehen müßte wie in den kostbarsten Gesellschaftsroben, mit denen man fremden Menschen in die Augen sticht, die gar nicht in Betracht kommen. Ich werde jetzt einmal für Gustav Wiskotten Söhne das Entzückendste an Einsätzen, Besätzen und Applikationen für Weißwäsche entwerfen, was meine Phantasie hergibt. Das muß mit Kleiderausputz Hand in Hand gehen. Gib acht, ich schaff' noch alle unglücklichen Ehen aus der Welt.«

»Ewald, du bist ein Kindskopf. Ich versteh' mich selber nicht, daß ich nicht fortgehe.«

»Emilie, wir lösen die soziale Frage.«

Sie machte sich an seinem Kopfkissen zu tun, schüttelte es auf und strich es glatt. Dabei streifte sie mit der Hand seine Wange. Und er drehte den Kopf und küßte andächtig ihre Hand.

»Dummer Junge«, murmelte sie, aber sie ließ die Hand noch einen Augenblick auf dem Kissen liegen. Es schlug in ihr etwas die Augen auf, das wie Sehnsucht war, die aller Frauen Sehnsucht ist, nach Huldigungen in Blicken und Berührungen, die ihnen sagen, daß sie schön gefunden werden – – –

Schön gefunden werden! Und es danken ... Ihr stieg das Blut sonderbar heiß vom Herzen bis in die Wangen. Wie ernsthaft der Junge geplaudert hatte! Von der Schönheitspflege im Hause und an sich, dem Manne zur Freude und sich selbst – sie wollte sich das Wort nicht gestehen – und sich selbst – da klang es in ihrem Innern wie eine schwingende Saite – sich selbst zur Frauenseligkeit. – –

»Emilie –«

Sie schrak auf. Verstört, als wäre sie bei einem Unrecht ertappt worden. Und doch zitterte das Lächeln um ihre Lippen nach.

»Ja, Ewald –?«

»Es wird nun allmählich höchste Zeit, daß ich aufstehe. Ich stehle hier auf meinem Faulenzer dem lieben Gott den Tag ab und lass' mich päppeln wie ein Kind.«

»Ich tu's ja so gern, Ewald.«

»Emilie, weshalb bist du eigentlich hier eine so ganz andre als in Barmen?«

»Bist du nicht auch anders geworden? Man muß nur den Menschen Gelegenheit geben, sich zu entwickeln, auch den Mädchen. Die eigne Erziehung ändert manchmal viel an dem, was man von Hause aus als Rührnichtan mitbekommen hat.«

»Was Vater und Mutter bekömmlich ist, schafft Sohn und Tochter Magenweh.«

»Ewald, an dir ist doch ein Pastor verlorengegangen.«

»Das kommt vom langen Liegen. Müßiggang ist aller Laster Anfang. Zum Mittag steh' ich auf.«

»Wenn du mir eins versprichst. Nicht auszukneifen!«

»Nein«, sagte er treuherzig, »ich verlass' dich nicht. Auf mich kannst du zählen.«

»Glaubst du, daß – daß – Paul wiederkommt?«

»Zum Sonntag sicher. Das ist ein prächtiger Kerl. Hättest nur sehen sollen, wie der sich freute, als er an meinem Bett saß und ich ihm von meinen Ideen für ganz neuartige Musterentwürfe erzählte, die eine moderne Ära einleiten sollen. Der wird der moderne Fabrikant. Früher hab' ich ihn einmal ausgelacht, als er mir erklären wollte, daß in jedem Fabrikanten ein Stück Künstler stecken müßte. Heute begreif' ich's. Die Welt bleibt eben nicht stehen. Und Angebot und Forderungen steigern sich mit dem Fortschritt.«

»Steckt auch in – Gustav ein Stück Künstler?«

»Ein Arbeitskünstler! Das ist Nummer eins! Ohne *die* Nummer helfen die schönsten Entwürfe nichts.«

»Weißt du – weshalb er dich gestern – nicht besucht hat?«

»Paul sagte, er wäre zu Zinters gegangen, um meine Schulden zu bezahlen. Ich war zuerst wütend über diese Einmischung. Aber wie ich nachher hörte, daß sie ja auch meine Muster in der Fabrik benutzen, war's mir recht. Außerdem –«

»Außerdem?«

Er lachte ein verlegenes Knabenlachen. »Ach nix. Ich freu' mich nur, daß die Zinters mal unsern Gustav zu Gesicht bekommen haben. Der wird ihnen schon Respekt vor dem Namen Wiskotten einbleuen. Besonders der koketten schwarzen Katze.« Und sein Gesicht wurde grimmig.

»Was ist denn das für eine schwarze Katze?«

»Das Gretchen Zinters. Ich sprech' nicht gern davon. Hör mal, Emilie, sag der Anna Kölsch nix darüber. Ich lass' mich nicht gern auslachen. Von der mal gar nicht.«

»War denn das Gretchen deine Flamme, du großer Junge?«

»Ein ganz schlaues, berechnendes Geschöpf ist sie. Die große Dame möcht' sie spielen, deshalb tut sie schön. Und ich bin darauf hereingefallen.«

»Also einen Korb hast du schon weg?«

Er bewegte sich unruhig unter seiner Decke. Der Jünglingshochmut stieg ihm in den Kopf und färbte seine Stirn. »Korb! Das fragt sich doch sehr. Wenn sich so ein Ding hat abküssen lassen, als müßt' die Politur herunter, und sagt mit einemmal, von heut an dank' ich, nur weil der andre mit dem Geld auf dem Trockenen sitzt: das ist doch kein Korb?«

»So einer also bist du?« sagte Emilie Wiskotten. »Da sollte man ja sich schleunigst von dir zurückziehen.« Aber sie zog sich doch einen Stuhl heran und ließ sich neben dem Diwan nieder. »Und der soll Gustav Respekt einbleuen?«

»Ich hoffe, daß er's getan hat.«

»Und wenn sie auch mit ihm kokettiert? Ist ihr das zuzutrauen?«

»Der trau' ich zu, daß sie sich selbst an den Papst heranmacht.«

»Der Papst ist Gustav nun gerade nicht – –«, meinte sie und zog die Stirn zusammen.

»Nein, aber der Gustav Wiskotten ist er.«

»Kann der *keine* Dummheiten machen?«

»Die erscheinen aber doch, an seiner Tüchtigkeit gemessen, so klein, daß man sie übersieht.«

»Wenn sie ihn aber auch geküßt hat? Er kann doch vielleicht – hastig getrunken haben?«

»Du, dann nimmt er zu Haus die Zahnbürste.«

»Ist das so sicher – –?«

»Denk doch nur daran, was er für eine Wut hatte, als er mich unter den Chausseearbeitern entdeckte. Weil er Angst hatte, ich hätte mich verplempert. Und fürs Verplempern ist der Gustav nie zu haben gewesen. Mal 'ne tüchtige Kneiperei, daß es dampfte, oder eine Rauferei wie damals in der Fabrik – dann aber: Kopf frei und alles beim alten, alles an seinen Platz!«

Sie träumte vor sich hin und antwortete nicht. Da war dieser junge Ewald. Und so jung er war, er hatte schon sein Abenteuer hinter sich.

Und blieb doch der frische, stolze Bursche. Sollte das die unabweisbare Jugend der Männer sein? Das naturgemäße Stück Wildheit und Piratentum, aus dem die stärkste Kultur sich entwickelt? Edler Wein aus heißem Most? An diesem Most, diesem Ewald, verstand sie es doch so gut? Und bei Gustav hatte sich ihre Barmer Mädchenerziehung vom ersten Tage an dagegen gesträubt, die unbekümmerte, unabweisbare Jugend des Mannes in ihm zu verstehen. Zwei Jahre nur war er älter gewesen als dieser große Junge da, am Tage ihrer Hochzeit. Und sie hatte jahraus, jahrein jedem jugendlichen Braus in ihm eine Szene entgegengesetzt. Bis er kopfscheu geworden war und seine durstigen Augen auf fremde Weiden schickte ... War da nun sein Vergehen das größere, oder – das ihre – –? Und es wollte ihr nicht aus dem Ohr, was der Ewald vorhin von den »Dummheiten« gesagt hatte – »Die erscheinen doch, an seiner Tüchtigkeit gemessen, so klein, daß man sie übersieht.« Das war der Gesichtspunkt, der ihr gefehlt hatte. Sie strengte sich an, sich die Reihe seiner Vergehungen, die sie immer bis aufs Blut gereizt hatten, ins Gedächtnis zu rufen. Aber sie kamen nicht. Nur der Mann stand vor ihr, der kraftvolle, energische Mann, der den Willen besaß, mit steifem Nacken durch das Leben zu schreiten und die Bahn freizumachen für alles, was zu seiner Sippe gehörte. Und langsam, während sie die Scham in den Wangen klopfen fühlte, rang sich in ihr die Erkenntnis durch, daß es Männer gäbe, denen gegenüber kleinliches Nörgeln und Wägen ein Verbrechen an ihrer Persönlichkeit, ein Diebstahl an ihrem Leben sei. ›Herrgott‹, dachte sie zitternd, als hätte sie ein Moor passiert und erkenne jetzt erst schaudernd die überstandene Gefahr, ›*die* Einsicht hat sich mit einem halben Jahr unsrer Jugend bezahlen lassen.‹

»Emilie?« vernahm sie neben sich die Stimme Ewalds.

»Ja?« fragte sie und schüttelte den Kopf, als wollte sie sich von umherschwirrenden Gedanken befreien.

»Also das hast du mir versprochen. Der Anna Kölsch kein Wort!«

Sie erhob sich und strich ihm über das Haar. Das hatte sie früher nicht gekonnt. Nicht bei ihrem Manne. »Magst du sie so wenig leiden?«

»Leiden? Das schon. Aber sie hat so was in ihren Augen, das kann ich nicht vertragen?«

»Was denn?«

»So was – Jungfrauenhaftes.«

»Schäm dich – Ewald.«

»Nun soll ich mich auf einmal schämen! Warum denn? Ich mein' doch damit keine Entweihung? Von der himmlischen Jungfrau ist sie beinah so weit entfernt wie der Gustav vom Papst. Gott sei Dank! Betschwestern sind nun mal gar nicht mein Fall. Wenn ich sage ›Jungfrauenhaftes‹, so versteh' ich darunter so etwas Reines, Großes. So eine reine Freude und so eine große Aufopferungsfähigkeit. Weißt du, die bleibt Mädchen, und wenn sie Großmutter geworden ist.«

»Und das«, fragte Emilie und staunte über das natürliche Empfindungsvermögen dieses jungen Blutes, »das verträgst du nicht?«

»Ich komm' mir immer so verwahrlost neben ihr vor. So recht wie ein Junge, der in der Pfütze herumspringt und den Mädchen die weißen Kleider vollspritzt. Ein Mann *soll* sich aber einer Frau gegenüber nicht verwahrlost vorkommen. Das steht nicht im richtigen Verhältnis.«

»So ändre es doch. Das liegt doch nur an dir. Ein rechter Mann muß doch auch seine Fehler einsehen können.« – –

Um die Mittagszeit ließ sich Ewald Wiskotten nicht mehr halten. »Ich bin doch keine Dame des Rokoko, die Besuche am Bett empfängt. Ich muß in die Beinkleider.«

»Schön sind sie nicht.«

»Ich werde mir nach Tisch einen fertigen Anzug kaufen.«

»Hast du Geld?«

»Nein, aber du! Vor dir geniere ich mich auch nicht ein bißchen mehr.«

Emilie Wiskotten lachte: »Ist das wieder eins deiner Komplimente?«

»Ich schaue mir die Menschen, die ich anpumpe, sehr genau auf ihre Qualitäten an.«

»Ob sie es auch nicht zurückfordern? Ich werde mich also der Ehre gewachsen zeigen müssen.«

Bei Tisch saß Ewald Wiskotten zwischen den Kindern, die ihm aufgeregt vom Rhein erzählten. Er ließ sich nicht nötigen und schlug eine brave Klinge. Bis er die Augen des alten Fräuleins voll Verwunderung auf sich haften fühlte. Da sank ihm langsam der Arm …

Als er nachmittags das Kleidergeschäft verließ, in einem blauen Cheviotanzug, schwarzen Hut und blanken Stiefeln, fühlte er sich befähigter, den erschrockenen Blick des alten Fräuleins zu ertragen. Ohne sich in der Stadt aufzuhalten, kehrte er nach der Gartenstraße zurück. Er fand Emilie im Salon. Anna Kölsch war angekommen.

Sein erster Impuls war, umzukehren. Aber man hatte schon seine Anwesenheit bemerkt. Da nahm er sich zusammen, schritt knarrend über den Teppich und sagte dem Mädchen einen steifen Dank.

»Bildschön siehst du aus, Ewald«, bewunderte ihn Emilie und ließ die beiden allein, um den Kaffeetisch zu besorgen.

Ewald stand am Fenster und blickte in das Gärtchen hinaus, in dem sich an den Hecken das erste Sprossen zeigte. Nur ein Fliederstrauch hatte größere Eile an den Tag gelegt. Ewald Wiskotten freute sich, daß er einen Gegenstand gefunden hatte, dem er sein besonderes Interesse widmen durfte. Anna Kölsch saß in dem roten Polstersessel und hielt die Wimpern über die Augen gesenkt.

»Du mußt doch noch recht schwach sein, Ewald?«

»Weshalb?«

»Weil dich das Reden so anstrengt.«

»Wenn man im Bett gelegen hat, weiß man nichts zu erzählen.«

»Die Stimmung in dem kleinen Zimmer in der Ratinger Straße war gemütlicher.«

»Du bist wohl gekommen, um dich lustig zu machen?«

»Was fällt dir ein?«

»Überhaupt, das wollt' ich dir noch sagen: Es war ja sehr menschenfreundlich von dir, daß du mich da oben aufgesucht hast, aber geschickt hat sich das gar nicht, daß du die ganze Nacht dageblieben bist, geschickt hat sich das absolut nicht.«

»Das ist aber doch stark! Du willst mir wohl zum Dank noch Vorhaltungen machen?«

»Wenn du selbst nicht dazu imstande bist und kein andrer Mensch dir es sagt, dann muß ich dich eben darauf aufmerksam machen.«

»Du? Wie willst du zu dem Recht kommen?«

»Weil ich der ältere von uns beiden bin und der Mann. Das genügt doch wohl.«

»Ewald, du machst dich furchtbar lächerlich.«

Er fuhr herum. »Ich verbitte mir das. Ganz entschieden.«

»Und ich verbitte mir diesen Ton.«

»Ach, du! Du hast dir noch gar nichts zu verbitten. Junge Mädchen haben überhaupt still zu sein.«

»Gott, sieh nur einer den großen Herrn Wiskotten an! Zwei Jahre älter bist du und sechs Jahre törichter.«

»Es lohnt sich ja nicht, mit dir zu streiten.«

»Ja, ich muß wirklich sehr tief in der Dummheit drinstecken, daß ich mich mit dir abgebe.«

»Wer zwingt dich denn? Du bist doch von selbst gekommen.«

»Du bist ein – ein –« Sie erhob sich und ging stumm zum Zimmer hinaus.

»Pah!« machte er. Aber es war ihm nicht wohl dabei zumute. Auch daß der Fliederstrauch der Hecke voraus war, lockte ihm keinerlei Interesse mehr ab. Unruhig trat er von einem Fuß auf den andern und sah scheu hinter sich. Ihm war, als müßte sich jetzt die Tür öffnen und, wie in den Kindertagen, die Mutter eintreten, um ihm für irgendeine halbeingestandene Sünde wortlos eine Tracht Prügel zu verabreichen. Diese abgekürzte Erledigung der Angelegenheit wäre ihm sogar lieb gewesen.

Die Kinder lärmten herein; um ihn zum Kaffee zu holen. Nun hieß es sich sammeln und Haltung zeigen. Wie der Delinquent, der da weiß, daß Staatsanwalt und Scharfrichter ihn ernst erwarten. Der Teppich, über den er ins nächste Zimmer schritt, kam ihm vor wie ein sturmbewegtes Meer. Nun schlug er verstockt die Augen auf.

Wie lange sollten die Vorbereitungen noch dauern? Hatten die beiden Frauen noch nicht das nötige Quantum Malice zusammen, um über ihn herzufallen, den langen, undankbaren, flegelhaften Menschen? Sie lächelten ihn freundlich an – –

»Bitte, Ewald, hier – neben Anna.«

Mißtrauisch nahm er den Platz ein. Die wollten ihn sicher machen. Er würgte an seinem Weißbrötchen, das ihm Emilie gestrichen hatte. Aber nichts erfolgte.

Sollte Anna ihn gar nicht verklagt haben – –? Er wagte einen halben Blick nach ihr hin, und sie fing ihn auf.

»Schmeckt's?« fragte sie freundlich. »Dann bist du wieder durch.«

Das schnürte ihm die Kehle zu. Er bekam einen Hustenanfall und griff schnell nach der Tasse.

»Onkel hat sich verschluckt!« jauchzten die Kinder. »Onkel hat nicht langsam gegessen! Owei!«

»Wollt ihr wohl artig sein!« gebot Emilie. »Ihr wißt, Tante Josephine ist in der Stadt.«

»Und kauft mir ein Segelschiff. Mama, das lassen wir aber noch heut auf dem Rhein fahren.«

»Heute morgen, ganz in der Frühe schon, hat mich deine Mutter rufen lassen, Ewald.«

»Wie geht's denn dem Vater?«

»Er saß ganz heiter am Fenster. Und deine Mutter war auch sehr freundlich.«

»Das muß ihr komisch stehen.«

»Sie hat mich gefragt, ob ich heute nicht wieder nach Düsseldorf fahren könnte, um zu sehen, wie es dir ginge.«

»Gestern war doch erst der Paul hier.«

»Sie wurd' aus dem konfusen Bericht nicht klug. Und sie wollt' es ganz sicher wissen, daß dir nichts mehr fehlte.«

»Die Mutter?«

»Als ob es einen Menschen gäbe, den das mehr berührte, Ewald. Das weißt du auch ganz gut.«

»Grüß sie wieder. Und Vater. Ich – ich würde von mir hören lassen.«

Sie reichte ihm mit schneller Bewegung die Hand. »Die werden sich freuen. Die haben ja in dem ganzen Jahr nichts andres getan, als heimlich darauf gewartet.«

»Meinst du –?«

»Ich kann mich da hinein versetzen. Es muß für Eltern leichter sein, ein Kind zu verlieren, als ein Kind zu haben, das ihnen zeigt, daß es sie nicht braucht. Wie alt und überflüssig müssen sich da die Leute vorkommen. Kannst du dir das vorstellen?«

Er blickte auf seinen Teller. – –

Das alte Fräulein kam aus der Stadt zurück und entschuldigte sich mit vielen Worten, daß es die Kaffeestunde versäumt habe. Aber der kleine Gustav habe ihr die Freundschaft kündigen wollen, wenn er nicht noch heute das Segelschiff erhielte, das er am Vormittag in einer Auslage erspäht hatte.

»Hast du es mitgebracht, Tante? Heute kannst du nicht sagen, es wär' nicht mehr dagewesen. Denn ich habe es selbst gesehen.«

»Hier ist es, du kleiner Quälgeist.«

»Mama, Mama! Setz deinen Hut auf. Sieh nur, draußen scheint die Sonne ganz warm. Wir wollen alle zusammen an den Rhein und das Schiff fahren lassen. Onkel Ewald, wohl, du gehst auch mit, und Tante Anna auch?«

»Ich darf jetzt wohl zu Hause bleiben«, sagte das alte Fräulein beleidigt.

Der Junge stutzte. Dann kletterte er sacht dem alten Fräulein aus den Schoß. »Danke dir auch, liebe Tante Josephine.«

Sie war gleich wieder versöhnt, küßte den Jungen ab und setzte den Strampelnden auf die Erde. »Geht nur und amüsiert euch. Wenn ihr heimkommt und Hunger mitbringt, sollt ihr über Tante Josephine nicht zu schimpfen haben.«

Da wanderten Emilie mit Anna und Ewald mit den Kindern durch den Sonnenschein des Frühlingstages dem Golzheimer Gelände zu. Auf dem Rhein spielten blitzende Lichter. Breit und behaglich stoß er dahin, als sonne er sich wohlig in den ersten Frühlingsstrahlen. Die Luft war weich und still, die Ufer leer, kein Mensch an dieser abgelegenen Stelle.

»Komm«, sagte Emilie, »laß mir die Kinder. Wir haben uns an das Zusammenspielen gewöhnt.«

Ewald gab dem Jungen die dünne Schiffsleine in die Hand und trat zurück. Das Schiff schwamm stolz dahin. Der kleine Gustav war der Kapitän, Emilie und das Schwesterchen wurden als Passagiere angeredet. Alle drei rannten sie rufend und lachend das Ufer entlang neben dem Schifflein her.

»Einsteigen!« schallte aus der Ferne die Knabenstimme. »Jetzt fahren wir zu unsern Papa!«

Emiliens Antwort war nicht zu verstehen. Aber es war ein Zuruf darin gewesen. - - -

Anna Kölsch hatte ihren Plaid über die Uferböschung gebreitet. Ewald Wiskotten saß neben ihr, hielt seine lange Gestalt vornüber und verfolgte mit dem Blick das Schifflein, das durch sonniges Wasser fuhr. Ein paar phantastisch geformte Weiden winkten aus den Rheinwiesen, und fernhin streckte sich weit und einladend das Land.

»Wann - wann wirst du wiederkommen, Anna? Morgen?«

»Von jetzt an werde ich zu Hause bleiben.«

»Aber weshalb denn? Nur weil ich - weil ich vorhin - -«

»Das hab' ich schon wieder vergessen. Ich werde doch deine Worte nicht auf die Goldwage legen, wo du so viel durchgemacht hast.«

»Und trotzdem - willst du fortbleiben?«

»Ich hab' doch jetzt hier nichts mehr zu tun. Wenn ich morgen deiner Mutter sage, daß du wieder gesund bist, ist alles gut.«

»Doch nicht«, stieß er hervor.

»Ist denn noch was gutzumachen?«

»Ja. Von mir aus. Ich hab' dich immer - und mit Willen - schlecht behandelt - -«

»Weshalb denn nur, Ewald?«

»Weil – weil ich dich sonst ganz anders hätte behandeln müssen. Und – dagegen – hab' ich mich gesträubt.«

Sie saßen, ohne sich zu regen, nebeneinander und blickten über die Wasserfläche. Er mit finsterer Stirn, sie mit einem versonnenen Lächeln. Eine lange funkelnde Welle schwoll am Ufer aus und ließ blitzende Perlen zu ihren Füßen zurück.

»Wie sonderbar«, sagte Anna in das Schweigen hinein, »das habe ich gefühlt.«

»Und bist nicht fortgelaufen?«

»Ich habe es doch gefühlt – –«

»Daß – daß – daß ich – daß ich dich lieb habe – –?«

Sie wandte ganz langsam ihr Gesicht ihm zu, und sie sah, wie alles in ihm kämpfte, Scham, Trotz und drängende Hingabe. Der Knabe und der Mann.

»Das hab' ich schon als Kind gewußt, Ewald.«

»Und – und du, Anna?«

»Ich bin doch hier.«

»Trotzdem, daß – ich muß dir das sagen. Als der August davon sprach, von dir sprach, du weißt ja – da hab' ich kaum hingehört und nur immer an die Künstlerfreiheit gedacht, und alles andre war mir egal.«

»Daran muß sich eine Frau wohl gewöhnen. Der Mann will immer das, was er nicht kennt. Da hast du keine Ausnahme gemacht.«

»Aber – daß ich mit dem Gretchen Zinters anfing – das weißt du nicht.«

»Du hattest ja keinen Menschen. Ich war nicht bei dir.«

»Du – – Anna – –!«

Sie fühlte, wie seine Hand nach ihr suchte, wie sich, unmerklich fast, sein Arm um sie schmeichelte. Einmal nur atmete sie ganz tief auf. Dann saßen sie, einer den Arm des andern um die Schulter, sprachlos und schauten in die Weite …

Auf dem Rhein tanzte die Sonne, fröhliche Stimmen klangen vom Ufer her, Emilie kam mit den Kindern. Die beiden hatten nicht acht darauf. Sie saßen, als wären sie versunken in die Landschaft, und doch war einer vom andern benommen. Als sich Emilie zu ihnen setzte, sah Anna nur eine Sekunde lang mit glänzenden, lächelnden Augen auf – – und über Ewald hin, der sie fester faßte, still wieder in die Weite …

Emilie blieb neben ihnen. Auch sie bewegte sich nicht. Konnte das Glück so schweigsam sein? Sich so viel geben, daß es die Worte darüber vergaß? Und doch ging etwas Lautes, Jubelndes aus von diesem jungen Glück, ein Erglühen, das zu Flammen wurde, die ineinanderschlugen. Gab es solch ein Einswerden? Solch ein Versinken in eine Welt, die von der Umwelt nichts mehr wußte? In ihrer Brust stieg es auf und ab, Neid und Sehnsucht. Und die Sehnsucht blieb oben und weckte in ihr ein leises Weinen, das immer heftiger, immer stürmischer wurde, während sie doch regungslos dasaß wie das junge Menschenglück neben ihr, den Blick in die Weite ...

Die Kinder kletterten, spielmüde, auf die Böschung und schmiegten sich an ihren Schoß. Sie legte die Arme um sie, als müßte sie sich des Ersatzes vergewissern. Und alle schauten sie in das Gold und Rot des Abends, der das Silber des Tages kosend verdrängte.

»Kommt«, sagte Emilie und richtete sich auf, »morgen ist auch noch ein Tag.«

Sie ging mit den Kindern voran, freundlich ihr Geplapper ertragend. Arm in Arm schritt das junge Paar hinter ihnen drein.

An der Wegbiegung, die vom Fluß in den wispernden Hofgarten führte, blieben die beiden stehen, die glänzenden Träumeraugen ineinander versenkt.

»Ännchen – –«

»Du! Ewald!«

»Einen Kuß – –«

»Ich soll dich – zuerst küssen?«

»Nein! Doch nicht! Ich dich!«

Sie kam ihm entgegen. Sie hielt seinen Kopf zwischen ihren Händen. Einer des andern Staunen trinkend – – Und dann faßten sie sich bei der Hand und rannten wie die Kinder hinter Emilie her, in den dunkeln Hofgarten, um die Glut ihrer Gesichter voreinander zu verbergen. –

»Du machst wohl gar Anstalten, Anna zum Bahnhof zu bringen?« fragte Emilie nach dem Abendessen.

»Selbstverständlich.«

»Fühlst du dich denn stark genug?«

»Ich –? Stark genug? – Anna!«

Die saß mit Glut übergossen und sah verwirrt auf Emilie. Da ließ sie es geschehen.

Und wieder gingen sie Arm in Arm, eng aneinandergeschmiegt.

»Bist mir auch gar nicht bös mehr? Daß ich mich – in deiner Gegenwart – immer so albern angestellt habe?

»Ohne den Stolz hätt' ich dich gar nicht gemocht. Ich mußt' doch erst Angst vor dir kriegen.«

»Jetzt spottest du.«

»Wahrhaftig nicht. Ich hatte Angst. Und das war mir gerade recht so. Ein Mann, der nicht seinen Kopf aufsetzen kann, ist kein Mann.«

»Annerl, ich werd' der deine.«

Sie drückte seinen Arm und sprach nicht.

»Und du – du wirst mich nie im Stich lassen. Auch nicht, wenn – wenn ich mal meinen Kopf aufsetze?«

»Wenn ich keine Sorgen hätte, würd' ich mir ja welche schaffen. Nur, um immer von neuem die Freude kommen zu sehen.«

»Drei Jahre werden wir noch warten müssen. Aber dann, wenn ich vierundzwanzig bin.«

»Dann!«

»Freust du dich darauf?«

Ihre Schulter zitterte an seinem Arm. Und sie beschleunigten plötzlich ihre Schritte, als müßten sie aus dem Bereich ihrer Worte kommen. Aber im Lichtkreis der ersten Straßenlaterne machten sie halt. Um sich mit Augen, die sich vor Erregung weiteten, anzusehen – –

Bevor der Zug sich in Bewegung setzte, stieg sie noch einmal aus dem Coupé. »Wirst du fleißig sein, Ewald? Für uns!«

»Oho! Für die Firma Gustav Wiskotten Söhne! Ich werd' ein Wort mitsprechen!«

»O du Wickelkind!«

»Willst du das auf der Stelle zurücknehmen? Hier steht ein zukünftiger Chef!«

»Der meine! Das genügt mir.«

»Einsteigen! Türen schließen!« Den Zug entlang lief der Schaffner.

Mit einer jähen Bewegung griff sie nach seinem Kopf und starrte ihm in die Augen. »Gut' Nacht.« Er spürte ihre Lippen blutwarm auf den seinen. Der Zug setzte sich in Bewegung. Aus dem Coupéfenster winkte sie ihm zu: »Schon' dich ...«

Als trüge er die Kräfte der Welt in sich, schritt er hocherhobenen Hauptes über den Bahnsteig und durch die Straßen der Stadt. Eine Tat hätte er tun mögen, einen Schrei ausstoßen, der die Bürger alarmierte. Kurz vor der Gartenstraße begann er zu laufen, um schneller das Haus zu erreichen. Und zu Hause fiel er über Emilie her und küßte sie trotz der Anwesenheit des erschrockenen Fräuleins ab.

Sie wehrte sich nur zum Schein.

»Gilt *mir* das?«

»Frag nicht! Dir, euch, allen miteinander! Was seid ihr doch für liebe, liebe Weibsen – –!«

»Wir brauchen nur zu wollen ...«

Und sie streichelte sein erhitztes Gesicht und hielt ihm die weit geöffneten Augen zu – – –

7.

Gustav Wiskotten schob die Geschäftskorrespondenz zurück und blieb, die Arme auf der Platte des Schreibtisches lang ausgestreckt, mit halb geschlossenen Augen sitzen. Aber er sann nicht nach, er sammelte sich. Ein Zug der Abgespanntheit machte sich in seinem Gesicht bemerkbar. In den letzten Wochen hatte er selbst seinen nie versagenden Kräften etwas viel zugemutet, ohne daheim den notwendigen Ausgleich zu finden.

Ein paar Minuten blieb er in seiner vornübergesunkenen Stellung. Dann lehnte er sich langsam zurück und sah seinem Bruder August zu, der emsig schreibend ihm gegenübersaß.

»Nun dürfte sich mein Konto wohl wieder erholen.«

»Vorläufig sind wir über den Berg.«

»Vorläufig? Ich sage dir, das bleibt jetzt so. Die Kundschaft haben wir überrumpelt, sie fressen die neuen Artikel wie die Butter vom Brot, Orders mehr als wir effektuieren können, und die Konkurrenz Scharwächter ist abgetan.«

»Der Haß ist waschechter als die Liebe. Mach dich nur auf Überraschungen gefaßt.«

»Ich halt' sie schon in Händen. Der Alte sucht um einen Waffenstillstand nach, um seine Toten zu beerdigen. In einem persönlich an mich gerichteten Briefe.«

August Wiskotten setzte die Feder ab. »Jeremias Scharwächter hat dir – dir persönlich – geschrieben?«

»Ja, mein Junge, er hat. Nicht aus schwiegerväterlichen Gefühlen. Er spürt auf einmal die Motten im Rock, und ich soll sie ihm herausklopfen. Das Ausklopfen werde ich besorgen.«

»Kommt er hierher?«

»Er schreibt, daß er mich heute vormittag in meiner Wohnung aufsuchen würde. Verstehst du? Um der Sache einen familiären Anstrich zu geben.«

»Und du, Gustav?«

»Mich geht nur der geschäftliche Teil der Unterredung an.« Er erhob sich und stellte sich ans Fenster. August maß ihn mit einem langen, prüfenden Blick und griff ruhig wieder zur Feder.

»Hör mal, August ... Das ist Musik!«

»Was?«

»Sechshundert Pferdekräfte an der Arbeit! Und die Menschen dazu! Da sag' mir einer, das wäre nicht die Poesie des Lebens.«

»Wenn du heute deinen sentimentalen Tag hast, kann es deinem Schwiegervater gut gehen.«

»Auch die hat er mir unterbinden wollen, auch die! Da ist er aber zwischen's Schwungrad geraten.«

»Glaubst du, daß er fertig ist?«

»Er hat sein Kapital angreifen müssen. Und die Art Leute greift lieber ihre Prinzipien an. Das kostet nur ein wehleidig Gesicht und kein Geld. Aber für sein wehleidig Gesicht kauf' ich mir nichts. Er sich für meins auch nicht.«

Er wandte sich vom Fenster ab und griff nach seiner Mütze.

»Du, was sagst du zum Ewald? Der Junge macht sich. Und *die* Phantasie wollte der Bengel auf Leinwand verklecksen, bei der er nicht das Geld für die Ölfarbe herausgekriegt hätte. Ich bin, weiß Gott, ein ernsthafter Mensch geworden, aber die Keilerei im Neandertal, die segne ich. Die hat den Schlußpunkt gemacht.«

»Wir werden einen neuen Bandstuhl konstruieren lassen müssen.«

»Man zu! Je mehr Überraschung für die Konkurrenz, desto besser. Wenn sie den nachgemacht haben, sind wir schon wieder einen Sprung weiter und schenken ihnen das alte Modell zu Weihnachten. Hast du gesehen, was der Paul gestern abend von Düsseldorf mitgebracht hat? Ich hätte mich besaufen können vor Vergnügen.«

»Gustav, drück dich doch etwas gewählter aus.«

»Ach du alter Kanzelredner, wenn du wüßtest, wie mir ist! Wie mir die Musik auf dem Fabrikhof wohltut! Die hat mich nicht betrogen. Die nicht. Und der halt' ich Treue.«

»Von Emilie nichts?« fragte der Bruder, ohne den Kopf vom Briefbogen zu erheben.

Gustav Wiskotten gab keine Antwort. Er ging, die Mütze im Nacken, aus dem Privatkontor, über den Korridor und zur Haspelstube. »Hast du einen Moment Zeit, Mutter?«

Die alte Frau kam zu ihm heraus. Und sie gingen die Treppen hinab, durch den Bandstuhlsaal, über den Hof bis zur Wupper. Neben dem Kesselhaus stand der alte Christian und warf im Schwung die Kohlen. »Morgen zusammen. Nix für ungut, Frau Wiskotten, aber wenn der Mensch nich vom Affen abstammt, möcht' ich wissen, wie ich die Hühneraugen gerad' an die Händ' krieg'!«

Er zog es vor, die Antwort der alten Frau nicht abzuwarten und im Kesselhaus zu verschwinden.

Frau Wiskotten verzog keine Miene.

»Wat hast du, Gustav?«

»Mutter, ich wollt' mir nur wat in die Erinnerung zurückrufen.«

»Kannst du dat nich ohne mich?«

»Nee, Mutter, ich hab' dat Bild fester im Gedächtnis, wenn du dabei bist. Hier standen wir vorigen November. Und dann gingen wir in die neue Färberei un setzten uns auf die leeren Kufen. Du un ich. Weißt du noch?«

»So wat vergißt sich nich.«

»Damals fing der Krieg an. Ich hatt' keine Hilfstruppen als dich. An dem Abend hast du mir et Rückgrat steif gemacht. Du kannt'st mich, wie du *dich* kennst, un, Mutter, wir haben uns nich ineinander getäuscht. Wir haben gesiegt.«

»Dat weiß ich, Gustav, un hab' et nich anders erwartet.«

»Der Mann, der mich aus dem Haus geworfen hat, der mich um die Freud' an Frau und Kindern gebracht hat und mir die Fabrik hat stillegen wollen, dem du un ich da drin, in der neuen Färberei, in der et jetzt rumort wie in 'nem Bienenstock, an dem unvergeßlichen Abend Vergeltung versprochen haben, der wird in einer halben Stunde mit abgezogenem Hut vor mir stehen.«

Es war still zwischen ihnen. Nur die schwarze Wupper gurgelte zu ihnen auf.

Dann sagte die alte Frau und tat einen tiefen Atemzug: »Is et so weit?«

»Er kann sich nich mehr halten, Mutter. Er hat zu doll drauflegen müssen. Verspielt, Mutter.«

»Der Herr hat ihn in unsre Hand gegeben.«

»Jedenfalls is er drin.«

Wieder schwiegen sie, und die schwarze Wupper gurgelte zu ihren Füßen von Arbeit und Lebenskampf, ohn' Ende, ohn' Ende – –

»Wat willst du mit ihm machen, Gustav?«

»Du meinst – wegen Emilie – –?«

»Et is ihr Vatter.«

»Dat er mein Schwiegervater is und der Großvater von den Kleinen, dat hat ihn weniger behindert. Ich will ihn nicht durch größeren Edelmut beschämen.«

»Hast du et dir überlegt?«

»Mutter, er hat uns bei unsrer Arbeit packen, er hat die Fabrik aufschmeißen wollen. Dahinter tritt meine Privatdifferenz zurück. Ich hab' mit ihm nich anders als wie jeder andre Teilhaber der Firma Gustav Wiskotten Söhne zu verhandeln. Sag mir, dat et so recht is.«

Die alte Frau ließ ihren Blick lange auf ihrem Ältesten ruhen. Dann wanderte der Blick weiter, über den Fabrikhof, von Gebäude zu Gebäude. Wie das gewachsen war, seit sie den ersten Stein gerichtet. Wie das weiter aufwuchs, gekittet mit dem Schweiß und dem Herzblut der ganzen Familie. Der ganzen Familie – –

»Et is recht so, Gustav.«

Der wischte sich mit dem Tuch das Lächeln fort, das bitter um seine Mundwinkel zucken wollte. Und aus harten, stolzen Augen folgte sein Blick dem der Mutter. – –

Ein Junge kam gelaufen und meldete einen Besuch für Herrn Gustav Wiskotten.

»Wo?«

»In Ihrem Haus.«

»Ich komm' in fünf Minuten.« Er sah die Mutter an. Die nickte und ging über den Hof zurück.

»Na, Schwiegervater, dann freu du dich ...«

Er gab Kölsch noch einen Auftrag, für den Fall, daß er länger aufgehalten werden sollte, und schritt, ohne Eile zu zeigen, auf sein Haus zu. Im Wohnzimmer erwartete ihn Jeremias Scharwächter.

»Womit kann ich Ihnen dienen?«

»Guten Tag, Gustav. Wie geht's? Es sind schwere Zeiten für die Industrie.«

»Das muß wohl woanders sein. Darüber kann ich nicht mitsprechen.«

»Nun, Gustav, ihr werdet auch nicht immer zu lachen haben.«

»Wir lachen den ganzen Tag.«

Herr Scharwächter putzte sich die Nase. Er ging sehr umständlich dabei zu Werk. »Erlaubst du mir, daß ich mich setze?«

»Überallhin, wo ein Stuhl steht.«

»Danke. Es ist ein weiter Weg von mir bis zu dir. Aber da du ihn nicht fandest, mußte ich dir zeigen, daß das Alter die Milde ist.«

»Na, dann seien Sie milde und sagen Sie kurz, was Sie herführt. Ich weiß vor Arbeit kaum aus noch ein.«

»Habt ihr so viel Orders? Wohl alle Bandstühle besetzt?«

»Wir haben sogar zum erstenmal Hausarbeit ausgegeben. Bis die neuen Stühle geliefert werden. Also: bitte.«

»Neue Stühle? Werdet ihr euch auch nicht übernehmen?«

»Wir Wiskottens haben einen gesunden Magen. Der verdaut selbst Konkurrenten, die uns lästig werden.«

Der alte Herr hüstelte. Sein Kopf kroch tief in die Krawatte zurück, als ob es ihn fröre. Ein paarmal öffnete er den Mund.

»Gustav – es ist in der letzten Zeit nicht ganz so gewesen, wie es zwischen so nahen Verwandten hätte sein müssen.«

»Ganz so nicht.«

»Kein gut Ding, das sich nicht bessert. Wir haben uns in unserm Kummer das Leben gegenseitig schwer gemacht. Nun wollen wir es uns gegenseitig erleichtern.«

»Ich bin begierig auf Ihre Vorschläge.«

»Lieber Gustav, es sind schwere Zeiten für die Industrie. Nein, nein, das kannst du nicht wegdisputieren. Wenn es bei euch augenblicklich gut geht, so ist das auch nur eine Welle, die sich bald wieder im Sande verlaufen wird. Die paar guten Muster, mit denen ihr es diesmal glücklich getroffen habt – du lieber Gott, einmal hat der einen guten Einfall und einmal der; das wechselt – mit denen werdet ihr das Geschäft auf die Dauer auch nicht machen, wenn die Konkurrenz nicht zugibt, daß auch bei den Preisen etwas herausschaut.«

»Die Konkurrenz – damit meinen Sie also sich.«

»Die kleinen Mitläufer kommen wohl nicht in Betracht. In unsern Artikeln, in unsern Spezialartikeln, regeln wir beide in erster Linie den Markt. Die Firma Jeremias Scharwächter und die Firma Gustav Wiskotten Söhne. Und daher, meine ich, wäre es an der Zeit, auch die Beziehungen zwischen uns zu regeln.«

»Die liegen doch sonnenklar.«

»Wenn jeder von uns ehrlich will, kann die Ernte reicher sein.«

»Was das betrifft, für uns wollen wir.«

»Und ich will ebenso.«

»Das sind Ihre Angelegenheiten und geht mich nix an.«

Der Kopf des alten Herrn, der sich vorgewagt hatte, zog sich verscheucht in die Krawatte zurück.

»Ich fürchte, du hast mich nicht ganz verstanden, lieber Gustav. Ich dachte mir das folgendermaßen. Der Kundenkreis ist groß genug für beide Firmen und könnte auch ergiebig genug sein, wenn einer im andern den Verwandten respektierte und ihm den Lohn seiner Arbeit gönnte. Ich habe vorhin gesagt, das Alter ist die Milde. Das soll nicht nur so dahingesprochen sein. Ich werde das Gewesene vergessen und als erster die Hand zu einem schönen Vergleiche bieten. Ich hoffe, das wirst du zu würdigen wissen. Ihr habt in der Fabrik durch mich schwere Kämpfe erlitten, die nicht wiederkehren sollen. Nein, wirklich nicht. Ich werde nicht mehr auf die Preise drücken, ihr sollt ganz frei aufatmen und die Höhe der Notierungen nach eigner Wahl bestimmen, Notierungen, die handgreifliche Gewinne bringen und die ich überall, wo ich auf sie stoße, strikt achten werde. Kurz: ich schlage euch aus verwandtschaftlichem Herzen eine Preiskonvention vor.«

»Da hätten Sie sich kürzer fassen können.«

»Es galt, den alten Groll zu besiegen. Nun habe ich ihn begraben.«

»Das freut mich. Aber mit der Fabrik hat das nix zu tun.«

»Lieber Gustav, ich habe dir die Hand zur Versöhnung geboten.«

»Schön. Eine Versöhnung soll man nie zurückweisen, das wäre nicht christlich. Also wir beide, wir wären versöhnt. Aber ich frage Sie noch immer: Was geht das die Fabrik an?«

»Lieber Gustav, verstehe mich doch recht, ich will doch den Vorteil. Und eine Preiskonvention –«

»Ja, das ist mir nun wirklich interessant. Also welche Vorteile hätte die Preiskonvention für Gustav Wiskotten Söhne ...?«

Er rückte sich gemütlicher in seinem Stuhl zurecht und sah den Besucher aus runden Augen an. Jeremias Scharwächter nahm sich zusammen.

»Zunächst, lieber Gustav, ein ruhigeres Arbeiten. Ohne die Angst, der andre kommt einem zuvor. Ferner aber die Sicherheit, daß die Konkurrenzartikel sich nicht mehr bekämpfen, sondern sich, da sie den Käufer dasselbe kosten, nebeneinander behaupten, und zwar gewinnbringend. Wenn wir vor jeder Kampagne die Qualitäten vergleichen und unter uns die Preise regulieren –«

»Pardon, Sie wollten von den Vorteilen für Gustav Wiskotten Söhne sprechen.«

»Das tue ich ja.«

»Bis jetzt zählen Sie nur die Vorteile auf, welche die Firma Jeremias Scharwächter bei dem Handel haben würde. Wo steckt die Gegenleistung?«

»Aber sie liegt doch auf der Hand. In der Gegenseitigkeit steckt sie, lieber Gustav.«

»Ja, wenn es sich um zwei gleich prosperierende Firmen handelte. Sie hätten mit Ihrem Vorschlag im vorigen Herbst kommen müssen, wissen Sie: als Sie den vorschnellen Plan faßten, uns jämmerlich in die Tinte zu reiten. Aber heute? Mit einer Firma – so viel Geschäftskenntnis trauen Sie mir wohl zu –, die drauf und dran ist, zu liquidieren, weil sie immer stärker mit Unterbilanz arbeitet, schließt man keine Vergleiche, der diktiert man seinen Willen oder rasiert sie weg.«

Jeremias Scharwächter fuhr blaß und erregt von seinem Sitze auf. Er bemühte sich, ein Lachen zu finden, ein lustiges, überlegenes Lachen, aber es kam heiser und erkünstelt.

»Unterbilanz? Liquidieren? Sonderbare Späße machst du, um mich billiger zu bekommen.«

»Billiger? Ich hab' Sie ganz umsonst.«

»Spanne den Bogen nicht zu straff. Wenn ich so, wie ich gekommen bin, aus diesem Hause gehe –«

»Werden Sie zu Hause die Läden herunterlassen können. Das ist mir bekannt.«

»Gustav!« Scharwächter trat auf ihn zu und faßte ihn beim Ärmel. »Und wenn es so wäre? Nehmen wir es einmal an ...«

»Es ist so. Darüber ist kein Wort mehr zu verlieren.«

»Und – und – an Emilie würdest du gar nicht denken?«

»Bleiben Sie beim Geschäftlichen, Herr Scharwächter!«

»Aber sie ist doch deine Frau!«

»Stimmt. *Meine* Frau. Nicht die Frau von Gustav Wiskotten Söhne.«

»Lieber Himmel, sei doch nicht so unbarmherzig! Seit meinem Großvater behauptet meine Firma ihren angesehenen Namen.«

»Mein Vater ist auch Großvater. Und mein Vater und meine Mutter, haben die herumgelungert, waren das Glücksritter, über die man herzieht, als hätten sie nicht ehrliche Schwielen an den Händen? Nee, Herr Scharwächter, zu der Einsicht, daß die Wiskottens ehrliche und achtbare

Gegner sind, hätten Sie früher gelangen sollen. Wer unsre Arbeit respektiert, der ist unser Freund. Wer uns angreift, auf den hauen wir ein, was das Zeug halten will. Sie haben uns angegriffen. Resultat: Sie scheuern sich die Hose. Die Sache ist erledigt.«

»Gustav, das kann nicht dein Ernst sein! Emilie trägt meinen Namen!«

»Das ist der alte Irrtum. Sie trägt meinen!«

Jeremias Scharwächters Hände griffen nervös in die Luft, als suchten sie einen rettenden Gedanken zu fassen. Dünner Schweiß perlte auf seiner pergamentenen Stirn. Der Hals ragte weit aus der schwarzen Krawatte.

»Wissen Sie, was Mutter sagt, Herr Scharwächter? Sie kennen doch meine Mutter? Sie ist eine gottesfürchtige Frau, und sie sagt: »Der Herr hat ihn in unsre Hand gegeben.«

Jeremias Scharwächter zog krampfhaft die Hände zusammen.

Aus! – –

Eine Weile blieb es still zwischen den Männern. Dann entschloß sich Scharwächter zur Demütigung. Er wandte sich und schritt langsam zur Tür, die in die inneren Räume führte.

»Herr Scharwächter«, sagte Gustav Wiskotten weicher, »Sie irren sich. Dort geht's in mein Schlafzimmer.«

In dem vergilbten Gesicht des andern zeigte sich kein Verständnis. Er drückte auf die Klinke und öffnete die Tür.

»Kommt mal heraus, Kinder, zu eurem lieben Papa.«

»Himmeldonnerwetter! Spielen Sie hier kein Theater! Verstehen Sie mich? – Wa – was? Ihr – ihr seid da? Kinder! Gustav! Emilie!«

Er drängte sich vor, beugte sich, die Arme weit geöffnet, die jauchzenden Kinder aufzufangen, vornüber, verlor das Gleichgewicht und stürzte in die Knie, warf sich herum, lag, lang ausgestreckt, auf dem Teppich, die Kinder auf der Brust, die er küßte, jetzt den Jungen, jetzt das Mädchen, Töne hervorstoßend, die Worte bedeuten sollten und doch nur ein Gurgeln waren ...

»Papa, Papa! Dürfen wir jetzt wieder hierbleiben?«

»Wir sind ganz artig, Papa.«

»Und ich hab' ein Segelschiff.«

»Und ich einen Kochherd.«

»Gehst du jetzt mit an die Wupper?«

»Still«, sagte Gustav Wiskotten, und er hielt ihre Köpfchen im Nacken fest und starrte in ihre Gesichter und zog sie jäh wieder an sich und küßte sie, den Jungen, das Mädchen, den Jungen, das Mädchen ...

Und endlich fiel ihm ein, daß sie nicht allein waren. Er setzte die Kinder ab und erhob sich. Mit funkelnden Augen blickte er auf das hagere Männchen, das scheu in sich zusammengekrochen war.

»Das haben Sie gut gemacht, Schwiegervater. Alle Achtung! Na, und nun schicken Sie auch noch Ihre letzten Hilfstruppen vor. Lassen Sie Emilie nur hereinkommen.«

»Emilie ist in Düsseldorf.«

»Sie wollen mir doch nicht weismachen, daß Emilie die Kinder allein hergeschickt hat?«

»Ich habe die Kinder gestern geholt, lieber Gustav. Um dir eine Freude zu machen.«

»Und Emilie weiß von diesem – diesem schönen Familienfest?«

»Nein. Ich habe ihr nur gesagt, daß ich die Kinder ein paar Tage bei mir haben möchte.«

»Gott sei Dank«, sagte Gustav Wiskotten, und es war ihm, als wiche ein Druck von ihm. »Die Komödie hätt' ich auch nicht ertragen.«

»Lieber Gustav –«

»Was wünschen Sie?«

»Die Kinder – die Kinder bitten für ihren Großvater.«

»Machen Sie mir die Kinder nicht auch zu Komödianten, wenn Sie's schon sind. Und – und – Sie sehen, daß ich jetzt keine Zeit habe.« Er hob die Kinder auf den Arm und drückte sie fest an sich. Ihre Köpfe schmiegten sich verschüchtert an sein Gesicht.

»Gustav – – ich will dir eine Freude machen.«

»Das wär' die erste.«

»Ich will dir die Kinder hierlassen, Gustav.«

»Als wenn ich sie freiwillig wieder hergäbe!«

»Aber ich habe sie dir doch gebracht. Ohne Dank wirst du das doch nicht hinnehmen.«

»Nein, Sie Geschäftemacher, die Wiskottens pflegen ihre Schulden zu bezahlen.«

»Willst du jetzt – die Verhandlungen wieder mit mir aufnehmen?«

Gustav Wiskotten setzte die Kinder aufs Sofa und stellte sich ans Fenster. Eine Minute und noch eine kroch dahin. Jeremias Scharwächter biß sich auf die dünnen Lippen. »Gustav –«

Da wandte er sich um.

»Schwiegervater, es geschah zwar aus kleinlichster Berechnung, daß Sie mir eine Freude machten. Aber immerhin: der Effekt ist erreicht, und einen Dank bin ich Ihnen schuldig. Ich will Sie vor der Liquidation bewahren. Ihre Firma soll bestehen bleiben. Ihre Fabrik – nicht! Wickeln Sie ruhig die laufenden Geschäfte ab. Dann können Sie unser Kommissionär werden. Kein Wort weiter. Es ist mein letztes. Sie verkaufen in Zukunft Ihren Kunden unsere Ware. Die Preise bestimmen wir! Sie brauchen sich nicht zu bedanken. Ich seh', es fällt Ihnen schwer. Guten Morgen, Schwiegervater. Emilie kann beruhigt sein. Die Kinder werden es gut haben. Na – also –: auf Wiedersehen!«

Jeremias Scharwächter verließ, das Kinn tief in die Krawatte gezogen, das Haus. – –

»Kinder!« schrie Gustav Wiskotten. Sie sprangen vom Sofa, sie stürmten gegen ihn an und kletterten an ihm empor, lauter noch schreiend als der Vater, sie ließen sich küssen und drücken und küßten und drückten wieder. Und alle drei kollerten sie über den Teppich, das Zimmer erfüllend mit ihrem kindischen Toben, und Gustav Wiskotten war der kindischste unter ihnen. – –

Dann zog er sich einen andern Rock an und drückte sich heimlich mit den Kindern zum Tor hinaus. Heute sollten sie ihm allein angehören. Kein Mensch sollte ihm auch nur ein Quentchen stehlen. Jetzt erst spürte er, wie verhungert er war.

Eilig trabten sie die hügeligen Straßen hinauf. Erst im Wald fühlte er sich sicher. Und dort oben, in dem jungen Frühlingserwachen, brach der Freudentaumel von neuem aus, und es war ein Jagen und Haschen, ein Kreischen und Flüstern, ein Balgen und Stilliegen. Das war das Köstlichste – –

In dem Waldwirtshaus »Villa Foresta« ließ er ein Mittagsmahl bereiten. Er band ihnen die Servietten, legte ihnen vor und vergaß, selbst zuzulangen. Die Kleinen fühlten sich wie die Prinzen und aßen wie die Drescher. Das behagte dem Vater. Und nach der Mahlzeit ging es wieder tief in den Wald, zum verschwiegenen Murmelbach, und Gustav Wiskotten holte die alten Jugendfertigkeiten hervor und schnitzte ihnen ein Mühlrad, das sich im Wasser lustig drehte.

»Du mußt mir mein Segelschiff von Düsseldorf holen«, sagte der kleine Gustav, »das lassen wir hier schwimmen. Bis in die Wupper und bis in den Rhein und bis ins Meer. Das ist viel weiter als von Düsseldorf bis ins Meer.«

»Und Mama und ich fahren darauf zum Papa«, fuhr die kleine Emilie fort.

»Habt ihr das schon einmal gespielt?«

»Mit der Mama.«

»Und die Mama ist mit euch zum Papa gefahren?«

»Ja, und wenn wir mal nicht artig waren, sagte sie, Papa könnte nur artige Menschen in Barmen gebrauchen. Deshalb seien wir in Düsseldorf, um das zu lernen. Und jetzt kannst du uns gebrauchen.«

Er griff nach ihnen und zog sie heran. »Hat die Mama auch nie über euch zu weinen brauchen?«

»Über uns doch nicht!« meinte der kleine Gustav verwundert.

»Über wen denn?«

»Das wissen wir nicht. Geweint hat sie oft. Aber seit der Onkel Ewald da ist und die Tante Anna so oft aus Barmen kam, ist sie immer vergnügt. Weißt du, was ich glaub'?«

»Na, was glaubst du denn, du Schlauberger?«

»Sie meint gewiß, sie dürft' jetzt auch wieder nach Barmen kommen.«

»Und das freut sie?«

»Wenn man doch so lang' hat weinen müssen ... War sie nicht brav?«

»Die Mama ist immer brav.«

»Und schön!«

Er drückte den Jungen fester. »Schön? – Das erzähl mir mal.«

»Das hat der Onkel Ewald gesagt. Und viel schönere Kleider müßte sie tragen, hat er gesagt, und jeden Tag ein andres, damit es auch jeder sehen könnt', daß sie die Allerschönste wäre, Papa.«

»Und das – hat die Mama – alles angehört?«

»Und so furchtbar gefreut hat sie sich!«

»Lauf zu deiner Mühle, Jung'!«

Er lag im Moos, das die Sonne gewärmt hatte, ein Träumen in den Augen und das Jauchzen der Kinder in den Ohren. »Ah –«, sagte er und dehnte sich, »*die* Frühlingsluft –!«

An jeder Hand eines der Kinder führend, kehrte er gegen Abend nach Hause zurück. Hocherhobenen Hauptes schritt er durch das Tor, das er am Morgen flüchtend verlassen hatte.

»Schicken Sie sofort mal zu Herrn Kölsch«, trug er dem Pförtner auf, »ich ließe ihn bitten, mit Fräulein Kölsch doch gleich mal herzukommen.«

»Anna muß einstweilen bei den Kindern bleiben«, sagte er sich. »Wir stellen noch ein Bett im Kinderzimmer auf.«

Nur jetzt keine Trennung mehr! Wie hatte er nur auf das Kinderge-
plapper verzichten können! Ihm stockte der Atem, die Angst legte sich
nachträglich um seine Brust wie eine Eisenklammer.
»Kinder – Kinder – –!«
»Papa?«
Das erlöste. – –
Um das Haus schlich sich eine Gestalt. Sie hielt sich im Schatten und
spähte nach den erleuchteten Fenstern. Zweimal war der Pförtner miß-
trauisch vors Tor getreten und hatte sie durch sein Erscheinen ver-
scheucht. Als sie zum drittenmal wiederkam, rief er sie über die Straße
an. Da verschwand sie.
Und Emilie Wiskotten ging durch abgelegene Straßen der mittleren
Stadt zu.
»Wenn ich nur mehr von ihm gesehen hätte als die dunklen Umrisse
… Sein Gesicht, um zu wissen, was er denkt … Er kann sich nicht ver-
stellen … Ob er glaubt, ich hätte von Vaters Absicht gewußt?«
Am Nachmittag war sie mit dem Personenzug auf Station Unter-Bar-
men eingetroffen. Sie hatte sich in Düsseldorf nach der eintägigen
Trennung von so heftiger Sehnsucht nach den Kindern ergriffen gefühlt,
daß sie beschlossen hatte, sie heute noch beim Vater abzuholen. Und
ihr Vater hatte ihr kalt abweisend mitgeteilt, daß er sie zu ihrem Manne
gebracht hätte und es in seinem Interesse wäre, wenn auch sie sich
dorthin begäbe, wohin sie gehöre. Wäre ihr das früher beigefallen, so
brauchte er jetzt bei den Wiskottens nicht um gut Wetter zu betteln.
Nun aber hätte er die Nachgiebigkeit gegenüber den albernen Zimper-
lichkeiten der Tochter auszubaden. Mit Verlusten! Mit Verlusten! Und
er hatte, seine zugeknöpfte Würde vergessend, außer sich vor Wut auf
das Hauptbuch geschlagen. »Anderthalb Hunderttausend! Bist du das
wert? Und der Kerl, dein Mann?«
Die Kinder hatte er zu Gustav gebracht, um ihn weich zu stimmen.
Mußte Gustav nicht an eine abgekartete Sache glauben? Mußte er nicht
glauben, sie wollte jetzt, da alles in ihr nach ihm heimverlangte, des
Vaters wegen, eines hohen Geschäftsverlustes wegen, sich ihm verkaufen?
Der Schlag hatte sie furchtbar getroffen. Nun stand sie wieder draußen
und hatte die Klinke schon in der Hand gehabt, um die Tür zu öffnen,
die zu ihm führte. So konnte sie nicht kommen. Er mußte mit sehenden
Augen ihre freiwillige Heimkehr gewahren. Nur nichts argwöhnen, nur
nicht am alten Faden anknüpfen.

Emilie Wiskotten zermarterte ihr Hirn, bis sie das Denken schmerzte, bis sie ganz apathisch durch die heimatlichen Straßen schritt. Sie gelangte in die hochgelegenen Anlagen der Stadt und wußte nicht, was sie hier wollte. Ach, Einsamkeit - -!

»Emilie?«

War sie gemeint? Nein, nein. Und wenn auch.

»Emilie Wiskotten?«

Jetzt mußte sie wohl aus Höflichkeit stehenbleiben. Aber sie ging dennoch weiter.

Eine Hand legte sich auf ihren Arm. Eine behandschuhte Frauenhand. Das fühlte sie durch das Kleid hindurch.

»Willst du mir davonlaufen, du Ausreißerin? Ich habe Finderlohn zu beanspruchen. Bitte, halte mal still.«

»Mabel - -« stotterte sie.

»Erkennst du mich wirklich? Das freut mich aufrichtig. Ich habe dich trotz des Schleiers erkannt, an dieser einzigen Figur, an diesem Wuchs, der gar nicht zu wissen scheint, daß er geradeswegs aus dem Paradiese stammt. Und nun laß mich mal dein Gesicht ohne Schleier sehen.«

Sie nestelte ihr den Schleier hoch und hielt sie beim Kinn. »Entzückend«, lachte sie sie an, »entzückend! Davon bekomme ich die Erstlinge ...« Und sie küßte sie rasch auf den Mund. »Die Lippen, die habe ich mir ganz anders vorgestellt.«

Da vermochte Emilie Wiskotten nicht mehr an sich zu halten. Sie zog den Schleier herab und weinte stumm in das Gespinst.

»Komm, Kind, Frauentränen sind zu heilig für die Öffentlichkeit.«

Sie ließ sich willenlos fortführen. Die Villa Wilhelm Wiskottens war bald erreicht.

In dem kleinen lauschigen Salon der Hausfrau saßen sie am Schmuckkamin dicht nebeneinander. Auf der Marmorplatte brodelte eine silberne Teemaschine. Emilie Wiskotten hatte mit ihrer Erzählung geendet.

Die junge Hausfrau, in einem Spitzenkleid von schmiegsamer Zartheit, strich ihr nachdenklich über das Haar, das von schweren Kämmen gehalten wurde. »Was du tun sollst? Gar nichts. Höchstens - dir das Haar anders machen.«

»Ist das alles?« sagte Emilie mit einem traurigen Lächeln.

»O nein. Nur der Anfang. Der überlegenen Kraft, um nicht zu sagen: der roheren Gemütsstruktur des Mannes haben wir unsre Schönheit entgegenzusetzen. Leute, die sich wahrhaft lieben, müssen beständig auf eine Art Kriegsfuß miteinander leben. *Toujours en vedette.* Täglich ein Eroberungszug von hüben und drüben. Was tu' ich mit aller Seligkeit, wenn sie schläft? Man muß wissen, daß die Seligkeit sich lohnt. Daß sie zu immer neuen Siegen verleitet. Mit jedem Morgenrot und jedem Abendrot. Jeder Mann ist einer Frau gegenüber ein Phantast. Und *wir* bestimmen, was er in uns hineinphantasiert. Komm, mach's dir bequem.«

»Bist du allein?«

»Wilhelm ist in England. Er gedenkt seine Mabel demnächst in Gold fassen zu lassen, weil sie ihm die Freude am Lebensgenuß beigebracht hat. Ach, du Närrchen! Ich tu' nur so und belass' ihn bei der Ansicht. In Wahrheit ist die Freude eine gegenseitige. Also du bleibst bei mir.«

»Wenn jemand kommt.«

»Jemand? Ach so. Das Mädchen hat Order, niemand vorzulassen. Du sollst auch im Bett von Wilhelm schlafen. Wie? Nun lachst du. Solche Seelengröße hättest du nicht besessen. Wir plaudern die ganze Nacht. Und nun hole ich dir eine Matinee.«

Nach wenigen Minuten war sie zurück, in die losen Falten eines japanischen Stoffes gehüllt, den nur um die Mitte eine seidene Schnur zusammenhielt. »Uh – mach nicht solche Augen. Ist das nicht protestantisch? Nein? Dann erleichtert's doch dem Mann das Gewissen, ein schönheitsfroher Heide zu sein. Religion ist, was uns schon auf Erden glücklich macht. Jetzt ziehst du die Taille aus.«

»Mabel – –«

Es half ihr nichts, sie mußte sich gefangengeben.

»Eigentlich sollt' ich dich ohne Matinee dasitzen lassen. Die griechischen Göttinnen hätten nicht die Arme über der Brust zusammengeschlagen, selbst wenn sie als Mädchen Mabel White geheißen hätten. Wäre ein unberufener Lauscher genaht, so hätte eine Nymphe nur an diesen Kamm gerührt – so – und die Göttin Diana oder sagen wir Venus versank in den Fluten ihres Haares.«

»Mabel, was tust du? Ich bin ganz verwirrt.«

»Ich auch. Ich seh' dich nicht mehr. Ich seh' nur eine Woge, die dich weggezaubert hat. Bist du wirklich ganz allein darunter? O du Liebes- und Lebensrekrut, wie kann man sich mit solchem Haar von einem Manne trennen, dem man etwas zu sagen hat!«

Emilie Wiskotten griff in das Haar und steckte es auf. Die Fröhlichkeit der Schwägerin versetzte sie in einen Taumel, dessen sie sich schämte.

Schämen wollte. Sie vermochte es nicht. Sie hätte sich an die Brust der andern werfen mögen. Um zu lachen oder zu weinen, war ihr selber nicht klar. Mit aufgeregten Händen knotete sie im Nacken ihr Haar.

»Schade«, sagte Mabel. »Aber diese Bewegung kleidet dich nicht minder schön. Ich hatte doch recht, dich nicht gleich in die Matinee zu wickeln.«

Da ließ Emilie ihr Haar fallen. »Mabel!« rief sie, »Mabel! Ach Gott, du!« Sie hing an ihrem Hals, sie schluchzte, sie lachte, sie drückte sich an sie und versteckte den Kopf an der Schulter der lebensheitern Frau, wie ein Mädchen im Lenz, wie eine Braut, die den Bräutigam erwartet, wie eine Frau, die jauchzend spürt, was Gott ihr als Höchstes gab, den seligen Schöpferdrang, im Glück, im Beglücken. »Mabel, was machst du aus mir - -?«

»Was du schon längst bist, ohne daß du es wissen wolltest. Was jede von uns ist, wenn sie ihre Kräfte nützt. Innerliche Schönheit und äußerliche, beides in eins. Ich führ' dich nur zu dir zurück, du verlaufenes Schäfchen. Von der falschen Scham zum strahlenden Weib. Siehst du, man muß strahlen. Dann ist man rein.«

»Und ich hab' dich gehaßt –«

»Mach dir das doch nicht selber weis. Dich selbst hast du gehaßt, weil du nicht den Mut fandest, zu sein wie ich. Gesteh es nur ein. Es ist kein Mann in der Nähe.«

Sie saßen am Kamin, vor der brodelnden Teemaschine. Die Täßchen klirrten in ihrem Schoß.

»So muß ich es auch haben«, sagte Emilie Wiskotten und blickte, weit zurückgelehnt in den breiten Ledersessel, mit glänzenden Augen zur Decke.

»Du bist auf dem Weg zur Genesung«, antwortete Mabel.

Und durch den Raum zog zweistimmiges, heiteres Frauenlachen.

Als sie in den geschnitzten Betten lagen, hielt Emilie mitten im Geplauder inne.

»Wie komm' ich zu Gustav?«

»Im Triumphwagen. Männer müssen Anbeter sein.«

»Wo nehm' ich den Triumphwagen her? Ich stehe heute so kläglich da wie noch nie.«

»Schlaf, Liebchen, und bete zum lieben Gott, daß er deinen geliebten Gustav einen recht dummen Streich begehen lassen möge, aus dem du ihn in Gnaden errettest.«

»Mabel, spotte nicht.«

»Ernsthaft, Emilie. Männer müssen immer ein Dankgefühl in sich tragen für die stillschweigende Vergebung irgendeiner Schuld. Das stärkt ihre Treue wunderbar und erhöht ihre Liebe und Verehrung. Hast du gebetet? Dann gib mir einen Gutenachtkuß. Und grüße Gustav, wenn du ihn diese Nacht siehst.«

Ein leises, klingendes Lachen aus den Kissen, halb schon aus den Träumen heraus. Die flogen zur stolzen Themse und blieben an der schwarzen Wupper. Und beider Ufer fanden sie unvergleichbar schön.

8.

Als das erste Frühlicht durch die Läden glitt, erwachte Gustav Wiskotten aus festem Schlaf. Er blinzelte nur und rührte sich nicht. Die Uhr im Wohnzimmer schlug sechs. Gleich darauf pfiff es in der Fabrik, schrill und anhaltend. Das weckte seine Aufmerksamkeit.

»Was? Sieben Stunden geschlafen? In einer Tour?« Das mußte im Kalender rot angestrichen werden.

Horch! Was war das für ein Gezwitscher im Nebenzimmer? Er sprang auf. »Die Kinder!«

Mit Windeseile war er in den Kleidern. Wie das Wasser heut erfrischte. Während er seine Toilette beendete, stand er schon horchend an der Tür. Der kleine Gustav hatte wohl einen Witz gemacht, denn da drinnen kamen sie aus dem Kichern nicht heraus. Wenn er jetzt einträte und über die Hemdenmätze herfiele! Eben noch hielt er sich zurück. Deubel auch, die Anna!

Er lachte vor sich hin. Würde das Mädel einen Schrecken bekommen haben. Dann trommelte er gegen die Tür.

»Aufstehen, ihr Langschläfer!«

»Sind schon längst auf. Etsch, du hast dich verschlafen!«

Er stand ganz still und sog den Laut der Kinderstimmen in sich auf. »Kommt ins Wohnzimmer, kleine Bande!«

»Ist Tante Anna auch eine kleine Bande?«

»Ich will sie mir erst mal ansehen.«

Im Wohnzimmer fand er den Kaffeetisch schon gedeckt. Seit einem halben Jahr hatte er sich den Morgenkaffee aufs Kontor bringen lassen. Nun saß er auf dem alten Hausherrnplatz und rieb sich die Hände.

»Guten Morgen, Anna. Gut geschlafen? Na, da seid ihr ja auch, ihr Trabanten!«

Dieser himmlische Radau, den die Kinder bei der Begrüßung vollführten! Da wußte man doch: Die Nacht war vorüber und der Morgen erwacht! Und man schlich nicht in den Tag hinein, wie man herausgekommen war.

»Jetzt wird gefuttert. Habt ihr Appetit?«

»Der Gustav hat schon im Bett ein Butterbrot haben wollen!«

»Junge, von morgen an kriegst du den Spruch übers Bett: ›Vielfraß nennt man dieses Tier wegen seiner Freßbegier!‹«

»Ich wollt' ja der Emilie nur die Krümel ins Bett schütteln, damit es jucken sollte.«

»Schäm dich, mein Sohn. Auf diese Weise verkehrt man nicht mit jungen Damen.«

»Papa, der Gustav hat mir was ins Ohr gesagt.«

»Was denn, Herzchen?«

»Er hat gesagt, ich wär' ja gar keine junge Dame, ich wär' ein Kücken.«

»Der Gustav wird sich noch sehr unbeliebt machen, scheint mir. Anna, da habe ich Ihnen eine nette Sorte aufgepackt.«

»Es sind Wiskottens«, lachte ihn das Mädchen an.

»Ach so – das soll wohl heißen, ich wär' auch nicht besser? Ich ziehe mich jetzt in die Fabrik zurück. Da hat man wenigstens Respekt vor mir.«

»Grüßen Sie Vater von mir.«

»Wird besorgt werden.« Er schwenkte seine Mütze gegen den Tisch und verließ das Zimmer. Bis auf den Hausflur drang der Lärm der Kinder hinter ihm her. »Guten Morgen, Christian.«

»Morgen, Herr Gustav. Nanu? Is dat Große Los schon heraus? Ich spiel' en Sechzehntel.«

»Ich bin mit em doppelten Einsatz herausgekommen, Christian.«

»Wat Sie nich sagen! Ich hab' beim Kohlenschippen noch keine Diamanten gefunden. Einmal en Hufeisen.«

»Dat bringt Glück.«

»Daraufhin will ich et noch en zwanzig Jahr' wagen.«

»He, Kölsch! Morgen! Anna läßt grüßen!«

»Guten Morgen, Herr Wiskotten. Haben Sie sich die Haare schneiden lassen?«

»Nee. Wieso?«

»Sie sehen so jung aus. Sind die Kinder fidel?«

»Ach, Kölsch, wenn dat fidel is, dann is 'ne Türkenschlacht en Ballett.«

Er tippte an die Mütze und eilte, aufs Kontor zu kommen. Schon pfiff es zur Achtuhrpause. So hatte er sich noch nie verspätet, aber es war ihm nicht leid darum. »Wonach riecht das hier?« fragte er, als er eintrat, und schnupperte in die Luft.

August sah auf. »Du wirst wohl liederlich, Gustav?«

»Ich? Meinetwegen liederlich. Warum?«

»Gestern verschwindest du spurlos aus der Fabrik und kommst den ganzen Tag über nicht mehr zum Vorschein, und heute –«

»Du, es stinkt hier aber niederträchtig.«

»Wenn man rosa Briefe erhält, soll es wohl nach Weihrauch duften? Da, zwischen deiner Privatkorrespondenz. Nimm doch endlich das Ding weg. Es verpestet hier ja die ganze Luft.«

Kopfschüttelnd sah Gustav Wiskotten auf das rosa Kuvert zwischen seinen Briefen, hob es vorsichtig mit den Fingerspitzen auf und hielt es an die Nase. »Da is sicher ein ganzer Moschusochse drin.«

»Nun spiel hier nicht den Überraschten. Ich rat' dir nur: Mach, daß du damit auf den Hof kommst. Wenn Mutter eintritt und riecht das, gibt es Krach.«

»Ich hab' aber doch keine Ahnung«, murmelte Gustav Wiskotten und riß das Kuvert auf. Nur einen Blick warf er auf die Unterschrift. Dann knüllte er den Brief zusammen und steckte ihn in die Hosentasche. »Gib mal den Einlauf herüber.«

Er überflog die Korrespondenz, machte sich Notizen, stellte ein paar verärgerte Fragen und verschwand.

»Die is wohl ganz von Gott verlassen ... Hierher zu schreiben!«

Er suchte sich hinter der Färberei einen verborgenen Winkel an der Wupper, sah sich wie ein Schuljunge nach allen Seiten um und holte den Brief aus der Tasche. »Rosa Papier! Ganz mein Fall!« Er strich das Papier auf dem Knie glatt und las:

»Hochgeehrter Freund und Gönner!

Eigentlich sollte ich Ihnen böse sein, denn Sie haben nicht Wort gehalten und mir geschrieben, wie fest versprochen. Aber wenn ich an Sie denke, und das tue ich immer, kann ich Ihnen doch nicht böse sein. Ich möchte nun so gern Ihre große Fabrik besichtigen, damit ich mir selber Bänder und Spitzen aussuchen kann. Und dann wollen wir irgendwohin fahren, wo es sehr schön ist. In allen Ehren. Aber einen recht, recht lieben Kuß will ich Ihnen doch schon geben, denn ich habe Sie geradeso lieb, wie Sie mich. Und wenn Sie Ihr Versprechen halten und mich ans Theater bringen, noch viel mehr. Da ich nun eine große Sehnsucht nach Ihnen habe, so komme ich Mittwoch vormittag nach Barmen und schicke einen Jungen in die Fabrik oder den Portier, damit Sie wissen, daß ich da bin. Ich freue mich schrecklich und bin mit herzlichem Gruß und Kuß Ihre ergebene

Gretchen Zinters.

P. S. Schreiben Sie nicht retour, ich sollt' nicht kommen. Denn ich komme doch.«

»Denn ich komme doch – –« wiederholte Gustav Wiskotten. Da hatte er sich ja schön in die Nesseln gesetzt – –

Nicht einen Augenblick mehr war ihm das Mädel in den Sinn gekommen, seit er den Genevergeschmack aus dem Munde hatte. Die konnte ihm gerade fehlen. Und noch dazu jetzt, wo er die Kinder im Hause hatte. Nicht über die Schwelle!

»Schreiben Sie nicht retour, ich sollt' nicht kommen – –.« Was machte man da? Sie auf dem Bahnhof erwarten und umgehend zurückspedieren? Ging nicht. Erstens wußte er ihren Zug nicht, und zweitens hatte sie die Station nicht genannt, an der sie aussteigen wollte. Außerdem: sich einer lächerlichen Szene auf dem Bahnhof aussetzen? Ihm wurde schon bei dem Gedanken schwül. Was also, zum Teufel! In der Pförtnerbude Order geben, sie nicht vorzulassen? Das konnte zu Verwechslungen Anlaß geben und zu Geschwätz. Er, der Fabrikherr, durfte seinen Leuten keine Angriffsfläche zeigen. Das war sein Stolz gewesen von jeher. Blieb ihm nichts übrig, als die Suppe auszuessen, die er sich leichtsinnigerweise selbst eingebrockt hatte.

»Himmeldonnerwetter!« – –

Er hoffte, daß ihm im Laufe des Tages etwas Gescheiteres einfallen würde als das ohnmächtige Wüten und verließ ärgerlich auf sich selbst sein Versteck. In der Fabrik ging ihm heute alles zu langsam. Die Scheltworte flogen durch alle Räume. Und als er Fritz im Laboratorium aufsuchte, um mit ihm wegen einer schwierigen Couleur Rücksprache zu nehmen, und der in Damenparfüms wohlbewanderte Bruder auf eine eigentümliche Weise die Nasenflügel einkniff, drehte er sich auf dem Absatz um und schmetterte die Tür ins Schloß.

»Das unterbleibt!« schrie Fritz dem Davonstürmenden nach.

Beim Mittagessen trug Gustav Wiskotten eine erkünstelte Fröhlichkeit zur Schau. Der Werkmeister aß bei ihm, bis sie sich über eine Regelung klar geworden waren. Aber die strahlenden Gesichter und das lustige Geplauder der Kinder, die unaufhaltsam von Düsseldorf und der Mama erzählten, machten ihn kopfscheu. Anna sah besorgt nach ihm hin und versuchte, das Interesse der Kinder auf sich zu ziehen. Das gelang ihr endlich. Und das Mittagessen verlief ohne Zwischenfall.

Nach Tisch ging der Werkmeister heim, um eine Stunde zu ruhen, und auch Gustav Wiskotten zog sich zurück. Aber einen neuen Gedanken konnte er nicht fassen. Am Nachmittag schützte er auf dem Kontor einen Geschäftsgang vor. Es war ihm eingefallen, seine Schwägerin Mabel aufzusuchen. Frauenzimmer haben in solchen Dingen immer Ideen. – –

»Die gnädige Frau ist nicht zu sprechen.«

»Ach, Unsinn, für mich ist sie zu sprechen. Melden Sie mich nur an. Gustav Wiskotten.«

Die verwöhnte Lady ließ ihn über Gebühr warten. Was sollte das Zeremoniell? War etwa Besuch drinnen?

»Sie möchten eintreten, Herr Wiskotten.«

»Sagt' ich's Ihnen nicht, Sie Weisheit vom Lande?«

Mabel Wiskotten kam ihm mit bezwingender Freundlichkeit entgegen. Lag es an seinem schlechten Gewissen, daß er trotzdem meinte, sie sei anders als sonst? »Entschuldige, Mabel, daß ich dich aus deiner Ruhe aufstöre. Aber die Sache eilt nun mal.«

»Es betrifft doch nicht die Kinder?«

»Die Kinder? Wie kommst denn du auf die Kinder?«

»Das liegt doch wohl am nächsten, wenn man zu ungewohnter Stunde einen Vater mit einem Sorgengesicht eintreten sieht.«

»Nee, die Kinder betrifft's Gott sei Dank nicht. Denen wird's in diesem Augenblick wohl sehr gut gehen.« Er sah sie mißtrauisch an. War sie wirklich verwirrt, oder sah er heute überall Gespenster?

Mabel fühlte den Blick und lächelte liebenswürdig. Was mochte der Schwager wollen? Sollte er schon von Emiliens Anwesenheit erfahren haben? Das war doch kaum zu denken.

»Bitte, nimm Platz, lieber Gustav. Und wenn ich dir mit irgend etwas dienen kann – von Herzen gern.«

Gustav Wiskotten setzte sich. Er suchte nach einem guten Anfang. Aber es kam ihm keiner.

»Hör mal, Mabel, du bist doch ein vernünftiges Frauenzimmer?«

»Zuweilen bilde ich mir das allen Ernstes ein, Gustav.«

»Mit dir kann man doch ein offenes Wort sprechen?«

»Sehr offene Worte sogar.«

»Also – Mabel – ich bin da in eine ganz verdeubelte Geschichte hineingeraten. Nee, nee, spann nur nicht gleich. Nix Unmoralisches. Immerhin: ein Mädel, ein kleines Mädel aus Düsseldorf. Nur so übers Gesicht gestrichen. Weiter gar nichts. Und nun macht der Racker Spajitzen.«

»Aber das ist ja köstlich!«

»Zur stürmischen Freude sehe ich nun gerade keinen Grund. Ich will sie nicht im Haus haben.«

»Was? Will sie denn zu dir ziehen?«

»Du scheinst der Sache doch nicht den nötigen Ernst entgegenzubringen. Besuchen will sie mich.«

»Wann?«

»Morgen vormittag.«

»Das ist aber doch reizend! Damenbesuch!«

»›Dame‹ ist wohl etwas zu viel gesagt. Sie möcht' zum Theater, vielleicht tut's auch der Chor, jedenfalls aber soll ich sie begönnern.«

»Du, Gustav: – ganz umsonst?«

»Aus Liebe zur Kunst kaum. Sie scheint sich darüber ein andres Programm entworfen zu haben. Am besten ist, du liest diesen Brief.«

»O Gott«, sagte Mabel und nahm den Brief mit gekraustem Näschen, »da wirst du viel zu erziehen haben. Vor allen Dingen gewöhne ihr das Parfüm ab, Gustav. Es gibt elegantere Sorten.«

»Du, Mabel, wenn ich dich nicht so blutnötig hätte –«

»Aber ich erteile dir ja schon den ersten guten Rat.«

»Na ja, wer den Schaden hat, braucht für den Spott nicht zu sorgen. Lies, Kind, und find' nicht von vornherein alles so komisch.«

»Nein, Gustav«, sagte Mabel, als sie den Brief bedächtig durchbuchstabiert hatte, und in ihren Augen blitzte der Übermut, »komisch finde ich das keineswegs. Gretchen Zinters. Das ist doch die Tochter des Hauses, in dem dein Bruder Ewald gewohnt hat ...«

»Natürlich ist sie das. Der Alte hat einen Schnapsladen.«

»Und die Tochter beabsichtigte dein Bruder Ewald zu deiner Schwägerin zu machen. Wie kann man sich darüber so hinterrücks hinwegsetzen!«

»Was? Ewald? Das Gretchen Zinters? Vielleicht erklärst du mir, woher du diese Wissenschaft so plötzlich bezogen hast?«

»Das – das ist ein Geheimnis. Ich interessiere mich nun einmal für die Wiskottens.«

»Ich glaube, du hättest im Paradies auch Äpfel gestohlen.«

»Beruhige dich, Gustav, du kannst deinem Bruder ohne Scheu unter die Augen treten. Er war bereits mit dem Mädchen fertig.«

»Das wird ja immer besser? Seit wann unterhalte ich denn einen Handel mit alten Kleidern? Unser Jüngster und ich und seine Verflossene! Mabel, mir scheint, ich bin bei dir vor die falsche Schmiede gekommen. Statt mir aus der Patsche zu helfen, verhilfst du mir mit einer beneidenswerten Gemütsruhe zu der Rolle einer – einer lächerlichen Figur.«

»Und ich finde, du bist sehr ungerecht. Wenn man einen Feind besiegen will, muß man doch wohl zunächst das Gelände aufklären.«

»Nehmen wir an, das wär' nunmehr geschehen.«

»Werde doch nicht nervös, Gustav. Kaltes Blut, lieber Schwager.«

»Machst du dich nun eigentlich lustig über mich, oder kommt mir das nur so vor?«

»Es kommt dir nur so vor, weil dir die Rolle eines Theatervaters, der an der Kulissentür wartet, nicht liegt.«

»Mabel! Sapperment! Jetzt habe ich aber genug von der Zukunftsmusik! Weißt du einen Rat oder weißt du keinen?«

Sie lehnte sich in ihrem Sessel zurück, kreuzte die Fußspitzen und schloß die Augen. »Es gibt nur einen.«

»Endlich!« sagte er und atmete befreit auf. »Aber er muß radikal sein.«

»Du empfängst das Fräulein in deinem Hause – dem Pförtner sagst du, daß die junge Dame in deine Privatwohnung gewiesen werden soll – und eröffnest ihr dort, daß du inzwischen Gatte und Vater zweier blühender Kinder geworden seiest. Deine Frau aber –«

»Jetzt hab' ich genug.«

»Deine Frau aber«, fuhr sie fort, ohne sich aus dem Gleichgewicht bringen zu lassen, »nähme dich in den nächsten Jahren voraussichtlich so sehr in Anspruch, daß du dich unmöglich *halbieren* könntest, weil du eben – ein *ganzer* Mann seist.« Sie öffnete die Augen und sah ihn an.

»Wenn ich nicht wüßte, daß selbst die schönste Katze Krallen hat, würde ich dir jetzt die Hände küssen.«

»Zur Ironie hast du keinen Anlaß. Das einzige, was ich bei diesem Tete-a-tete bedaure, ist, daß nicht an meiner Stelle Emilie sitzt. Ich kann nur eine Beichte entgegennehmen. Sie aber hat die Weihen und darf Absolution erteilen.«

»Danke. Nun bin ich vollständig orientiert.«

»Hoffentlich bin ich dir von Nutzen gewesen.«

»O ja. Sehr sogar. Ich hab' gelernt, daß eine Frau einem Mann stets gegen die eigne Frau beisteht, nie aber gegen eine Dritte.«

»Lieber Gustav, frage einmal den Geschäftsmann in dir. Eine Konkurrenz kann sehr gesund und förderlich sein, wenn sie nicht – in unlauteren Wettbewerb ausartet. Ganz so ist es zwischen Frauen.«

Gustav Wiskotten mußte lachen. »Saul zog aus, eine verlaufene Eselin zu suchen, und fand eine Krone.«

»Ich habe nie an deiner Intelligenz gezweifelt, Gustav.«

»Bist du nun fertig mit deinem Schnickschnack?«

»Ich bin fertig. Aber Schnickschnack war das nicht. Du schämst dich nur – – –.«

»Ich? Vor wem? Ich bin doch zu dir gekommen.«

»Ja, du Schlauberger, weil ich nicht Emilie heiße!«

Er erhob sich, um sich zu verabschieden. »Entschuldige die Störung, Mabel. Du hast deine Zeit an mich verloren.«

»Keineswegs. Ich habe mich selten so gut unterhalten.«

»Wenn du Geburtstag hast, bekommst du einen Hampelmann.«

»Ach, ihr eiteln Männer! Wenn wir Hampelfrauen nicht wären, wär' das ein trostlos langweiliges Kasperletheater! Heldenverehrung? Gustav, bei so viel staunender Hochachtung ginge mir der Atem aus. Purzelt ihr nur zuweilen über uns, dann ist uns vor eurer Gottähnlichkeit nicht mehr bange, und ihr habt den Vorteil, daß wir euch den Heldenrock ausbürsten.«

»Adieu, Mabel.«

»Adieu, Schwager. Und wie gesagt: empfange Fräulein Zinters im Kreise der lieben Deinen.«

»Wenn das nicht die reinste Schadenfreude ist, so ist es –«

»Die reinste schwägerliche Liebe.«

»Laß mich 'raus! Sonst verwechsle ich die Begriffe!«

»Armer Kerl. Ich will sehen, was ich noch für dich tun kann.«

»Um Gottes willen nicht. Ich hab' genug, übergenug!« –

Als er draußen war, wußte er nicht, ob er sich ärgern oder ob er lachen sollte. Geklärt hatte der Besuch die Situation in keinem Fall. Geklärt? Verwirrter, schwieriger, lächerlicher war sie geworden! Wie sollte er jetzt noch dem harmlosen, abgeschmackten Ding, dem Gretchen gegenübertreten, nachdem die schöne, spottlustige Frau dort oben in ihrem sonnenhellen Salon mit ihm und seinem Abenteuer Schabernack getrieben hatte ... »Hochgeehrter Freund und Gönner!« Das war, um vor Scham in die Erde zu sinken. Gustav Wiskotten und Gretchen Zinters! Bei Tageslicht! – – –

»Emilie!«

»Was wollte er, Mabel? Ich habe vor Angst kaum zu atmen gewagt.«

»Ich hoffe: vor Freude! Denke dir, der liebe Gott hat dein Gebet erhört.«

»Sprich nicht so leichtfertig. Welches Gebet?«

»Daß er Gustav einen recht dummen Streich begehen lassen möge.«

»Es ist doch nichts Schlimmes?«

»Nein, nein – aber – über alle Maßen dumm!« Sie warf sich ihr in die Arme und lachte. »Stelle dir vor: er in seiner erneuten Würde als Vater und Erzieher, ganz benommen von dem Glück, seine Kinder wieder um sich zu haben, und der Hoffnung, daß die Mutter der Spur der Kinderfüße bald folgen werde! Und in dieses schwererrungene, noch nicht ganz zum Abschluß gebrachte Idyll, in dem er sich gerade anschickt, den Platz des Göttervaters wieder einzunehmen, tappt ihm ein kleines Abenteuer, das einzige seiner Strohwitwerschaft, hinein und zerstört ihm seine Erhabenheit gerade jetzt durch die lästige Erinnerung an Augenblicke menschlicher Schwäche.«

»Gustav – –?«

»Er hat einmal auf fünf Minuten den Lebemann spielen wollen. Dieser prachtvolle ungezähmte Bär. Und ist trotz seiner Maskerade als Bär erkannt worden. Ein kleines Mädchen möchte ihm den Ring durch die Nase ziehen und ihn tanzen lassen.«

»Wer?«

»Fräulein Gretchen Zinters.«

»Ach du lieber Gott«, sagte Emilie Wiskotten erleichtert, »die hat Familienanhänglichkeit.«

»Was? Herzchen, du bist imstande, die Sache von der richtigen Seite zu nehmen? Du lächelst? Du lachst? Emilie!«

»Ja, glaubst du denn«, lachte Emilie Wiskotten in der Umarmung der Schwägerin, »ich würde mich so ohne weiteres unter die Erstbeste stellen? Bin ich denn so häßlich? Oder so armselig im Denken? Wozu wären dann die sechs Monate der Trennung gut gewesen? Mit einem halben Dutzend hätte er anbändeln sollen, während ich nicht da war. Aber jetzt – jetzt bin ich wieder da.«

»Jetzt bist du wieder da!«

Mabel Wiskotten sah staunend in das Gesicht der Schwägerin und las darin den Humor in der Würde und die Würde im Humor. Sie hielt eine Frau in den Armen, die ihr nichts mehr nachgab. Die sich danach drängte, ihr Examen zu bestehen.

»Was gedenkst du zu tun?«

»Ich werde ihm doch wohl helfen müssen.«

»Morgen schon?«

»Am liebsten schon heute.«

»Fräulein Zinters hat für morgen ihren Besuch angemeldet, und Gustav ist vor Verlegenheit aus dem Gleichgewicht. Das kleine Abenteuer war ihm vollständig aus dem Sinn gekommen. Nun schämt er sich vor den Kindern, und in den Kindern vor dir.«

»Ich werde ihm die Verlegenheit abnehmen, Mabel. Ich werde – ja – ich werde dasein. Und nun erzähle mir mal ausführlicher.«

Mabel schmückte aus. Und als sie Gustav als Protektor einer Theaternovize schilderte, den Schiller in der einen, die Puderquaste in der andern Schmiedefaust, die Fabrik im Kopf und die Dienertreue im Herzen, legte ihr Emilie Wiskotten die Hand auf den Mund. »Das glaubst du ja selber nicht.«

Sie wanderte durch den Salon, rückte hier eine Schale, strich dort über ein Kissen, sann vor sich hin, wurde blaß und wieder rot.

»Brauchst du mich, Emilie?«

»Könnte ich wohl telephonieren?«

»Komm mit, in Wilhelms Arbeitszimmer. An wen soll die Botschaft gehen?«

»Ich habe nur mein Reisekleid hier. Ich möchte mir, wenn du gestattest, ein paar Kostüme zur Auswahl hierherbestellen.«

»Das ist eine wundervolle Idee. Daran hätte ich nicht gedacht.«

»Ich möchte doch nicht«, entschuldigte sich Emilie Wiskotten, »zu sehr gegen das Fräulein abstechen.«

»Natürlich nicht! Das ist der einzige Grund! Schau mich nicht so mädchenhaft an, ich telephoniere schon ...«

Bis in den Abend hinein dauerten die Anproben. Die Frauen waren zu Kindern geworden, zu schönen, eiteln Kindern, die aus Freude, daß man sie liebt, gefallen möchten. Das Geschäftsfräulein, das die Auswahlsendung begleitet hatte, hatten sie fortgeschickt. Ganz allein wollten sie sein mit dem Gürtel der Aphrodite, erklärte Mabel mit einer parodierenden Bewegung. Sie kauerten zwischen den Schätzen, mit bloßen Schultern, nackten Armen, wählerisch Farbe und Schnitt prüfend, sich an- und auskleidend, Scherzworte mit Rufen der Bewunderung tauschend, und wieder und wieder die Frisur ändernd.

Emilie Wiskotten entschied sich für ein Prinzeßkleid aus feinem, dunkelgrünem Tuch. Eine breite Valenciennespitze fiel von den Schultern herab auf die Büste. Sonst war es ohne Schmuck, nur durch den Schnitt die Schönheit des Körpers betonend.

Ganz aufgeregt stand Emilie und blickte in den Spiegel. Ein fremdartiges Menschenkind schaute heraus, verwirrt und doch voll Freude an sich selbst.

»Kind, du hast Geschmack!«

»Es ist aber doch so einfach ...«

»Darin liegt ja deine Raffiniertheit, du Eva. Weil du weißt, daß bei dir nur das Kleid als Andeutung der Kultur zu dienen hat.«

»Ich nehme ein andres.«

»Wag es!«

Sie dachte nicht daran. Sie verschränkte die Arme hinter dem Kopf und lachte die Schwägerin an.

»Das kostet mich einen Verehrer«, sagte Mabel. »Ich habe eine große Unklugheit begangen.« – –

Am nächsten Vormittag schritt Emilie Wiskotten die hügeligen Straßen hinab und durchquerte die Stadt. Ein paar Bekannte begegneten ihr. Sie grüßte freundlich, als hätte sie sie erst gestern gesehen, und setzte ruhig ihren Weg fort. Das Herzklopfen, das sich in der Frühe beim Erwachen eingestellt hatte, war gewichen. Die Sonne, die am Himmel stand, forderte ein sonniges Antlitz. Und sie zeigte es der Sonne.

»Guten Morgen«, nickte sie dem Pförtner zu, als käme sie von einem Spaziergang zurück, und ihr Blick flog durch das Tor über den Besitz der Wiskottens.

»Ach Gott, die Frau Wiskotten – –« stotterte der Mann und riß die Kappe vom Kopf.

»Es wird nachher ein Fräulein kommen und nach meinem Mann fragen. Lassen Sie sie ins Haus eintreten. Meinen Mann brauchen Sie nicht zu benachrichtigen.«

»Herr Wiskotten hat mir schon gesagt – aber ich soll ihn rufen.«

»Es ist nicht mehr nötig.«

»Schön, Frau Wiskotten.«

Sie ging ins Haus und die Treppe zur Wohnung hinauf. Einmal blieb sie stehen, strich über das Geländer und über die Flurwand und schritt weiter. Ohne anzuklopfen trat sie ins Zimmer. Es war leer. Aus der Kinderstube ertönten Kommandorufe. Der kleine Gustav ließ sein Schwesterchen exerzieren.

Emilie Wiskotten blickte sich um, mit großen verlangenden Augen, und ihre Lippen zitterten. Alles um sie her war an seinem alten Platz. Nur die Hausfrau war nicht an ihrem Platz gewesen. »Jetzt, jetzt! Das hol' ich nach.« Dort stand der Sessel des Hausherrn, mit der bunten Schlummerrolle, die sie ihm gestrickt hatte. Wie geschmacklos war die Arbeit in Form und Farbe! Aber sein Kopf hatte gern darauf gelegen. Und nun saß sie in dem Sessel und drückte das glühende Gesicht gegen das harte Hängekissen ... Minutenlang – –. Dann hob sie den Kopf, nahm Hut und Jackett ab, strich das Haar zurück und horchte, das Glück der Heimgekehrten in den Augen, auf den Kinderlärm.

»Gustav – –! Emilie – –!«

Der Lärm verstummte.

»Ihr da! Wollt ihr nicht kommen – –?«

Ein Rennen hob an, die Tür schlug gegen die Wand, atemlos hingen die Kinder an ihren Knien.

»Wart ihr auch artig?«

»Mama! Mama!«

»Ja, ja, ja, ihr stürmischen Seelen, ich bleib' jetzt auch hier.«

»Tante Anna! Tante Anna!«

Anna Kölsch eilte aus der Küche herbei. Emilie streckte ihr die Hände entgegen. »Frag nicht. Ich bin da.«

»Ich laufe in die Fabrik. Ich will nichts voraushaben.«

»Nein, du bleibst hier. Herrgott«, sagte sie und legte die Hände über die Augen, »komme ich euch denn wirklich recht?«

»Würdest du sonst ein so frohes Gesicht machen? Emilie, ich muß ihn rufen! Die Freude muß er sehen!«

»Warte. Er wird von selber kommen. Und ich habe vorher noch einen anderen Besuch zu empfangen. Auf Wiedersehen, Anna. Da klopft's. Bleib in der Küche. Herein!«

Anna Kölsch verschwand. Auf der Schwelle stand Gretchen Zinters.

»Treten Sie ein, Fräulein.«

Gretchen Zinters zögerte. »Ich bin hier wohl falsch«, meinte sie, nachdem sie Umschau gehalten hatte, »ich wollte zu Herrn Wiskotten.«

»Er ist noch in der Fabrik, wird aber wohl gleich erscheinen. Bitte.«

Das Mädchen trat ein, und Emilie schloß freundlich die Tür.

»Wollen Sie nicht Platz nehmen? Mein Mann ist sehr beschäftigt.«

Gretchen Zinters' Augen hingen an dem vornehmen Tuchkostüm, der reichen Valenciennespitze, und huschten weiter, den farbenfrischen Frauenkopf scheu nur streifend. Ihre Nasenflügel blähten sich und schlossen sich. Es war etwas in der Luft, das ihr nicht behagte, das von der Luft in der väterlichen Likörstube zu sehr abstach. Und sie selbst, so hübsch sie sich herausgeputzt hatte, kam sich neben der lächelnden Dame wie ein kleines Laufmädchen vor. Der Zorn stieg ihr in die Augen, und sie warf den Kopf auf.

»Ich werd' wieder gehen.«

»Aber Sie haben meinem Mann doch geschrieben. Sie gefallen ihm, und er wird sehr gern etwas für Sie tun.«

»Dat hat er nich mehr nötig«, stieß sie heraus.

»Nicht? Sie kommen doch extra deshalb her?«

Gretchen Zinters nagte an der Unterlippe. Ihre Hände bogen den Stock ihres Sonnenschirmes.

»Wollen Sie sich nicht setzen? Kinder, bringt einen Stuhl. Das sind seine Kinder, Fräulein.«

Sie warf einen zornigen Blick auf die Kinder, die sie verwundert anstarrten.

»So, nun könnt ihr wieder in euer Zimmer gehen. Aber seid nicht so laut. Nun, Fräulein, könnten *wir* nicht die Angelegenheit erledigen?«

»Er hat mit mir gespielt!«

»Wer: er?«

»Der Herr Wiskotten, wer sonst?«

»Wäre das auf jeden Fall nicht richtiger als umgekehrt!«

»Geküßt hat er mich auch! Damit Sie et nur wissen!«

»Er hat keinen schlechten Geschmack. Und Sie haben ihn gewiß ganz gern wiedergeküßt. Aber ich muß Sie doch vor den Wiskottens warnen, Fräulein, das ist eine wilde Gesellschaft.«

»Ich lass' mich hier nich aufziehen!«

»Wer denkt denn an so etwas?«

»Von Frau und Kinder hat er mir nix gesagt.«

»Nicht?« lachte Emilie Wiskotten. »Dann war er's vielleicht gar nicht, sondern der Ewald?«

Gretchen Zinters wurde stammend rot. Den Kopf geduckt, maß sie den Raum, der sie von der Türe trennte.

»Wenn Sie keine Zeit mehr haben, Fräulein, will ich meinen Mann gern rufen lassen.«

»Nee, nich! Ich – ich wollt' ihm überhaupt nur sagen, dat – dat ich mich jetzt nach Neuß hin verheirat'.«

»Sie wollen nicht zum Theater?«

»Als längst nich«, erwiderte sie verstockt.

»Das ist schade, ich hatte mir nämlich vorgenommen, mit Ihnen nach Düsseldorf zu fahren, um Sie prüfen zu lassen. Mein Mann darf sich doch um sein Versprechen nicht herumdrücken.«

»Spitzen hat er mir auch versprochen, en ganz Paket. So viel als ich haben wollt'.«

»Die Männer sind zu vergeßlich, Fräulein. Zuweilen versprechen sie die Sterne vom Himmel, nur um einen Kuß zu bekommen, und wenn sie ihn haben, vergessen sie sogar ein Paket Spitzen. Die Erfahrung werden Sie mit Ihrem Manne auch noch machen. Aber die Spitzen erhalten Sie. Ich werde selbst dafür sorgen. Zu Ihrer Aussteuer, Fräulein.«

Gretchen Zinters hatte sich wiedergefunden. Keck und kaltblütig hob sie das Kinn. »Ich verlass' mich drauf.«

»Soll ich meinem Mann einen Gruß bestellen?«

»Dat hat er nich um mich verdient. Un et Fahrjeld is auch wegjeschmissen. Gibt et hier in Barmen nix zu sehen?«

»In Barmen wenig. Aber die Elberfelder behaupten: in Elberfeld.«

»Da fahr' ich lieber wieder nach Düsseldorf. Un – und Sie entschuldigen wohl, daß ich so frei war –«

»Es hat mich sehr gefreut, Sie kennenzulernen. Adieu, Fräulein.«

Gretchen Zinters beeilte sich, die Treppe hinab und aus dem Tor hinaus zu kommen. Hinter ihr schrillte die Dampfpfeife so gellend Mittag, daß sie zusammenfuhr. Hunderte von Menschen drängten aus den Fabrikräumen, Gesichter, in die die harte Arbeit ihre Ehrenzeichen geschrieben, blickten sie an, als fragten sie höhnisch, was denn der bunte, kokette Schmetterling am Werktag hier zu suchen habe? Eine große starkknochige Frau mit faltigen Zügen und scharfen Augen stand neben dem Tor und musterte sie. Die Augen kannte sie. Und sie machte sich ganz klein, nur um diesen Augen zu entkommen, und drängte sich durch den Schwarm der Arbeiter ins Freie. – –

»Die sieht ja aus wie aus em Zirkus«, sagte die alte Frau Wiskotten mürrisch zu ihrem Sohn August. –

Gustav Wiskotten kam von der Wupper her, als der Hof sich geleert hatte. Er ging auf die Pförtnerbude zu.

»Niemand nach mir gefragt?«

»Ich hab' dat Fräulein in et Haus geschickt.«

»Aber Sie sollten mich doch rufen lassen!«

»Ihre Frau sagte, et war' nich mehr nötig.«

»*Wer* hat das gesagt?«

»Ihre Frau. Als sie heut morgen ankam, sagte sie, wenn –«

Gustav Wiskotten hörte nicht mehr. Er war schon im Haus. Er stürmte die Treppe hinauf, die Stufen paarweis nehmend, ein Brausen in den Ohren, ein Brennen in den Augen. Der Gedanke an Gretchen Zinters schoß ihm durch den Sinn. Schon war sie vergessen. Mochte sie doch der Deubel holen! Ganz Barmen! Auch die Fabrik! Auch die! Emilie war wieder da? Nicht einen Tag, nicht eine Stunde länger hätte er es ohne sie ausgehalten! Das war ja ein Hundeleben gewesen! Ein Mann wie er! Ohne Frau – –! Lieber ohne Arbeit! Er lachte, daß es dröhnend durch das Haus schallte. – –

9.

Emilie Wiskotten stand am Fenster, die Hände um den Fensterriegel verschlungen, das Kinn gegen die Hände gedrückt. Nun hatte sie das erste Examen bestanden. Es war doch schwerer gewesen, als sie gezeigt hatte, dies Lustigtun. Jetzt, da sie es zu Ende geführt hatte, empfand sie erst die Größe der Zumutung, die an sie herangetreten war, aber sie empfand auch ihre Bedeutung. Und der Ernst, mit dem sie an die eben erlebte Szene und den stillschweigend übernommenen Rollentausch dachte, wandelte sich in das heitere Selbstgefühl der jungen Mutter, die ihrem eigenwilligen Knaben gegenüber zum erstenmal den lächelnden, überlegenen Ton der Behandlung gefunden hat ...

Aus dem Treppenhaus drang das Lachen ihres Mannes an ihr Ohr. Es durchrieselte sie bis in die Fußspitzen. Die zweite Probe nahte. Und sie mußte mit Gewalt der furchtbaren Erregung Herr werden, die plötzlich über sie hereinbrach, ihr Denken ausschaltete und mit unbarmherzigem Klöpfel in rasendem Takt auf ihrem Herzen hämmerte.

Gustav Wiskotten stand in der Tür. Sein Lachen zerflatterte. Er bemerkte eine Dame am Fenster, deren schlanke Schönheit eine weich dem Körper sich anschmeichelnde Toilette hob, statt sie eifernd zu verhüllen. Er bemerkte eine Dame und hatte nur seine Frau, nur Emilie zu finden erwartet. Da sah er die Mittagssonne auf ihr Haar fallen und die roten Flämmchen aus den Flechten locken.

»Emilie –?« sagte er zaghaft.

Sie löste die Hände von dem Fensterriegel und wandte sich um. Das waren Emiliens Augen und waren es doch nicht. Es war etwas Leuchtendes, Mädchenjunges in ihnen, das sie nicht einmal als Braut gekannt hatte. Und es war auch in der Haltung, in der weichen Bewegung, mit der sie sich ihm zugewandt hatte. Das verwirrte ihn und nahm ihm den robusten Mut zum Angriff. Er getraute sich in seiner Fabrikjacke nicht an die Erscheinung heran. Das war ja Mabel, Mabel in verschönerter Auflage – –

»Ich hätt' dich beinah' – nicht wiedererkannt«, sagte er stockend.

»Willst du mir nicht die Hand geben, Gustav?«

Er streckte seine Hände vor und drehte sie nach rechts und links. »Augenblick! Ich will sie mir nur eben waschen.«

Er wollte schnell an ihr vorbei, um zum Schlafzimmer zu gelangen.

»Ich habe abgeschlossen«, sagte sie leise.

»Nanu? Weshalb denn?«

»Damit uns keiner stört.«

»Bei der Pauke?«

»Ich fürchte mich nicht. Schimpf nur.«

»Wer? Ich –? Abgeschlossen hast du? Also – also nicht deshalb?«

»Weil ich dachte, du, du – wolltest mich gern – allein haben – –«

»Allein –?« wiederholte er mit verhaltenem Atem und blickte nicht auf. Aber ein Zittern lief ihm durch Arme und Schultern.

»Gustav«, sagte sie, »ich will's nicht wieder tun ...«

Das Zittern lief ihm bis in die Knie. Nun wirbelte es auch in seinem Kopf.

»Schon deshalb nicht, weil du ohne mich – Streiche machst, die ich doch nicht immer verantworten – –«

»Willst du den Mund halten? Willst du auf der Stelle –? Menschenskind! O du – Ruhig!«

»Du drückst mich tot!«

»Ich küss' dich wieder lebendig! Still! Gott, die Lippen! Weiter – weiter!«

»Gustav – –!«

»Tu' ich dir weh? Warte, ich stell' das Gleichgewicht wieder her! Das gehört ja alles mir ... Nicht widersprechen! Keinen Ton! Wegzulaufen! Mich um alles das zu bestehlen!«

»Ich hab's ja nicht gewußt – –«

»Weißt du's jetzt?«

»Ja! Ja!«

»Emilie! Mädel! Frau! Bist du das wirklich, oder ist das nur Spaß?«

Nun saß er im Sessel und hielt sie auf dem Schoß. Und sie drückte ihr Gesicht gegen seine Brust. »Nimm es, wie du willst – –«

»Dann nehm' ich's für beides. Hörst du, für beides! Das ist die rechte Mischung ...«

Ganz still lag sie und rührte sich nicht. Und seine Hände streichelten sie immerfort. Mit einer Sanftheit, die sie bei dem starken Manne seltsam wohltuend berührte.

»Ist es das Kleid?« fragte sie.

»Nein, du bist es. Wenn du es nicht wärst, würd' es vielleicht das Kleid sein. Allen Respekt. Das ist schön.«

»Ich habe Schulden gemacht. Du mußt das Kleid bezahlen.«

»Gott sei gedankt! Ich hab' eine leichtsinnige Frau.«

»Die Frau soll nicht besser sein wollen als der Mann.«

»Du, Emilie, davon wollen wir lieber nicht sprechen. Jetzt nicht, nein? So! Bleib liegen, wie du liegst ... Ich muß dich spüren, spüren – – Daß du zurückgekommen bist, so froh und – so selbstverständlich ... Ich kann dankbar sein – Emilie – –«

Da blieb sie still an seiner Brust. Nur die Arme regten sich, suchten seinen Kopf und verschlangen sich um seinen Nacken. –

Die Kinder wunderten sich, daß die Mittagszeit nicht eingehalten wurde. Sie schlichen herbei, um ins Eßzimmer zu spähen, und fanden die Tür verschlossen.

»Laß sie nur in die Türklinke beißen. Die Stunde kommt nicht wieder.«

»Sie kann nicht wiederkommen, weil sie bleibt, Gustav. Ich versprech' es dir. Denn ich bin nun wirklich deine Frau geworden, die sich freut, daß du bist, wie du bist.«

»Damit ist nicht immer Staat zu machen.«

»Weil du früher mit deiner Frau keinen Staat machen konntest. Das färbte ab.«

»Emilie, laß mich mal in deine Augen sehen. Die sind ja ganz feucht? Was, meinetwegen? Und mir sitzt es in der Kehle, weil – weil –«

»Du sollst dich nicht entschuldigen. Für alles, was in der Ehe passiert, ist die Frau verantwortlich. Sie hat, während der Mann arbeitet, Zeit genug, ab und zu zu tun. Lieb und schön zu sein, und, siehst du, und klug zu sein ist ihre Pflicht. Männer, die von der Arbeit kommen, wollen daheim eine Bemutterung finden. Ich hab' dir so viel abzubitten – –«

»Emilie, was soll ich darauf antworten? Du hast deine Zeit gut angewandt. Während ich – ich –«

»Nun wollen wir die Kinder hereinlassen.«

Sie legte ihm die Hand auf die unruhig zwinkernden Augen und küßte ihn auf den Mund. Dann erhob sie sich schnell und ging zur Tür, um zu öffnen. »Kommt schnell, der Papa wartet auf euch.« Und während er die Kinder beim Kragen nahm und sie zu sich emporhob, fand er Zeit, seine Bewegung niederzukämpfen. Das hatte sie gewollt, und er merkte es wohl.

»Anna«, rief Gustav Wiskotten dem Mädchen entgegen, das hereinkam, um den Mittagstisch zu rüsten, »nun muß ich Ihnen leider den Dienst aufkündigen. Bringen Sie mal Ihr Dienstbuch, Samariterin.«

»Anna, er will jetzt immer brav sein.«

»Nein, sie will brav sein.«

»Wem glaubst du es?«

»Wie? Ihr seid Freundinnen? Und so was hielt ich mir im Haus? Da hab' ich mir ja wirklich den Bock zum Gärtner gesetzt.«

»Herr Wiskotten, von der Fabrikation verstehen Sie ja das meiste in Barmen, aber von –«

»Anna, was Sie jetzt sagen wollen, ist nicht christlich. Einen Anfänger muß man unterstützen.«

Sie gab ihm die Hand, mit festem Druck.

»Mädel, Sie verdienten, eine Wiskotten zu sein.«

»Stellen Sie sich das so angenehm vor?«

»Nee, das nich. Aber es ist gut, wenn die Wiskottens erfahren, daß außer dem lieben Gott auch noch was andres zu respektieren ist.« – –

»Ich möchte zu deiner Mutter«, sagte Emilie nach Tisch.

»Hat das nicht Zeit?« fragte er verwundert.

»Ich suche dich nachher in der Fabrik auf. Willst du?«

»Recht so. Mach erst klare Bahn. Meine Frau muß einen offenen Blick haben.«

Der alte Wiskotten hatte sich zu einem Schlummerstündchen zurückgezogen. Emilie traf die Schwiegermutter allein. Sie saß in ihrem strohgeflochtenem Sessel am Fenster und las in ihrem Leibblättchen »Quellwasser für das christliche Haus«.

»Guten Tag, Mutter.«

Die alte Frau sah auf, drückte die Brille tiefer und gewahrte Emilie.

»Du hast dich rar gemacht. Dat sei nu, wie et sei. Kommst du jetzt wieder täglich?«

Kein Zug in dem faltigen Gesicht drückte Überraschung aus.

»Ja, Mutter, ich komm' jetzt wieder täglich. Geht es dir und Vater gut?«

»Danke. Zu klagen ist immer. Aber dafür haben wir ja den Glauben an ein Jenseits. Setz dich.«

Die alte Frau schob das »Quellwasser für das christliche Haus« zurück, hakte die Brille ab und faltete die Hände auf der Tischplatte.

»Wat gibt Gustav an? Er hat mir letzte Zeit nich gefallen.«

»Er wird dir schon wieder gefallen, Mutter. Ich werde dafür sorgen.«

»Wenn der Mann spintisiert und die Frau grämelt, spukt der Deubel durch en Schornstein.«

»Das sind traurige Ehen, Mutter.«

Die alte Frau blickte scharf nach ihrer Schwiegertochter, wischte mit der flachen Hand ein Stäubchen vom Tisch und legte die Hände wieder zusammen. »Freut mich, dat du mir beistimmst. Wat machen die Kinder?«

»Sie werden morgen die Großeltern besuchen. Der Gustav will jetzt Admiral werden.«

»Et Wasser hat keine Balken. Sorgt, dat de Jung' Maschinenbauer wird. Den können wir in de Familie brauchen.«

»Der Ewald ist nun auch aus seinen Gewissensnöten.«

»Hat ihm et Gewissen geschlagen?«

»Ich meinte: aus seinen künstlerischen Gewissensnöten.«

Die alte Frau zuckte Bei dem Wort zusammen. Sie ließ die Finger der einen Hand auf der andern spielen. Aber sie beherrschte sich.

»Den Bildermaler hat er an den Nagel gehängt. Für die Feierabendstunden, Mutter. Er arbeitet jetzt im Kunstgewerbe, und der Professor Neudörfer hat ihn für den feinsten und originellsten Kopf erklärt. In den letzten Wochen soll Ewald sich selbst übertroffen haben. Hat Paul dir davon erzählt?«

Ein kurzes, stummes Nicken. Aber die Strenge der Züge milderte sich. Der Blick wurde weicher und nachdenklich ...

»Mutter, wir müssen wohl alle hindurch, wenn wir Herr über uns selbst werden wollen. Und es ist gut so, Mutter. Sonst glauben wir immer, irgendwo anders oder irgendwas andres sei schöner, und wir hätten das rechte Leben verfehlt.«

»Die rechte Erkenntnis liegt bei Gott.«

»Gott ist in den Menschen, Mutter, und deshalb muß auch die rechte Erkenntnis aus uns kommen.«

»Wer kann sagen, daß er Gottes Wege kennt?«

»Mutter, ich habe sechs Monate in der Einsamkeit darüber nachgedacht. Wenn wir Gottes Wege nun doch einmal nicht kennen, sollen wir uns um so mehr um die eignen kümmern. Und mein Weg geht – wo Gustavs Weg geht. Und der seine, wo mein Weg geht. Ich will die Religion jetzt von unten auf erfassen und nicht mehr von oben.«

»Du bist sehr klug geworden, Emilie.«

»Wenn man die Krankheit fühlt, gewinnt man das Leben lieb.«

»Und den Himmel?«

»Wir müssen Gott in *allen* seinen Werken loben. Du tust es doch auch, Mutter. In der Freude an der Fabrik. In dem festen Stolz auf die Familie. Und daran will ich mich jetzt beteiligen.«

Die alte Frau Wiskotten blickte geradeaus. »Verkehrt is da sicher wat bei, aber et hört sich gut an. Un da man so wenig Gutes zu hören kriegt, will ich et gern von dir akzeptieren. Da is ja auch der Vatter ...«

Emilie Wiskotten erhob sich schnell.

»Wat! Dausend auch! Is dat nich die Emilie? Ich meint' doch, ich hätt' die Stimme erkannt?«

»Ich wollt' dich aber nicht stören, Vater.«

»Ach wat, stören! Der Geldbriefträger stört einen auch nie. Nee, Kind, die Freude – –! Ich muß dich in die Arme nehmen.«

Da fühlte sich Emilie Wiskotten zu Hause. Und dies Gefühl wollte sie zu Gustav tragen.

Als sie mit den beiden Alten den Nachmittagskaffee eingenommen hatte, ließ sie sich nicht mehr halten.

»Gehst du mit, Mutter? In die Fabrik? Ich habe Gustav versprochen, ihn heute nachmittag noch aufzusuchen.«

»Natürlich geh' ich mit. Dat würd' sonst auf den Haspelstuben nett drunter und drüber gehen, wenn sie nicht wüßten, ich komm'. Adieu, Vatter, in em Stündchen bin ich zurück. Da liegt et ›Quellwasser‹.«

»Du denkst aber auch an alles«, lobte der alte Wiskotten und zwinkerte Emilie zu.

Auf dem Kontor saß August über der Arbeit. »Tag, Emilie. Wie geht's?« Er tat, als wüßte er von ihrer langen Abwesenheit nicht das geringste. »Gustav ist bei Fritz im Laboratorium.«

Sie ging über den Hof zur Färberei. Ihre Kinder spielten im Aschenhaufen neben dem Kesselhaus, und der alte Christian fand Zeit, die Heizschlünde und die Plappermäuler seiner kleinen Freunde gleichzeitig zu bedienen. Als er Emilie gewahrte, salutierte er mit der Kohlenschaufel. »Heiliges Linksschwenk! – – Wenn Sie mal Zeit haben, Frau Wiskotten! Unsereins hat ja wohl fingerdick den Kohlenstaub in den Augen, aber so viel sehen, dat die Alte zu Haus nich jünger wird, dat kann man doch noch. Sie müssen ihr dat umgekehrt beibringen, Frau Wiskotten. Sie haben dat Rezept.«

Sie nickte ihm lachend zu, fuhr den eifrig beschäftigten Kindern durchs Haar und ging durch die Färberei, die dicken weißen Schwaden zerteilend, die Treppe hinauf zum Laboratorium.

»Guten Tag, Fritz.«

»Alle Wetter! Emilie! – – Dreh dich mal um, Kind. Nun wieder nach vorn. Tipptopp! Und die Hauptsache: Du kannst es tragen, und es trägt nicht dich.«

»Ist das alles?«

»Ich trau' mich nicht. Der Gustav lauert wie 'ne englische Dogge. Na, nu gerade! Sapperlot! Küssen hast du auch gelernt!«

Gustav Wiskotten stand, die Hände in den Hosentaschen, und schaute zu. »Du, Fritz, wenn deine Anwesenheit hier nicht mehr absolut erforderlich ist –«

»Gott, ja! Ich geh' schon. Alter Neidhammel. Wofür läßt man denn seine Brüder so hübsche Weiber heiraten, wenn –«

Gustav Wiskotten nahm die Hände aus den Taschen. Die Tür klappte. »Nun hab' ich die Arme *doch* einmal frei ...«

»Ich komm' schon!«

»Emilie!«

Und sie an seinem Hals: »Ich kann's gar nicht glauben.«

»Was?«

»Daß das so schön ist.«

»Jetzt – jetzt weiß ich doch wenigstens, wofür ich arbeite.«

»Für was?«

»Für deine fröhlichen Augen. Und damit deine Hände weich bleiben; für mich. Ohne Zweck schuften, nur um der Schufterei willen, das ist so niederträchtig gemein. Aber denken können, das wird eine Krone, wenn du kräftig zulangst, eine Krone, die du schwarzer Arbeitssoldat deinem weißen, kleinen Schatz nachts in das gelöste Haar drückst – Emilie, dann erst wird die Arbeit zur Poesie. Und das ist die einzige Art von Poesie, die ich versteh' und in der ich es mit Schiller und Goethe aufnehm'!«

»Sei nicht so gut zu mir. Aus diesem Zimmer bin ich weggelaufen.«

»Menschen, die sich nicht mal gründlich umeinander gesorgt haben, können sich auch wohl nicht gründlich liebhaben.«

»Ich hab' mich um dich gesorgt, Gustav.«

»Wohl heut morgen noch?«

»Heute morgen? Weshalb denn heute morgen?«

»Ich meint' nur«, sagte er bedächtig, »weil doch heute morgen der Besuch kam –?«

»Ach, die Kleine aus Düsseldorf. Hieß sie nicht Fräulein Zinters? Das war doch nur ein Scherz.«

»Natürlich war das nur ein Scherz.« Er räusperte sich. »Sag mal, wie bist du die denn losgeworden?«

»Ich hab' ihr erklärt, wenn sie zum Theater wollte, würd' ich ihr gern behilflich sein und sie prüfen lassen. Du hättest jetzt leider keine Zeit. Das war doch recht so?«

»Und – weiter?«

»Sie schien die Lust verloren zu haben. Sie wollte lieber nach Neuß heiraten.«

»Sonst nichts?«

»Doch! Ein Paket Spitzen hätt'st du ihr versprochen und dergleichen. Das mußt du nun aber wirklich abschicken. Ich hab' mich fest dafür verbürgt.«

»Du, Emilie, solltest du nicht extra deswegen heute morgen gekommen sein?«

»Weswegen?«

»Um mir aus der Patsche zu helfen.«

Sie strich ihm schnell über sein verlegenes Gesicht. »Du willst dich wohl interessant machen mit deinem Abenteuer?«

»Herrgott«, atmete er erleichtert auf und packte sie im Genick. »Kopf zurück! Du bist doch eine famose Person ...«

»Geworden – vielleicht geworden!«

»Soll einer kommen und das Gegenteil behaupten! Jetzt zeig' ich dir, was aus der Fabrik geworden ist. Auf die Weise wird's Abend.«

Sie hing sich nicht verliebt an seinen Arm. Sie schritt neben ihm her mit ernstem, verständigem Gesicht. Das gefiel ihm, der Arbeiter wegen. Sie ließ sich das neue Wiskottensche Verfahren vorführen, der Baumwolle den Griff und Glanz von Seide zu geben, und den neugebauten Musterstuhl, auf dem nach Ewalds Entwürfen die kunstvollen breiten Bänder geschlagen wurden.

»*Der* Stuhl hat deinen Vater kleingekriegt.«

»Ist er arg mit euch umgesprungen?«

»Bis an die Ohren hatte er uns schon das Fell gezogen. Grad' wollt' er's drüberstrippen, da taten wir einen Schnaufer. Einen Schnaufer, der ihn um und um purzeln ließ. Jetzt liegt er da.«

»Willst du ihn liegen lassen?«

»Hätt'st du lieber gesehen, wenn ich alle viere gestreckt hätte?«

»Eher Jeremias Scharwächter unter den Hammer, als dich anrühren.«

»Nein, ich laß ihn *nicht* liegen. Er wird unsre Artikel in Kommission nehmen. Die Welt ist groß und unsre Leistungsfähigkeit unbegrenzt.«

Sie ging dicht an seiner Seite, suchte unauffällig seine Hand und drückte sie. »Ich danke dir, Gustav.«

Sie stattete der Wupper einen Besuch ab. Der Dampf, der aus den Färbereien abgelassen wurde, wirbelte das schwarze, von bunten Streifen durchsetzte Wasser zu fettigem Gischt auf. Gustav Wiskotten sandte einen langen, liebevollen Blick darüber hin.

»Kannst du dir vorstellen, Emilie, daß ich an dieser schwarzen Brühe hänge wie an meinem besten Freund? Wenn man mich an die oberitalienischen Seen verpflanzte, die Wupper käm' mir nicht aus dem Kopf.«

»Weil sie ein schwarzer Arbeitssoldat ist.«

»Weil sie sich durch tausend Widerwärtigkeiten hindurchschlägt, um in den Rhein zu kommen.«

»Aber hinein kommt sie.«

»Und wenn sie ein Mensch wäre, würd' ich sagen: Nun weiß sie doppelt, was sie hat. Leichte Siege, die aus heiterem Himmel fallen, werden hier im Tal nicht als vollgültig angesehen. Die Leute wollen spüren, daß ein Kerl dahintersteht, der sich durchgesetzt hat. Der sich nötigenfalls jeden Tag von neuem durchsetzen würde. An den glauben sie, an dem halten sie auch zähe fest.«

»Der Wuppertaler ist von besonderem Schlag«, sagte sie stolz.

»Ja«, lachte Gustav Wiskotten, »das ist nun mal so. Er riecht die Rosen dann am liebsten, wenn er noch den Arbeitsschweiß in den Kleidern hat.«

»Find'st du das komisch?«

»Im Gegenteil. Dann ist er sich nämlich bewußt, daß er ein Recht auf die Rose hat. Und daß Feierabend ist.«

»Gustav, so wollen wir es auch machen.«

»Uns täglich die Freude an der Schönheit neu erobern. Ich an dir!«

»Und ich an dir!«

Als sie sich umsahen, erblickten sie Paul hinter sich. »Siehst du, Emilie«, sagte Gustav leise, »der hat das Geheimnis schon lange heraus. Der hat vom ersten Tage an die Arbeit als den großen Hintergrund angesehen, der da sein muß, damit sich alle Bilder leuchtend von ihm abheben. Und er webt zufrieden an dem Hintergrund. Eine glückliche Natur, der Junge.«

Er rief ihn an. »Suchst du mich?«

»Ich möchte euch in eurer Naturbetrachtung nicht lästig fallen. Das sind heilige Momente.«

»Komm nur, Dichter, wir haben unser Gelübde bereits abgelegt.«

»Ich gratuliere euch«, sagte Paul Wiskotten einfach und reichte ihnen die Hand. In der Fabrik wurde Feierabend gepfiffen. Gustav und Emilie Wiskotten sahen sich in die Augen, fragend, lächelnd und bejahend.

»Auf Wiedersehen«, nickte Paul.

»Du, es war doch nichts Geschäftliches?«

»Eben deshalb verschwinde ich.«

»Was von Bedeutung?«

»Ich bin der Ansicht, daß es etwas von Bedeutung werden könnte, Gustav. Morgen, wenn du Sammlung dazu hast.«

»Was von Bedeutung und morgen? Und Sammlung? Oho, das wär' neu. Das wär' ganz neu. Sammlung! Wenn's die Fabrik angeht!«

Emilie lachte. »Geh mit zu uns hinauf, Paul. Willst du?«

»Gern. Dort sind wir auch ungestört. Vielleicht lacht mich der Gustav aus.«

»Das wird sich ja nachher finden. Vorher lach' ich nie.«

Die Kinder wurden zu Bett gebracht. Es gab kalte Küche und Bier, um Zeit zu sparen. Dann saßen sie zu dritt um den Tisch. Gustav Wiskotten hielt dem Bruder das Feuer für die Zigarre und sah ihm forschend in die Augen.

»Die Idee«, begann Paul Wiskotten, »geht nicht allein von mir aus.«

»Ah – eine Idee ...«

»Ewald und ich teilen uns darein.«

»Beide seid ihr nicht auf den Kopf gefallen. Nun bin ich neugierig.«

»Es handelt sich um eine Art Modenblatt.«

»Bist du toll? – Aber sprich dich nur aus.«

»Um ein Modenblatt, dessen Zeichnungen wir unter Musterschutz stellen und dessen Text wir vor Nachdruck schützen. Mit andern Worten: um eine Hausmacht der Firma Gustav Wiskotten Söhne.«

Gustav Wiskotten lehnte sich zurück und streckte die Beine lang in die Stube. »Hausmacht? Das läßt sich hören.«

»Folgendermaßen, Gustav. Ewald tritt, wenn er seine Studien abgeschlossen hat, bei uns als Zeichner ein. Das steht wohl fest. Er arbeitet ja schon heute ausschließlich für uns. Er wird wohl noch ein paar Semester nach Paris und Brüssel gehen, aber Entfernungen kommen ja nicht in Betracht. Außerdem ist das auch nur ein Übergangsstadium. Also, er entwirft für uns die Modeartikel, Bänder, Spitzen, Litzen, Posamenterien und was wir im Lauf der Zeit in die Fabrikation aufnehmen. Denn stehenbleiben werden wir ja nicht.«

»Nee«, sagte Gustav Wiskotten und stieß einen großen Dampfkringel in die Luft.

»Um uns nun von den Grossisten unabhängiger zu machen und das Publikum direkt auf unsre Artikel zu stoßen, wird Ewald außerdem sein malerisches Können verwerten und Kostümbilder zeichnen, deren Spitzen und Bandgarnituren den Hauptanreiz bieten und bis ins kleinste die moderne Schönheit der Wiskottenschen Artikel wiedergeben. Jedes Muster wird noch in Sonderzeichnungen beigefügt. Ich schreibe den Text dazu, erkläre, bestimme den guten Geschmack und zeige, daß auch eine Wiskottensche Feder etwas leisten kann. Wir schließen mit unsern größten Familienblättern Verträge ab und geben das Modenblatt zunächst vierteljährlich als Beilage. Dann kommt es in alle Frauen- und Mädchenhände, die ›Wiskottenschen Nouveautés‹ werden in Dorf und Stadt unter diesem Namen gefordert werden und die Unkosten sich bald zehnfach bezahlt machen. So. Ich bin fertig.«

Gustav Wiskotten hatte längst die Zigarre auf den Aschenteller gelegt, die ausgestreckten Beine zurückgezogen und sich weit über den Tisch gelehnt. Er hatte die Tragweite der Idee sofort begriffen, und sein spekulativer Kopf arbeitete sie weiter aus.

»Jungens – ich tu' euch Abbitte. Daß die Kunst auch eine praktische Seite hat – daß ihr Schwarmseelen das herausfinden würdet – für die Fabrik, für die Firma, für die Familie – nee, wahrhaftig, ihr seid mit Wupperwasser getauft, mit unverfälschtem.«

»Hältst du die Idee für gesund?«

»Reiz mich nicht. Ich kann doch nicht mit dir zum Oweram gehen. Emilie, hol mal eine Flasche Sekt – Herrje, Emilie, Frau, Kind, ich hab' dich ja in der Aufregung ganz vergessen ...«

»Aber ich nicht das Märchen vom Arbeitssoldaten ...«

»Siehst du, siehst du, da kommt er anmarschiert. In der Ferne sieht er was funkeln, was er für seinen Schatz haben muß. Muß! Es gehe, wie es wöll'!«

Emilie lehnte sich mit geschlossenen Augen an ihn.

»Du – –!« Dann raffte sie ihr Kleid, nahm das Licht vom Vorplatz und holte aus dem Keller die gewünschte Flasche. Sie rückte den Männern die Gläser zurecht und schenkte ein.

»Und wo bleibst du?«

»Heut trink' ich mit dir.«

»Prost Paul! Du und Ewald! Von heut an zählt ihr mit.«

»Prost ihr beide. Nehmt's als Hochzeitsgeschenk.«

»Wenn du anzüglich wirst, fliegst du 'raus.«

»Natürlich! Jetzt, wo das Geschäftliche erledigt ist, bin ich überflüssig.«

»Bist du auch, Dichterseele. Trink en bißchen schneller.«

»Ich kann ja die Flasche mit auf den Hof nehmen.«

»Das könnt' dir so passen. Jetzt, wo du mir warm gemacht hast. Gib mal deine Hand. Gott sei gedankt, daß auch in euch der alte Familiensinn Wurzel geschlagen hat.«

»Wir sind doch von einer Mutter – –«

»Vatter nicht zu vergessen. Ohne Sonne keine Freude am Segen.«

»Soll ich Ewald schreiben, daß du einverstanden bist?«

»Übermorgen hat Vatter Geburtstag. Auch Wilhelm kommt zurück. Schreib ihm, er soll sich auf die Socken machen und als Gratulant erscheinen. Nicht als verlorner Sohn. Er hat ja sein Geschenk bei sich. Und abends, wenn wir bei Tisch sitzen, rückt ihr damit heraus und erläutert eure Idee. Ich seh' schon Vatters vergnügte Augen.«

»Und dabei ist ihm die Sache selbst egal. Nur daß sie von *uns* ausgeht, das macht ihm den Spaß.«

»Es gibt auch keine schönere Freude«, sagte Emilie, »als andre froh zu sehen. Das geht hin und her und her und hin, wie ein Pendel zwischen den Herzen. Ist es nicht so?«

»Paul, wenn du nu nich nach Haus gehst, fangen wir noch alle an, Gedichte aufzusagen.«

Paul Wiskotten machte sich marschfertig. »Er treibt jetzt Literatur, Emilie. Aber sehr mit Auswahl. Den Reuter liest er schon zum drittenmal.«

Gustav brachte ihn die Treppe hinab und schloß hinter ihm das Haus. Als er ins Zimmer zurückkam, sah er Emilie unter der Lampe stehen.

»Du«, sagte er, und seine Augen glänzten, »das ist eine kapitale Idee, die sich die Jungens da ausgeheckt haben. Wenn die realisiert wird – –«

Sie lächelte, hob den Arm und drehte das Licht aus. Noch hörte er das leise Rascheln ihres Kleides.

Die Frühlingsnacht blinzelte durch die Scheiben. Ein Streifen silbernen Lichtes glitt vom Fenster bis zu der Tür, hinter der sie verschwunden war. Als hätten ihre Füße die leuchtende Spur zurückgelassen. – –

Seine Augen weiteten sich in der Dunkelheit und hafteten an dem silbernen Streifen. Seine Brust hob und senkte sich unter tiefen zitternden Atemzügen. Ganz knabenhaft traumselig ward ihm zumute. Als huschte hinter jener Tür der Weihnachtsengel einher, entzündete sein Verlangen und dämpfte es wieder zu scheuer Verehrung. Nur ein Schritt bis zur Tür, nur ein Schritt – – Und die Befangenheit löste sich und ging unter in einem Strom starken Glücksempfindens, der aus seinem Kopf die Arbeitsgedanken spülte und aus seinem Herzen, was nicht Emilie hieß.

»Jetzt beginnt«, sagte er sich, »der zweite Teil des Märchens vom Arbeitssoldaten.« –

Er öffnete die Tür. Auch hier nur ein Streifen des silbernen Lichtes. Aber in dem Licht stand eine junge weiße Frau, die, das schwere Haar für die Nacht aufnehmend, ihm ein blasses Gesicht und stillglänzende Augen zuwandte ...

Über den Fabrikhof ging die Frühlingsnacht.

Kein Wort sprach er. Er schritt auf sie zu, leise und behutsam, und leise und behutsam legte er den Arm um sie. Sie schmiegte sich wie ein Kind hinein, und er drückte sein Gesicht in ihr kühles weiches Haar.

Draußen wuchsen die riesigen Schatten der Fabrikgebäude. Aber in die heimliche Kammer konnten sie nicht hinein. Mehr und mehr füllte sie sich mit dem silbernen Schein der Lenznacht.

Ein einziges, tiefes Schweigen –

Doch an dem pochenden Leben, das er im Arme hielt, fühlte Gustav Wiskotten, daß er lebte und weshalb er lebte.

10.

»Hallo! Ewald! Steig aus!«

»Paul! Guten Tag! Bist du mir entgegengekommen?«

»Hast du Gepäck? Nein? Um so besser. Na, nun komm schon, der Zug geht weiter.«

Ewald Wiskotten sprang aus dem Coupé. »Das ist doch erst Elberfeld.«

»Ich dachte, du würdest für die letzte Strecke einen Marsch durch das Tal vorziehen. Da hab' ich's auf gut Glück gewagt und bin dir entgegengefahren. Hab' ich das Richtige getroffen?«

»Du wolltest mir wohl Gelegenheit geben, mich zu sammeln? Gesteh's nur.«

»Nein, Junge, das hast du nicht nötig. Aber das Tal solltest du zuerst Wiedersehen, im Arbeitskittel, mit seinen rauchenden Schloten und seinem Maschinengerassel. Dann findest du dich nachher schneller in seinen Menschen zurecht.«

»Also Abhärtungskur ... Jedenfalls war es freundlich von dir, an mich zu denken.«

Als sie durch die Straßen schritten, blieb Ewald Wiskotten vor einem Hause stehen: »Weißt du, wer hier wohnt?«

»Keine Ahnung.«

»Mein verehrter Kollege, der Maler Weert. Ob ich mal einen Sprung zu ihm hinauf tue?«

»Wenn's dich nicht aufregt?«

»Das kann höchstens ernüchtern. Fünf Minuten, wenn du willst. Nur sehen möcht' ich, ob es wirklich Menschen gibt, die ewig hinter verlorenen Idealen hertrauern, statt sich neue anzuschaffen.«

»Leute, die nie Ideale gehabt haben, meinst du.«

Ewald Wiskotten stieg die Treppe hinauf und klingelte. Dasselbe zottelige Dienstmädchen öffnete und ließ ihn ohne weiteres ins Atelier. Und auch hier war alles wie vordem. Inmitten eines Wustes von Trödelkram lag der ergraute Maler auf seinem Runddiwan und verschlief den Tag. Und von der Staffelei lächelte van Dycks jugendschöne Marchesa Spinola gütig herab auf den alten Vaganten, der einmal seine Jugend für Talent gehalten und hier wie dort die Entwicklungszeit verbraust hatte, bis ihm von beiden nur – die Kopie in Händen geblieben war.

Der junge Mann betrachtete ihn aufmerksam. Das weingerötete Gesicht war vergrämt in die Kissen gedrückt. Farbe und Ausdruck des Kopfes kontrastierten seltsam miteinander.

›Vielleicht träumt er gerade‹, dachte Ewald Wiskotten, ›er nutzte die Jugend nach seinen Gaben und nicht nach seinen Begierden, damit er im Alter vor den Leuten nicht zu lügen braucht. Das muß der furchtbarste Gedanke in der Einsamkeit sein: weniger zu sein, als man sich nach außen den Anschein gibt. Nein, ich will ihn nicht wecken. Die Zeit hat nur Wert für ihn, wenn er sie verschläft!‹ Leise ging er zur Tür zurück. Das Bild der Marchesa Spinola sah ihm lächelnd nach. »Ich komm' auch zu dir«, sagte er ruhig, »all die Schönheit finde ich auch, wenn schon auf anderm Wege.«

»Bist du weiser geworden, Ewald?«

»Wenn Weisheit Zielbewußtsein ist ...«

»Weißt du, was Moltke einmal im Deutschen Reichstag gesagt hat? ›Nur in der eignen Kraft ruht das Schicksal jeder Nation.‹ Das trifft auch auf den einzelnen zu.«

»Ich hab' die meine jetzt erkannt. Nun kann es noch Überraschungen, aber keine Enttäuschungen mehr für mich geben.«

»*Frohe* Überraschungen.«

»Solche, die wir uns selber bereiten, Paul.«

»Schau mal über die Straße. Ist das nicht der alte Korten mit seiner Frau?« Er winkte dem greisen Paare fröhlich zu. »Sie sind stehengeblieben. Da müssen wir sie wohl begrüßen.«

»Guten Tag! Guten Tag, meine Herren! Ist das nicht Ihr Herr Bruder, Herr Wiskotten? Ei natürlich, ich erinnere mich. Ich danke Ihnen eine schöne Stunde der Kunstbegeisterung, und mein Gedächtnis bewahrt die großen Erinnerungen als seinen köstlichsten Schatz. Denken Sie, ich war bei Bismarck.«

»Soeben sprachen wir von Moltke.«

»Das lobe ich, meine Herren. Die heiligen vaterländischen Namen sollen immerdar von Mund zu Munde gehen. Aber ich – ich habe leibhaftig im Sachsenwalde vor unserm Bismarck gestanden!«

»Sie waren bei Bismarck?«

»Ja, meine jungen Freunde, ich, der alte Korten, habe zu Ostern selbst mit dem Reichsschmied gesprochen.«

»Er hat mich schön blamiert«, klagte das Mütterchen.

»Das kann ich nicht glauben, Frau Korten«, begütigte Paul Wiskotten.

»Meine treue Zeitgenossin«, belehrte der alte Dichter, »weiß nicht oder will nicht wissen, daß der Humor die Quintessenz aller Lebensweisheit ist. Daher liebten die Größten aller Zeiten im Verkehr den humoristischen Ton.«

»Lassen Sie sich nur erzählen, was er da wieder angestellt hat.«

»Ja, Herr Korten, was die Frau will, will Gott. Nun müssen Sie beichten.«

»So hören Sie denn, meine jungen Freunde. Ich war mit einer Schriftstellerdeputation aus vielen deutschen Städten im Sachsenwald. Zwischen den Eichen hervor tritt der Fürst, Deutschlands herrlichste Eiche. Einer der Unsern hielt eine Ansprache. Der Fürst antwortete volltönend. Und dann redete er gemütlich den einen oder den andern an, und ich merkte wohl, daß er die Schlagfertigkeit des deutschen Dichtergeistes auf die Probe stellen wollte. Plötzlich fällt fein Auge auf mich. Bismarcks Auge, meine Herren! Und Bismarcks Hand lag in der meinen! Ja, in der meinen – –«

»Darauf können Sie aber doch stolz sein, Frau Korten.«

»Laß er et nur auserzählen.«

Der greise Dichter lächelte behaglich. »Wir hatten Schriftstellerabzeichen an den Röcken. Einen goldenen Rittersmann mit eingelegter Lanze. Und der Fürst tippt auf das Zeichen auf meinem Rockaufschlag und fragt: ›Wen stellt der vor?‹ – ›Durchlaucht, den edelsten Ritter, Sankt Georg.‹ – ›Ja‹, sagt Bismarck und zwinkert mir zu, ›ich sehe aber den Drachen nicht.‹ – Und ich verstehe und antworte stramm: ›Unsre Drachen, Durchlaucht, haben wir zu Hause gelassen.‹« Neckend stieß er seine Lebensgefährtin in die Seite.

»Aber das ist doch prachtvoll, Frau Korten«, lachten die Wiskottens.

»Weil et Sie nich trifft. Aber sagen Sie selber: Wat soll der Bismarck nu eigentlich von mir denken!«

»Ich werde ihm die Sache schriftlich auseinandersetzen«, versprach Paul Wiskotten dem ärgerlichen Mütterchen, »und ich werde hinzufügen, daß man Ihrem Mann als Dichter nichts glauben darf.«

»Dat kann ihm gar nix schaden.« Und sie trennten sich.

»Wenn der alte Herr demnächst in den Himmel einrückt, wird dort große Verlegenheit herrschen.«

»Weshalb?«

»Weil er schon auf Erden zeitlebens im Stande der Unschuld war. Da hört das Avancement auf.«

»Was der Weert an Idealen zuwenig hat, hat er zuviel.«

»Er hat überhaupt nur Ideale. Ob Republik oder Monarchie, ob Sommer oder Winter – er schlägt begeistert die Harfe.«

»Das Leben muß Steigerungen haben, Paul. Nur nicht versanden! Ob der Sand schwarz oder weiß ist, gilt gleich.«

Sie kamen auf Barmer Gebiet und schritten rüstiger aus. Daheim versammelte sich bald die Familie.

»Ist noch Zeit, einen kleinen Umweg zu machen, Paul?« fragte Ewald Wiskotten, als sie den Mittelpunkt der Stadt, den Altenmarkt, erreicht hatten. »Bitte, sag ja. Nur bei Kölsch guten Tag sagen möcht' ich.«

»Kölsch ist noch in der Fabrik. Es geht auf sieben.«

»Ich wollte Anna begrüßen.«

Paul hob den Kopf, sah den Bruder lächelnd an und schlug den Weg zu Kölschs Wohnung ein. Ernst Kölsch öffnete.

»Du bist hier? Ernst? Hast du Ferien gemacht?«

»Den Seinen gibt's der Herr im Schlaf. Ich muß nach Italien.«

»Du mußt?«

»Gewollt hab' ich nicht. Aber meine Zeit mußte sich wohl ›erfüllet‹ haben. Der Rompreis ist mir in den Schoß gefallen. Eine ernste Mahnung.«

»Du willst nach Rom?«

»Du hörst doch: ich muß!«

»Nun mach mal keinen Unsinn, wie ist das gekommen?«

»Gott, der Akademiepreis war fällig. Irgend so 'ne milde Stiftung zur Aufrechterhaltung der Streberei. Unsre Meisterschüler haben die Ölfarbe reinweg gesoffen, aber auf der Leinwand war trotzdem nix von einem Farbenrausch zu verspüren. Der Professor rief den Himmel zum Zeugen an, daß Totschlag verboten sei. Ich muß ihm wohl beigestimmt haben, denn er schnauzte mich gewaltig an. ›*Sie* hätten's Talent, *wenn* Sie nur *wollten*!‹ Um dem aufgeregten Mann zu beweisen, daß er im Unrecht sei, spannte ich einen Blendrahmen und pinselte drauflos. Der Kerl aber wollte sein Unrecht nicht einsehen, trommelte das Kollegium zusammen, und ich kriegte den Preis. Morgen muß ich fort von hier.«

Ewald Wiskotten schüttelte ihm die Hand. »Ich gratuliere, Ernst, von ganzem Herzen.«

»Nanu? Möchtest *du* nicht lieber an meiner Stelle sein?«

»Ich gehöre *an meine Stelle*. Deshalb steht mir Rom doch offen.«

»Bravo, Ewald. Jetzt hast du die richtige Kunstanschauung. Ob Leinwand oder Musterbogen: das Können tut's.«

»Ist Anna zu Haus?«

»In der Küche. Kommt herein.«

»Ewald hat nur eine Bestellung. Wir müssen gleich weiter. Zu Haus ist Geburtstagsfete.«

»Wie ihr wollt. Den Weg kennst du ja, Ewald.«

Er war schon auf dem Gang, öffnete die Tür und stand in der Küche. »Annchen! Annerl!«

Sie fuhr herum, starrte ihn groß an und fiel ihm stürmisch um den Hals. »Junge – –! Junge –!«

»Nur dich sehen mußt' ich. Nur einmal schnell dich küssen. Annerl! So! Und jetzt zur Familie!«

»Du gehst zu den Eltern?«

»Zu Vaters Geburtstag.«

»Gott sei Dank«, sagte sie und strich ihm das Haar zurecht. »Nun mach eine gute Figur.«

»Du brauchst keine Angst um mich zu haben.«

»Nie im Leben. Besonders nicht, wenn ich dabei bin.«

»Hast du mich lieb, Anna? Immer?«

Sie nahm hastig seinen Kopf. Ihre Mädchenlippen schlossen ihm den Mund. »Frag so was Dummes nicht wieder«, murmelte sie. »Für mich gibt's nichts andres. Und wenn du mir nur Sorgen machst!«

»Ich möchte, daß du stolz auf mich bist. Und bleibst.«

»Eine Frau, die nicht stolz auf ihren Mann ist, hat nicht die rechte Liebe.«

»Wenn er aber Fehler hat? Und ich habe so viele –«

»Zeig sie mir nur ruhig her. Ich werde schon dafür sorgen, daß alle Welt sie für Tugenden hält.«

»Du bist mein kleines Mütterchen ...«

»Ich will deine Frau sein.«

Draußen rief Paul Wiskotten. Heute durften sie sich daheim nicht verspäten. Da drängte Anna zum Aufbruch. »Morgen kommst du ja wieder, Ewald, dann wollen wir Pläne schmieden.«

»Und du bist der Mittelpunkt.«

»Nein, du!«

»Das eine ist ja das andre. Gute Nacht, mein Annerl. Denk heute abend an mich.«

»Tag und Nacht.«

Er küßte ihre Hände und sie küßte ihn auf den Mund. Mit gestreckten Armen hielt er sie von sich, den Kopf zurückgeworfen, die Augen eingekniffen, als betrachtete er ein seltenes Bild, und dann riß er sie ungestüm an sich. »Auf morgen!«

An der Haustür verabschiedete er sich von Ernst Kölsch. »Ich werde nachkommen, wenn auch nur auf kurze Zeit. Während du die jungen Römerinnen studierst, studiere ich ihre alten Spitzen und den antiken Besatzschmuck. Viel Glück, Ernst.«

»Auf Wiedersehen, Ewald. Wir werden beide zu tun bekommen.« –

Im Hause der alten Wiskottens hatte sich die engere Familie vollzählig versammelt. Die Freunde des Hauses, Pastor Schirrmacher eingerechnet, waren schon während der Frühstückszeit gekommen und gegangen. Nun öffnete sich die Tür, und Ewald trat ein, gefolgt von Paul. Einen Augenblick stockte die Unterhaltung. Man wandte die Köpfe, und Mabel hob das Lorgnon.

Ewald Wiskotten ging, ohne sich umzusehen, auf den Vater zu und reichte ihm die Hand. »Herzlichsten Glückwunsch, Vater.«

Der Alte hielt die Hand fest, klopfte darauf herum, schaute mit offenem Mund seinen Jüngsten an und lachte. Seine Augen waren feucht vor Freude. »Mutter, da is ja auch der Ewald –«

»Bleib doch sitzen, Mutter. So. Da bin ich. Geht's dir gut, Mutter? Der Vatter sieht immer jünger aus.«

»'ne Viertelstunde später, und du hätt'st nachessen können.« Sie hielt inne. Im Hintergrund des Zimmers war ihr ein Geräusch verdächtig erschienen. »Ich möcht' wissen, wat dabei zu lachen is, Gustav. Wenn ich das sag', dann iß dat so.«

»Gewiß, Mutter.«

»Wirst wohl tüchtig Hunger haben, Jung'?«

»Draußen verstehen sie nicht zu kochen wie du.«

»Will ich meinen. Neumodsche Art iß gut für die Fabrik, aber nicht für et Haus. Nun sag man den andern guten Tag.«

Ewald ging die Reihe durch und schüttelte jedem die Hand. Man sagte »Guten Tag« und nannte sich beim Vornamen. Als er vor Mabel stand, stutzte der junge Mann, und sein Gesicht wurde rot. »Ewald Wiskotten«, stellte er sich vor.

»Ich hatte bereits das Vergnügen«, scherzte die fröhliche Frau.

»Ich wüßte nicht – –« stotterte Ewald.

»Aber! Aber! Sie haben mir doch Ihre Visitenkarte in den Wagen geworfen.«

Da gedachte Ewald Wiskotten der Worte seines sorgenden Mädchens: »Mach eine gute Figur!« Und er verbeugte sich und fragte in bester Haltung: »Darf ich Sie zu Tisch führen?«

»Ich bin Ihnen durchaus nicht böse«, sagte Mabel, als sie bei Tisch saßen. »Ich hatte soviel Wunderdinge vom ›*furor teutonicus*‹ gehört, und Sie haben, gerade als ob Sie den Wünschen einer Dame ohne Befehl Rechnung tragen müßten, sofort eine kleine Revolution für mich arrangiert. Das war ritterlich.«

»Wir sind nur wütend, wenn wir im Unglück sind.«

»Ach, im Glück seid ihr auch nicht gerade leise!«

»Das kommt ganz auf den Fall an. Zum Beispiel, wenn ich ›du‹ zu dir sagen dürfte –«

»Leise oder laut?«

»Wenn man betet, schreit man doch auch nicht.«

»Prost Schwager. Du hast mir gerade noch gefehlt.« –

Gustav Wiskotten, als Ältester, saß neben dem Vater. Er hob das Glas und stieß mit ihm an. »Dein Wohlsein, Vatter, un noch tausend Jahre so weiter!«

»Drunter hätt' ich et auch nich getan. Prost, Gustav. Ja, ja! Prost ihr alle!«

Nie war eine andre Geburtstagsrede hier gehalten worden, und jeder freute sich darauf. Mit Verwunderung sah man deshalb August Wiskotten sich von seinem Platze erheben.

»Diesmal«, begann er, räusperte sich und fuhr sich mit dem Zeigefinger unter den Kragen, »diesmal wollte ich den Geburtstag unsres Vaters doch nicht vorübergehen lassen, ohne ihm eine besondere Weihe zu geben.«

»Mutter, wo is et Gesangbuch?«

»Der Fritz soll seinen unverschämten Mund halten!«

»Ruhig, August! Laß dich nicht aus dem Konzept bringen. ›Weihe zu geben‹, hatt'st du gesagt.«

August Wiskotten kniff die Lippen ein, dann sprach er weiter.

»Jawohl. Der Tag, an dem man einen ersten Schritt vollzieht, erhält vor allen andern seine Weihe. Ich führe diesem Hause, zum Ausgleich des männlichen Elements, eine neue Tochter zu. Ich habe heute morgen um die Hand von Fräulein Großmann, der einzigen Tochter des Herrn Pastor Großmann in Elberfeld, angehalten und von Vater und Tochter das Jawort in Empfang genommen.«

Die alte Frau Wiskotten saß kerzengerade. In ihren Händen knitterte leise das Taschentuch. Aber in ihrem faltigen Gesicht stand die Befriedigung zu lesen, daß das Pastorentum des Tales doch noch in ihre Familie eingezogen war. Augusts Ältester würde die Kanzel besteigen. Ein Wiskotten ... Vater und Mutter drückten dem Sohn die Hände. Als erster der Brüder war Fritz an seiner Seite.

»Entschuldige, August, die Taktlosigkeit von vorhin. Ich konnt' ja nicht ahnen – ich wünsch' dir von Herzen Glück, und gleich morgen mach' ich Besuch bei Großmanns, mit dem größten Blumenstrauß.«

»Das wird meine Braut sehr zu schätzen wissen, lieber Fritz.«

Emilie Wiskotten lehnte ihre Schulter an Gustav.

»Wenn wir wollen, sind wir auch Brautleute«, sagte der leise. Dann brachte er schnell das Hoch auf Fräulein Großmann aus. Und mitten in das Gläserklingen hinein schallte Ewald Wiskottens Stimme. »Wenn es gestattet ist, möchte ich etwas Geschäftliches vorbringen.«

»Laß das Mädchen nachher abräumen, Mutter.«

»August, schließ die Tür ab.«

Die Unterhaltung erlosch, ein Stuhl wurde noch gerückt, und es herrschte Aufmerksamkeit. Daß es sich in dieser Tafelrunde nicht um die Vorbringung von Kindereien handeln konnte, war jedem selbstverständlich.

»Von euch allen hat ein jeder die Fabrik ein Stück weitergebracht. Gustav als Organisator, August als kaufmännisches Genie, Wilhelm als Erschließer des Absatzgebietes und Fritz als Erfinder. Von den Eltern zu reden ist überflüssig, denn sie haben das Fundament gelegt. Nur Paul und ich konnten bisher nicht teilnehmen. Das lag aber an unsrer Jugend und nicht an unsern künstlerischen Neigungen. Wir haben dasselbe Blut wie ihr. Und deshalb haben wir *unser* Talent, eben die künstlerischen Neigungen, in die richtige Pflege genommen, um auch mit *unsern* Kräften am immer fortschreitenden Ausbau der Fabrik zu helfen, und ich hoffe, meine neuen Musterentwürfe waren eine kleine Probe. Dies Gebiet nun behalten wir uns vor, Paul und ich, weil wir nicht hinter euch zurückstehen wollen.« Und mit klaren, sachlichen Worten erörterte und begründete er den Plan des Modenblattes, welches das Publikum in immerwährender Fühlung mit den Wiskottenschen Artikeln und Neuheiten halten sollte. »Ich werde mich noch zwei Jahre in der Welt umsehen und an allen Plätzen, wo die Industrie einmal eine künstlerische Höhe erreicht hatte, emsig Studien machen. Das hindert aber nicht, daß wir mit der Realisierung des Projektes sofort beginnen. Hier ist ein handschriftliches Probeblatt. Gesellschaftsdamen und einfache Frauen, alles, was sie an Besatz an den Kleidern tragen, ist, wie ihr seht, Wiskottensches Fabrikat. Die Nebenzeichnungen fügen ein anschaulicheres Bild der einzelnen, künstlerisch ausgeführten Muster bei. Der plaudernde und belehrende Text ist von Paul. Hier: bitte!«

Die Blätter gingen von Hand zu Hand. Und die Frauen blickten den Männern über die Schulter.

»Das ist neu! Da steckt Courage drin! Na – sind wir denn nicht jung genug, um Courage zu zeigen?«

Die alte Frau Wiskotten prüfte aufmerksam die Blätter. »Nee«, sagte sie dann, »Windbeutelei is dat nich. Dat is solide Arbeit. Un Arbeit bringt immer Segen.«

»Morgen werden wir auf dem Privatkontor eine Konferenz abhalten«, entschied Gustav. »Die Geschäftsanteile müssen neu geregelt und ausgeglichen werden.«

Die Brüder stimmten zu.

»Da draußen«, begann Gustav Wiskotten von neuem, »da schreien sie über den Rückgang der Privatbetriebe und über die Trustbildungen. Ich sag' euch, der wahre Trust ist die Familie. Wir sind sechs Mann, sechs Nachfolger. Wenn wir jeder auf eigne Kappe loswirtschaften wollten, jeder mit seinem Bruchteil, und der Bruchteil auch, wenn wir ihn in die Höhe gebracht oder doch über Wasser gehalten haben, wieder mal unter die Kinder verteilt wird, dann darf sich keiner wundern, wenn hier einer und da einer über den Haufen geschmissen wird. Dat is keine Familiensimpelei, dat is Sippschaftsgefühl. Dat hat in altersgrauer Zeit die Familien stark gemacht, und dat muß auch wieder der Stolz von heute werden. Jeder einzelne kann nicht ein Genie sein, aber wir zusammen, wir können die Wiskottens sein! Donnerwetter, und dat zählt nich weniger!«

Am Tisch war es still geworden. Die Frauen suchten die Augen ihrer Männer ...

Der alte Wiskotten hob leise sein Glas und trank es aus. Er feierte seinen Geburtstag.

Dann sagte die alte Frau Wiskotten: »Dat soll ein Wort sein.«

»Kannst dich drauf verlassen, Mutter.«

Das klang aus einem halben Dutzend Kehlen und war doch nur *ein* Klang. –

Die beiden Jüngsten begleiteten in der Nacht Gustav und Emilie heim, die sich mit versonnenen Augen an der Hand führten. Als sie sich vor dem Fabriktor von dem Paare verabschiedet hatten, gingen sie weiter, ohne darüber gesprochen zu haben, die steilen Straßen hinauf, bis die Häuser zurückblieben, über die Bergwiese, durch den knospenden Wald, bis auf der Höhe der Auslug kam, den sie schon einmal gemeinsam aufgesucht hatten. Und sie sahen dasselbe Bild. –

Im Tal schlief der schwarze Riese der Arbeit, vom Mondlicht so silbern überhaucht, als sei er ein lächelnder Genius. Kein Märchenerzähler für die wenigen, ein Lebensspender für die vielen!

»Fühlst du heute, wie schön das ist?«

»Ich fühl' es.« – – –

Erzählungen aus dem Biedermeier

Biedermeier - das klingt in heutigen Ohren nach langweiligem Spießertum, nach geschmacklosen rosa Teetässchen in Wohnzimmern, die aussehen wie Puppenstuben und in denen es irgendwie nach »Omma« riecht.

Zu Recht. Aber nicht nur.

Biedermeier ist auch die Zeit einer zarten Literatur der Flucht ins Idyll, des Rückzuges ins private Glück und der Tugenden. Die Menschen im Europa nach Napoleon hatten die Nase voll von großen neuen Ideen, das aufstrebende Bürgertum forderte und entwickelte eine eigene Kunst und Kultur für sich, die unabhängig von feudaler Großmannssucht bestehen sollte.

Georg Büchner Lenz **Karl Gutzkow** Wally, die Zweiflerin **Annette von Droste-Hülshoff** Die Judenbuche **Friedrich Hebbel** Matteo **Jeremias Gotthelf** Elsi, die seltsame Magd **Georg Weerth** Fragment eines Romans **Franz Grillparzer** Der arme Spielmann **Eduard Mörike** Mozart auf der Reise nach Prag **Berthold Auerbach** Der Viereckig oder die amerikanische Kiste

ISBN 978-3-8430-1884-5, 444 Seiten, 29,80 €

Erzählungen aus dem Biedermeier II

Annette von Droste-Hülshoff Ledwina **Franz Grillparzer** Das Kloster bei Sendomir **Friedrich Hebbel** Schnock **Eduard Mörike** Der Schatz **Georg Weerth** Leben und Taten des berühmten Ritters Schnapphahnski **Jeremias Gotthelf** Das Erdbeerimareili **Berthold Auerbach** Lucifer

ISBN 978-3-8430-1885-2, 440 Seiten, 29,80 €

Erzählungen aus dem Biedermeier III

Eduard Mörike Lucie Gelmeroth **Annette von Droste-Hülshoff** Westfälische Schilderungen **Annette von Droste-Hülshoff** Bei uns zulande auf dem Lande **Berthold Auerbach** Brosi und Moni **Jeremias Gotthelf** Die schwarze Spinne **Friedrich Hebbel** Anna **Friedrich Hebbel** Die Kuh **Jeremias Gotthelf** Barthli der Korber **Berthold Auerbach** Barfüßele

ISBN 978-3-8430-1886-9, 452 Seiten, 29,80 €